„Du gehörst jetzt zu mir, Ella. Du stehst jetzt unter meinem Schutz. Verstehst du das? Absolut niemand wird je an dich herankommen."

Für meinen hochgeschätzten Freund.

In der Liebe finden wir das Versprechen an eine Zukunft, an die sich die Seele aus der Vergangenheit erinnert.

TRIGGERWARNUNG

Du willst in meinen Club? Dann sollte dir klar sein, dass wir uns in meinem Käfig nicht mit rosa Zuckerwatte bewerfen. Hier bekommst du es mit Ellas und meiner Geschichte zu tun, die einige sensible Themen beinhaltet. Darunter fallen: Alkoholkonsum, Drogenkonsum, Vergewaltigung, toxische Beziehung, Stalking, expliziter Sex, psychische und physische Gewalt (u.a. Manipulation, Erpressung, Demütigung, Unterdrückung, Mord, Folter, Gewalt gegen Kinder und Tiere). Sollte dich also irgendetwas triggern, bleib lieber bei einem Zuckerwatte-Roman. Bist du dagegen bereit, in die dunklen Abgründe eines Menschen zu blicken, dann tritt ein. Sag am Ende nur nicht, ich hätte dich nicht gewarnt.

Jax

Kapitel 1

Ella

»Und du bist dir sicher, dass wir da rein wollen?« Ich halte Maddy am Arm zurück und mustere skeptisch das Lagerhaus aus Backstein. Graffiti werden von teilweise abgeblättertem Putz unterbrochen. Buntes Licht flackert aus den Industriefenstern im oberen Stockwerk und spiegelt sich auf dem regennassen Kopfsteinpflaster wider. Harte Gitarrenriffs vibrieren in der Luft und hämmern in meiner Brust. Sie übertönen nur mühsam den Lärm der Menge vor dem Eingang, die auf Einlass wartet.

Maddy dreht sich übertrieben nickend um. »Yep. Flynn hat gesa…«

»Flynn?«, unterbreche ich sie geschockt. »Etwa die Verrückte aus deiner Firma? Die aus der Rechtsabteilung?«

»Ja, genau die. Sie datet seit einigen Monaten so 'nen Hacker Typen, der sich gerne im Darknet rumtreibt.« Sie zuckt mit den Schultern. »Aber egal. Jedenfalls ist er zufällig auf den Club gestoßen und sie hat mir davon erzählt.«

»Darknet, Maddy? Ernsthaft? Ich dachte, wir wollten

in einen normalen Club. Du weißt schon, wo man tanzen kann.« Ich wedle mit der Hand in Richtung des unübersehbaren Graffiti in blutroten Lettern über dem Eingang – *›We are all Fighters‹*. »Was ist das hier?«

»Ähm, ein Underground-Fight-Club?«

»Bitte was?!«, kreische ich los und handle mir prompt einen grimmigen Blick des Türstehers ein.

Maddy hechtet vor und hält mir den Mund zu. »Nicht so laut.«

Ich wische ihre Hand weg. »Du kannst mich doch nicht in einen Underground-Fight-Club schleifen.« Ich ziehe am Ärmel ihres schwarzen Blazers. »Los, wir hauen ab!«

Sie reißt sich allerdings los und stemmt die Hände in die Hüften. »Ach, komm schon, Ella.« In ihrer Aufforderung schwingt ein Hauch Verzweiflung mit, und Hilflosigkeit. Ich weiß nur zu gut, woher dieses Gefühl kommt. Sie konnte mir in den letzten sieben Monaten nicht helfen, und musste mitansehen, wie sich ihre beste Freundin immer weiter zurückzog, nichts mehr aß und von Albträumen heimgesucht wurde.

Ich werfe einen Blick auf das Lagerhaus und mir schnürt es die Kehle zu. Was mich hinter diesen alten Mauern auch erwartet, ich bin mir sicher, dass ich dafür nicht bereit bin. »Können wir nicht … ich weiß auch nicht … ins *Twinkys* gehen? Wir waren seit Ewigkeiten nicht mehr dort. Ich lasse dich auch bei der ersten Runde Pool gewinnen.« Mir ist alles recht, Hauptsache weg von hier.

Maddy presst ihre rot geschminkten Lippen zu einem feinen Strich zusammen, so wie immer, wenn sie ihren Kopf durchsetzen will. Innerlich seufze ich, sie wird nicht nachgeben. Das weiß ich, immerhin kenne ich sie seit zwanzig Jahren.

In dem Moment fährt ein gelbes Taxi an uns vorbei. Die letzte Chance abzuhauen?

Sie ergreift meine Hände und ich reiße mich von dem Anblick des davonfahrenden Wagens los. Mitgefühl steht in ihren mintgrünen Augen. »Nein Ella, wir werden da jetzt reingehen und Spaß haben. Wir haben das besprochen. Du musst raus aus deiner Komfortzone. Und der Club ist genau das Richtige, vertrau mir.«

Das erinnert mich an das Versprechen, das ich mir selbst gegeben habe: Ich will endlich wieder richtig leben, mich lebendig fühlen. Ich kann das schaffen, ich kann dort reingehen und den Abend irgendwie überstehen. Für sie. Und für mich. Ich will es wenigstens versuchen.

»Wenn es mir zu viel wird, gehen wir wieder, okay?«, frage ich und halte den Atem an.

Sie lächelt sanft. »Natürlich.«

Langsam stoße ich die Luft aus und straffe die Schultern. »Also gut. Aber ich schwöre dir, wenn wir im Knast landen, bringe ich dich um!«

Erfreut quietscht sie auf und zieht mich zum Eingang. »Du übertreibst. Komm jetzt.«

Ich hatte recht, ich bin hierfür nicht bereit. Vor mir erstreckt sich eine gigantische Lagerhalle, durchbrochen von quadratischen Betonsäulen. Die Luft ist schwül, eine widerliche Mischung aus Schweiß, Parfüm, Alkohol und … ich verziehe das Gesicht, dem süßlichen Geruch von Marihuana. Doch das ist es nicht, was mir die Luft zum Atmen nimmt. Es ist die Aggressivität, die wie ein Schwarm wildgewordener Hornissen auf mich einsticht. Also klammere ich mich an Maddy fest, während sich Menschen, vorwiegend Männer, an uns vorbei drängeln, uns schubsen und anrempeln, nur, um in den linken Teil der Halle zu gelangen. Ich versuche, nicht von dem Strom mitgerissen zu werden und folge ihm mit meinem Blick. Ein meterhoher Käfig thront auf einem Podest. Um ihn schart sich eine Horde Menschen und feuert die zwei darin kämpfenden Männer an. Ihr Brüllen zusammen mit dem dröhnenden Bass aus den Boxen, ist beinahe zu viel.

Maddy muss meine Beklommenheit bemerkt haben, denn sie legt eine Hand auf meinen Unterarm. »Alles okay?«, schreit sie über den Lärm hinweg. Eine steile Falte hat sich auf ihrer Stirn gebildet.

Nein, nichts ist okay. Am liebsten würde ich meine Beine in die Hand nehmen und davonlaufen. »Klar«, antworte ich stattdessen gepresst, wende mich von dem Käfig ab und entdecke eine Bar aus dunklem Holz auf der rechten Seite. Hinter der Theke türmen sich Spirituosen auf neonblau beleuchteten Glasplatten bis hoch zur Decke. Alkohol, vielleicht beruhigt das meine Nerven.

»Komm, holen wir uns was zu trinken.« Ich flüchte zur Bar und Maddy bleibt nichts anderes übrig, als mir zu folgen, wenn sie mich in dem Getümmel nicht verlieren will. Vor der Theke herrscht reger Betrieb, die Leute buhlen mit Geldscheinen winkend um die Aufmerksamkeit der Barkeeper. Wir finden eine Lücke zwischen zwei Männern mit langen Bärten und schieben uns zwischen sie. Maddy, trotz der zusätzlichen fünfzehn Zentimeter dank ihrer High Heels, reicht ihnen kaum zur Brust. Aber das stört sie nicht, sie verteidigt ihren Platz mit den Ellenbogen und brüllt dem Barkeeper unsere Bestellung entgegen. Ich halte mich währenddessen nahe bei ihr und schaue mich weiter um. Keine zwei Meter von der Bar entfernt, führt, flankiert von zwei Männern in Anzügen, eine Treppe hinauf zu einer Galerie. Dort oben steht ein einzelner Mann, den ich nicht genau erkennen kann, weil die schweifenden Lichter ihn nicht erreichen, aber seine Silhouette verrät mir, dass er großgewachsen und breitschultrig ist. Seine Hände umfassen das Geländer und er blickt auf die Halle hinab. Der Besitzer des Clubs? Wie er wohl aussieht? Vor meinem inneren Auge taucht ein schmieriger Typ mit Hakennase und fettigem

Haar auf. Ich schüttle den Kopf. Gott, wann bin ich so zynisch geworden?

Maddy stößt mich an und hält mir eine Flasche Bier unter die Nase. »Wollen wir weiter nach vorn gehen?«, fragt sie mit aufgeregtem Blick in Richtung Käfig.

Ich nicke, wenn auch widerstrebend und wir zwängen uns an schwitzenden Männern und in Parfumwolken gehüllten Frauen in knappen Kleidern vorbei. Als wir näherkommen, stelle ich entsetzt fest, wie sehr sich der Kampf von einem normalen Boxkampf unterscheidet. Die Männer prügeln mit roher Gewalt aufeinander ein. Ich zwinge mich, nicht bei jedem Schlag zusammenzuzucken, und greife nach Maddys Hand, die ich wie einen Rettungsanker umklammere. Gibt es hier denn keine Regeln oder so was? Blut spritzt und nach endlosen Minuten liegt ein Kämpfer am Boden. Einer der Anzugtypen löst die Kette zur Käfigtür und lässt den Sieger heraus. Der tätowierte Muskelprotz lässt sich von der Menge feiern. Zwei weitere Securitys packen den Bewusstlosen unter den Achseln und schleifen ihn davon. O Mann.

Ich blicke zu Maddy, die sich schwärmend gegen meine Schulter lehnt. »So habe ich mir das vorgestellt. Muskelbepackte Männer, Blut, Schweiß und jede Menge Testosteron.«

Die Unbeschwertheit in Maddys Stimme versetzt mir einen Stich in die Brust. Früher hätte mir der Club auch gefallen, der Abend wäre das reinste Abenteuer gewesen. Doch jetzt bereitet mir das hier Gänsehaut. Seufzend schüttle ich meinen Kopf. Jacob, mein Ex, hat mir wirklich alles genommen. Aber damit ist nun Schluss. Es wird Zeit, mir mein altes Leben wieder zurückzuholen!

JAX

Ich lehne mich gegen die Brüstung und schaue in die Halle hinab, die sich von Minute zu Minute weiter mit Besuchern füllt, obwohl die Fight-Night schon vor einer Stunde angefangen hat. Das Geschäft läuft, wie jeden Freitag.

»Jax!« Bill, mein Sicherheitschef, kommt über die Galerie auf mich zugelaufen, sein wettergegerbtes Gesicht vor Wut verzogen.

Ich richte mich auf. »Was?«

Er kommt keuchend vor mir zum Stehen und wischt sich den Schweiß von der Stirn. »Einer von den Russen ist schon wieder hier. Die Jungs nehmen ihn gerade in die Mangel, vorne am Eingang.«

»Fuck!« Ich dränge mich an ihm vorbei und laufe mit geballten Fäusten die Treppe zur Halle hinunter. Ich habe die Schnauze voll. Seit Wochen tauchen russische Handlanger zu den Fight-Nights auf und spionieren meinen Club aus. *Mein* Club, der Grund, warum mein Blut bei unzähligen Streetfights die Straßen von New York City benetzt hat. Warum ich jahrelang den Schmerz von gebrochenen Knochen auf mich genommen habe. Das hier ist mein Reich, das ich mir aus dem Nichts aufgebaut habe. Und niemand sollte es wagen, mir die Tour zu vermasseln – nicht einmal beschissene Russen!

Mit langen Schritten eile ich auf den Eingang des Clubs zu. Einige Männer und Frauen stolpern über ihre eigenen Füße, um mir rechtzeitig Platz zu machen. Gut so.

»Wo?«, blaffe ich Miguel, den Türsteher des heutigen

Abends an. Er deutet mit einem Nicken auf die Straße hinaus. Ich stürme an ihm vorbei und verschaffe mir einen kurzen Überblick. Drei weitere Männer meiner Security umzingeln vor der Tür einen drahtigen Typen.

Ich durchbreche den Kreis mit der Schulter, packe den Kerl am Kragen seiner Jacke, ziehe ihn um die Ecke in die Seitengasse und donnere ihn mit dem Rücken gegen die Außenmauer des Lagerhauses. Putz rieselt. Er ächzt. »Für wen arbeitest du, hm?« Ein scheißsüffisantes Lächeln zupft an seinen Mundwinkeln. »Sag schon!« Ich zerre ihn zu mir heran und lasse ihn noch mal gegen die Mauer krachen. Er stöhnt, sagt aber weiterhin kein Wort. »Arbeitest du für Wolkow?« Sergej Wolkow. Der Sohn des kürzlich ermordeten *Pakhan* Wolkow – bis zu seinem Tod eines der Oberhäupter der russischen Mafia in New York City –, soll sich abgesetzt und eine Splitter-Organisation gegründet haben. Drogen, Wetten, Geldwäsche.

»Ich frage dich nicht noch einmal.« Doch bevor er mir überhaupt antworten könnte, schleudere ich ihn bereits gegen die Mülltonnen auf der gegenüberliegenden Seite der Gasse. Wie ein Dummy rutscht er an dem schmutzigen Metall hinunter. Mit drei Schritten bin ich bei ihm, langsam habe ich genug. Als ich mich zu ihm hinunterbeuge, abermals meine Finger in seine Jacke kralle und ihn ein Stück hochhieve, ringe ich um meine Selbstbeherrschung. »Was wollt ihr ausgerechnet von mir und meinem Club?« Sein dämliches Grinsen zeigt mir, dass er ums Verrecken nichts sagen wird.

Scheiß drauf!

Mit einem gezielten rechten Haken schicke ich ihn in die Ohnmacht. Er gibt noch ein gurgelndes Geräusch von sich, dann kippt sein Kopf schlaff nach vorn und das war's. Angewidert lasse ich ihn los und er sackt auf dem rissigen Asphalt in sich zusammen.

Eine Antwort von ihm ist nicht zwingend nötig, ich muss mich nur gedulden, dann kommt die Antwort schon zu mir. Trotzdem untersuche ich ihn auf auffällige

Tattoos – sicher ist sicher. Verdammt! Nichts, was darauf hinweist, zu wem er gehört. Genauso wie bei den Handlangern in den letzten Wochen. Langsam richte ich mich auf, wische mir die Hände an meinen Jeans ab und kehre in den Club zurück. Sollen ihn doch die Ratten fressen. Und jeder, der in New York City lebt, weiß, wie viele es davon gibt.

Sobald ich die Tür zu meiner privaten Umkleide hinter mir zugestoßen und den Wahnsinn in der Halle damit gedämpft habe, entledige ich mich meiner Klamotten bis auf die Boxershorts und schnappe mir das schwarze Tape, das auf dem kleinen Tisch liegt. Scheiß auf die Russen! Ich werde jetzt wie geplant in den Käfig steigen und kämpfen. Rittlings setze ich mich auf den einzigen Stuhl in der Mitte des Raumes und bandagiere mir die Hände. Ich liebe mein Ritual, es entspannt meine strapazierten Nerven und besinnt mich auf das, was mir am wichtigsten ist – ein guter Fight.

Nach dem Tapen tausche ich meine Boxershorts gegen einen Tiefschutz und ziehe die Fightshorts an. Das vertraute Gefühl der Seide lässt mich befreit aufatmen. Wie heißt es so schön? *Einmal Fighter, immer Fighter.* Meine Finger streichen über den Bund – auch das gehört zu meinem Ritual –, in den *Warrior*, mein Kampfname, mit weißem Garn eingestickt ist.

Weil mein Körper den Kampf schon herbeisehnt, ziehe ich mir rasch einen schwarzen Hoodie über und schlüpfe in Sportschuhe. Ich verlasse die Umkleide und folge dem Flur zurück zur Treppe, die in die Halle führt. Es wird Zeit, meine Muskeln zu lockern.

ELLA

Die Kämpfe werden immer brutaler und ich erwische Maddy dabei, wie sie einen der Kämpfer im Käfig anstarrt. Mit zusammengekniffenen Augen nehme ich meine Freundin genauer unter die Lupe. Tropft da Sabber aus ihren Mundwinkeln? Amüsiert folge ich ihrem Blick und lese seinen Namen auf dem Hosenbund: Grey *The Player*. Sie hat einen guten Geschmack. Sein Kinnbart, die hellbraunen Haare, die er am Hinterkopf zu einem Knoten zusammengebunden trägt, und der muskulöse Oberkörper sind nicht zu verachten. Eine lange wulstige Narbe zieht sich von seinem linken Rippenbogen bis hinunter zu seinem Hüftknochen und lässt sein Erscheinungsbild noch faszinierender wirken.

Grey bekommt einen fiesen Haken gegen seine Wange, schwankt, fängt sich sofort wieder und prügelt daraufhin in kurzer Abfolge auf seinen Gegner ein, bis dieser zu Boden geht. Die beiden Männer von vorhin lösen wieder die Kette und öffnen die Käfigtür. Doch statt zusehen zu müssen, wie der nächste Bewusstlose aus dem Käfig getragen wird, lenkt mich Maddy ab, die jubelnd ihre Arme in die Luft wirft.

Ich richte meine Aufmerksamkeit wieder auf Grey, der mit hochgereckten, blutigen Fäusten eine Ehrenrunde im Käfig dreht, bevor er durch die Tür schreitet und die Treppe hinunterstolziert. Unter dem Getöse der Feiernden bahnt er sich einen Weg zu einem Flur weiter hinten in der Halle.

Eine Lautsprecherstimme kündigt eine kurze Pause

an, bevor es mit dem Hauptkampf des Abends weitergehen soll. Mit einem Mann, der bisher als unbesiegbar gilt. Jax lautet sein Name – *The Warrior.* Keine Ahnung, was ich davon halten soll, aber die Menschen um mich herum scheinen es nicht erwarten zu können, ihn kämpfen zu sehen.

»Warrior, Warrior!«, grölen sie im Chor und ich bin versucht, mir die Ohren zuzuhalten.

Kaum fünf Minuten später meldet sich die unsichtbare Stimme erneut und moderiert den Hauptkampf an. Wenn ich vorhin schon dachte, es sei ohrenbetäubend laut um mich herum, bricht jetzt die Hölle los, als die ersten Takte *Warrior* von *Disturbed* aus den Boxen dröhnen. Zugegeben, ich bin neugierig, warum alle so ein Aufsehen um den Typen machen und erwische mich dabei, wie ich mich auf die Zehenspitzen stelle, um seinen Auftritt nicht zu verpassen.

Aus dem Flur, in den dieser Grey verschwunden ist, tritt, umzingelt von Männern in Anzügen, eine imposante Gestalt ins Rampenlicht. Er bleibt mit dem Rücken zu mir vor der kleinen Treppe stehen und enthüllt einen breiten Rücken, als er sich seines schwarzen Kapuzenpullovers entledigt.

Noch so ein Schlägertyp.

Irgendwie enttäuscht lasse ich mich wieder auf die Fußballen sinken. Na ja, was habe ich auch anderes erwartet?

Der Typ überwindet mit einem Sprung die Stufen und betritt den Käfig. Als er sich in meine Richtung dreht, bleibt mir aber die Spucke weg. Da steht er. Der heißeste Mann, den ich je gesehen habe. Ich kann nicht anders, genüsslich wandert mein Blick über seine Gestalt: kantiges Kinn, breite Schultern, definierte Brust und … oh lá lá anseeeehnliche Bauchmuskeln. Mein Blick rutscht weiter gen Süden und ich beiße mir auf die Unterlippe. Unterhalb seines Bauchnabels, umrandet von einem sexy V aus Muskeln, führt eine schmale Spur dunkler

Härchen bis zu seiner Shorts aus dunkelblauer Seide. Wenn man der Ansage Vertrauen schenkt, wiegt er zweihundert Pfund.

O Mann, zweihundert Pfund purer Sex!

Nur schwer kann ich meinen Blick wieder auf sein Gesicht lenken, das von smaragdgrünen Augen dominiert wird.

Maddy stößt mich mit dem Ellenbogen gegen die Rippen. »Was ist los? Du schaust so komisch.«

Ohne mich von ihm abzuwenden, krächze ich »Nichts« und schlucke. Plötzlich schauen mich diese auffallend grünen Augen direkt an. Die Härchen auf meinen Unterarmen stellen sich auf und ein Prickeln läuft über meinen Körper. Ich bin es nicht mehr gewohnt, von einem Mann so angesehen zu werden.

Ich will wegschauen, doch ich kann nicht, sein durchdringender Blick hält mich gefangen. Voller Unbehagen trete ich von einem Bein aufs andere und spüre, wie meine Wangen heiß werden. Wie peinlich. Ich stehe da wie die anderen schmachtenden Weiber und … Oh, ein Lächeln für mich. Reiß dich zusammen, Ella, gleich verprügelt er einen anderen Kerl, sein Lächeln ist nichts wert und außerdem … Hat er mir gerade zugezwinkert?

Shit!

Wie immer folge ich dem Gang in Richtung Käfig. Mich erfasst ein Adrenalinstoß, ich bin vollkommen auf den bevorstehenden Kampf fokussiert. Meine Sicherheitsleute umgeben mich und halten die tobende Menge auf Distanz.

Vor der Treppe ziehe ich den schwarzen Kapuzenpullover aus, springe die drei Stufen den Käfig hoch und stelle mich in seine Mitte, wo dunkle Flecken von frischem Blut zu sehen sind.

Das Publikum tobt, die Energie der Meute setzt die Luft unter Strom.

Ich lasse meinen Blick über die Menge schweifen und mache meinen nächsten One-Night-Stand aus. Die kurvige Schönheit schaut mit großen Augen und geröteten Wangen zu mir auf. O ja, mit der werde ich mich später befassen. Ich lächle und zwinkere ihr zu.

Die Lautstärke schwillt bis aufs Unerträgliche an und die Musik wechselt, was bedeutet, dass Snow auf dem Weg hierher ist, mein heutiger Gegner.

Ich reiße den Blick von der Schönheit los, als er auch schon mit ernstem Gesicht den Käfig betritt. Die Tür wird zugestoßen und mit der Kette verhängt. Es geht los!

Ohne Vorwarnung drehe ich mich und schlage mit der linken Faust in seine ungeschützte Flanke – seine alte Schwachstelle. Ein scharfer Schmerz jagt durch meine Fingerknöchel, Snow taumelt gegen die Eisenstäbe und hält sich dabei die Seite. Ich gönne ihm einen Moment der Erholung, doch da kommt er auf mich zu und trifft mich hart am Unterkiefer. Ich schüttle die Benommenheit ab und lächle ihn höhnisch an. Fuck, ja! Wie ich es liebe zu kämpfen.

Ella

Immer noch stehe ich wie angewurzelt da und versuche, meine körperliche Reaktion auf den Typen zu verarbeiten, als er sich in einer fließenden Bewegung dreht und seine Faust in die Rippen seines Gegners donnern lässt.

Das ekelhafte Geräusch versetzt mich innerhalb von Sekunden in die Vergangenheit zurück.

Eine flache Hand rast auf mein Gesicht zu, ein Brennen auf meiner Wange, der reißende Schmerz von dem Siegelring an seinem kleinen Finger. Ich pralle gegen die Küchenzeile, die Kante bohrt sich in meinen unteren Rücken. »Du widerspenstiges Miststück! Du hast mir zu gehorchen!«

Meine Wange pocht bei der Erinnerung genauso heftig wie damals, als Jacob zum ersten Mal die Hand *ausgerutscht* ist. Mit hämmerndem Herzen betaste ich die Stelle. Wie ist das möglich? Benommen schüttle ich den Kopf, während mein Fluchtinstinkt zum Leben erwacht. Ich muss hier weg!

»Ich gehe kurz an die Bar. Ich bring dir was mit.« Ohne auf Maddys Reaktion zu warten, eile ich davon.

Zu meinem Glück ist an der Bar nichts los. Ausnahmslos alle haben sich vor dem Käfig versammelt, um den Kampf zu verfolgen. Ich winke den Barkeeper, der gerade ein Glas poliert, zu mir und bestelle einen Wodka.

In einem Zug kippe ich ihn hinunter und lehne mich mit einem angenehmen Brennen im Hals gegen die Theke.

Seit einem Monat hatte ich keinen Flashback mehr. Ich dachte, ich hätte sie überwunden.

Falsch gedacht.

Ein bitteres Lachen kommt über meine Lippen und eine bleierne Müdigkeit legt sich über mich. Ich bin es so leid. Mich überkommt das Verlangen, nach Hause zu fahren, mich in meine Kuscheldecke einzuwickeln und …

Und was? In Selbstmitleid zu baden?

Ich bedeute dem Barkeeper, mir nachzuschenken, und kippe auch den zweiten Shot in mich hinein. In Gedanken ziehe ich die feinen Linien des Tattoos auf meinem Unterarm nach.

Maddys Hand legt sich auf meine Schulter. »Alles okay?«

»Flashback«, sage ich, ohne zu ihr aufzusehen.

Sie seufzt und zieht einen Barhocker heran. »Möchtest du darüber reden?«

Resigniert schüttle ich den Kopf. »Nein.« Jetzt sehe ich doch auf. »Ich versuche wirklich nach vorne zu sehen, aber es ist verdammt schwer, wenn mich die Vergangenheit bis in die Gegenwart verfolgt.«

»Entschuldige, war doch keine gute Idee hierherzukommen.« Maddy verzieht verdrießlich die Lippen und wirft einen Blick über die Schulter. »Willst du gehen?«

»Nein, schon gut. Ich habe mir versprochen, es zu versuchen, und das werde ich auch. Es war …« – *nur für den Moment zu viel.* »Ein kleiner Rückschritt.«

Sie mustert mich eine Weile wortlos, ehe sie nickt, als hätte sie meine Entscheidung als vertretbar befunden. »Alles klar. Aber wir werden uns den restlichen Kampf von hier aus weiter ansehen.«

Ihre mütterliche Sorge wärmt mein Herz und allmählich rückt die Vergangenheit wieder in den Hintergrund. »Klingt gut.« Ich hebe die Hand und winke den Barkeeper heran. »Noch zwei Bier, bitte.«

Mittlerweile fühle ich mich, als würde ich nur noch aus Adrenalin bestehen. Auf dem rechten Auge sehe ich nichts mehr, mein Atem pfeift und meine Muskeln brennen. Trotz allem fühle ich mich nie lebendiger als bei einem dieser Kämpfe.

Snow ist fast am Ende. Ich versetze ihm einen Schlag mit dem Knie gegen sein Brustbein. Er stolpert rückwärts, ich lasse nicht locker und schlage mit der Faust gegen sein rechtes Ohr. Snow fällt auf die Knie und kommt polternd auf dem Betonboden auf. Die Menge bricht in Jubel aus. Breitbeinig stehe ich über ihm, hole tief Luft und gebe meinem Sicherheitschef mit einem Handzeichen zu verstehen, Snow schnellstmöglich ins Krankenzimmer zu bringen. Doc wird sich um ihn kümmern. Ich vermute, dass ich ihm mindestens eine Rippe und die Nase gebrochen habe. Bill gibt meine Anweisung an seine Männer weiter, die herbeieilen und Snow wegtragen.

Ich wische mir mit dem Unterarm das Blut aus dem Gesicht und verlasse den Käfig. Bills Leute halten mir den Weg frei und postieren sich am Eingang zum Flur.

Neben mir wird eine Tür aufgerissen und Grey tritt aus seiner Umkleide. »Du siehst scheiße aus.«

Genervt bleibe ich stehen und sehe meinen besten Freund finster an. »Halt die Klappe. Snow, der Wichser, ist ständig wieder aufgestanden.«

Grey schüttelt lachend den Kopf. »Na ja, den Leuten hat's gefallen, so wie die gebrüllt haben.«

»Hey Mann«, sage ich und zeige mit dem Daumen hinter mich, »ich springe kurz unter die Dusche und danach gehe ich Snow im Krankenzimmer besuchen.«

»Mach das, ich schaue später vorbei.«

Ich hebe die Hand zum Abschied und will ihn schon stehen lassen, da fällt mir noch etwas ein. »Die Russen. Einer von denen war vorhin hier.«

Greys Stirn legt sich in Falten. »Und? Hat er diesmal gewettet? Oder wieder nur zugesehen?«

»Weder noch. Bill hat ihn am Eingang abgepasst. Ich habe mich um ihn gekümmert.«

»Hat er ausgepackt?«

Ich seufze. »Nein. Das fuckt mich langsam echt ab.«

»Mich auch.« Grey streicht sich nachdenklich über den Bart, als würde er sich die gleiche Frage stellen, die mich schon seit Wochen verfolgt: Was wollen die Russen von uns?

»Am Sonntag treffen wir uns sowieso mit Michael, dann erfahren wir hoffentlich mehr.«

Grey nickt in Gedanken.

»Wie auch immer, ich verzieh mich.«

In den Duschräumen schäle ich mir die blutbespritzten Fightshorts vom Leib. Unter dem Wasserstrahl brennen meine Wunden wie Feuer, doch ich ignoriere den Schmerz und genieße das Gefühl, wie sich mein verspannter Körper zusehends lockert.

Als ich fertig bin, schlüpfe ich in eine schwarze lange Trainingshose und ein Shirt und mache mich auf zu Snow.

Vor der Tür zum Krankenzimmer, das in meiner Branche unerlässlich ist, halte ich an und klopfe leise. »Komm rein!« Ich öffne die Tür und eine hübsche Blondine dreht sich zu mir um. »Musste das wirklich sein, Jax?«

»Sorry Doc, aber er wollte nicht liegen bleiben.« Entschuldigend zucke ich mit den Schultern und Liza, von allen im Club auch *Doc* genannt, sieht mich missbilligend an.

»Redet nicht über mich, als wäre ich nicht da.«

Ich drehe mich zu Snow um. »Alles klar bei dir?«

Vor Schmerz verzieht er das Gesicht. »Leck mich. Du hast mir die Nase gebrochen und einige Rippen sind geprellt.«

»Wenn's weiter nichts ist«, sage ich und lache auf.

»Soll ich mir deine Verletzung an der Stirn ansehen?«, fragt Liza mich.

»Nein, halb so wild, ich kümmere mich später darum.« Ich wende mich zur Tür. »Bin wieder weg, Doc. Snow, ruf mich an, wenn du wieder auf den Beinen bist.« Er grunzt irgendwas und ich verlasse das Krankenzimmer wieder.

Der Wunsch nach einem Glas meines geliebten schottischen Whiskys, den ich absolut immer vorrätig habe, zieht mich an die Bar. Die Musik in der Halle ist jetzt leiser, das Licht gedimmt. Die Reihen haben sich gelichtet, nur vereinzelt stehen noch ein paar Menschen in Gruppen zusammen und unterhalten sich. Mein Buchmacher Freddy steht an der gegenüberliegenden Seite der Halle und drückt einem Typen in gottverdammten Leggins ein paar Scheine in die Hand. Er winkt mich zu sich, als er mich entdeckt.

»Was gibt's?«

Freddy rückt sich die Hornbrille auf der Nase zurecht und leckt sich nervös die Lippen. »Wir haben ein Problem, Boss. Kann sein, dass wir betrogen worden sind.« Er redet derart schnell, dass ich ihn kaum verstehe.

»Betrogen?«

Er nickt eifrig und hält mir das Klemmbrett unter die Nase. »Ja. Ja. Einer der Kämpfer, Colton, hat heute verloren.«

Ich nehme ihm das Klemmbrett aus der Hand und

gehe den Papierkram durch, bis ich auf die Liste der Kämpfer stoße. Mein Blick fliegt über die Seite. »Gegen Marc? Das hätte eine sichere Sache sein sollen.«

»Ja. Ja. Eigentlich eine sichere Sache. Colton hat's echt drauf, Mann.« Freddy reißt mir das Klemmbrett aus der Hand und blättert energisch auf die Seite der Bieter. »Ist mir eigenartig vorgekommen. Dann habe ich nachgesehen und das hier entdeckt.« Er tippt mit dem Zeigefinger auf einen Namen: Jacob Harrison Ward. »Mit dem Geld, das er sich von uns geliehen hat und dem Betrug heute … Seine Schulden werden mehr, Boss.«

Dieser verdammte Lord von Overford.

»Wie viel hat er diesmal gesetzt?«, knurre ich.

»Zwölf Riesen.«

»Wie hoch sind unsere Verluste?«

Freddy schiebt sich die Brille hoch. »Da die meisten auf Colton gesetzt haben, knapp viertausend.«

»Danke Freddy, gute Arbeit.« Ich drücke seine Schulter und mache mir im Geiste eine Notiz, Jacob demnächst einen Besuch abzustatten. Nicht, dass ich auf das Geld angewiesen wäre, ganz im Gegenteil, mit den Startgeldern der Fighter, den Wetten und den Einnahmen der Bar verdiene ich ein verdammtes Vermögen. Sogar das Tagesgeschäft wirft einiges an Kohle ab. Aber es geht ums Prinzip: Niemand hintergeht mich!

»Streich Colton von der Liste.« Die größte Strafe für einen Kämpfer wie ihn. »Sollte er sich beschweren, schick ihn zu mir.«

»Geht klar, Boss.« Freddy nickt eifrig und vertieft sich wieder in seine Arbeit.

Ich lasse ihn stehen und gehe am Käfig vorbei. Als ich die Schönheit und ihre Freundin an der Bar sitzen sehe, sind Jacob und Colton vergessen.

Gut, sie ist noch da.

Eine Frau taucht direkt vor mir auf und zwingt mich, stehen zu bleiben. Routiniert checke ich sie ab. Blond, Riesenmöpse, elend lange Beine.

»Hallo, Jax«, schnurrt sie, »ich habe dich vorhin kämpfen gesehen, da dachte ich mir …«

Weiter höre ich ihr nicht zu, weil sich in dem Moment die Schönheit in meine Richtung dreht. Ausgiebig betrachte ich sie. Ihre langen, leicht gewellten, braunen Haare fallen ihr zum Teil nach vorne auf ihre dunkelblaue Bluse, die sich eng an ihre vollen Brüste schmiegt. Ihre Beine stecken in hautengen Jeans, dazu trägt sie schwarze *Air Max,* ähnlich denen, die ich anhabe. Als mein Blick wieder an ihr hinaufwandert, bemerke ich, dass sie mich mit hochgezogenen Augenbrauen mustert. Sehe ich da etwa eine gewisse Abneigung?

Ich räuspere mich und konzentriere mich wieder auf die Blondine vor mir. Ihre Lippen bewegen sich noch immer und ein Zungenpiercing blitzt auf. Ah, jetzt erinnere ich mich wieder. Das letzte Mal war sie auf Knien, meinen Schwanz tief im Mund. Scheiße hatte ich Panik, ihr Piercing könnte sich mit meinem verhaken.

Wie war noch gleich ihr Name? Mia? Gia? Egal.

»Hör zu, Prinzessin«, unterbreche ich ihren Redeschwall, »ich habe gerade keine Zeit. Warte einfach in Greys Umkleide auf mich.« Ohne ihre Antwort abzuwarten, steuere ich die Bar an.

ELLA

Seine grünen Augen gleiten über mich, nehmen alles in sich auf. Es ist, als würde er mich körperlich berühren – federleicht, kaum wahrnehmbar und doch intensiv. Viel zu intensiv. Meine Libido erwacht aus ihrem Koma und ich versuche mein Möglichstes, nicht unruhig auf dem Hocker hin und her zu rutschen. Doch irgendetwas fühlt sich falsch an. Bloß was? Dann wird es mir klar. Er ist es, oder vielmehr das Bild, das sich mir bietet. Er sollte mich nicht auf diese Weise ansehen, während er von einer Tussi angebaggert wird.

Widerling!

Demonstrativ drehe ich mich zur Theke und genehmige mir einen ordentlichen Schluck Bier, um meinen erhitzten Körper auf Normaltemperatur runterzukühlen.

»Wenn das nicht Jax *The Warrior* persönlich ist.« Einmal mehr trifft mich Maddys Ellenbogen in die Seite. »Achtung, er kommt rüber. Bereit, ein wenig zu flirten?«

Was? Nein!

»Ladys«, höre ich ihn auch schon mit verführerischer Stimme sagen. Ungefragt setzt er sich auf den freien Hocker neben mich.

Um mich so wenig wie möglich mit ihm befassen zu müssen, starre ich auf die vielen Flaschen gegenüber.

»Mr. Warrior«, flirtet Maddy ihn an. »War ein guter Kampf heute Nacht.«

Innerlich versteinere ich. Ich kann das nicht, ich bin nicht die *souveräne Maddy*, die jeden Kerl um den kleinen

Finger wickelt. Ich bin … ich bin … Ella. Eine Frau, die ihr Leben nicht auf die Reihe bekommt. Die es nicht schafft, nach einer krankhaften Beziehung einfach weiterzumachen. Die sich nicht einmal traut, einen Rock anzuziehen, aus Angst, aufzufallen.

Was will der Typ bloß von mir?

»Danke. Mit wem habe ich das Vergnügen?«

»Also, ich bin Madison«, antwortet Maddy und legt dann ihre Hand auf meine Schulter. »Und das hier ist Ella.«

Vage winke ich in seine Richtung.

Du jämmerlicher Feigling.

»Darf ich euch einen ausgeben?«

»Mit Vergnügen«, trällert Maddy.

»Bring den zwei hübschen Ladys einen Wodka und mir ein Glas Whisky«, ordert Jax bei einer rothaarigen Barkeeperin.

So sieht er mich? Als hübsche Lady?

»Ich hoffe, Wodka ist okay?«

»Klar. Wir lieben Wodka. Habe ich nicht recht, Ella?« Maddy drückt demonstrativ meine Schulter.

Ich nehme all meinen Mut zusammen, drehe meinen Kopf und sofort bleibt mein Blick auf seinem Gesicht hängen. Der Kratzer auf der Stirn und der dunkelblaue Fleck an seinem Jochbein wecken unangenehme Erinnerungen. Wie oft bin ich vor dem Badezimmerspiegel gestanden und habe mich, so gut es ging, verarztet, nachdem Jacob sich an mir abreagiert hat? *Du bist selbst schuld, wenn ich die Beherrschung verliere,* hat er dann immer von der Badezimmertür aus gesagt. Nur, dass ich nie selbst schuld war, wie mir erst nach nächtelangen Gesprächen mit Maddy bewusst geworden ist. Egal, wie ich mich verhalten habe, ich *konnte* es ihm nicht recht machen. Entweder war ich zu laut, zu leise, zu schüchtern, zu widerspenstig. Zu ich selbst.

»Du solltest gehen. Ich denke nicht, dass ich die Frau bin, die du willst«, sage ich tonlos.

»Ach, und was macht dich da so sicher?« Er stützt einen Fuß auf der Metallstrebe meines Hockers ab und lehnt sich näher zu mir.

Ich widerstehe dem Drang, zurückzuweichen und atme einen Hauch seines Duschgels ein. Es riecht herb. Maskulin. Betörend. Zu betörend. »Ich weiß auch nicht. Ich bin zu laut, zu leise, zu schüchtern, zu widerspenstig. Such dir was aus.« Shit, ist es nun so weit? Drehe ich jetzt total durch?

»Vergiss bevormundend nicht. Denn ich denke, dass ich genau weiß, was ich will.« Er lächelt gönnerhaft. »Aber das lass ich dir mal durchgehen.«

Das lass ich dir mal durchgehen? Wie kann er es wagen! Die Energie, die mich in der Zeit mit Jacob aufrecht gehalten hat, kehrt mit einem Schlag zurück. Sie brodelt in mir und flüstert mir zu, dass ich mir nichts mehr gefallen zu lassen brauche.

»Wie nett von dir«, gifte ich und Adrenalin flutet meinen Körper. »Ich kann mich nur schwer an Regeln halten. Jetzt genug von mir?«

»Regeln.« Er schnaubt abfällig. »Ich würde nicht hier sitzen, wenn ich mich an irgendwelche Regeln halten würde.«

Mist, Punkt für ihn.

»Was ist, wenn ich aus der Reihe tanze?« Mir ist klar, dass ich ihn provoziere, aber was könnte er mir noch antun, was ich nicht bereits hinter mir habe?

»Dann tanze.« Seine Stimme wird herausfordernd. Soll er ruhig sauer werden, das befeuert bestenfalls meine Energie.

Nase an Nase funkeln wir uns an. Die Barkeeperin stellt die Getränke vor uns ab, aber ich will das Blickduell nicht unterbrechen, nicht nachgeben. Lieber opfere ich dafür meine gute Erziehung und unterlasse es, mich bei ihr zu bedanken. Irgendwo im hintersten Winkel meines Verstandes registriere ich, dass ich diese Auseinandersetzung genieße.

Maddy taucht neben uns auf und hält uns beide an der Schulter zurück, als befürchte sie eine Kneipenschlägerei. »Jetzt macht mal halblang. Oder soll ich euch eine Runde im Käfig klarmachen?«

Jax' linker Mundwinkel zuckt. »Der Besitzer hätte garantiert nichts dagegen.«

»Ich verabscheue Gewalt«, presse ich zwischen zusammengebissenen Zähnen hervor.

»Wieso bist du dann eigentlich hier?«

Ich blinzle, eine gute Frage. »Maddy, lass uns abhauen.« Ich schnappe mir meine Umhängetasche und rutsche von dem Hocker. Mit langen Schritten stapfe ich in Richtung Ausgang. Die letzten hartnäckigen Besucher machen mir eilig Platz.

»Ziehst du jetzt den Schwanz ein?«, höre ich ihn rufen.

Ich wirble herum. »Ich habe Eierstöcke! Und die haben bei Weitem mehr drauf als dein Schwanz!«

»Willst du es herausfinden?« Er grinst dreckig.

Argh!

Ich drehe mich um und laufe weiter. Auf halbem Weg zum Ausgang höre ich Schritte hinter mir. Ich hoffe für ihn, dass es Maddy ist. Er macht mich wütend, verwirrt mich, löst in mir Gefühle aus, die ich verloren geglaubt habe und mit denen ich im Moment nicht klarkomme.

Ich trete ins Freie, bleibe mitten auf dem Bürgersteig stehen und sauge tief die kühle Nachtluft ein. Langsam lässt das Adrenalin nach und meine angespannten Muskeln lockern sich.

Hinter mir kommt jemand zum Stehen, meine Nackenhärchen stellen sich auf. »Warum haust du ab?« Seine Stimme klingt beherrscht, nahezu versöhnlich.

Mein Widerstand schrumpft auf ein Minimum und meine Schultern sacken hinab. »Der Abend war lang. Gibt es keine andere Frau, die du behelligen kannst?«

»Ich will keine andere Frau.« Er kommt näher, seine körperliche Präsenz hüllt mich ein wie in eine kuschelige Decke – tröstlich. *Trügerisch.* Es verlangt mir einiges ab, mich meinem Sehnen nach Geborgenheit nicht hinzugeben. Wie es wohl wäre, wenn ich mich an ihn lehne und er mich im Arm halten würde?

Nein, ich kann ihm nicht vertrauen!

»Mach dich nicht lächerlich. Was ist mit der Blondine, die dich vorhin angebaggert hat? Was könnte ich haben, das sie nicht hat?« Meine Selbstzweifel schnüren mir beinahe die Kehle zu.

»Mut.«

Fast möchte ich auflachen. »Ich bin nicht mutig.« Ich versuche zu überleben, mehr nicht.

»Denkst du, es gibt einen Menschen, der besser in der Lage wäre, diese Eigenschaft zu beurteilen als ich?«

Langsam drehe ich mich um. Maddy steht neben der Metalltür und beobachtet uns aus wachsamen Augen. »Wieso du? Weil du in den Käfig steigst?«, frage ich und hebe beschwichtigend die Hände. »Aber zu meiner Verteidigung, ich habe nie einen professionellen Schlägertypen kennengelernt.«

Er lacht auf, tief, volltönend. Mein Herz macht einen kleinen Satz. »Professioneller Schlägertyp, das gefällt mir.«

Beschämt sehe ich zu Boden. »Jetzt machst du dich über mich lustig.«

Er hebt mein Kinn an. Die Berührung ist sanft und doch zucke ich zurück. Das belustigte Funkeln in seinen Augen verschwindet schlagartig und er tritt einen Schritt zurück. Sofort vermisse ich seine Nähe. »Was deinen Mut angeht, kaum einer wagt es, mir die Stirn zu bieten. Das war ein Kompliment, nimm es an. Ich mache selten welche.«

Ich spüre mit jeder Faser meines Körpers, dass er es diesmal ehrlich meint. In mir rückt etwas an seinen Platz zurück. »Danke. Die letzten paar Jahre sind echt mies gelaufen und es tut gut zu hören, dass man noch nicht am Ende ist«, vertraue ich ihm an und spüre, wie meine Augen zu brennen beginnen.

Vor allem, wenn die Dunkelheit drohend in einem lauert.

Er hebt seine Hand, als würde er mich berühren wollen, verharrt dann aber. Langsam lässt er sie wieder sinken und ballt sie zur Faust. »Du bist noch lange nicht am Ende. Du hast Biss, Ella, vertraue darauf.«

Ich nicke und wische hastig eine Träne weg, die mir über die Wange läuft.

Sein Blick folgt meiner Geste, dann räuspert er sich, als wäre es ihm unangenehm, mich weinen zu sehen. »Wollen du und deine Freundin noch mal mit hineinkommen? Ich schulde euch noch einen Drink.«

»Danke, aber der Tag war wirklich anstrengend. Es ist besser, wenn ich nach Hause fahre.«

»Was immer du möchtest.«

Wie schön das klingt.

Er zögert kurz, bevor er sich an die Bordsteinkante stellt und die Hand hebt, um ein Yellow Cab heranzuwinken.

Maddy kommt herüber und streicht mir über den Rücken. »Alles gut bei dir?«

Ich schenke ihr ein beruhigendes Lächeln. »Mehr als das.« Seit einer gefühlten Ewigkeit habe ich mich nicht mehr so befreit gefühlt.

Ein Taxi kommt mit leise quietschenden Bremsen zum Stehen, Jax öffnet für uns die Wagentür zum Fond. Maddy wünscht ihm eine gute Nacht und rutscht auf die Rückbank. Ich bleibe stehen, eine Hand auf den Türrahmen gelegt.

»Vielleicht sehen wir uns wieder.« Er legt den Kopf schräg und lächelt. Ein kleines Grübchen erscheint auf seiner linken Wange. Sogar ramponiert ist er unfassbar attraktiv.

»Ja, vielleicht. Jedenfalls danke«, verabschiede ich mich, steige ein und Jax schließt die Tür hinter mir. Er tritt einige Schritte zurück und schiebt die Hände in die Taschen seiner Jogginghose, den Wagen konzentriert im Blick.

Der Taxifahrer fährt an und Maddy ruft: »Moment, warten Sie kurz!« Abrupt stoppt der Wagen und der Fahrer feuert einen genervten Blick in den Rückspiegel. Sie lehnt sich über mich und lässt das Fenster hinunter. »Jax, eine Frage noch. Was macht ein Fighter nach einem Kampf, um seine überschüssige Energie abzubauen?«

»Maddy«, zische ich und bin drauf und dran, sie zurückzuzerren. Doch als ich ihn leise lachen höre, halte ich inne.

»Er hat harten, geilen Sex«, antwortet er und ich spüre in jedem Wort die Verheißung, die darin mitschwingt. Winzige Lustschauer wandern über meinen Körper.

»Wusste ich's doch«, sagt sie triumphierend und schließt das Fenster wieder. »Jetzt können wir fahren.« Sie rappelt sich auf und setzt sich auf ihren Platz zurück, während der Wagen sich in Bewegung setzt.

»Musste die Frage sein?« Meine Wangen sind ganz heiß. Typisch Maddy!

»Sieh an, sieh an«, flötet sie und schnalzt mit der Zunge. »Der Farbe deiner Wangen nach zu urteilen, denkst du an Sex mit Jax.«

Meine Hand schießt vor und ich halte ihr den Mund zu. »Lass das, o Mann.«

Sie zieht meine Hand von ihrem Mund und wackelt anzüglich mit den Augenbrauen. »Du magst ihn.«

Ich verdrehe die Augen. »Er ist viel zu großspurig.«

»Er fordert dich heraus.«

»Er nervt«, halte ich halbherzig dagegen. Obwohl ich fast dazu geneigt bin, den Fahrer zu bitten, umzudrehen, nur um da weiterzumachen, wo Jax und ich aufgehört haben.

Sie mustert mich prüfend. »Er hat einige wunde Punkte getroffen.«

»Ja, das hat er. Er hat mich wieder daran erinnert, dass ich stark bin – meinte, ich hätte Biss.« Dabei male ich Anführungszeichen in die Luft.

»Du bist stark und du hast Biss. Er ist dir zwischenzeitlich nur abhandengekommen.« Sie tätschelt meine Hand. »Aber jetzt ist er wieder da. Wir müssen aber an deinen Flirttechniken arbeiten. Ernsthaft, für einen Moment dachte ich schon, du kratzt ihm die Augen aus.«

Losgelöst lache ich auf. »Das dachte ich auch … kurz.« Ich bette meinen Kopf auf ihre Schulter. »Danke, dass du darauf bestanden hast, in diesen Club zu gehen.«

Sie greift nach meiner Hand in meinem Schoß und verschränkt unsere Finger miteinander. »Dafür hat man doch beste Freunde, oder?«

Ich drücke bestätigend ihre Hand. Ich wüsste nicht, wo ich ohne sie wäre.

»Jetzt wird es Zeit für das *Twinkys*.«

Vorfreude überkommt mich bei dem Gedanken, in dem urigen Pub an mein altes Leben anzuschließen. »Klingt perfekt.«

In meinem Safe stapelt sich das Geld, ich könnte jede Frau haben und kenne die richtigen Leute. Bis auf die Russen, die aber eher einem eitrigen Schiefer unter der Haut gleichen, habe ich keine ernst zu nehmenden Herausforderungen. Aber diese Frau mit ihrem trotzigen Sturkopf und dieser gehörigen Portion Mut, würde meinen Alltag definitiv spannender machen. Nur ihre Worte, ihr Leben sei in den letzten Jahren mies gelaufen und ihre Reaktion, als ich sie berühren wollte, haben mich irritiert. Ob sie an den falschen Typen geraten ist? Vermutlich.

Ich schaue dem Taxi hinterher, bis es am Ende des Blocks rechts abbiegt. Erst dann drehe ich mich um und scanne meine Umgebung, wie immer, bevor ich den Club betrete. Dabei fällt mir eine schwarze Limousine mit getönten Scheiben auf, die an der gegenüberliegenden Straßenseite parkt. Ein Mann auf dem Fahrersitz schaut zu mir herüber, ehe er mit jemandem auf dem Rücksitz spricht. Daraufhin werden die Wagentüren aufgestoßen und mit dem Fahrer steigen insgesamt vier Männer aus, darunter der drahtige Typ von vorhin. Mein Körper macht sich automatisch zum Kampf bereit.

»Bill«, rufe ich über meine Schulter hinweg. »Trommel die Jungs zusammen. Und sieh zu, dass Grey seinen Arsch hierher schwingt. Er soll *Dolly* mitbringen.« Mein Kampfmesser, ein Erbstück aus vergangenen Tagen als Streetfighter.

Bill flucht.

Ich lasse die vier Männer nicht aus den Augen, bis Grey an meiner rechten Seite auftaucht. Meine Security bildet hinter uns einen Halbkreis.

»Sind sie bewaffnet?« Grey reicht mir Dolly. Das weiche, abgenutzte Leder, das um den Schaft gewickelt ist, schmiegt sich vertraut in meine Handfläche.

»Kann ich nicht sagen. Sie haben sich bis jetzt nicht vom Fleck bewegt.« Ich drehe das Handgelenk und die gezackte Klinge blitzt im Schein der Straßenlaterne auf. »Bereit?«

»Klar. Schlimm genug, dass ich die erste Runde verpasst habe.«

Meine Mundwinkel zucken amüsiert. »Dann los!«

KAPITEL 2

JAX

Zehn Jahre zuvor …

Wieder ein Sieg. Einer mehr, der in den Seitengassen von New York City auf mein Konto geht. Ich stütze mich schwer atmend auf die Knie, während mein Kontrahent bewusstlos zu meinen Füßen auf dem rissigen Asphalt liegt.

»Hey Jax, alles okay?« Als ich Greys Stimme höre, sehe ich mich nach ihm um. Er drängelt sich durch die Menge und schubst dabei einige Leute beiseite, die einen Kreis um mich gebildet haben.

»Ja, ich habe nur nicht auf meine Deckung geachtet.« Ich ziehe mein Shirt aus der hinteren Hosentasche und drücke den Stoff fest auf die pochende Wunde über der Augenbraue.

»Mieses Arschloch. Es hieß, keine Waffen heute.« Grey sieht auf die lange Klinge hinunter, die neben dem Bewusstlosen liegt.

»Lass es gut sein. Er hat das Messer gezogen und trotzdem verloren. Holen wir unsere Kohle und verziehen uns. Maddox schmeißt heute eine Party.« Gemeinsam begeben wir uns auf die Suche nach dem Buchmacher und finden ihn am Rand des Kampfplatzes.

Cash befeuchtet seinen Daumen und zählt meinen Gewinn ab, sobald er mich näherkommen sieht. »Gut gekämpft, Jax.« Er reicht mir ein dickes Bündel Hundertdollarnoten. »Nicht ganz drei Riesen.«

»Danke, Mann«, sage ich und lasse das Geld in der Hosentasche verschwinden. Einige Meter weiter entdecke ich Joe und Brandt im Scheinwerferlicht eines alten Trucks, die sich mit einem Mann unterhalten. »Wer ist das?« Ich deute mit dem Kinn auf die Szene.

Cash folgt meinem Blick und seufzt tief. »Sein Name ist Michael, soweit ich weiß. Er taucht hin und wieder bei einer Kampfnacht auf.«

Ich runzle die Stirn und mustere diesen Michael. Sein kurzgeschorenes rot-braunes Haar ist an den Schläfen schon leicht ergraut und verjüngt sich zu einem ordentlich gestutzten Bart. Er trägt ein schwarzes Hemd und mehrere Goldketten um den Hals. Einige Ringe blitzen auf, als er Joe eine Visitenkarte reicht.

»Was macht er da? Ist er auf der Suche nach Talenten?«

»Nein. Er ist hier, um euch Jungs von der Straße zu holen. Quatscht ständig irgendwas von Perspektive oder so.« Das Missfallen in Cashs Stimme ist unüberhörbar.

Als hätten wir so etwas nötig …

Ich schüttle den Kopf und konzentriere mich wieder auf den Buchmacher. »Wie auch immer, mich und Grey wirst du jedenfalls nicht los.«

Gegenwart …

Wie jeden dritten Sonntag im Monat sitzen wir um Greys Esstisch versammelt, spielen Poker und tauschen Neuigkeiten aus. Im Moment läuft alles zivilisiert ab, doch das ändert sich spätestens, wenn Greys jüngste Eroberungen das Loft stürmen. Der Abend wird in einer wilden Party enden, wie jedes Mal. Ich kann es kaum erwarten.

Ich sehe mir meine Karten an – Kreuz 2 und Herz 4. »Bin raus«, verkünde ich und schiebe die Karten von mir.

Michael klemmt sich seine Zigarre in den Mundwinkel und beugt sich vor, um sich mit zusammengekniffenen Augen die Gemeinschaftskarten anzusehen. »Hey Junge, ist das Kreuz oder Pik?«, fragt er Joe und zeigt auf die mittlere der drei Karten.

»Kreuz, alter Mann, du solltest deine Brille nicht jedes Mal zu Hause vergessen.«

Michael lacht rau, woraufhin Asche durch die Gegend fliegt. »Zeig ein bisschen mehr Respekt. Außerdem warte ab, bis du in meinem Alter bist, dann vergisst man schon mal, die Brille *nicht zu Hause zu vergessen.*«

»Bis dahin vergehen aber noch etliche Jahre«, antwortet Joe belustigt und kassiert dafür von Michael einen kräftigen Klaps auf den tätowierten Oberarm. Joe trägt es mit Fassung und platziert seinen Einsatz.

»Apropos Altes, was gibt's Neues?«, fragt Michael mich.

Grey hebt den Blick von den Karten in seiner Hand. »Wir sind am Freitag hintergangen worden. Ward, dieser verdammte Brite, hat es diesmal tatsächlich geschafft. Er hat Colton dazu bekommen, absichtlich zu verlieren.«

Joes Augenbrauen heben sich. »Hat dieser Ward nicht Schulden bei euch?«

Ich lehne mich zurück und greife nach dem Tumbler vor mir. »Einhundertachtundfünfzigtausend Dollar.«

»Jetzt sind es viertausend mehr«, ergänzt Grey. »Steuern noch nicht mit eingerechnet.«

Joe pfeift leise durch die Zähne. »Soll ich ihn übernehmen?«, fragt er und spielt auf seinen Zweitjob als Geldeintreiber an. Streetworker ist zwar ein ehrenwerter Beruf, aber Kohle verdient man damit kaum.

»Danke, aber nein«, antworte ich. »Ich nutze bei Ward gleich die Chance, ein Exempel zu statuieren. Wenn ich mit ihm fertig bin, bescheißt mich bestimmt keiner mehr.«

»Wie du meinst. Solltest du deine Meinung ändern, sag Bescheid.«

Grey wirft einige Chips in den Gemeinschaftspott. »Lass ihm seinen Spaß. Um die Russen hat er sich auch gekümmert. Ward ist dagegen ein Kinderspiel.«

»Was war mit den Russen?«, schaltet sich Michael ein und die Falten um seine Augen vertiefen sich, während er mich und Grey abwechselnd mustert.

»Darüber wollten wir mit dir noch sprechen«, sage ich. »Sie sind schon wieder im Club aufgetaucht. Zuerst nur einer, dann zu viert.«

»Was ist mit Sutter? Hat er schon herausgefunden, wer der Anführer ist?«, fragt Grey dazwischen.

Michael schüttelt den Kopf. »Nein. Falls doch, erzählt er es mir nicht.«

»Langsam glaube ich, dass es sich um Wolkow handelt«, rücke ich mit meiner Vermutung heraus. »Ich habe mir auch diesmal den einen genauer angesehen. Er hatte keine auffälligen Tattoos. Soweit ich weiß, haben alle Männer von Iwan Orlow ein *X* am Hals tätowiert. Und da es derzeit nur zwei russische Organisationen in New York City gibt, bleibt noch Wolkow. Fragt sich bloß, warum Sutter so ein Geheimnis daraus macht.«

»Frage ich mich auch. Für was bezahlen wir das Arschloch eigentlich noch?«, fragt Grey übellaunig.

»Er hält immer noch die Bullen von unserem Club fern«, erinnere ich ihn, bevor ich an Michael gewandt frage: »Könnte es sein, dass er mit den Russen unter einer Decke steckt?« Würde mich zumindest nicht wundern, wenn der Polizeichef von New York City und favorisierte Kandidat für das Amt des Gouverneurs ein doppeltes Spiel spielt – der Mann, der stets auf seinen eigenen Vorteil bedacht ist.

»Auch das kann ich euch nicht beantworten. Tut mir leid, Jungs.« Michael reibt sich in einer verzweifelten Geste über das Gesicht. Die Angelegenheit scheint ihn härter zu treffen, als es bis jetzt den Anschein hatte.

»Mach dich nicht mit Dingen fertig, die du nicht beeinflussen kannst«, rede ich beschwichtigend auf ihn ein.

»Nicht beeinflussen? Ich war derjenige, der euch erst mit ihm bekannt gemacht hat. Es ist meine Aufgabe, die Kontrolle zu bewahren. Ich fühle mich immer noch für euch verantwortlich.«

»Grey und ich sind keine verloren gegangenen Straßenkids mehr, Michael. Als wir dem Deal mit Sutter zugestimmt haben, haben wir es in vollem Bewusstsein getan – als Erwachsene.«

Michael scheint über meine Worte nachzudenken, dann seufzt er. »Gut. Ich werde trotzdem ein Treffen mit ihm vereinbaren. Schaden kann es nicht. Vielleicht packt er ja von Angesicht zu Angesicht aus.«

»Mach das.« Ich nicke.

Ein lächerlich melodisches Klingeln wabert durch den Raum.

»Die Ladys sind da.« Grey wirft seine Karten auf den Tisch und springt auf.

Michael seufzt. »Wenn Veronika das jemals erfährt, lande ich in der Hölle.«

»Aber zuerst, mein alter Freund …« Grey klopft Michael auf die Schulter. »… wirst du noch Bekanntschaft mit Engeln machen.«

»Halleluja«, brummt Brandt mit unverhohlenem Sarkasmus. Brandt, glücklich verheiratet, würde die Tussis nicht einmal mit der Kneifzange anfassen.

Ich sage nichts. Seit zwei Tagen geistert Ella durch meine Gedanken und es wird Zeit, sie mir aus dem Kopf zu vögeln. Grey eilt durch das Wohnzimmer und öffnet die Eingangstür.

»Hi, Grey«, ertönt es kollektiv von mindestens fünf Frauen.

Dann lassen wir die Party beginnen.

Mir ist heiß und irgendetwas Schweres liegt auf mir. Blinzelnd öffne ich die Augen und die aufgehende Sonne, die durch die bodentiefen Fenster dringt, frisst sich sofort in meine Netzhaut. Verdammt, ich muss weggepennt sein.

Ich schiebe die Brünette, die rittlings auf mir sitzt, von mir runter. Sie landet mit dem Gesicht voran auf der u-förmigen Ledercouch, wacht aber nicht auf. Wo zum Teufel ist mein Hemd? Mehrmals lasse ich meine Halswirbel knacken, um die Verspannung im Nacken zu lösen, und schaue mich um.

Grey fläzt nackt am anderen Ende der Couch, sein Kopf gegen die Rückenlehne gesunken, der Mund leicht geöffnet. Er schnarcht. Quer über seinem Schoß liegt eine Frau, ihr Gesicht wird von blonden Korkenzieherlocken verdeckt. Von Brandt und Michael fehlt jede Spur. Ich stehe auf und schließe meine Hose. Die Brünette hat sich wirklich ins Zeug gelegt, aber als sich ihre Lippen um meinen Schwanz geschlossen haben, wollten sich meine Eier am liebsten in mein Inneres verkriechen. Verflucht, Ella hat mich verhext. Das ärgert mich, weil ich genau weiß, dass ich sie nie wieder sehen werde. Sie gehört einfach nicht in meine Welt. Was für ein Scheiß!

Ich steige über einen Berg Klamotten hinweg und schiebe mich an dem Couchtisch vorbei.

Grey wacht grunzend auf und reibt sich die Augen. »Scheiße Mann, gehst du schon?«

»Ja.« Ich gehe hinüber zum Esstisch, wo die nächste Alte ausgebreitet liegt. Unter ihr lugt der Ärmel meines Hemdes hervor. Ich rolle sie auf die Seite und ziehe das Hemd weg. Sie stöhnt leise, schläft aber, wie die Brünette, weiter. »Du und deine legendären Cocktails«, kommentiere ich, ziehe mir das Hemd über und streiche es glatt. Verdammt, ich rieche wie ein Stripclub.

Grey lacht heiser. »Sehen wir uns später? Marc kommt am Nachmittag vorbei. Ich habe ihm versprochen, dass du mit ihm trainierst.«

»Wieso nicht. Dann kann ich ihn gleich fragen, ob er in die Sache mit Colton verwickelt war.«

»Das glaube ich nicht, er nimmt das Training ernst. Er kommt als erster und geht als letzter. Er würde nie riskieren, dass du ihn von der Liste streichst.«

Ich vertraue Greys Urteil, dennoch muss ich sichergehen. »Wir werden sehen.« Zum Abschied drücke ich seine Schulter und laufe in den Flur. Bevor ich die Eingangstür hinter mir zuziehe, höre ich ein scharfes Klatschen auf nackte Haut, gefolgt von Greys Stimme. »Komm schon, Weib! Runter von mir!«

Verdammte wilde Partys.

In der Tiefgarage schließe ich meinen Wagen auf und sinke erschöpft in den Fahrersitz. Greys Loft liegt keine zwanzig Fahrminuten von mir entfernt in Chelsea. Während mein Handy sich mit dem Soundsystem verbindet und dann *Smells Like Teen Spirit* von *Nirvana* mich beschallt, biege ich in die Straße, die am Hudson River entlangführt. Ich lasse das Fenster hinunter und genieße die kühle Brise, die vom Fluss zu mir herüberweht.

In SoHo und auch auf der Broolyn Bridge herrscht

kaum Verkehr und ich komme zügig voran. Ein Stück voraus springt die nächste Ampel auf Grün und ich gebe Gas. Plötzlich läuft eine Frau über die Straße, den Blick auf die Armbanduhr gesenkt.

»Fuck!«

Ella

Ich hetze den Bürgersteig entlang und verfluche mich dafür, heute Morgen dreimal den Wecker weggedrückt zu haben. Meine Schicht in der Bäckerei beginnt um sieben, der Stand der aufgehenden Sonne sagt mir aber, dass es bereits wesentlich später sein muss. Kurzerhand biege ich zur Straße ab, zwänge mich zwischen zwei geparkten Autos hindurch und werfe im Laufen einen Blick auf meine Armbanduhr. Sieben Uhr dreißig. Verdammt!

Da höre ich Reifen quietschen und das Hupen eines Autos. Ich schreie auf und ducke mich, die Arme instinktiv vors Gesicht gerissen.

Wo bin ich? Bin ich tot?

Der Geruch qualmenden Gummis steigt mir in die Nase und das Fluchen eines Mannes dringt mir ans Ohr, begleitet von Kurt Cobains unverkennbarer Stimme. Langsam lasse ich die Arme sinken und schaue direkt in das Maul eines Kühlergrills, der zu einem gigantischen schwarzen Wagen gehört.

»Sind Sie irre, verdammt noch mal?« Eine Autotür wird aufgerissen und ein Mann springt aus dem Wagen.

Mein Kopf ruckt hoch und niemand Geringeres als der Typ aus dem Fight-Club, Jax, kommt um die Motorhaube gelaufen.

Er erstarrt, ich genauso.

»Du«, rufen wir unisono.

Er löst sich als Erster aus seiner Schockstarre und packt mich an den Schultern. »Geht es dir gut? Verdammt, du kannst doch nicht einfach über die Straße laufen!« Sein Blick huscht suchend über meinen Körper. »Bist du verletzt?«

Ich schüttle den Kopf. »Nein. Nein. Mir geht's gut.« Vorsichtig löse ich mich aus seinem Klammergriff und taste mich ab, um sicherzugehen. Keine Verletzungen, aber ein wild rasendes Herz und Knie, die sich wie Pudding anfühlen. »Also, äh, danke dass du mich nicht überfahren hast, aber ich muss jetzt wirklich weiter.« Ich will an ihm vorbeigehen, da knicken mir meine Puddingbeine weg.

Er fängt mich an der Taille auf. »Nicht so schnell. Ich sollte dich vielleicht ins Krankenhaus bringen. Nur zur Sicherheit.«

»Was? Nein, schon gut. Ich muss zur Arbeit.« Ich halte mich an seinem Oberarm fest – ignoriere das Spiel seines stählernen Bizeps unter meinen Fingern – und richte mich auf.

»Wie du meinst. Aber setz dich wenigstens kurz hin.« Ohne große Kraftanstrengung hebt er mich auf die Motorhaube seines Wagens.

»Wow, okay«, murmle ich, während der laufende Motor unter meinem Hintern vibriert und die Wärme durch den Stoff meiner Jeans dringt.

»Besser?«

Beschämt drücke ich mir meine Umhängetasche an die Brust. »Äh, ja, danke. Aber die Bordsteinkante hätte es auch getan. Oder der Boden.«

»Du gehörst aber nicht auf den Boden«, sagt er harsch.

Es dauert eine Weile, bis der Inhalt seiner Worte in mein Bewusstsein dringt. Dass er die Vorstellung, mich auf dem Boden zu sehen, nicht mag, gefällt mir sehr. »Ist das wieder eines deiner seltenen Komplimente?«

»Ja, und die Wahrheit.« Er stützt seine Hände links und rechts neben meinen Oberschenkeln ab. Durch die kühle Morgenluft hat sich Gänsehaut auf seiner sonnengebräunten Haut gebildet. »Willst du noch eine Wahrheit hören?«

Meinen Blick fest auf seinen sehnigen Unterarm gerichtet, nicke ich. Ich will hören, was er zu sagen hat, denn ich fühle mich, wie schon letztes Mal, durch sein Kompliment bestärkt. Ob man nach Komplimenten süchtig werden kann?

»Du gehst mir seit Freitag nicht mehr aus dem Kopf.«

»Echt?«, frage ich ehrlich überrascht, während mein Herz schneller zu schlagen beginnt. Ich hebe den Kopf und begegne seinem Blick, seine smaragdgrünen Augen sind direkt auf mein Gesicht gerichtet. Er wirkt müde, die violetten Schatten unterhalb seiner Augen machen dem dunkelblauen Fleck auf seinem Jochbein gehörig Konkurrenz. Mich juckt es in den Fingern, sein Gesicht zu berühren, will ihm aber nicht wehtun.

»Ja, echt«, bestätigt er und lächelt, was wieder sein Grübchen unter dem Dreitagebart zutage treten lässt. »Überrascht?«

Völlig überrumpelt trifft es eher.

Ich stöbere nach einer Antwort, doch just in dem Moment brettert hupend ein Auto an uns vorbei. Jax zeigt dem Fahrer den Mittelfinger und ich unterdrücke ein Glucksen.

Er wendet sich mit einem amüsierten Funkeln in den Augen wieder mir zu, tritt einen Schritt zurück und hält mir die Hand hin. »Komm, ich fahr dich zur Arbeit.«

Arbeiten, natürlich. Jetzt habe ich tatsächlich vergessen, wohin ich unterwegs bin. Ich strecke meine Hand aus, die in seiner viel größeren verschwindet und lasse mir von ihm herunterhelfen. Meine Beine halten stand, als sie den Boden berühren. Anscheinend habe ich die kurze Pause doch gebraucht. Jax lässt meine Hand los, geht zu der Beifahrertür und hält sie mir auf.

Ich folge ihm und murmle ein »Danke«, als ich das Trittbrett erklimme und einsteige. Der Innenraum ist geräumig und der Geruch von Leder liegt in der Luft, aus dem Soundsystem dringt kraftvoll die Stimme des Leadsängers von *Nirvana*. Jax lässt sich auf den Fahrersitz gleiten und dreht die Musik ab. In der entstandenen Stille füllt seine Präsenz den ganzen Wagen aus. Ich atme verstohlen seinen Duft ein, mit einem Unterton von Whisky und Zigarrenrauch.

Ich versteife mich. »Du hast doch keinen Alkohol getrunken, oder?« Den Geruch nach Zigarrenrauch blende ich vehement aus.

»Was? Nein. Ich hatte heute zwei Gläser Whisky. Aber das war vor Mitternacht, seitdem habe ich keinen Tropfen mehr angerührt.«

»Und das soll ich dir jetzt einfach so glauben?«, frage ich patzig und schelte mich gleichzeitig dafür. Der Mann lässt offenbar meine schlechten Seiten zum Vorschein kommen.

»Wieso sollte ich dich belügen?« Er schnaubt. »Glaub mir, oder eben nicht.« Er klingt ehrlich getroffen und ich halte inne.

Misstrauen ist eine fiese Bitch, die man nur schwer wieder loswird!

»Entschuldige«, murmle ich. »Ich wollte dir nichts unterstellen.«

»Schon gut.« Er fährt los. »Wo muss ich hin?«

Ich nenne ihm die Adresse der Bäckerei und schnalle mich an. Neben ihm zu sitzen, löst eine Welle an Gefühlen aus. Schmetterlinge tanzen in meinem Bauch, während Fassungslosigkeit und Aufregung meinen Körper fluten. Fassungslosigkeit, weil ich nicht einmal ansatzweise verarbeiten kann, dass er an mich gedacht hat, und Aufregung, weil er mir so nahe ist.

Uns trennen nur Zentimeter und ich erwische mich dabei, wie ich immer wieder zu ihm hinüberschiele.

Beim dritten Mal gebe ich dem Bedürfnis nach und

betrachte ihn. Ausgiebig. Heute trägt er ein dunkelblaues Hemd, das zerknittert ist, als hätte er eine lange Nacht hinter sich.

Der weichaussehende Stoff umspannt seine breiten Schultern und betont seinen durchtrainierten Oberkörper. Seine langen Beine stecken in verwaschenen Jeans. Er sitzt ganz entspannt da, der Daumen seiner linken Hand trommelt im Takt gegen das Lenkrad. Mein Blick gleitet seinen Körper hinauf bis in sein Gesicht. Seine Nase weist einen kleinen Höcker auf und ich frage mich, wie oft sie schon gebrochen war. Und diese Lippen. Wie weich sie aussehen, wohl geformt mit einem leicht geschwungenen Amorbogen. Ob er genauso küsst, wie er kämpft? Voller Hingabe, fokussiert auf eine einzige Sache. Mir wird heiß und ich spüre, wie ich rot werde.

»Wir sind da«, sagt er und der Wagen hält vor *Codys Bakery* in zweiter Spur.

Ich reiße meinen Blick von ihm los und fasse nach dem Türgriff. »Danke fürs Fahren.«

Er wendet sich mir zu, den Unterarm locker auf das Lenkrad gestützt. »Soll ich dich noch reinbringen?«

»Nicht nötig.« Ich stoße die Tür auf. Als ich sie zuwerfen will, richtet er noch einmal das Wort an mich.

»Kann ich dich in den nächsten Tagen auf einen Kaffee einladen? Falls du überhaupt auf Kaffee stehst. Du bist doch kein Teetrinker, oder?« Er kratzt sich am Hinterkopf und flüstert: »Verdammt, was mache ich hier eigentlich?«

Ist es ihm unangenehm, mich auf einen Kaffee einzuladen? Ich forsche in seinem Gesicht. Nichts verrät, was er denkt. »Hast du schon jemals eine Frau zum Kaffee eingeladen?«

Er wendet sich ab und starrt durch die Windschutzscheibe. »Nein«, sagt er nach einigen Sekunden. »Aber ich mag den Gedanken nicht, dich heute zum letzten Mal gesehen zu haben.«

Ich lächle, obwohl er mich total verwirrt. Mir leuchtet

immer noch nicht ein, was er an mir findet. »Vielleicht überfährst du mich in den nächsten Tagen ja wieder beinahe.«

Er verzieht das Gesicht. »Ein Kaffee wäre mir lieber.«

Tja, keine Ahnung wie ich auf seine Einladung reagieren soll. Doch da höre ich mich auch schon fragen: »Wie wäre es, wenn du mit rein kommst? Meiner Meinung nach gibt es keinen besseren Kaffee als bei uns.«

Seine undurchschaubare Miene taut auf und er zwinkert mir zu. O Mann, die Schmetterlinge weigern sich, mit dem Tanzen aufzuhören. »Ich parke schnell.«

Ich werfe endgültig die Wagentür zu, atme tief durch und warte, bis er seinen Pick-up einige Fahrzeuge weiter vorne geparkt hat. Er steigt aus und joggt los, als er bemerkt, dass ich einen verstohlenen Blick auf meine Armbanduhr werfe. Sieben Uhr fünfundvierzig. Na toll.

»Wollen wir«, fordert er mich auf und bedeutet mir, voranzugehen.

Als die automatische Schiebetür sich öffnet, bemerkt uns mein langjähriger Freund und Boss sofort. Seine eisblauen Augen fixieren Jax. Mein Magen verknotet sich. War vielleicht doch keine so gute Idee ihn mitzunehmen. Ich versuche, das Beste daraus zu machen, nicke Cody zu und deute auf einen der sechs weiß lackierten Holztische, die verteilt im vorderen Bereich der Bäckerei stehen. »Setz dich doch. Wie trinkst du deinen Kaffee?«

»Schwarz.«

Ich nicke. »Bin gleich wieder da«, sage ich und husche hinter die Theke, um Cody einen flüchtigen Kuss auf die Wange zu drücken. Er bemerkt es gar nicht. Ich knuffe ihm in die Seite. »Guten Morgen. Entschuldige die Verspätung, aber ich wurde aufgehalten.«

Er dreht den Kopf zu mir, wobei er Jax weiterhin anstarrt – keine Ahnung, wie er das fertig bringt. »Das sehe ich«, grummelt er. »Wer ist das?«

»Das ist Jax.« Wir sehen besagtem Jax zu, wie er sich auf einen der Stühle niederlässt und sich in der Bäckerei umsieht. Er bildet mit seinem rauen Erscheinungsbild einen krassen Kontrast zu den blassrosa Wänden, den Blumensträußchen in kleinen Vasen auf den Tischen und der ansonsten recht femininen Einrichtung. Als Jax unser Starren bemerkt, zieht er fragend die Augenbrauen hoch.

Ertappt wirble ich herum und verschwinde im hinteren Teil der Bäckerei. Cody folgt mir.

»Woher kennst du ihn?«, fragt er scharf, sein Beschützerinstinkt läuft also auf Hochtouren.

»Ich habe ihn in einem Amateurboxclub kennengelernt.« Ich öffne meinen Spind, ziehe die Strickjacke aus und lege sie samt meiner Umhängetasche hinein. Die bittere Galle, die mir bei der Notlüge in den Hals steigt, schlucke ich hinunter. Maddy und ich waren uns einig: Cody darf nie erfahren, wo wir in Wirklichkeit waren.

»Seit wann gehst du in einen Amateurboxclub?« Jetzt klingt er auch noch verwirrt.

»Seit Maddy es sich zur Mission gemacht hat, mich aus meiner Komfortzone zu locken.« Ich binde mir die Schürze mit dem Logo der Bäckerei um die Hüften. Hinter mir ist es verdächtig still. Mit einem Seufzen lasse ich den Spind ins Schloss fallen und drehe mich zu ihm um. »Hör mal, Cody. Ich weiß, dass du dir immer noch Sorgen um mich machst. Aber Maddy hat recht, ich muss wieder anfangen zu leben.«

Eine Zeit lang sieht Cody mich mit unergründlichem Blick an. Ich trete auf der Stelle und quietsche auf, als er mich in eine ungestüme Umarmung zieht. »Schön, dass du es wieder probierst.«

Meine Nase an seiner breiten Brust platt gedrückt, kichere ich. »Finde ich auch.« Das meine ich auch so. Ich bin über meinen Schatten gesprungen und habe einem Mann eine Chance gegeben. Für jede andere Frau wäre das eine Kleinigkeit, für mich ist es der nächste Schritt in die richtige Richtung.

»Aber der Typ gefällt mir nicht. Kannst du es vielleicht langsamer angehen und na ja … dir einen harmloseren suchen?«

Ich löse mich von ihm und sehe zu ihm auf. »Ich werde schon mit ihm fertig, keine Bange.« Hoffentlich, irgendwie. *Oje.*

Ich behalte die Schwingtür im Auge, durch die Ella und dieser Sunnyboy in das Hinterzimmer verschwunden sind, froh über die Fügung, hier gelandet zu sein. Die Frau hat mich wirklich verhext. Die wenigen Minuten mit ihr im Wagen musste ich mich dazu zwingen, mich auf die Straße zu konzentrieren. Ich habe ihren Blick regelrecht auf mir gespürt, während mir der zarte Duft nach Waldbeeren in die Nase gestiegen ist. Irgendetwas ist zwischen uns und ich wäre ein Vollidiot, es nicht herausfinden zu wollen.

Sunnyboy taucht wieder auf und steuert unverwandt auf mich zu. Seine definierte Brust aufgeplustert wie das Gefieder eines Gockels. Ich lehne mich entspannt zurück. Gleich wird er mich fragen, was meine Absichten sind, dann wird er mich warnen, mich zu benehmen und zum Schluss wird er mir sagen, Ella sei ein gutes Mädchen und ich solle sie nicht verderben. Oder ist er ihr fester Freund? Ich lege den Kopf schief und überlege. Nein, dann hätte sie mich nicht eingeladen.

Er bleibt vor mir stehen und lehnt sich vor, wobei er die eine Hand auf die Rückenlehne meines Stuhls stützt und die andere auf die Tischplatte. »Also Jax, was sind deine Absichten bei Ella?«

Ah, da ist sie schon, die erste Frage.

Ich gebe mich gleichmütig, bin aber auch erleichtert, dass Ella jemanden hat, der sie beschützt. »Nur die besten.«

Er mustert mich skeptisch. »Ich glaube dir kein Wort.«

Er lehnt sich weiter vor, dabei fällt ihm eine Locke seiner platinblonden Haare in die Stirn. »Deshalb sage ich dir eines: Ich behalte dich im Auge. Und solltest du ihr wehtun, bist du dran.«

Das wäre dann die Warnung.

Ich komme ihm entgegen, er weicht kein Stück zurück. Gut, er zieht nicht gleich bei der ersten Konfrontation den Schwanz ein. Aber irgendetwas stört mich an ihm. Wenn Ella wirklich an den falschen Typen geraten ist, warum ist er nicht früher für sie eingestanden? Laut ihrer Aussage waren es Jahre, die mies gelaufen sind. Jahre. Oder kennt er sie erst seit Kurzem? Nein, dafür gehen sie viel zu vertraut miteinander um. Ella scheint mir keine Frau zu sein, die schnell Vertrauen fasst. »Keine Sorge. Ich werde gut auf sie aufpassen.«

Er schnaubt abfällig und richtet sich auf, die Hände an den Seiten zu Fäusten geballt. »Sie ist ein gutes Mädchen. Sie ist hilfsbereit, loyal, süß und freundlich. Aber vor allem ist sie vorurteilsfrei, was wahrscheinlich der Grund ist, warum sie dich hier angeschleppt hat. Sie sieht in jedem nur das Gute und das macht sie verdammt verletzlich. Also solltest du mit ihr nur ein krankes Spiel spielen wollen, verpiss dich lieber gleich.«

»Ich spiele hier gar nichts«, knurre ich. »Und jetzt solltest du mich besser in Ruhe lassen. Klar so weit?« Ich knirsche mit den Zähnen.

Ella taucht neben Sunnyboy auf und sieht mit hochgezogenen Augenbrauen zwischen uns hin und her, eine Kaffeetasse samt Untersetzer in der Hand. »Hey Jungs, alles klar bei euch?«

»Alles bestens«, sage ich zu ihr, ohne ihn aus den Augen zu lassen.

Sunnyboy funkelt mich noch einen Augenblick lang an, dann macht er auf dem Absatz kehrt und verzieht sich hinter die Theke.

»Was war das hier gerade?« Sie winkt ab. »Nein, sag's mir nicht. Er hat dir bestimmt die Leviten gelesen, dir meine besten Eigenschaften aufgezählt und gefragt, welche Absichten du bei mir hast.«

Mein Mundwinkel zuckt. »Die Reihenfolge stimmt nicht ganz, aber ansonsten hast du es genau getroffen. Ich bin beeindruckt.«

Ein Lächeln umspielt ihre Lippen. Sie stellt die Tasse vor mir ab und lässt sich mir gegenüber auf dem Stuhl nieder. »Und was hast du geantwortet?« Sie wird ernst.

»Die Wahrheit. Dass meine Absichten die Besten sind, dass ich auf dich aufpassen werde und dass ich kein Spiel spiele. Kennst du ihn schon länger?«

Sie legt fragend den Kopf schief. »Sagst du eigentlich immer die Wahrheit?«

Ich ziehe meinen Stuhl näher an den Tisch und stütze die Ellenbogen an die Kante. »Beantworte zuerst meine Frage.«

Sie zögert kurz und wirft einen Blick zu Sunnyboy hinüber, der gerade dabei ist, einer älteren Dame das Wechselgeld zu reichen. »Wir haben zusammen das *Culinary Institute of America* besucht. Ich bin Konditorin. Jetzt arbeite ich für ihn, bis ich genügend Geld gespart habe, um meine eigene Bäckerei zu eröffnen.«

Ich nicke anerkennend. »Ein großes Vorhaben.«

Sie zuckt mit den Schultern. »Menschen brauchen Träume.«

»Und sie brauchen Ziele. Du kannst deines erreichen, wenn du hartnäckig genug bist.« Ich habe das Gefühl, ihr das sagen zu müssen. Ich war froh, als Michael mich ermutigt hat, einen Club zu eröffnen.

Ihre Schultern straffen sich, was mich freut. »Danke, manchmal ist es schwer, sich nicht entmutigen zu lassen. Vor allem bei dem derzeitigen Immobilienmarkt. Die Preise sind ein Witz!« Jetzt könnte ich ihr vorschlagen, sich für Geld verprügeln zu lassen, wie ich am Anfang, aber wahrscheinlich kommt das nicht so gut an.

»Gerne.« Ich greife nach der lächerlich kleinen Kaffeetasse und nippe daran. Sie hat recht, der Kaffee ist verdammt gut.

»Jetzt du. Wieso die Ehrlichkeit?«

»Lügen ist anstrengend. Wenn jemandem nicht passt, was ich sage, ist es nicht mein Problem.«

»Du könntest damit jemandes Gefühle verletzen«, meint sie mit hochgezogenen Augenbrauen.

»Ich kann aber auch einfach die Klappe halten und mir meinen Teil denken.«

Sie lehnt sich vor. »Ist Schweigen nicht eine andere Form von lügen?«

»Bist du schon wieder auf eine Diskussion aus?« Zumindest hoffe ich das, weil ich die kleinen Auseinandersetzungen mit ihr genieße.

Seufzend legt sie den Kopf in den Nacken und blickt zur Decke, als würde dort oben die Antwort stehen. Als sie mich wieder anschaut, sind ihre Augen sanft. Schade. Obwohl, der Ausdruck gefällt mir.

»Ich mag deine Ehrlichkeit, und ich mag die Diskussionen. Beides hatte ich schon lange nicht mehr in meinem Leben. Bei dir muss ich mich nicht verstellen.« Da sind sie wieder, diese kryptischen Andeutungen auf ihre Vergangenheit. Jetzt wäre eine gute Gelegenheit, sie zu fragen, ob sie Opfer von Gewalt geworden ist, lasse es aber, da das Thema heikel ist.

»Bei mir brauchst du auch keine Angst vor Konsequenzen zu haben«, drängt es mich dennoch zu sagen – sie hat von mir nichts zu befürchten. Frauen gegenüber verhalte ich mich zwar wie ein Arschloch, aber vergehen würde ich mich an ihnen nie. »Ich stehe darauf, wenn du deine Krallen ausfährst.« Anzüglich wackle ich mit den Augenbrauen.

Ihre Wangen färben sich rot. »Blödmann«, nuschelt sie und senkt den Blick auf ihre Hände.

»Vom professionellen Schlägertypen zum Blödmann, was für eine steile Karriere.«

Sie lacht herzhaft auf. Ich will es wieder hören, dieses Lachen.

»Ella, arbeitest du heute noch, oder soll ich den Laden alleine schmeißen?«, schallt Sunnyboys Stimme unerwünscht durch den Verkaufsraum. Vor der Theke hat sich eine kurze Warteschlange gebildet.

Ella dreht sich hastig auf dem Stuhl zu ihm um. »Nein, natürlich nicht. Ich bin gleich da.«

Während sie abgelenkt ist, schnappe ich mir den Bestellblock und den Stift aus ihrer Brusttasche. Sie bemerkt es nicht – was soll ich sagen, ich habe es immer noch drauf. Beides lasse ich unter dem Tisch verschwinden, als sie sich wieder zu mir umdreht, ihr Gesicht zu einer entschuldigenden Miene verzogen.

»Tut mir leid«, sagt sie und steht auf, »aber ich muss los.«

»Kein Ding.« Ich nicke in Richtung der Kaffeetasse. »Ich werde den noch austrinken, danach muss ich auch los.« Coco wartet bestimmt schon ungeduldig auf mich. Normalerweise drehen wir unsere morgendliche Runde durch den Park gegen sechs, jetzt ist es kurz nach acht.

»Okay, dann … war nett, dich zu sehen.« Sie winkt kurz, augenscheinlich unschlüssig, wie sie sich verabschieden soll, und verschwindet hinter die Theke. Sunnyboy nimmt sie sofort in Beschlag und reicht ihr ein Blech mit Gebäckteilchen. Ich lehne mich zurück, spiele mit dem Bestellblock in meinen Händen und beobachte sie, wie sie die Süßwaren in die Vitrine schichtet und zwischendurch an der Theke aushilft. Sunnyboy und sie sind ein eingespieltes Team, jeder Handgriff sitzt und die Kunden scheinen zufrieden.

Ich werde jetzt nach Hause fahren und wenn ich Ella richtig einschätze, sehe ich sie bald wieder.

Stur bediene ich Mr. Williams, der sich wie jeden Montag frisches Brot holt, während ich Jax' Blick überdeutlich auf mir spüre.

ELLA

»Bitte sehr, Mr. Williams«, sage ich, reiche ihm das Wechselgeld und schiebe das Vollkornbrot über die Theke. Er steckt die Dollarnoten in das Portemonnaie, bevor er das Brot in den mitgebrachten Stoffbeutel verstaut. Dabei zittern seine Finger so sehr, dass ich schon befürchte, dass ihm alles hinunterfällt.

»Danke, meine Liebe. Bis nächste Woche.«

»Bis nächste Woche.« Ich schaue ihm hinterher, wie er schwer auf den Gehstock gestützt die Bäckerei verlässt, und riskiere einen Blick zu dem Tisch, an dem Jax sitzt. Der Tisch ist leer. Ein Gefühl des Verlustes überkommt mich wie ein Platzregen. Es war schön, mich mit ihm zu unterhalten. Innerhalb von Minuten hat er mich in meinem Traum bestärkt und mich zum Lachen gebracht.

Kurz prüfe ich, ob Cody alleine zurechtkommt, bevor ich zu dem Tisch hinübergehe. Jax hat einige Dollarnoten unter die Untertasse geschoben. Ich ziehe sie hervor und will sie in die Schürze stecken, da segelt ein Stück Papier zu Boden. Kurzerhand hebe ich es auf. Das Papier kenne ich, auf der Kopfzeile prangt das Logo der Bäckerei. Mit einer Vorahnung schaue ich an meiner Brust hinunter. Der Block, der sich sonst immer in der Brusttasche meiner Bluse befindet, ist verschwunden, ebenso der Stift. Wie? Jax!

Du hinterhältiger Dieb.

Erneut werfe ich einen Blick auf das Papier. In schlichter Handschrift steht eine Nachricht darauf. Mein Magen beginnt beim Lesen aufgeregt zu flattern.

Bleib mutig.

Darunter steht seine Telefonnummer. Ich knülle das Papier zusammen und sehe mich verstohlen um. Cody ist weiterhin beschäftigt und schenkt mir keine Beachtung. Ich entfalte es wieder, schaue noch einmal hin – die Nachricht ist immer noch da.

Ganz cool bleiben, Ella, nur nicht die Nerven verlieren.

Ich reiße mich zusammen, stopfe das Papier zu den Dollarnoten in die Schürze und räume den Tisch ab.

Auf dem Weg zurück zu Cody breitet sich unweigerlich ein Grinsen auf meinem Gesicht aus.

O.M.G! Ich habe seine Telefonnummer.

Ich sitze im Wagen und beobachte das Reihenhaus aus rötlichem Backstein von der gegenüberliegenden Straßenseite aus. Im unteren Stockwerk brennt Licht und durch die geschlossenen Vorhänge, wo sich vermutlich das Wohnzimmer befindet, mache ich hin und wieder Wards Silhouette aus. Auf geht's! Ich hole Dolly aus dem Handschuhfach, stecke sie in den Schaft meines Stiefels und steige aus. Die Straße ist menschenleer, die Häuser der umliegenden Nachbarschaft liegen größtenteils im Dunkeln. Allem Anschein nach schlafen die anständigen Bürger Queens' schon. Also die perfekte Zeit, Ward einen Besuch abzustatten. Ich laufe die drei Stufen zur Veranda hoch, klingle und presse mich mit dem Rücken an die Außenmauer. Auf dem Nachbargrundstück beginnt ein Hund zu kläffen. Ich werfe einen Blick hinüber, da springt auch schon ein weißes Wollknäuel durch ein Loch in der Hecke und knurrt mich durch den Maschendrahtzaun an. Hinter der massiven Eingangstür aus Eiche höre ich ein gedämpftes »Moment« und im nächsten Augenblick geht die Tür auf. Ich verlasse meine Deckung, packe Ward an den Aufschlägen seines Morgenmantels und dränge ihn ins Haus zurück.

»Guten Abend, Ward«, knurre ich und versetze der Tür einen Stoß mit der Ferse.

»Jax«, krächzt er, die Augen vor Schreck weit geöffnet. »Du hast mich betrogen.«

»Ich bin mir nicht sicher, wovon du redest.« Oh, wie sehr mir sein britischer Akzent auf den Sack geht.

»Spiel hier nicht den Ahnungslosen. Ich habe lang genug dabei zugesehen, wie du versucht hast, meine Kämpfer zu bestechen. Bis letzten Freitag fand ich deine jämmerlichen Versuche witzig, jetzt nicht mehr. Ich will meine Kohle. Und zwar alles.«

»Alles?« Er wird blass. »Nun, das bringt mich jetzt finanziell ein wenig in die Bredouille.«

Ich knalle ihn mit dem Rücken gegen die nächstgelegene Wand. »Nicht mein Problem, du kleiner versnobter Adeliger. Ab sofort musst du dir jemand anderen suchen, der dir deinen verstaubten Herrensitz finanziert.«

Jacob schluckt hart. Das saß. Ich beobachte ihn dabei, wie er nach einer Antwort sucht.

»Gewiss, gewiss. Aber die Rückzahlung könnte dauern.«

»Du hast zwei Wochen. Sonst gehört der Ri…« Mein Blick fällt auf die Pinnwand, gegen die ich ihn gedrängt habe. Auf Höhe seines Kopfes hängt ein Foto. In mir kommt alles zum Erliegen.

Wie zum Teufel …

Ich reiße es herunter und halte es ihm unter die Nase. »Woher kennst du sie? Ist sie deine Freundin?«

Oder deine Ex?

Ich betrachte noch einmal das Foto oder besser gesagt, den verwackelten Schnappschuss, der von der anderen Straßenseite aus aufgenommen wurde. Ella. Die untere Hälfte ihres Körpers wird von vorbeifahrenden Autos verdeckt, aber im Profil ist sie eindeutig zu erkennen. Sie eilt geschäftig die Straße hinunter, eine vollbeladene Einkaufstüte unter den Arm geklemmt.

»Fass das nicht an. Sie gehört mir.« Er will nach dem Foto greifen, doch ich bringe es außerhalb seiner Reichweite, wobei ich ihn mit dem linken Unterarm an der Wand festpinne.

Langsam schüttle ich den Kopf. »Nein. Sie gehört *mir*, solange du mir nicht mein Geld zurückbezahlt hast.« Ich schaue ihm fest in die Augen. »Jeden. Gottverdammten. Penny.«

Sein Gesicht wird schlagartig aschfahl. »Das kannst du nicht tun.«

»Oh, und ob ich das kann.« Ruckartig ziehe ich meinen Arm zurück und er rutscht ein Stück die Wand hinunter. Ich beuge mich vor und genieße das Gefühl, überlegen zu sein. »Und du wirst mich nicht daran hindern können.« Auf dem Absatz mache ich kehrt, reiße die Eingangstür auf und verschwinde in die Nacht hinaus. Das Foto nehme ich mit.

KAPITEL 3

JAX

Das Leder meines Bürostuhls knarzt, als ich mich mit dem Handy am Ohr zurücklehne und Coco, meine hundertfünfundfünfzig Pfund schwere Dänische Dogge, am Hals kraule.

»Du stinkst nach Käsecracker«, flüstere ich ihm zu, während ich dem Freizeichen lausche. »Hat Grey dich schon wieder heimlich gefüttert?« Coco mault zur Antwort.

Nach dem x-ten Mal Läuten geht Michael ran. »Jax.«

»Hey Michael, hast du dich schon mit Sutter getroffen?«

»Getroffen nicht, aber telefoniert.« Er räuspert sich. »Auf die Russen wurde eine Sondereinheit angesetzt.«

Ruckartig setze ich mich auf. Verflucht, jetzt auch noch die Bullen! »Wie sieht es mit den Fight-Nights aus, können wir sie weiterhin abhalten?«

»Ja, alles wie gehabt. Du musst nur darauf achten, dass sie nicht ausarten.«

Ich lehne mich zurück und starre finster auf die gegenüberliegende Wand. Eines der Bilder, das mich und

Grey bei einem Kampf zeigt, hängt schief. Ich stehe auf, schiebe mich an Coco vorbei und gehe zu dem Bild hinüber. Mit dem Zeigefinger rücke ich es gerade.

»Hat Sutter die Sondereinheit selbst abkommandiert, oder kam der Befehl von jemand anderem?«, frage ich, abgelenkt von dem Bild, das augenblicklich wieder in Schieflage gerät.

»Der Befehl kam von Sutter.«

»Gut. Dann haben wir nicht allzu viel zu befürchten.«

Michael lacht freudlos auf. »Ja, hoffen wir es. Halte dich einfach an den Plan.«

»Natürlich.«

»Freut mich zu hören.« In der nächsten Sekunde ist die Leitung tot.

Ich stecke das Handy in die Hosentasche und rücke das Bild abermals gerade. Es schwingt von links nach rechts und bleibt wieder schief hängen. Verdammtes Ding. Ich nehme das Bild vom Nagel und mein Finger streift über etwas Metallisches an der Rückseite. Ich drehe das Bild um. »Was zur Hölle?«, murmle ich, als ich die daumennagelgroße Wanze entdecke. Sofort ziehe ich das Handy wieder aus der Tasche und wähle Greys Nummer.

»Was gibt's?«, meldet sich mein bester Freund.

»Komm sofort ins Büro, wir haben ein gewaltiges Problem.« Ich lege auf und keine Minute später taucht Grey im Türrahmen auf. Wortlos halte ich ihm das Bild mit der Rückseite voran entgegen.

Mit gerunzelter Stirn kommt er zu mir herüber. »Was ist das?«

»Wir werden abgehört«, knurre ich und pule die Wanze herunter.

»Scheiße, das kann nicht sein.«

»Ach, und was ist das?«, frage ich zynisch und halte ihm die Wanze unter die Nase.

Er schlägt sie mir aus der Hand, sie kullert über den Boden und bleibt neben dem Schreibtisch liegen. Sofort springt Coco auf und stürzt sich auf das vermeintliche Leckerli.

»Coco«, rufen wir gleichzeitig, bevor er noch auf die Idee kommt, die Wanze zu fressen. Coco schreckt zurück und sieht unschlüssig zwischen uns hin und her. Ich schiebe ihn zur Seite und gehe vor dem Abhörgerät in die Knie.

»Was machen wir jetzt?«, frage ich meinen besten Freund, während mein Hund versucht, mich am Ohr abzuschlecken.

Greys Stiefel rauscht in mein Sichtfeld und schon knackt es unter der Sohle. »Vernichten.«

Mit hochgezogenen Augenbrauen sehe ich zu ihm hoch.

Er zuckt mit der Schulter. »Hattest du etwa einen besseren Vorschlag?«

Witzbold. »Nein.«

»Wer könnte das gewesen sein?«

»Keine Ahnung. Vielleicht die Russen. Oder die Sondereinheit«, setze ich gedankenverloren nach.

»Welche Sondereinheit?« Grey macht einen Schritt zurück. Von der Wanze ist nicht mehr viel übrig, außer ein paar Kabeln und einem zertrümmerten Gehäuse.

Seufzend stehe ich auf. »Ich habe eben mit Michael telefoniert. Sutter hat eine Sondereinheit auf die Russen angesetzt.«

Grey zeigt auf den Trümmerhaufen. »Verdammt, und du denkst, dass die Russen oder Sutter damit zu tun haben?«

»Ich weiß es nicht, okay? Dem Mann ist alles zuzutrauen.« Ich kneife mir in die Nasenwurzel. »Michael hat nur gesagt, dass wir die Fight-Nights weiterhin abhalten können, aber darauf achten sollen, sie nicht ausarten zu lassen.«

Grey flucht ausgiebig. »Hoffentlich behält Sutter die Kontrolle. Ich bin eindeutig zu hübsch für den Knast.«

Seinen Kommentar übergehend, sage ich lediglich:

»Ganz sicher, schließlich will er nicht in der Zelle neben uns sitzen.«

Ich nehme ein Bild nach dem anderen ab und untersuche die Rückseite. Nichts. »Wir müssen dringend die Aufnahmen der Überwachungskameras durchgehen.«

Ella

Als ich am späten Nachmittag die schwere Holztür des *Twinkys* aufdrücke, schlägt mir der Geruch von Holzpolitur und abgestandenem Bier entgegen. Der Gastraum ist erfüllt von dem vertrauten Klacken aneinanderstoßender Billardkugeln. Ich bleibe stehen und Maddy legt mir einen Arm um die Schultern.

»Home sweet home«, sagt sie und seufzt.

»Ja«, pflichte ich ihr ergriffen bei. Sie löst sich mit einem feixenden Seitenblick und schiebt sich an einigen Gästen vorbei, die beisammenstehen und ihr Feierabendbier genießen.

»Mädels«, flötet sie laut genug, um den 80er-Jahre-Song im Hintergrund zu übertönen, und wirft sich vor der holzvertäfelten Bar in Pose. »Wir sind wieder da!«

Sofort drehen sich zwei Frauen zu ihr um; Carol und Lindsay, die Besitzerinnen des urigen Pubs. Die Zwillinge, die für das *Twin* im *Twinkys* stehen, lassen alles liegen und laufen zu Maddy hinüber. Bei der Begrüßung brechen allesamt in Gequietsche und Gehüpfe aus.

Maddy winkt mich, zwischen den Frauen eingekeilt, zu sich. »Schaut mal, wen ich mitgebracht habe.«

Die Schwestern drehen sich in meine Richtung und bekommen große Augen, als sie mich sehen. »Ella, du bist wieder hier«, sagen sie gleichzeitig, wie es vermutlich nur Zwillinge fertigbringen und stürzen auf mich zu. Augenblicklich bin ich umringt, werde geknutscht und herzlich umarmt.

»Hey Mädels, schön euch wiederzusehen.« Fest ziehe ich sie in meine Arme. Ich habe sie vermisst.

»Kommt, kommt, setzt euch an die Bar«, fordert uns Carol freudestrahlend auf, als ich mich dazu durchgerungen habe, sie loszulassen. Sie wuselt mit hüpfenden braunen Locken davon, gefolgt von ihrer Schwester. Wie konnte ich jemals zulassen, mir das hier verbieten zu lassen? Blinzelnd, weil sich Tränen in meinen Augenwinkeln sammeln, schaue ich mich um. Es hat sich nichts verändert. Die Wände sind nach wie vor mit Postern von allen möglichen Bands tapeziert, die sechs Billardtische stehen unverrückt inmitten des Raumes und die Lampen aus grünem Glas darüber tauchen alles in schummriges Licht. Sogar die kleine Bühne in der Ecke, auf der hin und wieder Indiebands auftreten, ist noch da. Als wäre die Zeit hier drinnen stehen geblieben. Ein Stein in Größe eines Felsbrockens fällt mir vom Herzen. Ich habe also nichts verpasst.

Im Vorbeigehen streiche ich über den grünen Filz des einzig unbenutzten Billardtisches. Das Gefühl des rauen Stoffes ist vertraut und versetzt mich zurück in die High School. Maddy, Lindsay, Carol und ich waren eine eingeschworene Clique. Eines Tages hatte Carol die Idee, unsere Nachmittage im Pub zu verbringen, wenn es geschlossen war. Ihr Vater Frank, der den Laden damals geschmissen hat, war es recht. Wir haben uns heimlich betrunken, Karaoke-Nachmittage veranstaltet und Billard gespielt. Die Erinnerung daran wärmt mein Herz und macht meine Schulzeit unvergesslich.

»Ella, nun komm schon. Eine auf Anfängerin machen und den Männern das Geld aus der Tasche ziehen, kannst du später noch«, ruft Lindsay über die Leute hinweg und stellt eine Flasche Bier auf die Theke.

Ich beeile mich, zur Bar zu kommen. »Nicht so laut«, zische ich, »du ruinierst mir noch alles.«

Sie zieht den Kopf ein. »Sorry«, flüstert sie mit einem

Schmunzeln und hebt ihr Glas mit dem gezapften Craft Beer. Auch das hat sich nicht geändert, dieses Gesöff kann wirklich nur sie trinken. »Auf uns. Auf unsere Freundschaft und darauf, Ella wieder in unserer Mitte zu haben.«

Wieder treten mir Tränen in die Augen. So ein Mist. »Dankeschön«, sage ich und schlucke hart.

Carol kommt von der anderen Seite der Theke herübergehüpft. »Hey! Könnt ihr nicht warten? Das heiße Schnittchen dort drüben wollte noch ein Bier.« Sie winkt dem Typen mit Wuschelkopf und Fliege zu. »Also, wo waren wir?«

»Bei unserem Toast.« Lindsay verdreht die Augen und drückt ihrer Schwester ein Weißweinglas in die Hand. »Ernsthaft, wer trinkt in einem Pub Wein?«

»Besser als deine ekelhafte Pampe.« Carol rümpft die Nase.

»Diese Pampe«, wiederholt Lindsay pikiert, »stammt aus einer örtlichen Brauerei. Die Zutaten sind von höchster Qualität.«

»O bitte, wir bieten dieses Craft Beer nur an, weil du den Lieferanten vögelst.«

»Und du treibst es mit dem Fuzi vom Amt«, giftet Lindsay zurück.

Carol blinzelt. »Das ist für einen höheren Zweck. Er ist immerhin derjenige, der unsere Schanklizenz regelmäßig verlängert.« Sie zuckt mit den Schultern. »Außerdem hat er einen riesigen Schwanz.«

Maddy und ich tauschen einen Blick und brechen in haltloses Gekicher aus. Wir prosten uns zu und trinken einen Schluck.

»Ihr braucht gar nicht so blöd lachen. Die Bierflaschen habt ihr Terry zu verdanken. Er steht drauf, wenn ich ihm einen Finger in den Arsch schiebe, während ich ihm einen blase.« Lindsay wackelt mit dem kleinen Finger und grinst dreckig.

Ich verschlucke mich und huste. Maddy geht es nicht anders, sie lacht und hustet, klopft nach Atem ringend auf den Tresen und läuft tiefrot an.

»Scheiße«, krächzt sie, »ich hoffe, du hast dir die Hände gewaschen, bevor du die Flaschen verräumt hast.«

Als mir aufgeht, auf was sie anspielt, schiebe ich die Flasche von mir. Pfui!

Lindsay zuckt unbestimmt mit den Schultern. »Wer weiß.«

»Was sagt eigentlich Frank dazu? Zu dem Rumgevögle meine ich?« Es ist zwar schon eine Weile her, aber ich kann mich erinnern, dass er stets ein wachsames Auge auf seine Töchter hatte.

»Der hat letztes Jahr bei einer Whiskyverkostung eine Frau kennengelernt. Ist nach Kentucky gezogen, einmal im Monat schickt er uns 'ne Kiste Bourbon.«

»Könnt ihr euch erinnern, als wir das Bierfass falsch angestochen haben? Der halbe Keller stand unter Bier«, erinnert sich Carol. »Dad war stinkwütend.«

Lindsay lacht. »Ich werde nie vergessen, wie er mich mit dem Wischmopp gejagt hat.«

Unser Geplänkel wird von einer Frau unterbrochen, die an die Bar tritt. Carol nimmt sich ihrer an und macht sich an die Bestellung.

Lindsay stützt sich mit den Ellenbogen auf und mustert mich. »Nun erzähl schon, wie geht es dir? Bist du noch mit dem Typen zusammen? Wie hieß er noch gleich?«

»Jacob«, sage ich und bei seinem Namen bildet sich eine pelzige Schicht auf meiner Zunge.

Lindsay schnippt mit den Fingern. »Genau. Er war kurz hier, nachdem du nicht mehr aufgetaucht bist. Meinte, du leidest unter Depressionen und könntest deshalb nicht mehr kommen. Ist das wahr? Geht es dir besser?«

Was? Depressionen?

Ich schaue sie mit großen Augen an. »Äh … ich weiß nicht genau, was du meinst.«

Lindsay wirft Maddy einen hilfesuchenden Blick zu. »Ich … also …«

Das hat Jacob gesagt?

Dieses Arschloch!

Ich balle meine Hände zu Fäusten, während sich in mir diese altbekannte Hilflosigkeit ausbreitet wie Säure. Er hat mir gedroht, sollte ich jemals wieder einen Fuß in diesen Pub setzen, würde ich nie wieder einen Queue halten können. Ich habe ihm geglaubt, ich wusste, wozu er fähig war, und habe mich daran gehalten.

Maddy legt eine Hand auf meinen Unterarm. »Hey, denk nicht weiter über ihn nach. Lass ihn nicht gewinnen. Es ist dein Abend, okay?«

Ich reagiere nicht, ich kann nicht – Wut brodelt in meinem Bauch. Ich will schreien, toben, irgendetwas zerstören.

Dieses. Gottverdammte. Arschloch!

Vor mir taucht ein Shotglas mit klarer Flüssigkeit auf. Anscheinend hat Maddy Lindsay zu verstehen gegeben, dass ich nicht darüber reden kann. »Trink«, fordert sie mich auf.

Ich strecke meine Hand aus, meine Finger beben. Mit einem Zug leere ich das Glas und knalle es auf die Theke. Der Wodka ätzt sich meine Speiseröhre entlang und langsam lässt die Wut nach.

»So ist es gut«, sagt Maddy und streicht meinen Rücken auf und ab. »Jetzt vergiss ihn. Denk an Jax.«

Jax, ja, er ist ein Lichtblick. Obwohl ich ihn kaum kenne, weiß ich, dass er mir weder etwas Kostbares wie Billardspielen verbieten, noch so einen Scheiß über mich verbreiten würde.

»Wer ist Jax?«, fragt Lindsay.

»Ein richtig heißer Typ. Ella hat seine Nummer klargemacht.« Maddy stößt mich spielerisch mit der Schulter an.

»Und? Habt ihr euch schon getroffen?« Lindsays

schrill werdende Stimme reißt mich aus meinen Gedanken.

»Kennengelernt haben wir uns letzten Freitag in einem Club. Gestern sind wir uns zufällig wieder über den Weg gelaufen, da habe ich auch seine Nummer bekommen.«

Maddy schnalzt mit der Zunge. »Über den Weg gelaufen«, wiederholt sie. »Sie ist ihm vors Auto gelaufen und er hat gerade noch rechtzeitig gebremst. Danach war er ganz der Gentleman und hat sie zur Arbeit gefahren. Jetzt traut sie sich nicht, ihn anzurufen.«

»Maddy!« Diese Verräterin.

»Was denn?« Sie hebt abwehrend die Hände.

»Wieso denn nicht?«, fragt Lindsay ehrlich verwirrt.

Jetzt ist es auch schon egal. »Weil Jax nicht gerade der Kumpeltyp ist und es unweigerlich zum Sex kommen würde.«

Lindsay zieht die Brauen hoch. »Aha. Und das ist ein Problem, weil?«

Ich zögere. Kann ich ihnen meine Bedenken mitteilen? Ich muss, weil bei Gott, ich brauche einen Rat. Jax' Telefonnummer auf meinem Handy brennt mir langsam ein Loch in die Jeans. »Jax hat Maddy gesteckt, dass er auf harten Sex steht. Nur, dass ich das nicht kann. Mit Sicherheit nicht kann.« Ich werfe Maddy einen bedeutungsvollen Blick zu. »Um ehrlich zu sein, weiß ich nicht einmal, für was ich bereit bin.«

»Heißt das, du weißt nicht, auf was du beim Sex stehst? Aber du hast doch …«

»Ist doch egal«, unterbricht Maddy sie, wofür ich dankbar bin. Wie sollte ich auch erklären, dass ich bis auf meinen High School Schwarm Tom, der mich entjungfert hat, mit keinem Mann *normalen* Sex hatte? »Wie wäre es, wenn wir Ella helfen und einfach ein paar Dinge vorschlagen, auf die wir stehen?«

Ich atme durch, das klingt gut.

Maddy zeigt auf, als wären wir in der Schule und das

hier wäre der Sexualunterricht. »Ich beginne. Ich stehe zum Beispiel darauf, wenn mir ein Mann einen Finger in den Hintern schiebt.« Sie hebt vielsagend die Augenbrauen.

Lindsay grinst süffisant. »Ich steh auf Doggy-Style. Keine Ahnung warum, aber es ist die einzige Stellung, in der ich komme.«

Okay, das Gespräch ist mindestens genauso peinlich wie in der Schule, zu meinem Glück kommt Carol herbeigehüpft und gönnt mir eine Verschnaufpause.

»Was habe ich verpasst?«, fragt sie und greift nach ihrem Weißweinglas.

»Ella hat einen Neuen an der Angel, nur dass sie sich nicht sicher ist, was sie beim Sex eigentlich will. Jetzt inspirieren wir sie ein wenig«, klärt Lindsay ihre Schwester auf.

Carols Augen beginnen zu strahlen. »Da bin ich dabei.« Kurz überlegt sie. »Ich liebe es, wenn er während des Blowjobs meinen Kopf festhält und mit meinem Zäpfchen Billard spielt. Ihr wisst schon. Ding-Dong, Ding-Dong.« Sie wackelt mit ihrem Zeigefinger hin und her.

Die Geste ist so ulkig, dass ich in lautes Gelächter ausbreche. O Mann, wie sehr ich die Mädels vermisst habe. Alle drei stimmen mit ein und es dauert eine gefühlte Ewigkeit, bis wir uns wieder einigermaßen im Griff haben.

Maddy wischt sich die Lachtränen aus den Augen. »Ich glaube, wir lassen das lieber.« Sie wird ernst und legt eine Hand auf meine Schulter. »Egal, was wir sagen, oder nicht sagen, du musst für dich herausfinden, was dir gefällt.«

Meine gute Laune bekommt einen kleinen Dämpfer. »Was soll ich deiner Meinung nach tun? Ihm eine lockere Sexbeziehung vorschlagen?« Allein die Vorstellung daran treibt mir kalten Schweiß auf die Stirn.

»Ja, wieso nicht?« Die Mädels nicken bekräftigend.

»Und wenn er das nicht will?«

Okay, okay, ihren Gesichtern nach zu urteilen, gebe ich totalen Quatsch von mir.

»Tu, was sich für dich gut anfühlt«, redet Maddy ermutigend auf mich ein. »Lass dir nichts reinreden. Was sagt dir dein Bauchgefühl?«

Ich atme tief durch, schließe die Augen und horche in mich hinein. Bis heute habe ich meinem Bauchgefühl keine nennenswerte Beachtung geschenkt. Das ärgert mich, denn dann hätte ich Jacob wohl gleich als das enttarnt, was er wirklich ist – Gift, das sich nach und nach in deinen Körper stiehlt und ohne Skrupel Leben und freien Willen aus dir heraussaugt.

Blinzelnd öffne ich die Augen wieder. »Ich kenne ihn kaum, ich vertraue ihm noch nicht. Gleichzeitig habe ich aber auch keine Angst vor ihm«, sage ich ehrlich und sitze wieder auf seiner Motorhaube, gefangen genommen von seinem Körper, ohne mich bedrängt zu fühlen. Nein, ich war fasziniert, da war einfach keine Angst.

Maddy drückt meine Schulter. »Das klingt doch schon gut. Wenn du ihm nicht vertraust, stell Regeln auf.«

Ich runzle die Stirn. »Regeln? Was für Regeln?«

»Regeln, an die er sich beim Sex halten muss.« Sie wedelt mit der Hand herum. »Was weiß ich, nur Blümchensex, oder du verbietest ihm, dich grob anzupacken. Egal was. Du musst dich wohl und sicher fühlen, alles andere ist zweitrangig.«

»Er hält sich nicht an Regeln, das hat er selbst gesagt. Ich werde alleine mit ihm sein und … und … was ist, wenn er meine Grenzen nicht respektiert?« Blanke Angst nimmt mich in Besitz.

Ich schaffe das nicht noch einmal.

»Dann brichst du ihm die Nase und läufst davon.« Sie stößt mit dem Handballen in die Luft und untermalt das Ganze mit einem »Ha!«.

»Genau!« Lindsay schlägt mit der Faust so fest auf den

Tresen, dass wir sie entgeistert anstarren. Einschließlich einiger Gäste in der Nähe. »Mach einen auf Bruce Lee.«

»Du brauchst dir nichts gefallen zu lassen«, sagt Maddy mit fester Stimme. »Du darfst nein sagen, Ella, und er hat sich daran zu halten. Vergiss das nicht.«

»Ich darf nein sagen«, wiederhole ich ihre Worte und sie kommen mir eigenartig fremd vor. In Jacobs Nähe habe ich mich gehütet, dieses Wort auszusprechen.

Du machst das, was ich verlange, sonst musst du mit den Konsequenzen leben. Willst du das, Ellena?

Jax hat auch von Konsequenzen gesprochen und dass ich bei ihm keine Angst davor haben brauche. Ganz so, als würde er ahnen, was ich hinter mir habe. Ist das möglich? Ahnt er etwas? Überhäuft er mich deshalb mit Komplimenten und bestärkt mich bei jeder sich bietenden Gelegenheit?

Mir schwirrt der Kopf. Ich greife nach meinem Bier und trinke einen Schluck, nur um ihn gleich wieder in die Flasche zurück zu spucken. Bäh, pfui! Hastig wische ich mir mit dem Saum meines Pullis über die Zunge. Die Mädels brechen in Gelächter aus, verstummen aber gleich wieder und sehen mich erwartungsvoll an.

»Bring ihn her und wir schauen ihn uns einmal an«, schlägt Carol vor.

Und zum ersten Mal in meinem Leben höre ich bewusst auf mein Bauchgefühl. »Okay, okay, ich schreibe ihm.«

Sie brechen in Jubel aus. Maddy springt aufgeregt auf ihrem Hocker auf und ab, Lindsay vollführt eine Pirouette, während Carol ganz eindeutig so tut, als würde sie jemanden von hinten nehmen und demjenigen ordentlich den Hintern versohlen.

Ich verdrehe die Augen. »Jetzt macht mal halblang, noch habe ich mir nicht genügend Mut angetrunken, um es tatsächlich durchzuziehen.«

Endlich lässt Carol von ihrem imaginären Opfer ab.

»Das lässt sich ändern.« Im Handumdrehen steht vor uns ein Pitcher Bier und vier Gläser.

»Auf eine interessante Nacht«, verkündet Maddy beim Anstoßen und zwinkert mir zu.

Wir trinken und während ich mein Bier zurück auf die Theke stelle, frage ich: »Wie wäre es mit einer Runde Pool?«

Die Zwillinge stellen ihre Gläser mit einem hörbaren Klacken ab und ihre Augen leuchten auf.

»Geiler Scheiß!« Carol reibt sich die Hände.

»Warte, ich hole dir deinen Queue.« Lindsay verschwindet ins Hinterzimmer, bevor ich überhaupt begriffen habe, was sie gerade gesagt hat.

Meinen Queue?

Vorfreude packt mich und ich springe auf. Da kommt sie auch schon zurück, den Stock ehrfürchtig vor sich hertragend.

Mein Herz stolpert vor Freude. »Ihr habt ihn aufbewahrt?«

»Aber klar doch.« Sie streckt ihn mir hin und ich nehme ihn demütig an mich, befühle das schwarz lackierte Holz und den Griff aus Leder. Er schmiegt sich in meine Hand, als würde er dort hingehören. Was er auch tut, seit Mom ihn mir geschenkt hat. Mit ihm fühle ich mich wirklich angekommen.

»Danke, Leute«, hauche ich und mein Herz zieht sich vor Glück zusammen.

»Kein Ding. Wir haben nicht einmal daran gedacht, ihn zu entsorgen.«

»Danke«, sage ich noch einmal und falle den Schwestern um den Hals.

Carol löst sich von mir. »Jetzt lass uns spielen. Lindsay, du übernimmst die erste Schicht an der Bar.«

Lindsay verdreht die Augen, nickt aber.

Maddy legt einen Arm um meine Schultern. »Was ist? Lässt du mich die erste Runde gewinnen?«

Ich lache auf. »Keine Chance. Du hattest deine Gelegenheit.«

Seit Stunden hocken Grey und ich vor dem Laptop in meinem Büro und sichten die Videoaufnahmen der letzten Wochen. Ein zermürbendes Unterfangen, wenn man keinen Anhaltspunkt hat, wann die Wanze installiert worden sein könnte.

Die Kameras im Flur des oberen Stockwerks und im Büro sind in der Lage, auch in völliger Dunkelheit Aufnahmen zu machen. Hat mich eine Stange Geld gekostet, aber die Investition hat sich ausgezahlt, die Bilder sind einwandfrei zu erkennen.

»Da! Halt mal an.«

Ich stoppe die Aufnahme und lasse sie dann langsam weiterlaufen, den Blick auf den Zeitstempel: gestern Nacht, kurz vor dreiundzwanzig Uhr.

»Das ist nur Coco«, sage ich und will schon wieder die Geschwindigkeit erhöhen. »Ich war gestern Abend noch bei Ward. Ihm war bestimmt langweilig.«

»Jetzt warte doch mal«, sagt Grey. »Siehst du nicht, wie aufgeregt er ist.«

Ich rolle mit den Augen, aber Grey hat recht. Coco streift im Flur auf und ab, bevor er sich auf die Hinterbeine stellt, wobei er die Vorderpfoten gegen die Wand stützt. Er scheint irgendwas anzubellen. Nur wenige Augenblicke später tauchen in eine schwarze Hose gehüllte Beine auf, gefolgt von einem Oberkörper, ebenfalls ganz in Schwarz.

»Ich fass es nicht. Da steigt wer über die Dachluke ein«, murmle ich und lehne mich vor.

Die Gestalt hängt in der Luft, lässt los und landet vor

Coco auf dem Hintern. Erschrocken springt Coco zurück, ehe eine Taschenlampe über den Boden rollt und das Bild unscharf wird, weil der helle Schein der Lampe die Aufnahmen irritiert. Gebannt halte ich den Atem an. Als ich schon denke, es würde sich nichts mehr tun und auf Zeitraffer schalten will, kommt das Bild wieder in Bewegung. Die Gestalt hebt die Taschenlampe auf und streckt Coco die Hand hin. Coco schnuppert kurz und frisst, was auch immer ihm da angeboten wird. Wir schauen beide zu dem Hund hinüber, der seelenruhig neben der geöffneten Bürotür vor sich hin döst.

»Einen tollen Wachhund haben wir da«, sage ich, seinen üblen Käse-Atem wieder in der Nase. »Ich hatte heute Vormittag noch dich im Verdacht. Dass du ihn wieder einmal mit irgendeinem Mist gefüttert hast.«

Grey schnaubt. »Seit dem Durchfall-Desaster letzten Monat hat er von mir nichts mehr bekommen.« Daran kann ich mich noch bestens erinnern, die Dose Lufterfrischer war danach noch eine Woche lang im Dauereinsatz.

Ich konzentriere mich wieder auf den Bildschirm. Die Gestalt, deren Gesicht unter einer Kapuze verborgen ist, öffnet die Bürotür und marschiert unbehelligt hinein, begleitet von Coco. Ich wechsle die Einstellung zu der Kamera, die kaum sichtbar in der hinteren Ecke des Büros installiert worden ist.

Mit Entsetzen sehe ich dabei zu, wie die Kapuzengestalt die Wanze an der Rückseite des Bildes anbringt, bevor sie das Büro wieder verlässt und auf dem gleichen Weg, den sie gekommen ist, verschwindet.

»Wenigstens wissen wir jetzt, dass es nur eine Wanze gibt.« Ich drücke auf Pause, lehne mich im Bürostuhl zurück und fahre mir mit beiden Händen durch die Haare. »Ich werde morgen die Sicherheitsfirma kontaktieren und sie fragen, warum zum Teufel die Dachluken nicht in das Alarmsystem mit aufgenommen worden sind.«

Ich verfluche mich dafür, der Firma blindlings vertraut zu haben.

»Was für eine gewaltige Scheiße, Mann. Alles läuft aus dem Ruder.« Grey klingt mindestens genauso angepisst wie ich.

Bevor ich antworten kann, kündigt mein Handy eine Nachricht mit unbekannter Nummer an.

Unbekannt: Du hast mir meinen Bestellblock geklaut.

Die Nachricht lässt mich lächeln. Ich habe sie also richtig eingeschätzt. Sie ist mutig, wenn sie auch vom Gegenteil überzeugt scheint. »Nicht alles läuft aus dem Ruder.«

»Was meinst du?« Grey beugt sich vor, um einen Blick auf das Display zu erhaschen. »Wer ist das?«

»Ella.« In wenigen Sätzen erzähle ich ihm, wie ich sie im Club kennengelernt habe, von dem unverhofften Wiedersehen vor meinem Kühlergrill und dass ich ihr meine Telefonnummer hinterlassen habe. »Gestern war ich bei Ward. Er kennt sie.« Ich greife nach dem Foto, das verkehrt auf dem Stapel Papiere liegt, und reiche es Grey. Er nimmt es entgegen und betrachtet es eingehend.

»Das Bild hatte er im Flur hängen. Wie so ein verrückter Stalker.«

»Was hat das damit zu tun, dass nicht alles aus dem Ruder läuft?« Er wirft das Foto achtlos auf den Tisch.

»Ich habe Ella als Druckmittel benutzt. Ich war scheißwütend und das Foto war plötzlich da.«

Grey legt den Kopf in den Nacken und atmet hörbar aus. »Soll das heißen, du wusstest gar nicht, ob sie sich jemals meldet?«

Ich zucke mit den Schultern. »Wie schon gesagt, ich war scheißwütend.« Und das bin ich noch immer, vor allem, weil ich keine Ahnung habe, wie alles zusammenhängt. An mir nagt das Gefühl, dass er der falsche Typ ist, an den Ella geraten ist, gleichzeitig beschleicht mich aber auch der aberwitzige Gedanke, dass er sie mir absichtlich vor die Nase gesetzt hat. Aber wozu? Was hat er vor? Die Schulden bleiben die gleichen, egal, ob er sie in den Club geschickt hat oder nicht. Macht Ella mir nur etwas vor und die beiden versuchen, mich zu hintergehen? Würde sie mitmachen? Nein, oder?

Jax: Vergiss den Stift nicht.

»Was hast du vor? Schreibst du ihr zurück?«, fragt Grey.

»Ja. Das Foto ist absichtlich dort gehangen. Er wusste, dass ich früher oder später aufkreuzen würde, sobald er es schafft, einen der Kämpfer zu bestechen.«

»Du denkst, sie steckt mitten drinnen?«

In mir breitet sich ein ungutes Gefühl aus. »Das weiß ich noch nicht.« Aber ich werde es herausfinden. Wobei ich hoffe, dass ich mich irre. Ich speichere ihre Nummer und warte darauf, dass die Punkte neben ihrem Namen zu tanzen beginnen. Eine Minute. Zwei Minuten. Irgendwann bemerke ich, dass ich vor Anspannung die Luft angehalten habe, und atme langsam aus. Ich hoffe wirklich, dass ich mich irre. Mein Handy gibt ein *Pling* von sich.

Ella: Du hinterhältiger Dieb. Das war mein Lieblingsstift. Ich will ihn wiederhaben.

Meine Daumen fliegen über das Display.

Jax: Ist das jetzt der Zeitpunkt, wo ich sage: Dann hol ihn dir doch?

Ella: Argh!

Vor meinem inneren Auge sehe ich nur zu deutlich, wie

sie sich in diesem Moment die Haare rauft. Ein Schmunzeln drängt sich mir auf. Und mit einem Mal wird mir klar, dass ich diese Frau mag und ich sie gerne um mich habe.

Ella: Spielst du Billard?

Jax: Einlochen kann ich, ja.

Die Punkte hüpfen, verschwinden wieder und tauchen wieder auf. Sie weiß anscheinend nicht, was sie antworten soll.

Ella: Wo hast du denn den Spruch her?

Ella: Bitte sag jetzt nicht, der ist dir gerade eingefallen.

Jax: Der war doch gut.

Nein, er war billig.

Ella: Ich bin sprachlos.

Jax: Das wollte ich erreichen.

Langsam wird es Zeit für die Offensive.

Jax: Wo bist du? Mir fallen bestimmt noch einige andere Sprüche ein.

Ella: Das wollte ich dir gerade verraten, aber nun …

»Der Spruch war grottig, Mann«, meint Grey neben mir. Er liest also fleißig mit, auch gut.

»Warte ab.« Ungeduldig trommle ich mit dem Zeigefinger gegen die Tischplatte.

Ella: Twinkys. Chelsea, 8th Avenue.

Zufrieden lehne ich mich in meinem Stuhl zurück, ein bescheuertes Grinsen im Gesicht. »Was soll ich sagen, hin und wieder hat auch ein Arschloch wie ich Glück.«

Ella

»Er ist da. Er ist da.« Maddy rüttelt mich an der Schulter. Langsam drehe ich mich auf meinem Hocker um, während ein Schwarm Schmetterlinge in meinem Bauch alles gibt, auszubüxen. Jax steht an der Tür, groß, breitschultrig. Hinter ihm betritt ein weiterer Mann den Schankraum, mindestens genauso groß wie Jax, mit hellbraunen, kinnlangen Haaren.

»Ach du meine Güte, ist das der heiße Fighter?« Maddys Stimme überschlägt sich beinahe.

»Grey, soweit ich mich erinnere.«

»Mach mich mit ihm bekannt.« Sie schlägt die Beine übereinander und wippt mit dem Fuß. »Ich brauche auch dringend einen Mann, der mich in ein anderes Universum vögelt.«

Ich stutze, ohne Jax dabei aus den Augen zu lassen. Er sieht höllisch sexy aus in Lederjacke, schwarzem T-Shirt und dunkelgrauen Jeans. Düster. »Was ist mit deinem Lover-Boss?« Lionel Bennett, erfolgreichster Investmentbanker der Ostküste, Nachwuchs des Bennett-Clans und Erbe eines Multi-Millionen Dollar Unternehmens. Ach ja, und Maddys Arbeitgeber.

Maddy winkt ab. »Uff! Wer braucht den schon?« Das sind aber ganz neue Töne. Seit sie als persönliche Assistentin für Bennett arbeitet, steht sie auf ihn und beklagt sich regelmäßig, dass er sich nie von ihren Flirtversuchen erweichen lässt.

»Okay.« Insgeheim bin ich erleichtert, denn er hat sie

in meinen Augen nicht verdient, so herablassend, wie er sie behandelt.

Jax' Blick gleitet suchend über die Menge und bleibt an mir hängen. Er setzt sich in Bewegung. Huch! Blödes, blödes Bauchgefühl. Was habe ich mir nur dabei gedacht, ihn einzuladen? Mittlerweile hat er den halben Raum durchquert, Grey dicht hinter ihm. Ich widerstehe dem Drang, aufzuspringen und mich zu verstecken, bis er wieder weg ist. Wobei er sowieso nicht einfach verschwinden wird. Ich glaube kaum, dass er einen Rückzieher macht, wenn er erst einmal etwas beschlossen hat.

»Ella«, begrüßt er mich und bleibt vor mir stehen. Mein Herz klopft mir jetzt bis zum Hals.

»Hi«, piepse ich. Ich räuspere mich. »Hi.« O Mann, das hat nicht besser geklungen. Er beugt sich vor und gibt mir einen Kuss auf die Wange. Sein Bartschatten kratzt leicht über meine Haut, sein Duft hüllt mich ein. Er riecht sauber und männlich. Plötzlich habe ich ein Bild im Kopf, wie er unter der Dusche steht. Nackt, während das Wasser über seine Muskeln perlt.

»Darf ich dir Grey vorstellen? Grey, das ist Ella.«

Grey tritt vor und reißt mich aus meinem feuchten Tagtraum, als er meine Hand ergreift und einen Handkuss andeutet. »Ich habe schon viel von dir gehört. Schön, dich persönlich kennenzulernen.«

Jax hat von mir gesprochen?

»Hallo. Leider habe ich von dir noch nichts gehört.«

Grey lässt meine Hand los. »Das macht nichts, ich bin Jax' bester Freund. Und wer bist du, meine Schöne?«, fragt er Maddy und schenkt ihr seine volle Aufmerksamkeit.

»Das ist Maddy, meine beste Freundin«, beeile ich mich zu sagen, bevor sie mir zuvorkommt. »Sie will dringend von dir in ein anderes Universum gevögelt werden.« Ich bekomme einen Ellbogen in die Rippen.

Autsch!

Aber geschieht ihr recht, dafür, dass sie mich in den letzten Tagen so in Verlegenheit gebracht hat.

Greys Gesicht beginnt zu strahlen, Jax hüstelt in seine Faust. »Das lässt sich einrichten.« Grey, greift nach ihrer Hand und platziert einen Kuss auf die Innenfläche. »Grey Taylor, Meister der multiplen Orgasmen. Stets zu deinen Diensten.«

Maddy kichert, Jax hüstelt wieder, und ich bin baff. Seit wann kichert sie in Gegenwart eines Mannes? Ist sie etwa nervös? Ja, das ist sie, ihre Wangen haben eindeutig einen rosa Farbton angenommen.

Jax versperrt mir die Sicht auf sie, als er sich zu mir herunterbeugt. »Meisterlich verkuppelt. Gratuliere«, raunt er mir ins Ohr. Ein heißer Schauer läuft über meinen Rücken. Seine Stimme ist wie flüssige Schokolade – definitiv zur Sünde geschaffen. Wie es wohl wäre, wenn er mir etwas ins Ohr flüstert, während wir …

»Danke«, sage ich und klinge total atemlos.

Reiß dich zusammen!

Ich räuspere mich. »Wo ist mein Stift? Ich hoffe, du hast ihn mitgebracht.«

»Wie könnte ich den vergessen.« Er greift in die Innentasche seiner Lederjacke, zieht ihn heraus und hält ihn mir unter die Nase.

»Danke.« Mit spitzen Fingern schnappe ich ihn mir und lasse ihn in meiner Tasche verschwinden. Die Frage, woher er seine diebischen Fähigkeiten hat, verkneife ich mir. »Möchtest du etwas trinken? Ich kann alles empfehlen, bis auf das Flaschenbier.« Ich drehe mich zur Bar, um Jax' versengender Präsenz zu entkommen, nur um mich den Zwillingen gegenüber zu sehen.

»Aber hallo, aber hallo.« Carol mustert Jax ausführlich von oben bis unten. »Du musst Jax sein.«

»Du hast von mir erzählt«, flüstert Jax an mich gewandt, und sagt dann lauter: »Der bin ich.« Er streckt seine Hand aus, wobei er sich halb über mich lehnt, und

Carol und Lindsay ergreifen sie nacheinander. Ich spüre seine stahlharte Brust an meinem Rücken. Das war's dann wohl mit zusammenreißen. Mir wird schwummerig.

»Das sind Lindsay und Carol, die Besitzerinnen des Pubs«, stelle ich sie ihm vor.

Jax lässt die Einrichtung auf sich wirken und nickt anerkennend. »Ihr habt einen tollen Laden.«

»Danke.« Carol lehnt sich vor und stützt die Ellenbogen auf die Theke. »Also mein Hübscher, was kann ich dir bringen?«

»Möchtest du ein Bier?«, mische ich mich ein und deute auf den Pitcher vor uns, den Carol vor wenigen Minuten aufgefüllt hat.

»Gerne.« Jax setzt sich auf den freien Hocker neben mich.

»Dein Freund auch?« Carol nickt in Greys Richtung.

»Ja, bitte.«

»Dann zwei Gläser.« Lindsay dreht sich zur eingebauten Rückwand der Bar und nimmt Gläser aus einem Regalfach.

»Ich hätte dich nicht in einem Pub erwartet«, sagt Jax und lenkt meine Aufmerksamkeit wieder auf sich.

»Wo hast du mich denn dann erwartet?« Wenn er jetzt sagt, hinter dem Herd, mach ich wirklich einen auf Bruce Lee.

Zum Wohlergehen seiner Nase sagt er: »Ich bin mir nicht ganz sicher.«

Ich deute über seine Schulter in die linke Ecke zu dem Billardtisch, auf dem mein Queue wartend auf dem Filz liegt. »Dort hinten habe ich zum ersten Mal eine weiße Kugel angestoßen. Ich komme seit Jahren hierher.«

Er folgt meinem Fingerzeig mit dem Blick. »Du steckst voller Überraschungen.«

»Willst du eine Runde spielen?« Ich muss ihn dringend von meinen Freundinnen weglocken. Solange sie in meiner Nähe sind, schaffe ich es nämlich nicht, ihm eine lockere Sexbeziehung vorzuschlagen. Ich kann mir lebhaft vorstellen, wie das ablaufen würde.

Jax, willst du eine Sexbeziehung mit mir eingehen? Ja Jax, willst du? Ella braucht dringend jemanden, der sich nackt in ihr Bett legt und sie machen lässt, bis sie weiß, was ihr gefällt.

Okay, das war gemein. Aber irgendein peinlicher Kommentar wird kommen – sie können gar nicht anders – und der wenige Mut, den ich mühsam zusammengekratzt habe, würde verpuffen.

Er legt den Kopf schief. »Werde ich denn gewinnen?«

Ich schnaube amüsiert. »Du kannst es gerne probieren.«

In dem Grün seiner Iriden flackert etwas auf. Kampfeslust? Soll mir recht sein, Hauptsache, ich habe ihn geködert.

»Geh voran. Ich stehe auf Herausforderungen.« Er schenkt sich Bier in eines der leeren Gläser auf dem Tresen und steht auf.

Rasch werfe ich einen Blick zu Maddy hinüber. Mittlerweile sitzt Grey auf ihrem Hocker und sie auf seinem Schoß. Gut, die zwei sind also miteinander beschäftigt. Ich rutsche von dem Hocker, schnappe mir mein Glas und schiebe mich an Jax vorbei, der absichtlich keinen Schritt zurückweicht. Natürlich streift dabei mein Arm seinen Oberkörper und natürlich wird mir sofort ziemlich heiß. Welche Hormone mein Körper in seiner Nähe auch immer ausschüttet, sie sollten sich tunlichst zusammenreißen, sonst überstehe ich den Abend nicht.

Ich gehe vor und Jax folgt mir, wobei ich seinen Blick auf mir spüre. Glotzt er mir auf den Hintern? Ich linse über die Schulter. Erwischt! Er grinst schief, ist sich aber keiner Schuld bewusst. Ob ich noch viel Überzeugungsarbeit leisten muss? Vermutlich nicht. Was gut ist, denn im Flirten bin ich eine totale Niete, wie die unmittelbare Vergangenheit gezeigt hat.

Ich stelle mein Glas auf den kleinen, runden Tisch an der Wand und greife nach meinem Queue. Auch Jax stellt sein Glas ab und geht zu der Halterung für die Queues an der Wand hinüber, um sich einen auszusuchen. Jetzt bin ich diejenige, die ihm auf den Hintern glotzt. Mhmm, knackig! Er hat eine schmale Hüfte und lange muskulöse Beine. Ich höre mich verträumt aufseufzen, weil ich genau weiß, wie er lediglich in Fightshorts aussieht.

Er lehnt den Queue an die Wand, kommt zu mir herüber und streift dabei die Lederjacke von den Schultern. Alles in filmreifer Zeitlupe, fehlt nur noch der passende Song. Ich muss mich ernsthaft zusammenreißen, nicht *You can leave your hat on* von *Joe Cocker* zu summen.

»Ladys first.« Er wirft die Jacke auf den Tisch und bei der kleinen Bewegung spannt sich sein Bizeps an. Mein Mund wird trocken und ein Prickeln setzt zwischen meinen Beinen ein.

»Willst du Sex?«

Was? Wo kam das denn jetzt her?

Er erstarrt, dann ziehen sich seine Augenbrauen bis an den Haaransatz. »Wie bitte?«

O Mann!

»Ich, äh, ich«, stottere ich und schlucke hart. »Ich meinte, was würdest du von einer Sexbeziehung halten? Ganz zwanglos, natürlich. Ich werde weder schmachtend auf einen Anruf warten, noch dich mit Nachrichten bombardieren, oder dich bitten, über Nacht zu bleiben. Ganz ohne Verpflichtungen.«

Hör auf zu reden!

Ich klammere mich haltsuchend an meinem Queue fest, weil meine Knie plötzlich ganz weich sind.

Für endlose Sekunden sagt er nichts. Dann: »Du willst eine Sexbeziehung mit mir?«

Er klingt abgeneigt. O nein, die Mädels haben sich geirrt, er klingt abgeneigt. Was habe ich bloß getan?

»Äh ja, habe ich doch gesagt.« Ich taste hinter mich, erwische mein oder sein Glas, setze es an die Lippen und trinke in gierigen Schlucken. Schon klar, ist nicht unbedingt die beste Idee, mich jetzt abzuschießen. Aber was soll's, so kann ich bei einer Abfuhr gleich meine Enttäuschung mit hinunter spülen.

Er beobachtet mich dabei, ehe sich sein linker Mundwinkel in die Höhe schiebt und das Grübchen sichtbar wird. Ein teuflisches Grinsen. »Okay.«

Mir rutscht beinahe das Glas aus den Fingern. »Okay?«

»Ja, okay.« Er tritt einen Schritt vor, nimmt mir das Glas aus der Hand und stellt es hinter mich. Er steht so dicht vor mir, dass ich nur einatmen müsste, um mit meinen Brüsten seine Brust zu berühren.

Meine Synapsen schließen sich wieder zusammen und ich erhalte die Fähigkeit zu sprechen zurück. »Aber es gibt Regeln.«

Er knurrt.

»An die du dich halten musst«, rede ich unbeirrt weiter.

»Welche Regeln?« Seine Stimme klingt bedrohlich leise.

»Nein ist nein. Diese Regel ist nicht verhandelbar.«

Seine Stirn furcht sich. »Ich bin kein Monster, Ella.«

Kein Monster, das ist gut, sehr gut.

»Ich habe wenig Erfahrung mit Sex, also wäre es nett, wenn du mich nicht überforderst.«

»Du meinst, ich soll dich nicht blindlings bespringen?«

Ich nicke und halte wieder den Atem an.

»Noch etwas?«

Ich schüttle den Kopf, mein Gehirn ist wie leer gefegt.

»Gut. Jetzt bin ich dran. Du brauchst keine Angst vor mir zu haben.«

»Habe ich nicht«, sage ich schnell. »Habe ich nicht.« Ich klinge nicht ganz so überzeugt, wie ich mich fühle, und das entgeht ihm nicht, denn er mustert mich einige Herzschläge lang, als würde er abwägen, ob ich die volle Wahrheit sage.

»Ich werde nie etwas von dir verlangen, das dich demütigen oder dich körperlich verletzen könnte. Ist das klar?«

»Ja, klingt gut. Perfekt.« Ein Lächeln stiehlt sich auf mein Gesicht und ich atme tief durch. Meine Brüste schmiegen sich an ihn und Gänsehaut prickelt über meinen Körper. »Was jetzt?« Will er mich sofort mit nach Hause nehmen? Will ich das überhaupt? Darüber zu reden ist eine Sache, gleich loszulegen, eine ganz andere. Ich ziehe die Schultern hoch, als mich leise Panik beschleicht.

»Jetzt spielen wir Billard.«

»Billard, ja, das bekomme ich hin.« Meine Schultern entspannen sich wieder und ich umfasse den Queue fester. »Lässt du mich bitte vorbei?«

»Hm …«, brummt er, hebt die Hand und sein Daumen streicht meine Kinnlinie entlang. Diesmal zucke ich vor der zarten Berührung nicht zurück, nein, ganz im Gegenteil, ich lehne mich ihr entgegen. Sein Blick senkt sich auf meine Lippen und plötzlich ist da nur noch er und mein Herzschlag, der laut in meinen Ohren dröhnt. Wird er mich jetzt küssen? Die Sekunden ziehen sich wie samtener Honig. Darauf zu warten, was er als Nächstes vorhat, ist die reinste Folter. Eine süße Folter, die knisternd Schockwellen durch mich hindurch jagt. Er beugt sich vor, kann sein, dass ich in Schnappatmung verfalle.

»Wir spielen um einen Kuss«, raunt er an meinen Lippen. »Bist du gut im Verführen, Ella? Der Sieger macht den Anfang.«

O nein, ich werde ihn gewinnen lassen müssen.

JAX

So viel zum Thema, Ella auf den Zahn fühlen zu wollen: Ich konnte ihr nicht einmal eine Frage stellen, da hat sich der Abend auch schon in eine völlig andere Richtung entwickelt. Ihr kurviger Körper an meinen gepresst, sauge ich ihren Duft ein. Sie riecht vertraut nach Waldbeeren und ein wenig nach Bier. Sie will zwanglosen Sex? Den kann sie haben. Bloß, dass ich mein Vorhaben jetzt subtiler angehen muss, um sie nicht zu vergraulen, bevor der Spaß überhaupt begonnen hat. Und es wird Spaß machen, darauf verwette ich meine Schlaghand.

Ich trete einen Schritt zurück. »Du beginnst.«

Sie atmet tief ein, als hätte sie bisher darauf vergessen und strafft ihre Schultern. Ich lehne mich gegen die Wand und beobachte, wie sie zum Billardtisch geht, das Plastik-Dreieck, in dem die Kugeln eingefangen sind, ausrichtet und die schwarze Kugel mit einer Drehbewegung ihrer Finger zum Rotieren bringt. Erst dann entfernt sie das Dreieck und legt es zur Seite. Sie greift nach der blauen Kreide und reibt sie über die Spitze des Billardstockes. Im Gegensatz zu allen anderen, die man sich borgen kann, ist ihrer schwarz lackiert. Als hätte sie es schon tausend Mal gemacht, legt sie die weiße Kugel auf den Punkt des ersten Viertels des Tisches und bringt sich davor in Position. Sie hat einen richtig geilen Arsch. Sie stößt mit einer kontrollierten Bewegung an und schickt die weiße Kugel auf den Weg. Die bunten Bälle stieben auseinander und eine der einfarbigen Kugeln landet in der linken oberen Ecke, während eine zweite zunächst die Bande entlang schrammt, um dann in der rechten Ecke zu verschwinden. Verdammt, sie ist gut.

Sie richtet sich auf und dreht sich zu mir um, ihre Lippen zu einem selbstzufriedenen Grinsen verzogen. »Mir gehören die Vollen.«

»Ich freue mich schon auf deine Verführungskünste«, sage ich und stoße mich von der Wand ab. Sie wird blass um die Nase, ihr Grinsen verrutscht. Ich stutze. »Was? Wolltest du mich etwa gewinnen lassen?« Sie öffnet den Mund, als wollte sie mir widersprechen, nur um ihn unverrichteter Dinge mit einem hörbaren Klacken der Zähne wieder zu schließen. »So, so.« Im Vorbeigehen schnappe ich mir meinen Billardstock und stelle mich vor sie. »Damit eines klar ist, Ella, ich bevorzuge faire Kämpfe. Wenn du dich nicht traust, den ersten Schritt zu machen, musst du nur etwas sagen.«

»Nein, nein, schon gut. Ich pack das.« Ihre schrille Stimme straft ihre Worte Lügen. Sie quetscht sich an mir vorbei, läuft hinüber zu dem kleinen Tisch und ext das halb leere Glas. Anscheinend muss sie sich Mut antrinken. Das gefällt mir nicht, andererseits respektiere ich es – Hauptsache, sie kneift nicht.

Ich schaue mir die verteilten Bälle auf dem Filz genauer an und versenke eine Halbe, die nahe der mittleren Tasche auf der linken Seite liegt. Die nächste verfehlt ihr Ziel aber um Längen.

Ella taucht neben mir auf. »Du hättest sie bloß an der linken Seite antippen brauchen.«

»Der Rat einer Expertin. Wie bist du zum Billardspielen gekommen?«, frage ich und trete beiseite, damit sie ihren Zug machen kann.

Sie beugt sich über den Tisch, schätzt den Abstand zu ihrer auserkorenen Kugel und stößt an. Die gelbe 9 flitzt über den Filz direkt in das Loch zu meiner Linken. »Angefangen hat alles in der High School. Die Mädels und ich haben jede freie gemeinsame Minute hier verbracht. Mit den Jahren wurde das Spiel zu mehr als einem Hobby. Es ist neben dem Backen meine Leidenschaft.«

»Das merkt man.« Die Kugeln liegen in der Mitte zu eng beieinander. Ich stoße die weiße Kugel vorsichtig gegen sie und schon ist das Problem gelöst.

»Was ist deine Leidenschaft?«, fragt sie mich.

»Kämpfen, Sex.« Ich schenke ihr ein Lächeln, bei dem bis jetzt noch jede Frau das Höschen fallen gelassen hat. Ellas Wangen röten sich. Ja, ja, auch ihr Höschen wird demnächst auf dem Boden liegen.

»Bist du öfter in dem Club und stehst im Ring?«

»Käfig«, verbessere ich sie. Ich bin kein ehrenwerter Preisboxer. Ich bin ein Cage Fighter, der nach seinem eigenen Kodex kämpft und lebt. »Aber ja, ich bin jeden Freitag dort.« Dass der Club mir gehört, behalte ich lieber für mich. Mal sehen, was Jacob ihr erzählt hat, wenn er ihr überhaupt etwas erzählt hat. Bis jetzt kann ich die Quoten nicht festlegen, ob sie seine Marionette ist – bewusst oder unbewusst.

Hoffentlich gar nicht.

»Außerdem sammle ich teuren schottischen Whisky«, verrate ich ihr stattdessen, was ja kein Geheimnis ist. »Und ich habe eine Schwäche für Schokolade, bevorzugt in Form eines Kuchens.«

Sie kichert. »Dann solltest du meine Triple-Chocolate Mousse au Chocolat Torte probieren.«

»Mhmm … klingt nach einem wahr gewordenen Traum.«

»Kein Traum, nur eine Schoko-Torte. Aber mein Schokoladenkuchen, an dessen Rezept ich gerade feile, der wird ein Traum«, sagt sie und strahlt dabei wie die Sonne nach einem langen New Yorker Winter.

Ich springe darauf an. »Suchst du noch Testesser?«

»Vielleicht.« Sie legt eine Hand auf meine Brust und schiebt mich zur Seite. »Jetzt mach Platz, ich bin dran.«

Das Spiel schreitet voran und nach jeder Kugel, die Ella versenkt, greift sie zum Glas. Mittlerweile ist der Pitcher, den ich zwischendurch bei den Besitzerinnen geordert habe, beinahe leer und Ellas Augen glasig. Ich habe mich mit Wasser begnügt, um sie nach Hause fahren zu können, sollte sie umkippen. Dass sie weiterhin nicht kneift, bewundere ich.

Auf dem Tisch liegen noch zwei Volle, vier Halbe und die schwarze Acht, wobei Ellas Kugeln so liegen, dass sie sie problemlos nacheinander einlochen könnte, falls sie nicht schon zu betrunken ist.

»Wie stellst du es an?«, frage ich und stütze mich mit den Ellbogen auf den breiten Rand des Billardtisches. »Wirst du mir kurzerhand um den Hals fallen, mich in eine dunkle Ecke zerren, oder dich auf den Billardtisch setzen und mich am Kragen gepackt zu dir heranziehen?«

Ella, die dabei ist, mit einem zusammengekniffenen Auge eine der zwei Kugeln ins Visier zu nehmen, dreht ihren Kopf, blickt zuerst auf meinen Oberarm und dann in mein Gesicht. »Fair-Play. Ich dachte, du bestehst darauf? Du lenkst mich ab.«

»Ich bin neugierig.« Unsere Gesichter schweben auf gleicher Höhe, ihre Lippen sind nur Zentimeter entfernt. Ihre dunkelbraunen Augen senken sich auf meinen Mund und sie leckt sich mit der Zunge über ihre Unterlippe. Was das mit meinem Schwanz anstellt, steht außer Frage.

»Ich habe mich noch nicht entschieden«, flüstert sie kaum hörbar.

»Dann loch die Kugeln ein und lass es uns herausfinden.« Ich richte mich auf, bleibe aber neben ihr stehen. Der Saum ihres Pullovers ist hochgerutscht und entblößt einen schmalen Streifen ihrer Haut. Ich muss meine ganze Willenskraft aufbringen, um nicht meine Hand nach ihr auszustrecken. Fair-Play!

Die Kugeln klacken aneinander, die erste verschwindet in der Tasche, die zweite rotiert einen Moment, bis sie wie von Geisterhand geführt folgt. Ella richtet sich nicht auf, sondern verharrt halb über den Tisch gebeugt, den Billardstock fest in ihrem Griff. Vermutlich beschwört sie sich gerade, kein Feigling zu sein. Die schwarze Acht scheint vergessen, aber das ist okay, wir wissen beide, dass sie das Spiel gewonnen hat. Langsam, ganz langsam kommt sie hoch, legt den Billardstock auf den Filz und dreht sich zu mir um. Ich bleibe, wo ich bin, und warte ab. Den Blick fest auf mich gerichtet, streckt sie die Hand aus und ihre Finger verschränken sich mit meinen. Sie zieht mich zu sich heran, bis ich vor ihr stehe. Den Kopf in den Nacken gelegt, schaut sie zu mir hoch. Ihre Wangen sind gerötet, ihre Lippen leicht geöffnet.

»Die Idee mit dem Billardtisch gefällt mir«, sagt sie und lehnt sich gegen diesen. Ich packe sie an den Hüften und setze sie darauf. »Jetzt können wir nur hoffen, dass wir kein Hausverbot bekommen.«

Ich werfe einen Blick über ihre Schulter zur Bar. Maddy, die Grey einen Arm auf die Schultern gelegt hat und eine der Besitzerinnen, Lindsay soweit ich mich entsinne, recken beide ihre Daumen hoch. »Das denke ich nicht.«

»Wir stehen unter Beobachtung«, stellt Ella fest, die meinem Blick gefolgt ist.

»Dann sollten wir ihnen eine gute Show liefern, nicht wahr?«

Ella wendet sich wieder mir zu, wobei sich ihr Haar in einer Welle über ihre Schulter ergießt. Ich greife nach einer Strähne und lasse sie durch meine Finger gleiten – sie ist weich wie Seide.

»Darf ich dich berühren?«, fragt sie und überrascht mich damit.

»Äh, klar.«

Ihre Hand schlüpft unter den Saum meines Shirts. »Männer mit diesen Muskeln sieht man auf Plakaten oder im Fernsehen, wenn sie Werbung für Grünzeug-Smoothies machen. Aber im realen Leben …« Sie schüttelt den Kopf und ihre Finger wandern höher meinen Rücken hinauf.

»Danke, aber du musst meinem Ego nicht schmeicheln, es ist schon groß genug.«

Sie lacht auf und kneift mich in die Seite. Sofort zucke ich zusammen, weil verdammt, ich bin kitzelig. »Blödmann.« Ihre Hände gleiten nach vorne zu meinem Bauch, ihr Zeigefinger umrundet meinen Bauchnabel, ihre Nägel kratzen federleicht über meine Haut. Alle meine Sinne konzentrieren sich auf ihre Berührungen. Auch sie bemerkt die Veränderung, ihre Heiterkeit verblasst und an ihre Stelle tritt Sehnsucht. »Komm her«, haucht sie.

Ich stelle mich zwischen ihre Beine und halte den Atem an, als sie sich vorlehnt. Ihre Lippen nähern sich meinem Hals und ich unterdrücke ein Knurren, als ihre Zunge über meine Haut gleitet. Ich senke den Kopf und vergrabe meine Nase in ihrem Haar. Jeder Muskel in meinem Körper spannt sich an, während ich mich beherrsche, sie nicht an mich zu ziehen, mich nicht zu bewegen. Ihr warmer Atem streift mein Ohr.

»Du riechst gut.« Sie küsst sich meinen Kiefer entlang, fährt mit der Zunge über mein Kinn. Dann liegen ihre Lippen auf meinen, sanft, beinahe zaghaft. Meine Hände ballen sich zu Fäusten. Ich will sie festhalten, aber noch mehr will ich, dass sie nicht aufhört. Ihre Lippen sind weich und ihre Zunge heiß, als sie über meine Unterlippe leckt. Ich erwidere den Druck ihrer Lippen, dränge sie aber nicht. Der erste Vorstoß ist ein kurzes Stupsen ihrer Zunge.

Ich öffne meinen Mund und die Welt um mich herum verliert an Kontur. Die Gespräche der Gäste verblassen, die Musik im Hintergrund wird zu einem stetigen Rauschen. Ich nehme allein Ella wahr, ihren Geschmack, ihre Hände unter meinem Shirt, ihre Brüste, die sich gegen mich drängen. Ihre Zunge, die meine sucht. Ich erwidere den Kuss, verliere die Kontrolle über meine Selbstbeherrschung und vergrabe meine Hände in ihrem Haar. Sie stöhnt leise in meinen Mund. Ihre Finger verschwinden von meinem Bauch und umfassen meine Unterarme. Im ersten Moment glaube ich schon, sie will mich wegschieben, doch nein, sie hält sich an mir fest.

Erleichterung durchströmt mich. Ich knabbere an ihrer Unterlippe, küsse ihren Mundwinkel. Sie gähnt. Was?

Ihr ganzer Körper erstarrt unter mir. Ich ziehe mich zurück, blinzle und spüre, wie ein Lachen in mir aufsteigt. Verdammt, damit habe ich nicht gerechnet.

»Entschuldigung.« Ihre Hände rutschen von meinen Unterarmen und sie dreht ihren Kopf weg.

Mein Lachen erstirbt schlagartig. »Hey, hey.« Ich lege meinen Zeigefinger unter ihr Kinn und drehe behutsam ihren Kopf in meine Richtung.

Ihr Blick huscht für einen Wimpernschlag zu mir hoch, ihre Wangen sind gerötet. »Entschuldige«, sagt sie zu meiner Brust.

»Du musst dich nicht entschuldigen, weil du müde bist.« Ich lasse ihr Kinn los. »Soll ich dich nach Hause bringen?«

Sie umfasst mit einer Hand ihren Hals und schaut sich um, als müsste sie sich orientieren. »Ja, das wäre nett. War viel los heute.«

»Okay, gib mir eine Minute.« Zum ersten Mal ist mir meine körperliche Reaktion unangenehm. Ich richte meinen Schwanz, der schmerzlich gegen die Nähte meiner Jeans drückt.

Ihre Augen werden groß. »Ooh, ooh, natürlich, sicher.« Sie beißt sich auf die Unterlippe, als müsste sie ein Grinsen unterdrücken. »Denk an Socken.«

»Socken, was sonst«, flüstere ich und schließe meine Augen.

Sie kann sich nicht mehr beherrschen und prustet los. »Oder an Oma-Schlüpfer.«

»Würdest du ihn tragen?« Ich bin mir sicher, sogar darin würde sie heiß aussehen.

»Den Oma-Schlüpfer? Nein, ich stehe auf Spitzen-Unterwä…« Sie verstummt. »Nicht hilfreich, sorry.«

Ich schüttle den Kopf, um die Bilder von Ella in Dessous aus meinem Kopf zu vertreiben. Dunkelblaue Spitze, Strapse und …

Ich öffne die Augen wieder. »Es wird nicht besser, lass uns gehen.« Ich trete einen Schritt zurück und halte ihr meine Hand hin. Sie ergreift sie, hüpft von dem Billardtisch und schwankt leicht. Augenblicklich bin ich zur Stelle und lege einen Arm um ihre Schultern.

»Blöder Alkohol«, murmelt sie und greift nach ihrem Billardstock. Ich lotse sie in Richtung Bar und schnappe mir unterwegs meine Jacke.

Grey bemerkt mich und zieht hastig die Hand unter Maddys Rock hervor.

»Was?« Maddy hebt den Kopf von Greys Schulter und schaut sich verwirrt um. Als sie uns entdeckt, lächelt sie. »Hey, ihr.« Ihr Blick tastet über Ella, als müsse sie prüfen, ob es ihr gut geht.

»Wir fahren«, sage ich und gebe Ella frei. »Geht's?«

Ella nickt.

»Wie spät haben wir es denn?« Maddy kramt in ihrer Handtasche und zieht ein Handy in rosa Glitzerhülle heraus. Ihre Augen werden groß. »Ach du meine Güte.« Sie rutscht von Greys Schoß, dem die Wendung gar nicht zu gefallen scheint und ein langes Gesicht macht.

»Geht ihr schon?« Carol wirft sich ein Geschirrtuch über die Schulter und stemmt die Hände in die Hüften.

»Ja.« Ella umrundet die Bar und reicht ihr den Billardstock.

»Du kommst wieder? Zweieinhalb Jahre sind zu lange.«

Zweieinhalb Jahre? So lang war sie nicht mehr hier? Wieso?

Meine Gedanken rotieren, während ich beobachte, wie sich die Frauen umarmen.

»Schön, dich wiederzuhaben«, sagt Carol noch und lässt Ella los.

In Ellas Augen blitzt ein Funkeln auf. »Schön, wieder hier zu sein.«

Die andere Besitzerin schlängelt sich an den Gästen vorbei, ein Tablett mit leeren Biergläsern balancierend. »Brecht ihr auf?«

Grey taucht in meinem Blickfeld auf und richtet sich – wie ich vor ein paar Minuten – den Schwanz in der Hose. »Hast du was herausgefunden?«

Ich schüttle knapp den Kopf. »Du?«

»Scheiße nein. Ihre Muschi hat mich zu sehr abgelenkt.« Er steckt sich demonstrativ Zeige- und Mittelfinger in den Mund.

Ella tritt zu uns. »Können wir?«

»Ja.« Ich winke den Besitzerinnen zum Abschied zu und führe Ella, eine Hand auf ihren unteren Rücken gelegt, zum Ausgang. Draußen empfängt uns kühle Luft. Maddy und Grey stolpern Arm in Arm hinter uns aus dem Pub.

»Der Wagen steht um die Ecke«, sagt Grey und geht mit Maddy voraus.

»Die zwei können ja gar nicht die Finger voneinander lassen.« Ella sieht ihnen schmunzelnd hinterher und reibt sich die Arme.

»Ist dir kalt?« Ohne auf ihre Antwort zu warten, lege ich meine Jacke über ihre Schultern.

Sie fasst sie am Revers zusammen und seufzt wohlig. »Danke.«

Grey fängt an, *Marry You* von *Bruno Mars* zu schmettern, und seine Stimme hallt durch die Häuserschlucht. Maddy stimmt mit ein und gemeinsam geben sie ein Open-Air-Konzert.

Ella kichert. »Die hat's eindeutig erwischt.« Wir setzen uns in Bewegung und folgen ihnen die Straße hinunter. Nach wenigen Schritten schiebt sich Ellas Hand in meine. Bei jeder anderen Frau hätte ich gezögert, doch bei ihr verschränken sich meine Finger wie automatisch mit ihren. Sie lächelt zu mir hoch und lehnt im Gehen ihren Kopf gegen meinen Oberarm. Ich löse meine Finger von ihren, lege meinen Arm um ihre Schultern und drücke ihr einen Kuss auf den Scheitel. Die Intimität fühlt sich neu an – berauschend, wie die letzten Sekunden vor einem Kampf.

In meinem Inneren verstärkt sich die Hoffnung, dass Ella nichts mit Jacob zu tun hat. Dass ich mich irre und er lediglich ein abgefuckter Stalker und zufällig auf sie gestoßen ist.

Wir biegen um die Häuserecke und finden Grey und Maddy knutschend gegen seinen dunkelgrauen Landrover gelehnt vor.

»Ich fahre«, teile ich Grey mit, weil ich mir nicht sicher bin, wie viel er getrunken hat.

Er kramt ohne den Mund von Maddy zu nehmen den Schlüssel aus der Hosentasche und wirft ihn mir zu. Ich fange ihn auf, entriegle den Wagen und begleite Ella zur Beifahrertür, um sie für sie aufzuhalten. Sie bedankt sich und steigt ein.

»Kommt ihr?«, frage ich die zwei im Vorbeigehen und springe auf den Fahrersitz. Die hintere Tür wird aufgerissen und Maddy rutscht auf die Rückbank, Grey verpasst ihr einen Klaps auf den Arsch, dann kann es losgehen.

»Verrätst du mir deine Adresse? Oder wohnt Maddy näher?«, frage ich Ella und starte den Motor.

»Wir wohnen zusammen. Clark Street.« Also keine zehn Fahrminuten vom Club entfernt.

Ich schiebe aus der Parklücke und schlage den Weg nach Brooklyn ein. Auf der Rückbank geht es gleich wieder ordentlich zur Sache. Davon unberührt lenke ich den Wagen durch den dünnen Verkehr.

Neben mir ist es verdächtig still. Auf der 33rd Street zwingt mich eine rote Ampel stehen zu bleiben und ich schaue zu Ella hinüber. Sie sitzt mir zugewandt, einen Fuß untergeschlagen. Sogar im spärlichen Licht der Straßenlaternen kann man erkennen, wie müde sie ist.

Sie lächelt träge. »Ich sehe dir gerne beim Fahren zu, du strahlst so eine Ruhe aus.«

Ich strecke meine Hand aus und lege sie auf ihr Knie. Die Ampel springt auf Grün und ich fahre los. Ella spielt mit meinen Fingern, bis sie es plötzlich nicht mehr tut. Ihre Augen sind geschlossen, ihr Kinn ruht auf ihrer Schulter. Voll weggepennt.

In der Canal Street fahre ich an Dutzenden asiatischen Restaurants vorbei, die für die Touristenmassen rund um die Uhr geöffnet haben. Auf der Manhattan Bridge wird der Verkehr dichter und ich reihe mich in die rechte Spur ein. Maddy stöhnt leise.

»Psst«, höre ich Grey flüstern, »Jax hört dich sonst. Nicht, dass er noch mitmachen will.«

Ich verdrehe die Augen, *der Zug* ist abgefahren. Seit Ella im Club aufgetaucht ist, habe ich zwei Frauen abgewiesen. Was mir vor ihr nicht einmal in den Sinn gekommen wäre.

Keine zehn Minuten und einen Orgasmus von Maddy später, biege ich in die Clark Street ein.

Maddys Kopf taucht zwischen den Vordersitzen auf – ihre Haare ein wildes Durcheinander. »Das weiße Haus dort vorne«, sagt sie und zeigt auf den mehrstöckigen Komplex. Ich zwänge mich in die nächste Parklücke und stelle den Motor aus. Maddy reißt die Tür auf und sie und Grey steigen aus.

Ich beuge mich zu Ella hinüber und streiche ihr eine Haarsträhne hinters Ohr. »Aufwachen«, flüstere ich. Sie brummt leise, macht aber keinerlei Anstalten aufzuwachen. Auch gut. Ich steige aus, gehe um den Wagen herum und öffne die Beifahrertür. Vorsichtig löse ich den Gurt und hebe sie aus dem Sitz. Ihr Kopf landet an meiner Brust, ihr linker Arm hängt schlaff herab. Maddy und Grey warten bereits an der Eingangstür auf mich.

»Alkoleiche«, witzelt Grey, während Maddy aufschließt.

»Dritter Stock«, flüstert sie so laut, dass sie sich das auch sparen könnte. »Der Aufzug ist kaputt.« Mit klappernden Absätzen läuft sie die Treppe hoch. Im dritten Stock vor der Tür mit der Nummer 3a bleibt sie stehen und schließt auf.

»Die zweite Tür auf der linken Seite ist ihr Zimmer«, sagt sie und schiebt die Eingangstür auf.

Ich habe den Flur schon zur Hälfte durchquert, als über mir die Deckenbeleuchtung angeht und Maddy sich an mir vorbeiquetscht. Sie öffnet mir die Tür und betritt den Raum. Das Licht aus dem Flur reicht, um Ellas Bett auszumachen. Ich steige über einen Klamottenhaufen mitten auf dem Boden hinweg und lege Ella behutsam auf die Matratze. Instinktiv rollt sie sich zu einer Kugel zusammen. Die Jacke werde ich heute wohl nicht mehr zurückbekommen, wenn ich sie nicht wecken will.

Maddy knipst die Nachttischlampe an. »Danke.«

»Kein Problem.« Ich streiche Ella einige Strähnen aus der Stirn und drücke ihr ein Kuss auf den Kopf. Sie seufzt.

Maddy wendet sich zum Gehen und ich will nach der Nachttischlampe greifen, um das Licht zu löschen. »Nicht. Ella mag die Dunkelheit nicht. Sie bekommt Angst.«

Ich schaue auf Ella hinab. Sie schlummert friedlich, den Kopf auf die gefalteten Hände gebettet. »Die Folgen der letzten Jahre, die mies gelaufen sind?«

Maddy schweigt.

Ich drehe mich zu ihr um. »Sie hat so etwas angedeutet.«

Sie bedeutet mir mit einem Neigen des Kopfes, ihr zu folgen. Wir treten auf den Flur hinaus, wo Grey auf uns wartet. »Ja, ihr Ex. Er war …« Sie verstummt, den Blick auf den Boden gerichtet. »… ein Arschloch. Nett ausgedrückt.«

Ich verkneife mir die Frage, ob Jacob ihr Ex ist, denn dann müsste ich ihr erklären, woher ich ihn kenne. Nein, ich will Ella nicht übergehen, indem ich zuerst mit ihrer besten Freundin über ihn spreche.

Weil ich nichts sage, redet sie weiter: »Aber jetzt ist es vorbei.«

»Hat sie noch Kontakt zu ihm?« Ich lasse die Frage unverfänglich klingen.

Sie schüttelt den Kopf. »Nein, nein. Wenn sie vor etwas noch mehr Angst hat als vor der Dunkelheit, dann ist es Jacob.«

DA! Sie hat es gesagt. Ich wechsle einen schnellen Blick mit Grey, der traurig den Kopf schüttelt. Ihm gefällt die Entwicklung der Dinge auch nicht.

»Danke für deine Ehrlichkeit. Wir werden jetzt gehen, damit du schlafen gehen kannst.« Kurz drücke ich ihre Schulter und gehe zur Eingangstür.

»Jax«, hält sie mich auf, als ich nach der Türklinke greife.

»Ja?« Ich drehe mich noch einmal zu ihr um.

»Ich weiß, welchen Vorschlag sie dir heute Abend gemacht hat. Gib auf sie Acht, ja?«

Ich nicke und verlasse die Wohnung. Auf dem Treppenabsatz warte ich auf Grey. Er kommt kurz darauf auf mich zu, einen grimmigen Zug um den Mund. Wir wissen beide um Jacobs sadistische Ader. Zoey, die beinahe zu jeder Fight-Night kommt, hat es uns vor zwei Wochen gesteckt. Aber da hatte er bereits Schulden bei mir gemacht, die ich ihm nicht erlassen konnte. Ich bin immer noch Geschäftsmann. Wir sagen beide kein Wort, bis wir im Wagen sitzen, Grey diesmal auf dem Fahrersitz.

»Was jetzt?«

Die Frage legt in mir einen Schalter um und ich schlage mit beiden Fäusten auf das Armaturenbrett. »Fuck!« Grey wartet ab, bis ich mich beruhigt habe, nur dass das nicht passieren wird. »Wenn sich die nächste Gelegenheit bietet, werde ich sie darauf ansprechen«, knurre ich übellaunig. »Spätestens dann werden wir wissen, was Sache ist.«

Er nickt in Richtung Wohnkomplex. »Was ist mit ihr? Jacob ist unberechenbar.« Ja das ist er. Schon am Anfang unserer Geschäftsbeziehung konnte ich einen Blick hinter seine Fassade erhaschen, als er seinen ganzen Einsatz bei einem unerwarteten Knock-out seines favorisierten Kämpfers verloren hatte. Es war nur ein kurzes Aufflackern in seinen Augen, aber ich habe es sofort erkannt – Wahnsinn und unverfälschte Mordlust. Spätestens da hätte ich reagieren und ihn vor die Türen des Clubs setzen müssen.

Wie auch immer, der Schaden ist angerichtet. Das einzig Gute an dem ganzen Chaos ist Ella. Wenn Jacob eher seiner Wege gegangen wäre, hätte ich sie vielleicht nie kennengelernt.

»Er ist kein Idiot. Ich habe ihm ziemlich deutlich gemacht, dass Ella jetzt mir gehört, bis ich das Geld wiederhabe. Ich habe ihm dafür zwei Wochen gegeben. Sollte er sich nicht daran halten und sich ihr nähern, wird mein nächster Besuch nicht so harmlos für ihn ausgehen.«

Grey lehnt sich in seinem Sitz zurück. »Was passiert danach? Nehmen wir an, er bezahlt seine Schulden und all das …« Er macht eine allumfassende Handbewegung. »… löst sich in Luft auf. Was dann?«

Ich antworte nicht, weil ich es verdammt nochmal nicht weiß.

»Welchen Vorschlag hat Ella dir gemacht?«

Ich sehe zu meinem besten Freund hinüber, der mich fragend mustert. »Sie will eine Sexbeziehung mit mir.«

Grey nickt, als würde jetzt alles einen Sinn ergeben. »Du stehst auf sie.« Eine Feststellung, keine Frage.

Wieder schweige ich.

Tue ich das?

»Ich mag sie«, verrate ich ihm dann doch.

»Sicher.« Er lacht auf und startet kopfschüttelnd den Motor. »Scheiße, lass sie nur nie wissen, dass du sie als Druckmittel verwendest. Sie reißt dir den Arsch auf.«

KAPITEL 4

ELLA

Ein ohrenbetäubendes Klingeln reißt mich aus dem Schlaf. Ich strecke blind meine Hand aus und hämmere auf mein Handy ein, bis es endlich verstummt. Mein Kopf pocht im Takt meiner Herzschläge.

»O Mist«, murmle ich, öffne blinzelnd die Augen und schaue mich um. Klamotten auf dem Boden, wahllos verstreute Zettel auf dem Schreibtisch in der Ecke, halb zugezogene Vorhänge. Mein Zimmer.

Aber wie bin ich hierhergekommen?

Etwas Schweres liegt über mir ausgebreitet. Ich taste danach. Leder? Dann fällt mir alles wieder ein: Die Rückkehr ins *Twinkys*, meine peinliche Verkündung, keine Ahnung zu haben, was mir beim Sex gefällt, Jax und die Runde Billard mit ihm, der Kuss. Ich richte mich kerzengerade im Bett auf. Mein Schädel protestiert mit wildem Hämmern. »Scheiße, ich habe ihn gefragt, ob er eine Sexbeziehung haben will!«

Die Tür geht auf und Maddy streckt den Kopf herein, ein schelmisches Lächeln auf den Lippen. »Ja, das hast du und jetzt komm. Ich habe Kaffee gemacht und will alles wissen, bevor ich losmuss.«

Ich sinke wieder auf die Matratze zurück und verstecke mich unter Jax' Lederjacke. Mhmm, sie riecht nach ihm. »Ich habe mich total blamiert.«

Die Jacke wird weggezogen und Maddy taucht über mir auf. »So schlimm kann es gar nicht gewesen sein. Ihr habt rumgeknutscht wie zwei Teenager auf dem Abschlussball.«

Ich reiße ihr die Jacke aus den Händen und breite sie wieder über meinem Gesicht aus. Tief atme ich seinen Duft ein. »Ich habe ihn gefragt, ob ich ihn anfassen darf.«

Die Jacke verschwindet wieder. »Ach komm, jetzt stell dich nicht so an. Das macht doch jeder.«

»Haha.« Ich rolle mich auf die Seite, um meine glühenden Wangen zu verbergen.

»Grey hat mich auf der Rückbank gefingert, während Jax alles mitbekommen hat und du geschlafen hast.«

Ich keuche überrascht auf und stütze mich auf einen Ellenbogen, um sie ansehen zu können. »Ernsthaft?«

Sie zuckt locker mit einer Schulter. »Topp das mal auf der Peinlichkeitsskala.«

»Ich habe ihm gesagt, dass es Männer mit Muskeln wie seinen normalerweise nur in Werbungen für Grünzeug-Smoothies gibt.«

Maddy bricht in schallendes Gelächter aus. »Okay, okay, du hast gewonnen.« Sie tupft sich die Augen. »Jetzt steh auf, du musst zur Arbeit.«

Arbeit, großartig. Wer kommt auf die Idee, mitten unter der Woche einen draufzumachen?

Ich.

Seufzend rolle ich mich aus dem Bett, während Maddy, anscheinend zufrieden, dass ich in die Gänge komme, mein Zimmer verlässt. Ich schnappe mir Unterwäsche und eine hellblaue Jeans aus dem Berg gefalteter Klamotten auf meinem Schreibtischstuhl und eine weiße Bluse aus dem Schrank, die ich für gewöhnlich bei der Arbeit trage.

Mit größter Kraftanstrengung schlurfe ich aus meinem Zimmer, quer über den Flur und ins Badezimmer. Mein Kopf dröhnt, als würden Heinzelmännchen ihn mit dem Presslufthammer bearbeiten. Ich stelle das Wasser in der Dusche an und putze mir die Zähne, während ich darauf warte, bis das Wasser warm genug ist. Die Klamotten, die ich seit gestern trage, stinken übelst nach Kneipe und wandern direkt in den Wäschekorb.

Meine Schicht beginnt bald und ich beeile mich unter der Dusche, obwohl ich mir gerne mehr Zeit genommen hätte. Rasch trockne ich mich ab und flechte meine feuchten Haare zu einem lockeren Zopf. Das Schminken lasse ich aus, dazu bin ich gerade nicht imstande. Dafür lasse ich es mir nicht nehmen, mich mit Bodylotion einzucremen.

Mein Gleichgewichtssinn liegt bei null Komma gar nicht und ich brauche drei Anläufe, um in mein Höschen aus schwarzer Seide und breiter Spitzenbordüre zu schlüpfen. Jax' Gesichtsausdruck konnte man nur als gequält bezeichnen, als ich angefangen habe, über meine Unterwäsche zu reden. Eine Mischung aus wohliger Wärme und kribbeliger Vorfreude erfüllt mich, als ich an seine Erektion zurückdenke, die sich deutlich unter seiner Jeans abgezeichnet hat. Wie es sein wird, mit ihm zu schlafen? Bestimmt überwältigend.

Irgendwie schaffe ich es in meine Jeans und Socken zu schlüpfen und angle nach den Schmerztabletten aus dem Spiegelschrank. Mit gleich zwei Tabletten verlasse ich das Badezimmer. Die Tür zu meinem Zimmer steht offen und ich höre mein Handy auf dem Nachttisch vibrieren. Eine eingehende Nachricht. Kurzerhand biege ich ab und schnappe mir mein Handy.

Jax: Lebst du noch?

Ella: Bin mir nicht sicher. Fühle mich wie ausgekotzt.

Mit meinem Handy in der Hand folge ich dem Duft nach frischem Kaffee ins Wohnzimmer und lasse mich auf einen der zwei Hocker an der Frühstückstheke fallen. Maddy schiebt mir wortlos ein Glas Orangensaft hin.

»Danke.« Ich greife danach, werfe mir die Tabletten in den Mund und trinke gierig.

»Kaffee?«

Ich nicke, das Glas immer noch an den Lippen. Maddy gießt Kaffee in die Tasse, die mit unzähligen bunten Cupcakes bedruckt ist. Meine Lieblingstasse. Sie schüttet Milch dazu und löffelt drei Kaffeelöffel Zucker hinein. Mhmm, genau wie ich ihn mag.

»Du bist ein Schatz«, sage ich, als ich ihr die Tasse abnehme. »Danke übrigens, dass du mir den Wecker gestellt hast. Wie bin ich überhaupt in meinem Bett gelandet?« Das Letzte, an das ich mich erinnern kann, ist, Jax beim Autofahren beobachtet zu haben.

»Jax hat dich getragen. Du warst völlig hinüber.«

Mir Mut anzutrinken war keine gute Idee. Jax hat sich den Abend mit mir bestimmt anders vorgestellt. Besser ich entschuldige mich. Ich öffne das Chatprogramm, wo eine weitere Nachricht eingegangen ist.

Jax: Das glaube ich dir sogar.

Ella: Sorry wegen gestern. Den Abend hast du dir bestimmt anders vorgestellt. Weniger Alkohol, mehr Sex und so.

Ich lege das Handy beiseite. Maddy grinst in ihre Tasse. »Was?«, frage ich.

Sie zuckt mit den Schultern. »Du siehst glücklich aus.«

Bin ich das? Ich bin jedenfalls stolz auf mich. Aber glücklich? Ja, ich schätze schon. Es ist nur schon viel zu lange her, Glück verspürt zu haben, dass es mir absurd vorkommt – als hätte ich kein Recht dazu.

Mein Handy vibriert und ich schiele auf das Display.

Jax: Ich habe alles bekommen, was ich wollte. Hast du Freitag Abend schon was vor?

Er hat alles bekommen, was er wollte? Meint er den Kuss? Oder – *nein!* Oder doch? Meint er vielleicht mich? Mein Herz beginnt schneller zu klopfen. Ich nehme mein Handy in die Hand, um zu antworten.

Ella: Nein, wieso?

Jax: Lust in den Club zu kommen? Mein Kampf ist für zweiundzwanzig Uhr angesetzt. Danach können wir ...

… *rummachen, heißen, leidenschaftlichen Sex haben,* beende ich den Satz in Gedanken und in meinem Schoß beginnt es zu pochen. Dann wird mir erst bewusst, was er noch geschrieben hat. Ich reiße die Augen auf. »Er lädt mich ein! Ich soll in den Club kommen. Am Freitag.«

Maddy quietscht erfreut auf. »Sag zu, sag zu!«

Ich nicke eifrig, atme tief durch und tippe:

Ella: Was? UNO spielen?

Die drei Punkte neben Jax' Namen hüpfen eine gefühlte Ewigkeit munter auf und ab.

Jax: Wenn du das willst. Ich könnte dich aber auch mit in meine Wohnung nehmen, dich ausziehen und meine Li...

Weiter lese ich nicht, weil Maddys Kopf sich zwischen mich und das Display schiebt. »O lá lá.«

»Hey, was soll das?« Ich schiebe sie an der Stirn weg.

»Was? Darf ich euren Dirtytalk nicht auch genießen? Mir gefällt besonders der Teil, wo er dich mit den Lippen verwöhnen will.« Sie kichert und trinkt seelenruhig einen Schluck Kaffee.

Ich verdrehe die Augen und werde seine Antwort später fertig lesen, weil ich es ganz bestimmt nicht vor Maddy tun werde.

Ella: Ich werde da sein. Verlang nur nicht von mir, ein Fan-Girl des Unbesiegbaren zu werden.

Jax: Du reißt dir also nicht den BH vom Leib und schreist: »Jax, ich will ein Baby von dir!«?

Ich gluckse.

Ella: Nope. Keine fliegenden BHs, keine Babys, keine Chance.

Jax: Schade.

»Frag ihn, ob Grey auch da sein wird.« Maddys Stimme überschlägt sich beinahe.

»Wieso fragst du Grey nicht selbst?«

»Ich habe seine Telefonnummer nicht.« Sie wedelt mit der Hand. »Ist irgendwie untergegangen.«

»Wann denn?«, frage ich und versuche, nicht zu lachen. »Während er dir den Finger reingeschoben hat?«

»Es waren zwei Finger, oder drei«, kontert sie besserwisserisch. »Und ja, irgendwann da dazwischen.«

Bei Maddys flehender Miene gebe ich mich geschlagen. Ich gönne ihr ihren Spaß.

Ella: Maddy lässt fragen, ob Grey auch im Club sein wird.

»Zufrieden?«, frage ich und halte ihr mein Handy unter die Nase. Ihre Augen huschen über das Display und beginnen zu funkeln.

»Danke«, sagt sie und ich lege das Handy zwischen uns auf den Tresen.

Ich nehme meine Tasse und trinke meinen mittlerweile lauwarmen Kaffee. Er schmeckt dennoch gut und ich genieße es, wie das Koffein langsam seine Wirkung entfaltet. Das Handy vibriert und Maddy schnappt es sich, bevor ich einen Blick auf das Display erhaschen kann. Sie quietscht vergnügt.

»Was steht da?«, frage ich und lehne mich über den Tresen, um mitlesen zu können. Sie streckt mir das Handy entgegen.

Jax: Ja. Du sollst ihr ausrichten, wenn sie sich traut, sich den BH vom Leib zu reißen, dann bekommt sie vier statt den versprochenen drei.

»Was für vier?«, frage ich natürlich sofort.

»Orgasmen, was sonst?« Beschwingt tänzelt sie zur Spüle und wäscht ihre Tasse aus.

Klar, was sonst, denke ich ironisch und werfe einen Blick auf die Uhr: zwanzig Minuten vor sechs. Zeit, arbeiten zu gehen. Und wenn ich Glück habe, vergehen die nächsten zwei Tage wie im Flug.

Nervös stehe ich vor dem großen Spiegel in meinem Zimmer und zupfe an meinen schwarzen Dessous herum. Im Spiegelbild betrachte ich meine Narben. Schnitte, die sich wütend über die Oberschenkelinnenseiten ziehen. Sie sind zwar größtenteils zu weißen Linien verblasst, aber dennoch zu erkennen.

»Du siehst heiß aus, Ella«, sagt Maddy hinter mir, die quer über meinem Bett liegt.

»Er wird mich fragen, woher ich sie habe, die Narben«, sage ich unsicher.

»Wird er nicht. Er wird deine heißen Kurven und deine vollen Brüste sehen und alles andere vergessen. Vertrau mir.«

Ich atme tief durch. Sollte es anders kommen, werde ich ihm einfach sagen, dass ich nicht darüber reden kann. Wenn er wirklich etwas ahnt, kann er es sich sowieso denken.

Ich drehe mich zum Bett um und fische nach den engen Röhrenjeans, winde mich hinein, dann greife ich nach dem cremefarbenen Pullover, der sich perfekt an meine Taille schmiegt und an den Schultern etwas lockerer sitzt. Maddy trägt heute ein kurzes schwarzes Kleid mit Pailletten und fünfzehn Zentimeter hohe *Jimmy Choos*. Für so ein gewagtes Outfit werde ich wahrscheinlich nie bereit sein. Aber das ist okay. Ich schlüpfe in meine Lieblingsschuhe, roséfarbene *Nike Air Max* und schüttle mein langes Haar aus, das mir nach dem Föhnen bis an den unteren Rücken reicht. Nach einem letzten prüfenden Blick, ob mein Make-up oder die Wimperntusche nicht verwischt sind, gehe ich zu meinem Schreibtisch und überprüfe meine Handtasche, um bloß nichts zu vergessen.

Schminkzeug – *check*.

Abschminktücher wegen möglicher Waschbär-Augen – *check*.

Handy und Haargummi – *check*.

»Hast du Kondome eingepackt?«

»Denkst du nicht, er hat welche?«

»Eine Frau muss immer auf alles vorbereitet sein.« Maddy steht auf und stöckelt aus meinem Zimmer. Mit der Tasche in der verkrampften Hand folge ich ihr. Mein Magen – ein gigantischer Knoten. So nervös war ich das letzte Mal, als ich das Diplom am Ende meiner Ausbildung am *Culinary Institute* entgegengenommen habe.

»Hier.« Maddy tritt aus ihrem Zimmer, mit geschätzt zehn Päckchen in allen möglichen Farben in den Händen. Was glaubt sie, werden Jax und ich heute Nacht anstellen? Sie bedeutet mir mit dem Kinn, meine Tasche aufzuhalten, und stopft die Kondome hinein.

Ich verziehe das Gesicht, weil ich nicht glauben kann, was ich da lese. »Cola-Geschmack?«

»Die schmecken total lecker.« Sie lächelt, legt ihre Hände auf meine Schultern und drückt ermutigend zu. »Bereit?«

»Nein, kann aber trotzdem losgehen.«

Maddy und ich steigen vor dem Club aus dem Taxi und ich atme zittrig die salzige Luft ein, die vom nahegelegenen East River zu uns herüberweht. *Du willst das hier, du brauchst das hier,* rufe ich mir ins Gedächtnis und verdränge das Gefühl, in Ohnmacht fallen zu wollen.

Maddy hakt sich bei mir unter und gemeinsam reihen wir uns in die Schlange der Wartenden ein. Um uns herum erfüllen Gelächter und Gespräche die Straße. Ich wünschte, ich könnte mich von der ausgelassenen Stimmung anstecken lassen, doch es funktioniert nicht, meine innere Unruhe bleibt.

Maddy legt mir einen Arm um die Schultern und bringt sich und ihr Handy in Position. »Wir brauchen noch ein Foto für Instagram.«

Übertrieben rolle ich mit den Augen, wie ich es genau für solche Situationen perfektioniert habe.

Sie und ihr *bescheuertes* Instagram.

»Komm schon.« Ich sehe durch das Display, wie sich ihre rot geschminkten Lippen zu einem Schmollmund verziehen.

Ich ergebe mich, setze mir ein gespieltes Lächeln auf und grinse übertrieben in die Kamera. *Klick, klick, klick.*

Sie checkt die Aufnahmen. »Scheiße sehen wir heiß aus.« Mit einem zufriedenen Lächeln lässt sie ihr Handy in die Clutch verschwinden.

Die Schlange rückt vor und ich stelle mich auf die Zehenspitzen. Vor der doppelflügeligen Metalltür steht diesmal ein anderer Aufpasser, wesentlich älter, um nichts weniger grimmig und unnachgiebig. Sein Blick schweift umher und bleibt an mir hängen. Seine Augenbrauen schieben sich zusammen und er setzt sich in Bewegung. Als er vor mir stehen bleibt, ziehe ich den Kopf ein.

»Sind Sie Ella?«

»Ja?« Meine Antwort klingt wie eine Frage, weil ich so gar keine Ahnung habe, was er von mir wollen könnte.

Er weist mit der Handfläche nach oben in Richtung Eingang. »Folgen Sie mir bitte. Jax erwartet Sie schon.«

»Oh, okay.« Ich straffe die Schultern, greife nach Maddys Hand und laufe voran. Die Halle ist wieder rappelvoll, die Musik dröhnt in meinen Ohren und der Boden erzittert.

Die Hand von Mr. Grimmig legt sich auf meinen unteren Rücken und schiebt mich vorwärts durch die Menge, direkt auf den Käfig zu. Ich drücke Maddys Hand fester, als ich Jax darin erblicke – schweißüberströmt, seine ganze Aufmerksamkeit auf den Gegner gerichtet.

Vor der kurzen Treppe zum Käfig lässt Mr. Grimmig von mir ab. »Jax ist gleich fertig. Wartet hier solange«, sagt er in herrischem Tonfall und postiert sich vor der Tür zum Käfig, ohne auf eine Antwort zu warten. Von mir hätte er ohnehin keine erwarten brauchen, ich bin außerstande, Jax aus den Augen zu lassen. Anders als letzten Freitag sehe ich das ganze Blut nicht, sondern ausschließlich ihn. Seine schnellen, präzisen Bewegungen und diesen überwältigenden Körper. Wow, einfach nur wow! Und heute Nacht wird dieser Mann allein mir gehören.

Mit einer anmutigen Drehung wendet er sich mir frontal zu und für den Bruchteil einer Sekunde liegt sein Blick auf mir. Dann donnert die Faust seines Gegners gegen seinen Kiefer und ich verziehe das Gesicht.

Autsch!

JAX

Ella ist hier, schießt mir der Gedanke durch den Kopf, als könnte ich sie körperlich spüren. Obwohl ich mich stets auf mein Bauchgefühl verlassen kann, drehe ich mich trotzdem zu der vereinbarten Stelle um, wo Bill sie hinbringen sollte. Natürlich, da steht sie.

Rhys' Faust kracht gegen meinen Unterkiefer, Sterne explodieren in meinem Kopf. Ich ducke mich unter einer weiteren geraden Rechten hinweg, springe hoch und ramme ihm meinerseits die Faust ins Gesicht. Sein Kopf fliegt zur Seite, Blut spritzt. Er taumelt nach hinten gegen die Eisenstäbe, rutscht daran hinunter und bleibt reglos liegen. Die Zuschauer in der Halle ticken komplett aus und schreien meinen Namen. Ich spucke den Mundschutz aus und fasse mir an den Kiefer. Der Schlag hat gesessen. Meine Männer schleifen Rhys aus dem Käfig und ich schiebe mich an ihnen vorbei, da stellt sich mir Bill in den Weg.

»Sergej Wolkow ist hier.«

Für eine Sekunde setzt mein Herzschlag aus und ich starre ihn ungläubig an. »Wie hier?«, frage ich wie ein Vollidiot.

Bill tippt sich an das Headset in seinem rechten Ohr. »Miguel hat ihn hereingelassen, als ich die Kleine zu dir gebracht habe.« Er nickt in Ellas Richtung.

»Wo ist er?« Langsam beruhigt sich mein Herzschlag und mein Gehirn nimmt wieder die Fähigkeit zu denken auf.

»Er steht an der hinteren Wand, direkt neben dem Eingang.«

Tatsächlich. Wolkow ist in meinem Club! Der Wolf, getarnt mit adretter Frisur, edlem Anzug und langem schwarzen Mantel. Seine Leibwächter stehen unbewegt links und rechts neben ihm, die Hände vor den Eiern verschränkt.

Tausend Fragen schießen mir durch den Kopf. *Wieso ist er hier? Soll ich ihn rausschmeißen? Soll ich ihn fragen, was er will?* Und eine Bestätigung: Er ist der Anführer der Handlanger, den Dave Sutter ums Verrecken nicht verraten wollte! Wolkow nickt mir zu, dreht sich um und spaziert, flankiert von seinen Leibwächtern, aus meinem Club.

»Was war das jetzt?«, fragt Bill verstört, der die abstruse Szene mitverfolgt hat.

»Ich weiß es nicht.« Tief atme ich durch. »Informiere Grey darüber und kümmere dich um Miguel. Mach ihm klar, dass er nicht die Befugnis hat, ungebetene Gäste einzulassen. Ich habe jetzt keine Zeit dafür.«

Bill nickt bekräftigend und wendet sich zum Gehen.

Nach den drei Stufen die Treppe hinunter, macht sich der stechende Schmerz in meinem Oberschenkel wieder bemerkbar. Heute wurde ich öfter getroffen, als in den letzten Monaten zusammengerechnet.

»Hi«, begrüßt mich Ella und tritt an mich heran, Maddy dicht an ihrer Seite.

»Schön, dass ihr hier seid«, sage ich und drücke zuerst Ella und dann Maddy einen Kuss auf die Wange. »Grey wartet schon an der Bar auf euch. Ich komme gleich nach.« Ich winke einen meiner Männer heran, der uns von der jubelnden Meute abschirmt. »Simon wird euch begleiten.«

»Bis gleich.« Ella zwinkert mir doch tatsächlich zu und bevor ich darauf reagieren kann, führt Simon die zwei Frauen auch schon mit einer eleganten Geste davon. Ich sehe ihnen kurz hinterher und stelle mich dann meinen Fans.

ELLA

Wir folgen diesem Simon zur Bar. Die Begrüßung mit Jax lief schon mal entspannt ab und langsam löst sich auch der Knoten in meinem Bauch. Ich nehme mir vor, den Abend beruhigt zu genießen.

Grey sitzt an der Theke, die Arme weit ausgebreitet und lächelt uns entgegen. Maddy läuft vor und wirft sich ihm an den Hals. Sofort beginnen sie wild zu knutschen.

Simon begleitet mich die letzten Meter, wünscht mir einen schönen Abend und verschwindet in der Menge. Ich räuspere mich und Grey reißt sich von Maddy los.

»Hallo, meine Schöne«, sagt er zu mir, während seine Hände weiterhin auf ihrem Hintern liegen bleiben.

»Hi.« Ich winke knapp.

Greys Augen werden groß, als würde ihm etwas einfallen. »Wartet.« Er lehnt sich zu den zwei Typen hinüber, die rechts von ihm sitzen und lässt seine Faust vor ihnen auf den Tresen krachen. »Verpisst euch, die Plätze sind reserviert!«

Die Typen springen wie von der Tarantel gestochen auf und ziehen, ohne zu protestieren, mit eingezogenen Köpfen von dannen.

Für einen Moment stehe ich mit offenem Mund da. Echt heftig.

Grey bedeutet uns, Platz zu nehmen. »Ladys, setzt euch doch.«

»Das wäre nicht nötig gewesen.« Entsetzt nehme ich Platz. Maddy lässt sich anmutig auf den Hocker neben Grey nieder und himmelt ihn ohne Pause an.

»Nicht nötig, nein, aber witzig«, erwidert er und zwinkert mir zu. »Was wollt ihr trinken?«

Ob ich mich je an diese Gewalt gewöhnen werde?

»Einen Gin Tonic«, bestelle ich, während Maddy sich für einen Sex on the Beach entscheidet.

Sie kichert. »Mhm, ja, ich brauche heute definitiv noch Sex.«

»Den bekommst du und wenn du brav bist, auch den Cocktail«, verkündet er ungeniert und schnappt nach ihrem Ohrläppchen.

Ich rolle mit den Augen. Ob sich Jax und Grey den Katalog mit den billigen Sprüchen teilen?

Jemand legt mir von hinten die Hände auf die Taille. Ich versteife mich.

»Hey.« Bei Jax' Stimme entspanne ich mich wieder.

»Hey«, gebe ich zurück und drehe meinen Kopf in seine Richtung. Unsere Lippen trennen nur noch wenige Zentimeter. Sein warmer Atem streicht über meine Haut.

»Entschuldige, dass du warten musstest.«

»Schon okay.« Mein Blick senkt sich auf seine Lippen. Lippen, die ich wieder spüren will. »Wie geht es deinem Kiefer? Du hast vorhin einen heftigen Schlag kassiert.«

»Mach dir um mich keine Sorgen. Ich bin hart im Nehmen.«

»Wenn das so ist. Ich wollte nur fragen.«

»Glaub mir, nichts hält mich davon ab, dich heute Nacht zu lecken. Nicht einmal ein ordentlicher *Jab*.«

Gott, seine Direktheit verschlägt mir glatt die Sprache.

Ich schrecke hoch, als Maddy meinen bestellten Gin Tonic vor mich auf die Theke knallt. »Trink was, Ella, du siehst ein wenig erhitzt aus.«

Ich funkle sie an, sie grinst dämlich zurück.

Jax lächelt und setzt sich auf den Hocker seitlich der Bar, an dem er letztens schon gesessen hat. Aus irgendeinem Grund ist er frei, als wäre er nur für ihn reserviert.

Wie von Zauberhand taucht plötzlich ein Tumbler mit Dreifingerbreit Whisky auf.

Mein Bild des schmierigen Besitzers mit Hakennase bröckelt und wird durch Jax ersetzt. Habe ich etwa ihn am ersten Abend dort oben auf der Galerie gesehen? »Sag mal, gehört dir der Laden?«

Für eine Sekunde wirkt er überrascht, dann zeigt sich sein Grübchen. »Was hat mich verraten?«

»Dieses ganze königgleiche Getue.« Ich wedle mit der Hand vor seinem Gesicht herum und in Richtung der Barkeeper. »Nicht zu vergessen deine Untertanen.« Dann stutze ich, weil mir unser letztes Gespräch wieder in den Sinn kommt. »Wir haben im *Twinkys* mehr oder weniger darüber geredet. Wieso hast du nicht gleich gesagt, dass der Club dir gehört?« Mit einem Mal komme ich mir dumm vor. Wieso hält er dieses Detail vor mir geheim? Glaubt er, ich würde ihn verurteilen, weil er einen illegalen Club leitet?

Er schweigt.

»Antworte mir, Jax.«

»Ich lasse mir ungern in die Karten schauen. In meiner Welt bedeuten Informationen Macht.«

»Ich gehöre aber nicht in deine Welt.« Ärger flammt in mir auf. »Und überhaupt, was glaubst du, würde ich mit dem Wissen anstellen? Zur Polizei laufen?«

Er kneift sich in die Nasenwurzel und trinkt einen Schluck. »Nein, natürlich nicht«, sagt er versöhnlicher und lässt den Blick durch die überfüllte Halle schweifen. »Was hältst du von dem Club?«

Hat er also doch Sorge, ich könnte ihn verurteilen? Ich betrachte ihn mit schräggelegtem Kopf und erkenne in seinem Blick den gleichen Stolz, den Grandma stets zur Schau gestellt hat, wenn es um ihr Rezeptbuch gegangen ist.

Der Club ist sein ganz persönlicher Schatz.

Der Ärger in mir verpufft und ich drehe mich auf

dem Hocker in Richtung Halle. Noch ist Pause vor dem nächsten Fight. Die Menschen trinken, tanzen zu der Musik, die im Moment ausnahmsweise nicht ohrenbetäubend laut ist und platzieren bei einem Typen mit Hornbrille und Klemmbrett ihre nächsten Wetten.

»Mit den Kämpfen und den Wetten kann ich nicht viel anfangen«, sage ich, weil es mir wichtig ist, dass er das weiß, »aber abgesehen davon? Du hast etwas Großes erschaffen.« Wenn meine Bäckerei nur halb so erfolgreich wird, hätte ich alles erreicht, was ich je wollte.

Jax nimmt meine Hand von meinem Schoß und streicht über meinen Handrücken. »Das wirst du eines Tages auch.«

Wärme sammelt sich in meinem Herzen, es tut unfassbar gut, wenn jemand an einen glaubt. »Danke«, flüstere ich mit enger Kehle. Ohne viel nachzudenken, rutsche ich von meinem Hocker und klettere auf seinen Schoß. Sofort legt er seine starken Arme um mich. Dieses Gefühl beschützt zu werden und dass er mir zutraut, erfolgreich zu sein, überwältigt mich beinahe. Ich bette meinen Kopf an seine Schulter und vergrabe meine Nase in dem schwarzen Hoodie, den er sich nach dem Kampf übergezogen hat. Waschmittel, Duschgel und Mann – die Mischung ist berauschend.

»Ich denke, ich habe mich geirrt. Ich kann nicht nur eine zwanglose Sexbeziehung mit dir führen.« – *denn dafür empfinde ich mittlerweile zu viel.* Ich spreche es nicht aus, aber ich bin mir sicher, er kann es aus meiner Stimme heraushören.

Sein Griff um meine Taille wird fester. »Heißt das, dass du jetzt doch schmachtend auf meine Anrufe wartest?« Spielerisch knuffe ich ihn in die Seite. War ja klar, dass er wieder aus seinem Katalog zitiert.

»Okay, okay«, beschwört er mich und schweigt einen Moment, bevor er mit ernster Stimme sagt: »Du bist mir wichtig geworden, Ella. Das ist mir in den letzten Tagen klar geworden. Und was auch immer sich gerade zwischen uns entwickelt, ich will es erkunden.«

Mir stockt der Atem. Er will uns eine Chance geben? »Du willst also, dass ich Teil deiner Welt werde?«

Er nickt knapp. »Aber bevor du ja sagst, solltest du wissen, dass es oft schmutzig und sehr oft blutig darin zugeht.«

Seine Worte bringen mich zum Nachdenken. Will ich das wirklich? Bin ich dazu bereit? Sollte ich nicht zuerst mein Leben wieder auf die Reihe bekommen, bevor ich mich auf dieses Abenteuer einlasse?

Weil ich nicht antworte, fügt er hinzu: »Ich werde alles in meiner Macht Stehende tun, um dich zu beschützen. Das verspreche ich dir.«

»Du willst mich aber nicht in Luftpolsterfolie packen, oder?«, frage ich und verenge dabei meine Augen. Trotz all meiner Unsicherheiten genieße ich meine neugewonnene Freiheit viel zu sehr.

»Nein, weil du den einen oder anderen Kampf selbst austragen musst.«

Was?

»Welchen Kampf?«

Er lehnt sich vor und flüstert in mein Ohr. »Schau dich um. Siehst du die eifersüchtigen Blicke der Frauen? Wenn du die Frau an meiner Seite sein willst, wirst du deine Krallen ausfahren müssen.«

Ich werfe einen Blick über seine Schulter. Tatsächlich, keine zwei Meter entfernt lauern zwei Frauen. Die eine groß und blond, steht mit in die Hüften gestemmten Händen da, während die andere, mit Kurven an den richtigen Stellen und braunem Haar, böse zu uns herüber funkelt. Huch, mich würde es nicht wundern, wenn mich gleich der Blitz trifft. Kurzerhand packe ich Jax am Kragen und presse meine Lippen auf seine, während ich hinter seinem Rücken den beiden Grazien den Mittelfinger zeige. Ist zwar nicht meine Art, aber ich muss ihnen unmissverständlich klarmachen, dass sie bei diesem Mann in nächster Zeit nicht mehr landen werden. Mit perfektem Haarschwung drehen sich die zwei Frauen um und staksen davon. Bye, bye.

Widerstrebend löse ich mich von seinen Lippen. Mhmm, wie gut er schmeckt. »Mit denen werde ich fertig.«

»Das sehe ich.« Sein linker Mundwinkel zuckt. Ich erwarte schon, dass er noch mehr sagt, wie »Und was ist mit dem Rest?«, aber das tut er nicht – er wartet geduldig auf meine Entscheidung.

Meine Entscheidung, genau. Wiegen die Gefühle, die ich in seiner Nähe empfinde, die angedeutete Gefahr für mich auf? Die neu erwachte Energie, die mich in meiner dunkelsten Zeit am Leben gehalten hat, dass ich mich bei ihm nicht ganz so klein und unbedeutend fühle, sondern geborgen und begehrt. Aber was ist, wenn er sein Interesse an mir verliert, sobald er …

»Was ist, wenn wir uns näher kennenlernen und dir gefällt nicht, was du entdeckst?« Meine vielen Schwächen und die Verbitterung kann man doch nur abstoßend finden, oder?

»Das wird nicht geschehen, weil ich längst weiß, was in dir steckt. Jetzt liegt es an dir, es zu erkennen.«

»Hilfst du mir dabei?«

»Ja.«

Damit ist meine Entscheidung gefallen. »Okay.« Ich schnappe mir meinen Gin Tonic und hebe ihn hoch. »Dann auf uns.«

»Auf uns.« Er stößt mit seinem Glas gegen meines und wir trinken, ohne uns aus den Augen zu lassen. Als er das Glas sinken lässt, ist sein Lächeln so sündig wie nie zuvor.

»Wie wäre es, wenn wir wo anders weiterfeiern?«

»Übrigens, deine Sprüche sind wirklich nicht sehr originell«, sage ich, schnappe meine Umhängetasche und stehe auf.

»Und doch funktionieren sie.«

»Touché.«

Er legt lachend seinen Arm um meine Schultern. »Nimm das Glas mit, es ist nicht weit.«

Ich runzle die Stirn. »Wohin gehen wir?«

»Das wirst du gleich sehen.« Er führt mich in Richtung der breiten Treppe.

»Viel Spaß«, höre ich Maddy noch flöten, bevor uns die Menge verschluckt. Die Menschen um uns herum fordern seine Aufmerksamkeit, klopfen ihm auf die Schulter oder wollen ihn in ein Gespräch verwickeln. Doch Jax ignoriert sie alle. Wir passieren zwei Securitymänner, die am Fuße der Treppe stehen. Im oberen Stockwerk führt er mich die Galerie entlang, von der aus ich die ganze Halle überblicke. Nach einem kurzen Weg, biegen wir links ab und plötzlich stehe ich in einem Wohnzimmer.

»Willkommen in meinem bescheidenen Heim.«

»Du wohnst hier?«, frage ich, obwohl das offensichtlich ist. Der Raum ist weitläufig und wird von strategisch platzierten Stehlampen in ein warmes Licht getaucht. Zwei große Industriefenster durchbrechen eine Wand aus rötlichem Backstein, in der Mitte hängt ein riesiger Flachbildfernseher, davor steht eine Couch aus schwarzem Leder. Zwei Vitrinen, die mit unzähligen Whiskyflaschen gefüllt sind, stehen an der gegenüberliegenden Wand. Das muss seine Sammlung sein, die er erwähnt hat. Sonst ist der Raum leer, abgesehen von einigen dunkelgrauen Teppichen auf dem versiegelten Betonboden.

»So habe ich es nicht so weit zur Arbeit. Du weißt schon, um meinen illegalen Geschäften nachzugehen.«

Ich muss lachen und stupse ihn mit der Schulter an. »Blödmann.«

Plötzlich höre ich Krallen auf Beton und ein großes dunkles Etwas kommt auf mich zugelaufen. »Hey, wer bist du denn?«, frage ich den Hund, der kurz vor mir abbremst und mich schwanzwedelnd begrüßt. Eilig halte ich mein Getränk hoch, um es nicht aus Versehen zu verschütten.

»Coco, mach mal halblang. Nicht, dass du sie umwirfst!«, höre ich Jax' Stimme, ganz der Big-Boss. Doch der Hund achtet nicht weiter auf ihn und versucht, an mir hochzuspringen.

»Hallo, Coco. Du bist ja süß.« Mit der freien Hand streichle ich über seinen gewaltigen Kopf.

»Das Einzige, was er ist, ist gefräßig.« Coco lässt von mir ab und begrüßt seinen Besitzer.

»Ach komm, er ist wirklich süß … und unheimlich groß.«

»Ja, ich weiß. Ich konnte nicht widerstehen, als ich ihn im Tierheim gesehen habe.«

»Du hast ihn aus dem Tierheim?«

Jax nickt und versucht, seinen Hund zu bändigen. Vergeblich. Vorsichtshalber nehme ich ihm den Tumbler ab. »Ja. Grey war der Meinung, ich bräuchte einen großen bösen Wachhund für den Club und hat mich ins Tierheim gezerrt. Jetzt habe ich zwar einen großen Hund, aber von böse ist er weit entfernt. Außerdem ist er ein miserabler Wachhund. Nicht wahr, du Allesfresser?«

Bei seinen Worten und der missmutigen Miene, bei der ich nicht ganz sicher bin, ob sie gespielt ist oder nicht, muss ich lachen. »Ich finde ihn super. Ich liebe Hunde.«

»Hast du gehört? Sie mag dich.« Coco scheint ihn zu verstehen, denn er rastet buchstäblich aus. Amüsiert beobachte ich, wie Coco hochspringt und seine gewaltigen Pfoten auf Jax' Brust legt.

»Wie bist du auf seinen Namen gekommen? Er ist *etwas* ungewöhnlich für eine … Dogge?« Coco beruhigt sich, kommt wieder zu mir herüber und lehnt sich gegen mein Bein, dabei hechelt er aufgeregt. Bei seinem massigen Körper verliere ich fast das Gleichgewicht.

»Dänische Dogge. Grey hat an dem Abend, als wir ihn hierhergebracht haben, seine Kokosnussmilch mit ihm geteilt, da dachten wir, der Name würde gut passen. Jetzt ist aber genug.« Mit ausgestrecktem Arm zeigt Jax in die Küche. »Zieh Leine, Junge!« Coco niest einmal, zweimal und trabt davon.

»Scheint gut erzogen zu sein«, stelle ich schmunzelnd fest.

»Immerhin einer.« Jax nimmt mir die Gläser ab und bedeutet mir, ihm zu folgen. Meine Nervosität steigt wieder an, während er auf eine weiße Tür zugeht. Jetzt ist es wohl so weit, jetzt geht es in sein Schlafzimmer.

Mit dem Ellenbogen drückt er die Klinke hinunter und tritt einen Schritt beiseite. Ich gehe an ihm vorbei, während Jax den Lichtschalter betätigt.

»Wow«, entkommt es mir staunend, als ich das Panoramafenster erblicke, das die komplette hintere Front einnimmt. Was für eine Aussicht. Manhattan ragt glitzernd in einen endlos wirkenden Nachthimmel hinein.

»Wunderschön, nicht wahr?« Er schaltet das Licht wieder aus und das Bild, das sich mir bietet, steigert sich zu einem Abbild tausender funkelnder Sterne. Hier würde ich keine Nachttischlampe brauchen.

»Atemberaubend«, flüstere ich, gehe an dem runden Polsterbett vorbei, das auf einem Plateau mitten im Raum steht, und trete an das Fenster heran. Ehrfürchtig lege ich meine Hand auf das kühle Glas und in meinem Bauch beginnt es zu kribbeln. Unter mir erstreckt sich der East River, auf dessen Wasseroberfläche die Lichter der Brooklyn Bridge tanzen. Die Promenade und der Pier, die beide am Lagerhaus entlangführen, sind von meiner Position aus nicht zu sehen. »Ich fühle mich, als würde ich schweben.«

Hinter mir höre ich, wie Jax die Gläser abstellt und näherkommt. Seine Hände schlingen sich um meine Taille. »Nachdem ich beschlossen hatte, einen Club zu eröffnen, war ich Monate lang auf der Suche nach einem geeigneten Lagerhaus.« Er fasst mein Haar zusammen und legt es über meine Schulter. »Kurz nach Hurrikan

Sandy hat mich mein Makler angerufen.« Seine Lippen streichen kaum wahrnehmbar über die zarte Haut meines Halses. Ich würde die Augen schließen, wäre der Ausblick nicht so einmalig. »Die Sturmschäden waren enorm. Ich habe es trotzdem gekauft und renovieren lassen.« Er küsst diese eine empfindliche Stelle kurz unterhalb meines Ohrs. »Die Aussicht war es, die mich letztendlich überzeugt hat.«

»Du bist ein toller Geschichtenerzähler«, sage ich und seufze, als er an meinem Ohrläppchen knabbert.

Er lacht leise und ich wende mich dann doch von dem fantastischen Ausblick ab und ihm zu. In seinen Iriden spiegeln sich die Lichter der Stadt. »Wir gehen es langsam an, okay?«

Ohne zu antworten, lege ich meine Hände auf seine Brust. Unter meinen Fingern spüre ich sein Herz schlagen – kräftig und genauso schnell wie mein eigenes. »Darf ich etwas ausprobieren?« Die Frage klingt albern und ich halte die Luft an, weil ich befürchte, er könnte mich auslachen.

Doch das tut er nicht, stattdessen sagt er mit rauer Stimme: »Was immer du möchtest. Ich gehöre ganz dir.«

Ich lächle erleichtert, lasse meine Hände tiefer wandern und unter den Saum seines Hoodies schlüpfen. Er greift über sich und zieht sich den Kapuzenpullover über den Kopf, wie es nur Männer tun. Erst jetzt, wo ich so nahe vor ihm stehe, bemerke ich die kleineren und größeren Narben, die seinen Oberkörper komplett übersäen.

Narben wie meine …

Ich strecke die Hand aus und zeichne eine besonders tiefe mit ausgefransten Rändern direkt auf seiner Brust nach. Seine Muskeln spannen sich unter meinen Fingerspitzen an und ich ziehe eilig die Hand weg. »Entschuldige.« Wie gedankenlos von mir, immerhin will ich auch nicht, dass jemand ungefragt meine Narben berührt.

»Schon gut.« Er nimmt meine Hand und legt sie zurück auf seine Brust. »Die habe ich mir auf der Straße eingefangen. Grey und ich waren jung und wir dachten, es sei cool, sich auf Messerkämpfe einzulassen.«

»Hat Grey aus dieser Zeit die schreckliche Narbe?«

Seine Miene verhärtet sich. »Ja.«

Ich hake nicht weiter nach und lasse meine Finger bedächtig über seine Brust streichen. Fahre jedes Tal, jede Erhebung seiner Muskeln nach, bis hinunter zu seinem Bauchnabel. In mir beginnt alles vor Aufregung zu prickeln.

Er knurrt leise und das wohlig-warme Gefühl in mir verstärkt sich. So fühlt sich Lebendigkeit an. Ich will mehr davon – mehr von ihm. Angetrieben von diesem Impuls stelle ich mich auf die Zehenspitzen und küsse mich seinen kantigen Kiefer entlang. Sein Bartschatten kitzelt. Ich wandere tiefer, lecke über seinen ausgeprägten Adamsapfel und knabbere an der Stelle an seinem Hals, an der sein Pulsschlag unter der Haut flattert. Er legt den Kopf in den Nacken, als würde er meine Berührungen genießen. Mit Lippen und Zunge erkunde ich jeden Zentimeter seines Oberkörpers, bis meine Atmung schwer wird und meine Sinne völlig auf ihn ausgerichtet sind.

Ich trete zurück und betrachte ihn. Sein Brustkorb hebt und senkt sich unter schnellen Atemzügen, seine Hände sind an den Seiten zu Fäusten geballt. Ich sehe hoch in sein Gesicht, seine Augen sind dunkel vor Begierde. Er will mich genauso sehr wie ich ihn. Ich ziehe mir den Pullover über den Kopf. Meine Finger zittern leicht, als ich hinter mich greife, um ein Häkchen meines BHs nach dem anderen zu lösen. Die Träger rutschen über meine Schultern und meine Nippel ziehen sich in der kühlen Luft zusammen. Er hebt eine Hand und streicht mit dem Daumen sanft über meine Brustspitze. Ich keuche auf – beinahe habe ich vergessen, wie sich eine Berührung anfühlt, die nicht darauf abzielt, Schmerzen zu bereiten.

»Mach das nochmal«, bitte ich ihn kaum hörbar. Er erfüllt mir meinen Wunsch, bedeckt meine Brust mit seiner rauen, starken Hand und zupft an meinem Nippel. Ich lasse den Kopf in den Nacken sinken.

Wie aus dem Nichts spüre ich seinen Atem an meinem Ohr. »Versprich mir, dass du deine Wünsche aussprichst. Immer.«

»Ich werde es versuchen, es fällt mir nur schwer.« Mir wird vor lauter Scham ganz anders.

»Wir werden daran arbeiten, okay? Bei mir musst du dich für nichts schämen.«

»Okay.« Meine Kehle schnürt sich zusammen. Er spricht genau das aus, was ich mir insgeheim erhofft habe.

»Jetzt sag mir, was willst du, Ella?«

»Ich, ich …« Ich verstumme und winde mich innerlich. Mist, ist das schwer. Jax wartet geduldig, bis ich mich dazu durchgerungen habe, weiterzusprechen. »Ich will dich ausziehen.« Meine Stimme klingt selbstsicherer, als ich mich tatsächlich fühle.

Jax grinst schief, als wäre das eine ausgezeichnete Idee und verschränkt die Hände über dem Kopf, sodass seine Muskeln an Armen und Brust noch deutlicher hervortreten. »Dann los.«

Ich atme tief durch und lasse mich vor ihm auf die Knie sinken, um seine *Nikes* aufzubinden. Jetzt, wo ich beinahe nackt in dieser devoten Pose vor ihm knie, warte ich darauf, dass dieses Gefühl, klein und wertlos zu sein – wie es mir in all den Jahren eingetrichtert wurde –, zurückkehrt, doch es bleibt aus. Überraschenderweise. Ich fühle mich … begehrt. Ja genau, ich fühle mich begehrt.

Jax geht mir zur Hand, indem er sich die Schuhe und Socken von den Füßen streift. Dabei gerät er kurz ins Wanken und hüpft auf einem Bein, was mich zum Kichern bringt.

»Du machst mich nervös, wenn du so vor mir kniest«, grummelt er und wirft die Socken irgendwo hinter sich.

Mein Lachen erstirbt. Ich mache ihn nervös? Ich? Ihn? »Ach bitte, jetzt ziehst du mich aber auf.« Will ich überhaupt wissen, wie viele Frauen schon vor ihm gekniet haben?

»Du bist die Erste in diesem Zimmer«, sagt er, als könne er meine Gedanken erraten. Zwar beantwortet das nicht ganz meine Frage, aber das ist okay. Ich kann es mir nach der Einlage der Grazien auch so denken. Doch die Tatsache, dass ich die erste Frau in seinem Schlafzimmer sein soll, lässt mein Herz schneller schlagen.

»Wieso?«, drängt es mich nachzuhaken.

»Wie soll ich das erklären?«, flüstert er und fährt sich durch die Haare. »Frauen sind für mich ein Mittel zum Zweck, um Dampf abzulassen. Dieses Zimmer, nein, das ganze obere Stockwerk kommt für mich einem Zuhause am nächsten. Es ist mein Rückzugsort, hier bin ich weder *der Unbesiegbare* noch *The Warrior,* als den ich mich den Leuten präsentiere. Und na ja, bis jetzt hat keine Frau genügend Interesse bei mir geweckt, dass ich das Bedürfnis hatte, sie in mein privates Reich zu bringen.«

Ich aber durfte seinen Rückzugsort betreten. Diesmal lasse ich meine Selbstzweifel nicht die Oberhand gewinnen und nehme sein Kompliment an. »Ich weiß, was du meinst. Für mich ist das Apartment und allem voran mein Zimmer, mein liebster Ort. Dort kann ich sein, wer ich bin, ohne Angst haben zu müssen, beurteilt zu werden.«

»Diese Angst brauchst du hier auch nicht zu haben.«

Ich nicke, während sich ein warmes Gefühl der Geborgenheit in meiner Brust ausbreitet.

Unvermittelt klatscht Jax in die Hände. »Legst du endlich los, oder soll ich dir hoch helfen? Deine Knie müssen doch langsam schmerzen.«

Meine Augen werden schmal. Ist ihm das Gespräch

zu intim? Nun gut, er hat ja recht, unsere kompromittierenden Positionen sind nicht gerade für tiefgründige Unterhaltungen gedacht. Sondern eher für …

Ohne auf seine Frage oder meine tatsächlich langsam zu schmerzen beginnenden Knie einzugehen, lehne ich mich vor und senke meine Zunge auf seine Haut. Pustend und leckend folge ich dem Pfad dunkler Härchen unterhalb seines Bauchnabels. Sein Penis zuckt unter dem weichen Stoff. Ich hake meine Finger unter den Bund und ziehe ihm die Jogginghose samt Boxershorts über seinen muskulösen Hintern. Seine Erektion springt mir förmlich entgegen und etwas blitzt silbern auf. Meine Augen werden groß, als ich erkenne, was es ist. O Mann! Vertikal durch seine Eichel steckt ein Piercing.

»Überraschung«, verkündet er unnötigerweise und steigt lachend aus der Hose.

Blödmann.

Ich verdrehe meine Augen, was ihm bestimmt nicht entgeht, und sehe mir das Ding genauer an. »Tut das denn nicht weh?«

»Nein, es ist verdammt geil. Wirst schon sehen.«

Wie es sich wohl anfühlt, wenn er in mir ist? »Darf ich es anfassen?«

»Tob dich aus.« Ich höre den Schalk in seiner Stimme. Zögerlich umfasse ich mit einer Hand seinen Schaft. Lang und kräftig liegt er in meiner Hand, steinhart und samtig weich zugleich. Mit dem Daumen reibe ich über die Kugel, die oben aus seiner Eichel ragt. Er zischt, aber nicht vor Schmerz, sondern vor Lust. Ein Lusttropfen hat sich gebildet und ich nehme meinen ganzen Mut zusammen und lecke ihn ab. Er schmeckt köstlich – herb und salzig. Sinnlich. Wie gerne würde ich ihn in den Mund nehmen, aber ich traue mich nicht. *Er hat gesagt, er passt auf mich auf,* rufe ich mir in Erinnerung. *Er wird ganz bestimmt nicht versuchen, mich zu ersticken.* Augenblicklich ist meine Lust gedämpft. Mist, warum muss ich auch unbedingt daran denken? Ich lasse mich auf die Fersen sinken und schaue zu ihm auf. Soll ich mich entschuldigen, weil ich das einfach nicht kann? Ich öffne gerade den Mund und setze zu einer Erklärung an, da kommt er mir zuvor.

»Du musst nichts tun, was du nicht willst.« Er hält mir seine Hände hin, um mir aufzuhelfen, und ehe ich mich versehe, liege ich in seinen Armen.

»Hi«, flüstere ich und befeuchte meine Lippen. Sein Blick heftet sich auf meinen Mund und meine Bedenken gehen über in einen Strudel aus Empfindungen. Ich fühle, wie sich meine Brüste gegen seinen stählernen Körper pressen, wie sein Atem über mein Gesicht streicht. Wie seine Arme um mich geschlungen sind, ohne mir das Gefühl zu geben, mich einzuengen.

»Selber hi«, erwidert er und seine Lippen legen sich auf meine. Seine Zunge stupst gegen meine Unterlippe und ich gewähre ihr Einlass. Mein Körper übernimmt die Führung und meine Hände wandern wie von selbst hinter seinen Nacken und verschränken sich. Auch von ihm geht eine plötzliche Dringlichkeit aus, denn seine Finger schieben sich zwischen uns und beginnen an den Knöpfen meiner Jeans zu nesteln. Ungeduldig kicke ich meine Schuhe von den Füßen und versuche, den Denimstoff über meine Hüften zu bekommen – keine Chance, er klebt an mir wie eine zweite Haut. Wir müssen beide lachen.

»Komm her.« Jax hebt mich mit einer Hand hoch und zerrt an meiner Jeans, während ich sie von den Beinen strample. Endlich von dem blöden Ding befreit, nutze ich die Gelegenheit und schlinge die Beine um seine Mitte. Seine Hände schieben sich unter meinen Hintern und er stolpert nach vorne, drängt mich gegen die Glasscheibe. Von Jax gehalten zu werden, während sich in meinem Rücken der vermeintliche Abgrund befindet, ist berauschend. Unsere Zungen spielen miteinander, tanzen einen sinnlichen Tanz und ich seufze frustriert auf, als er sich zurückzieht. »Nicht aufhören«, sage ich flehentlich und knabbere an seiner Unterlippe.

»Keine Sorge, ich bin noch lange nicht fertig mit dir.« Er küsst meinen Mundwinkel, meine Wange, streicht mit den Lippen meine Ohrmuschel entlang und haucht mir einen Kuss in die Kuhle unterhalb meines Ohrs. Mein Herz beginnt vor Aufregung wild zu klopfen, als er sich mit mir umdreht und die zwei Stufen der Plattform zu seinem Bett hochsteigt. Behutsam lässt er mich auf die Laken sinken und kniet sich neben mich. Die Skyline spendet zu viel Licht, als dass irgendetwas unentdeckt bleiben könnte. Ich versteife mich und winkle meine Beine an. Wird er mich jetzt auf meine Makel hinweisen? Mich auslachen? Mit einem Mal habe ich Jacobs Stimme im Kopf.

Sport soll Cellulite vorbeugen. Wenn du beim Backen nicht ständig naschen würdest, wären deine Hüften nicht ganz so breit.

»Bleib bei mir«, reißt mich Jax aus der Erinnerung. Irritiert blinzle ich. Er schwebt über mir, wirkt besorgt. »Ich werde dich nicht nach deinen Narben fragen. Aber solltest du jemals darüber reden wollen, höre ich dir zu, okay?«

»Okay«, wispere ich und langsam beruhige ich mich.

Er umfasst mein Handgelenk, streichelt mit dem Daumen über meinen Puls und küsst mein Tattoo auf der Innenseite meines Unterarms. »Sag mir nur: Wieso ausgerechnet *Fight*?«

»Weil es mich jeden Tag daran erinnert, weiterzumachen«, verrate ich ihm und schlucke schwer. Er will es nicht genauer wissen und das ist gut so. Es ist mein Geheimnis, das bis auf Maddy keiner kennt. Nicht mal Mom.

Mit einer fließenden Bewegung kommt er über mich und bahnt sich einen Weg über mein Schlüsselbein, weiter zu meinen Brüsten und saugt und knabbert an meinen Nippeln, bis sie sich ihm keck entgegenrecken. Es fühlt sich so unfassbar gut an, wie er mich berührt, dass sich die Schwere des Gesprächs in Luft auflöst. Mit der Zunge umkreist er meinen Bauchnabel und zieht mir das letzte störende Stück Stoff aus. Ich stütze mich auf die Ellenbogen und lasse ohne jede Hemmung meine Knie auseinanderfallen. Er lässt sich Zeit, während er meinen Anblick in sich aufzusaugen scheint. Beinahe nehme ich seinen Blick als körperliche Berührung wahr. So intensiv, bewundernd. Ihm gefällt, was er sieht, und es ärgert mich, geglaubt zu haben, er würde mich auslachen.

»Komm her«, sage ich und locke ihn mit dem Zeigefinger. Er stemmt eine Hand neben meinem Kopf in die Matratze, nagt an meiner Unterlippe und teilt gleichzeitig mit dem Daumen meine Schamlippen. Ich stöhne in seinen Mund. Seine Finger finden meine Klitoris und umkreisen sie einmal fester, einmal leichter. Ich spüre, wie ich feucht werde.

»Fühlt sich das gut an?« Seine Stimme klingt gepresst, als würde er sich zurückhalten.

Ich nicke, zu mehr bin ich gerade nicht fähig.

»Willst du mehr?«

Wieder ein Nicken.

Er benetzt seine Finger und dringt vorsichtig in mich ein. Mein Mund öffnet sich zu einem lautlosen Schrei, mein Körper wird von einer Gänsehaut überzogen. »Du fühlst dich so gut an.« Er krümmt seine Finger, dreht sie, während sein Daumen mich unablässig stimuliert. Ich bin im Himmel und er ist der Gott der geschickten Fingerspiele. Mein Kopf rollt in den Nacken, meine Beine beginnen zu zittern.

»Darf ich dich kosten, Ella? Sag ja.«

»Ja«, hauche ich und werde nervös. Es ist das erste Mal, dass mich jemand oral befriedigen will. Tom und ich, wir waren zu unerfahren und Jacob war es zuwider. Jax rutscht an mir hinunter und als sein süchtig machender Mund auf meine sensibelste Stelle trifft, stockt mir der Atem. Meine Klitoris pocht im Takt meines Herzens, meine Hüften drängen sich wie von selbst gegen seinen Mund. Er leckt durch meine Schamlippen, saugt und knabbert. Ich stöhne und seufze und sehe Sternchen. Alles in mir zieht sich zusammen, prickelt. Jax' Finger schieben sich zwischen meine, die ich irgendwann in die Laken gekrallt haben muss und geben mir den Halt, um loslassen zu können. Mein Körper wird von einem Beben erfasst und dann passiert etwas, das ich nicht mehr für möglich gehalten habe – ich komme zum ersten Mal in meinem Leben zum Orgasmus, ohne mich selbst angefasst zu haben. Er rauscht durch mich hindurch und lässt mich selig zurück. Ich kann nicht mehr. Halb kichernd, halb stöhnend drücke ich ihn an der Stirn von mir weg und breche auf der Matratze zusammen. So bleibe ich liegen, alle viere weit von mir gestreckt.

»Gibst du etwa schon auf?«

Kraftlos hebe ich den Zeigefinger als Zeichen, dass ich eine Minute brauche. Oder zwei. Oder drei. O Mann, er hat mich echt geschafft. Wieder lacht er dieses leise Lachen, das so unfassbar dunkel und sexy klingt. Er beugt sich über mich und kramt ein Kondom aus der Nachttischschublade, das er mit den Zähnen aufreißt. Unsere Blicke vereinigen sich, während er sich das Kondom überstreift. Die Spannung zwischen uns ist mit Händen zu greifen.

»Lass mich dich spüren, Jax«, flüstere ich und lege auffordernd mein Bein um seine Hüfte. Ohne den Blick von mir zu lassen, kommt er über mich, dabei streift seine Eichel mein geschwollenes Fleisch. Seufzend lege ich meine Hände an seine Wangen und küsse ihn. Behutsam dringt er in mich ein, begleitet von einem Knurren tief aus seiner Kehle. Kurz verharrt er in mir, während sein Penis in meiner Enge pulsiert, die sich nur langsam für ihn dehnt.

»Entspann dich.« Er verlagert sein Gewicht – das Piercing drückt spürbar gegen meine Innenseite – und seine Hand schlüpft zwischen uns. Sein Daumen legt sich auf meine Klitoris und streichelt sie zärtlich.

Genüsslich verdrehe ich die Augen und lasse locker. Er merkt es sofort, gleitet so weit aus mir heraus, bis nur noch seine Eichel in mir ist, um sofort wieder in mich zu tauchen. Das Gefühl geht mir durch und durch und zugleich ist es wunderschön. Ich lasse mich treiben, fühle nur noch. Ihn, seine Hände, die mich so sanft streicheln und die Gänsehaut, die sich auf meinem Körper ausbreitet. Wenn ich vorhin schon dachte, ich würde mich lebendig fühlen, ist das hier das pure Leben. Und ich schwöre mir, eingehüllt in Jax' Hitze und der Geborgenheit, die er mir schenkt, dass ich mit aller Macht daran festhalten werde. Gemeinsam finden wir einen perfekten Rhythmus, während sein warmer Atem über mein Gesicht streicht. Ich hebe ihm mein Becken entgegen. Er packt meine Hüften und dringt tiefer in mich ein.

»Verdammt, Ella«, stöhnt er und stemmt sich mit einer Hand gegen das Kopfteil des Bettes. Seine Gestalt in Schatten und bläuliches Licht gehüllt, ragt er über mir auf und ich schaue mir diesen Mann voller Bewunderung an. Wie groß und stark er ist. Mit einem Fluchen kommt er zum Höhepunkt, stößt noch einige Male in mich und verharrt schlussendlich schwer atmend. Ich streichle über seine angespannte Armmuskulatur und quietsche auf, als er sich auf den Rücken rollt und mich mit sich zieht. Nach Luft ringend bette ich meine Wange auf seine Brust, lausche unserem Atem und seinem donnernden Herzschlag. Sein Finger malt kleine Kreise auf mein Schulterblatt. Langsam entspannen sich meine Muskeln und ich genieße die Stille. Ihm scheint es genauso zu gehen, denn er seufzt zufrieden auf.

Wieder in der Lage, mich zu bewegen, stütze ich mich auf einen Ellenbogen.

Seine Augen huschen prüfend über mein Gesicht und er streicht mir eine Strähne hinters Ohr. »Ist alles okay?«

»Könnte nicht besser sein«, antworte ich dümmlich grinsend.

»Du bist nicht gekommen.«

Mein Grinsen verrutscht, er hat es also bemerkt. »Tja … also … äh …« Ich winde mich und will von ihm abrücken, doch er hält mich fest.

»Hey, schau mich an. Es ist okay, mach dir keinen Stress. Wir werden einfach bei jeder sich bietenden Gelegenheit üben, irgendwann klappt es.« Sein Verständnis nimmt mir den Wind aus den Segeln und ich entspanne mich wieder.

»Klingt gut.«

»Nur gut?« Er pikst mich in die Rippen und ich winde mich lachend.

»Sehr gut, großartig«, sage ich ehrlich und kann es kaum erwarten.

»Schon besser. Jetzt lass mich aufstehen, ich muss das Kondom loswerden.« Er zieht seinen Arm unter mir hervor und springt mit einer Beweglichkeit auf, die vor Energie nur so strotzt. Darum beneide ich ihn, denn mein Körper hat eher die Konsistenz eines Wackelpuddings. Er schlendert zu einer Tür, hinter der ich das Badezimmer vermute und ich muss einfach seinem trainierten Körper hinterherschmachten. Was für ein Leckerbissen. Und dieser Hintern erst.

Als er im angrenzenden Raum verschwunden ist, lasse ich erschöpft den Kopf auf die weiche Matratze fallen und eine Welle puren Glücks erfasst mich. Ich habe es getan: Ich hatte Sex. Richtigen, stinknormalen Sex. Obwohl nein, stinknormal war daran gar nichts – er war atemberaubend, wie ich es von Anfang an vermutet habe. Voller Stolz lächelnd schaue ich aus dem Panoramafenster, während ich hinter mir das Wasser plätschern höre, und beginne geistig eine Aufstellung, was ich unbedingt wiederholen will.

Seine Zunge zwischen meinen Beinen. Yep, definitiv.

Sein Gewicht auf mir spüren, denn ja, zu keinem Zeitpunkt ist mir in den Sinn gekommen, Angst vor ihm zu haben.

Ich überlege weiter. Ob es okay wäre, wenn ich das nächste Mal oben bin? Oder wir könnten das Licht anschalten, dann könnte ich zusehen, wie seine Muskeln unter seiner Haut arbeiten. Ach, das wäre toll.

»Worüber denkst du nach?« Jax steht am Fuße der Plattform, ein amüsiertes Funkeln in den Augen.

Auweia, ich habe ihn gar nicht kommen hören. Was sage ich denn jetzt? »Nichts«, sage ich eilig, zu eilig, denn seine Augenbraue, die sich langsam nach oben schiebt, verrät mir, dass er mir nicht glaubt. Hitze schießt mir ins Gesicht und ich raffe die weißen Laken um meinen nackten Körper. Wird es noch peinlicher, wenn ich mich unter dem Kissen verstecke?

»Sag schon«, fordert er mich auf und kommt gemächlich die Stufen herauf.

Ach was soll's, schlimmer kann es nicht mehr werden. »Ich denke gerade darüber nach, was wir im Bett sonst noch alles anstellen könnten.« Okay, ich nehme alles zurück, es kann doch noch peinlicher werden.

Matratze tu dich auf.

Wie ein Panther auf der Jagd nach meinen Fantasien, kriecht er zu mir auf das Bett, immer weiter, immer weiter, bis er über mir ist und ich stocksteif unter ihm liege.

Mit einer Ruhe, die mich beinahe ausflippen lässt, zupft er an den Enden des Lakens, das ich fest umklammert halte. Er schmunzelt, ein Ruck und – schwups! – ist das Laken verschwunden. Oje.

»Mir fallen so einige Dinge ein, die ich mit dir anstellen könnte.« Er senkt den Kopf und saugt meine linke Brustwarze zwischen seine Lippen, was mich erschaudern lässt. »Aber die wenigsten passieren im Bett.«

»Nicht?«, quieke ich mehr als erbärmlich.

Er schüttelt den Kopf und widmet sich meiner anderen Brust. »Nein. Ich sehe dich in meiner Dusche. Das Wasser prasselt über deinen Körper, deine Beine sind weit gespreizt, und verdammt, deine Brüste, deine Brüste pressen sich gegen die kühlen Fliesen. Ich würde mich hinter dich stellen und …«

»Und?« Mein Schoß pocht bei der Vorstellung.

Verspielt beißt er mir ins Ohrläppchen. »Finde es heraus.«

Ich keuche auf. Dieser Mistkerl!

Lachend rollt er sich von mir herunter und lässt sich neben mich auf die Matratze fallen. Als wäre nichts gewesen, verschränkt er die Arme hinter dem Kopf und schließt die Augen. Aber ganz haben ihn seine Worte auch nicht kalt gelassen – seine Erektion ist schon wieder beachtlich. Ich funkle ihn wütend an, weil er mich so in der Luft hängen lässt, und schnippe leicht gegen sein Piercing. Blitzschnell packt er mich am Handgelenk und zieht mich auf sich.

»Uff«, entkommt es mir recht undamenhaft. Ich rapple mich auf und setze mich rittlings auf seinen Schoß, sein Schaft drückt sich aufreizend gegen meine Klitoris.

Jax hält seine Augen weiter geschlossen, doch seine Hände legen sich auf meinen Hintern. Sachte wiege ich mich in den Hüften und genieße die Reibung. Er gräbt die Zähne in seine Unterlippe und Hitze flutet meinen Unterleib, als sein Griff fester wird. Ich bewege mich schneller, stütze mich auf seiner Brust ab und schließe die Augen. Seine Hände streichen federleicht meine Seiten hinauf, seine Daumen zeichnen die Rundungen meiner Brüste nach. Ein Schauer nach dem anderen breitet sich von den Stellen aus, an denen er mich berührt, und ergießt sich in meiner Mitte. Diesmal überkommt mich der Orgasmus in sanften, intensiven Wellen der Ekstase. Am ganzen Körper zitternd spüre ich jeder Empfindung nach, während ich mich von ihm gehalten fühle. Als mein Orgasmus zu einem seichten Nachbeben verebbt, öffne ich blinzelnd die Augen.

Jax' Blick ist auf mein Gesicht gerichtet, seine Augen leuchten smaragdgrün. »Du bist wunderschön.«

Seine Worte sickern in mein Herz. »Danke.« Ich

lächle, aber nicht beschämt, denn dafür gibt es im Moment keinen Grund.

»Bleibst du heute Nacht bei mir?«

»Ich …« Ich stocke, weil ich ihm nach diesem schönen Abend keine Abfuhr erteilen will. Aber gleich bei ihm übernachten? »Was ist mit Maddy? Wie lange sind wir schon weg?« Ich blicke mich auf der Suche nach einer Uhr um.

Jax' Hände legen sich auf meine Wangen und bringen mich dazu, ihn wieder anzusehen. »Ruf sie an. Sie und Grey sind bestimmt irgendwo in der Nähe.«

»Anrufen, gute Idee.« Seine Frage, ob ich bei ihm übernachte, bringt mich ganz durcheinander. Ich klettere von seinem Schoß, wickle mich in das Laken und husche zu meinem Klamottenhaufen, den ich fabriziert habe. Bei dem Versuch, mein Handy aus der Tasche zu kramen, fällt die ganze Wagenladung Kondome heraus.

»Mist«, fluche ich und stopfe sie wieder hinein.

»So viele?« Jax' Stimme klingt äußerst amüsiert. »Was hattest du denn mit mir vor?«

Ich kneife die Augen zusammen. Maddy, du blöde Kuh! »Das war Maddy. Sie meinte, eine Frau müsse auf alles vorbereitet sein.« Reflexartig werfe ich ihm das Kondom mit Cola-Geschmack zu.

Er fängt es in der Luft und dreht die Folie zwischen den Fingern. »Cola, gute Wahl.«

»Ganz ihre Meinung.« Ich hole mein Handy aus dem Schlummer-Modus und entdecke eine Sprachnachricht von ihr.

»Hey Ella, eigentlich wollte ich dich anrufen, aber ich wusste nicht, ob Jax gerade bis zum Anschlag in dir steckt …« Kurzes Gekicher. »… deshalb die Sprachnachricht. Ich bin mit Grey mitgefahren. Er will mir seine …« Ich höre ein Klatschen auf Haut, gefolgt von weiterem Gekicher. »Lass das, Grey. Briefmarkensammlung zeigen.«

»Genau«, höre ich Grey zustimmend sagen. »Und sie ist gigantisch. Wird garantiert die ganze Nacht dauern.«

»Spinner. Egal, jedenfalls, ich hoffe, das ist okay für dich?«

»Natürlich ist es okay«, meint Grey. »Jax fährt sie dann.« Im Hintergrund schlagen Wagentüren zu und das Signalhorn eines vorbeirauschenden Rettungswagens ist zu hören. »Komm schon, Maddy. Die Briefmarkensammlung kann nicht warten.«

»Nicht so schnell, meine Güte. Versuche du mal mit High Heels zu laufen.«

»Die musst du später unbedingt anlassen, wenn ich dir die seltenen Marken zeige«, raunt Grey in den Hörer. Okay, das war garantiert nicht für meine Ohren bestimmt. Ich werfe Jax einen belustigten Blick zu, der grinsend den Kopf schüttelt.

»Also dann Ella, ich muss los. Wir sehen uns morgen, bye.« Die Sprachnachricht endet und Jax beginnt lauthals zu lachen.

»Briefmarkensammlung, was für ein Scheiß.«

Schmunzelnd lasse ich das Handy sinken. »Hast du vielleicht ein Shirt, das du mir heute Nacht leihen kannst?«

Er steigt aus dem Bett und kommt in seiner ganzen nackten Pracht auf mich zu. »Ja habe ich, du kannst dir dann eines aussuchen.« Mit einer Hand umfasst er meinen Hinterkopf und drückt mir einen Kuss auf die Schläfe. »Schön, dass du bleibst.«

»Wieso sollten nur die beiden Spaß haben? Aber ich muss früh los. Ich muss mich morgen mit meiner Mom zum Mittagessen treffen und will zuvor noch nach Hause.«

»Geht klar.« Er sammelt seine Jogginghose ein und sagt auf dem Weg zum Bad: »Ich muss noch einmal kurz hinunter in die Halle, um abzuschließen. Willst du noch etwas trinken?«

Ich werfe einen kurzen Blick auf den Gin Tonic, der

vergessen auf dem Nachttisch auf mich wartet. »Ich habe noch, danke. Aber ich komm gerne mit. Ich brauche dringend frisches Eis.« Mit beiden Händen raffe ich meine Klamotten zusammen und folge ihm. Jax ist gerade dabei, sich die Hose anzuziehen, als ich im Türrahmen stehen bleibe. Er lächelt, als er mich sieht und nimmt mir die Klamotten ab, die er auf der Ablage neben dem Waschbecken deponiert.

»Ich habe noch irgendwo eine Zahnbürste für dich.« Er öffnet den schmalen dunkelgrauen Schrank zu seiner Linken und kramt darin herum. Während er damit beschäftigt ist, schaue ich mich neugierig um. Das eingebaute Waschbecken und der Spiegel werden von einem indirekten Licht erhellt. Mir gegenüber befindet sich eine ebenerdige Dusche. Sie ist groß genug um …

Jax schließt den Schrank und hält mir eine eingeschweißte Zahnbürste unter die Nase. Ich bemerke sein verschmitztes Grinsen, als ich meinen Blick von der Dusche loseise. »Die können wir später benutzen. Unsere Fantasien haben kein Ablaufdatum.« Kurzerhand legt er die Zahnbürste auf meinen Klamottenhaufen, schiebt sich an mir vorbei und verpasst mir einen Klaps auf den Hintern. »Jetzt zieh dich an, ich warte so lange draußen.«

Blinzelnd komme ich wieder zu mir und reibe mir den Hintern. Autsch! Mehr davon und ich bin morgen ganz blau. Andererseits finde ich diese Geste total süß. Er macht das vermutlich unbewusst, ganz beiläufig, als wäre es die natürlichste Sache der Welt, der Freundin den Hintern zu versohlen. Damit kann ich leben, denn er tut mir nicht wirklich weh.

»Wer hätte gedacht, dass ich auf Hinternversohlen stehe«, murmle ich und ein irres Lachen bricht aus mir hervor. Welche Ironie. Ich stelle mich vor den Spiegel und betrachte mich. O Mann, ich sehe absolut durchgevögelt aus. Gerötete Wangen, wirres Haar, leuchtende Augen. Jetzt heißt es Schadensbegrenzung betreiben. Zuerst bändige ich, so gut es geht, meine Haare, wasche mir die Hände und benetze mein Gesicht mit Wasser. Schon besser, finde ich nach einem zweiten Blick in den Spiegel und beginne mich anzuziehen. Als ich das Badezimmer verlasse, fühlt es sich an, als hätte ich irgendetwas vergessen. Unschlüssig schlüpfe ich in meine Schuhe und greife nach meiner Umhängetasche, die nun auf dem Bett auf mich wartet. Das Gefühl lässt mich weiterhin nicht los. Ich krame in meiner Tasche.

Kondome, noch mehr Kondome, Handy, Schlüssel … hm … alles da.

Ich lasse den Blick durch das Schlafzimmer schweifen. Bis auf die zerwühlten Laken ist der Raum aufgeräumt, sogar die Gläser sind verschwunden. Die Schulter zuckend belasse ich es dabei und mache mich auf die Suche nach Jax. Ich finde ihn auf dem Sofa sitzend vor, beschäftigt mit seinem Handy. Coco zu seinen Füßen, der zwar mit dem Schwanz wedelt, als er mich sieht, aber keine Anstalten macht, aufzustehen, um mich zu begrüßen.

Jax erhebt sich, als ich nähertrete. »Fertig?«

»Was ist mit Coco?«

Jax sieht zu seinem Hund, der nach wie vor daliegt. »Er weiß, dass er freitags nicht hinunter darf.«

»Und mein Gin Tonic?«

»Den habe ich weggeschüttet.« Er streicht mir liebevoll eine verirrte Strähne hinters Ohr. »Du bekommst einen neuen.«

Was für eine Verschwendung.

»Dann lass uns gehen.« Ich greife nach seiner Hand und gemeinsam gehen wir in die Halle hinunter.

Die Halle ist wie leergefegt, nur, dass sie nicht gefegt wurde. Der Boden ist übersät mit leeren Bierflaschen, ausgedrückten Zigaretten und sonstigem Müll – die Überreste der Fight-Night.

Zwei Barkeeper sind hinter der Bar in die Inventur der Getränke vertieft. Einige Männer der Security sitzen an der Theke und genehmigen sich ein Bier, darunter Mr. Grimmig, der von Jax mit Bill angesprochen wird.

»Ich bin hier, um abzuschließen. Seid ihr dann so weit?«

Bill nickt und ich halte Jax am Ärmel seines Hoodies zurück. »Lass sie ihren Feierabend genießen. Du musst sie nicht rauswerfen wegen mir.«

»Ist schon gut, Ms. Ella«, sagt Bill. »Wir sind für heute Abend sowieso fertig. Auf geht's, Männer.«

»Siehst du, alles kein Problem«, flüstert Jax und führt mich zur Bar. »Was willst du trinken? Wieder einen Gin Tonic?«

»Wasser wäre mir lieber, danke.« Ich setze mich auf den Hocker, den Jax normalerweise besetzt und verfolge, wie die Männer zum Abschied winken und durch die Hintertür verschwinden. Das Schlusslicht bildet Bill, hinter dem die Tür krachend ins Schloss fällt. Jetzt sind wir bis auf die zwei Barkeeper allein.

»Was machen wir jetzt?«, fragt Jax und stellt eine Wasserflasche vor mir ab.

Ich schraube sie auf und trinke, dabei schaue ich mich um. »Wie wäre es mit einer kleinen Führung?«

»Wieso nicht.« Er bedeutet mir mit einem Nicken, ihm zu folgen. Gemeinsam durchqueren wir die Halle in Richtung des Flurs, der sich im hinteren Teil befindet und von dem aus man bei der Kampfnacht in den Käfig gelangt.

Er zeigt auf die aneinandergereihten Türen aus schwarz lackiertem Holz, die von dem Flur abgehen. »Das sind die Umkleiden der Kämpfer.«

»Jeder Kämpfer bekommt also einen Raum zugeteilt?« Im Vorbeigehen lese ich einige Schilder auf den Türblättern. *Night. Iron. Moneymaker. Machine. Black.* Fantasievolle Namen für die Kämpfer, denen es ganz klar nicht an Selbstbewusstsein zu mangeln scheint.

»Ja, darum kümmert sich mein Buchmacher. Pro Woche gibt es acht Kämpfe.«

»Du bekommst ohne Probleme sechzehn Kämpfer zusammen? Jede Woche?«

»Ja. Es gibt sogar eine Warteliste. Die Männer zahlen einen angemessenen Startpreis, um in den Käfig steigen zu dürfen. Meistens junge Typen aus reichem Haus, die glauben, etwas beweisen zu müssen. Aber ich habe genauso erfahrene Kämpfer dabei, denen es einfach nur Spaß macht, zu kämpfen.«

»Wie Grey und dir?«, folgere ich, weil ich mir mittlerweile sicher bin, dass er nicht auf das Geld angewiesen ist.

Bei ihrer Frage drehe ich mich abrupt zu ihr um, sodass sie in mich hineinläuft.

Sofort hebt sie beschwichtigend die Hände. »Entschuldige, wenn ich zu neugierig bin. Du musst die Frage natürlich nicht beantworten.«

Ich seufze leise. Indem sie sich mir heute Abend hingegeben hat, hat sie mir großes Vertrauen geschenkt, jetzt bin wohl ich an der Reihe, ihr etwas zurückzugeben. »Früher habe ich gekämpft, weil ich keine andere Wahl hatte. Jetzt kämpfe ich, um die Besucherzahlen an den Fight-Nights zu erhöhen und die Leute bei Laune zu halten.«

Ihre Augen weiten sich. »Was meinst du mit ›Du hattest keine andere Wahl‹?«

»Ich bin Streetfighter, Ella. Ich habe keine Familie. Mom und Dad sind bei einem Autounfall gestorben. Ich war gerade mal drei Monate alt, als es passiert ist. Sie wollten etwas essen gehen, das erste Mal seit meiner Geburt einen Abend allein verbringen. So stand es zumindest in der Aussage der Nachbarin, die auf mich aufgepasst hat. Es gab keine weiteren Verwandten und ich wurde auch nicht adoptiert. Das System hat mich verschluckt und wie ein Stück Fleisch hat man mich von einer Pflegefamilie in die nächste weitergereicht. Als ich es mit vierzehn nicht mehr ausgehalten habe, sind Grey und ich abgehauen und wir sind auf der Straße gelandet. Wir haben uns wortwörtlich durchgekämpft.«

Sie senkt den Blick, räuspert sich. »Das klingt schrecklich. Schlimm, so etwas durchmachen zu müssen.«

»Das war es anfangs, ja. Aber das Kämpfen wurde …« Kurz suche ich nach dem richtigen Wort. »… zur Gewohnheit und irgendwann zu einem Teil von mir. Ich kann mir ein Leben ohne Kampf nicht mehr vorstellen.«

Sie öffnet den Mund, um etwas zu sagen, schließt ihn dann aber wieder. Meine Vergangenheit hat ihr anscheinend die Sprache verschlagen.

Langsam nähere ich mich ihr und zupfe am Stoff ihres Pullovers. »Es ist okay, Ella. Ich wäre nicht der, der ich bin, wenn ich all den Scheiß nicht durchgemacht hätte. Es ist, wie es ist, das habe ich in jungen Jahren schon gelernt.«

Sie nickt und streicht sich durch die Haare. »Du hast recht. Tut mir leid, aber auf das war ich nicht vorbereitet.«

»Mir tut es leid. Ich hätte dir keinen so großen Brocken vor die Füße werfen sollen.« Langsam bereue ich es, auf ihre Frage eingegangen zu sein. Ich hätte es bei einer Bejahung belassen sollen, dann würde sie sich jetzt nicht mies fühlen.

»Nein, nein, sag so etwas nicht. Danke, dass du es mir erzählt hast.« Ihre Arme schlingen sich um meine Mitte und sie drückt mich fest an sich. Scheiße, wurde ich in meinem Leben überhaupt schon jemals umarmt? So richtig von Herzen, wie sie es gerade tut? Ich kann mich nicht daran erinnern. Spontan erwidere ich die Geste und wiege uns sachte hin und her. Verdammt, fühlt sich das gut an.

»Kannst du das öfter machen?«, murmle ich in ihr Haar. Ich will sie gar nicht loslassen.

Sie hebt ihren Kopf und legt ihr Kinn auf meine Brust, um mich ansehen zu können. »Was denn?«

»Mich umarmen. Ich denke, das gefällt mir.« Große Klasse, jetzt mutiere ich schon zu einem liebesbedürftigen Vollidioten.

Ein strahlendes Lächeln stiehlt sich auf ihre Lippen. »Jeden Tag, wenn du das willst. Ich bin gut darin.« Wie zum Beweis drückt sie mich fester an sich.

»Das bist du. Das bist du wirklich«, stimme ich ihr zu und brumme leise. Das Zuschlagen der Notausgangstür hallt von den Wänden wider. Jetzt sind wir allein. »Willst du den Rest sehen? Obwohl, allzu viel gibt es nicht mehr.« Ich schaue mich um. »Mal sehen. Dort hinten werden die Trainingsgeräte aufbewahrt, die jeden Donnerstagabend abgebaut werden.« Mit dem Kinn deute ich auf die Tür mit dem Aufkleber *›Privat‹*.

Eine Falte bildet sich zwischen ihren Augenbrauen. »Trainingsgeräte?«

»Montags bis donnerstags von neun bis zwanzig Uhr ist der Club einfach nur ein Sport- und Kampfkunststudio.« Die Falte wird tiefer und ich lache auf. »Schockiert, weil ich auch ein legales Geschäft führe?«

»Äh, ich … ich dachte, der Club hätte nur freitags geöffnet.« Wie es aussieht, hat ihr Jacob wirklich nichts erzählt. Wäre jetzt ein guter Zeitpunkt, sie auf ihn anzusprechen? Verdammt, nein, ich bringe es einfach nicht über mich.

Ich tippe ihr auf die Nase. »Falsch gedacht. Die offizielle Leitung hat Grey übernommen und trainiert mit den Männern, die bei den Fight-Nights antreten. Aber wir vergeben auch Mitgliedschaften an Collegeboys, Businessmänner und …« Ich zucke mit den Schultern. »… andere Langweiler.«

Ein Lachen blubbert aus ihr heraus. »Die perfekte Tarnung, ich fasse es nicht.«

»So ist es.« Ich lege ihr einen Arm um die Schultern und führe sie zum Ende des Flurs, wo er sich aufteilt. Dort angekommen zeige ich nach links. »Dort hinten befindet sich das Krankenzimmer. Ich habe meine Schlüssel nicht dabei und Doc hat sicher abgeschlossen, deswegen kann ich dir den Raum nicht von innen zeigen.«

»Ihr habt einen Arzt?« Ihre Augen werden groß.

»Ja sicher, so ein Fight kann ganz schön böse ausgehen. Außerdem ist der Arzt eine Frau, sie heißt Liza und wenn sie gerade nicht hier ist, arbeitet sie als Assistenzärztin.«

»Wahnsinn. Du hast an alles gedacht, nicht wahr?« Ungläubig schüttelt sie den Kopf.

»Mir bleibt keine andere Wahl. Die Kämpfer wissen, worauf sie sich einlassen, bevor sie in meinen Käfig steigen. Ich kann sie nicht ins Krankenhaus schicken, das würde zu viele Fragen aufwerfen.«

»Auch wieder wahr«, sagt sie und dreht sich einmal im Kreis. »Was ist dort hinten?« Ihr Zeigefinger deutet in den Flur hinter mich.

»Freddys Büro. Mein Buchmacher«, füge ich als Ergänzung hinzu.

»Der Typ mit der Brille und dem Klemmbrett, bei dem man seine Wette platziert?«

Ich nicke knapp.

»Hm …« Sie legt einen Finger an ihre Lippen. Wie süß sie ist, wenn sie nachdenkt. »Was ich immer noch nicht ganz verstehe: Der Club ist total illegal, wieso fliegt er dir nicht um die Ohren?«

»Ich habe … Beziehungen«, formuliere ich vorsichtig, weil ich nicht über Dave Sutter reden will oder besser gesagt: Ich kann nicht.

Sofort ist ihre Neugier geweckt. War ja klar. »Sag's mir. Ist es die Polizei?« Sie quietscht. »O mein Gott, ist das aufregend. Das ist ja wie in einem Gangsterfilm!«

»Das ist nicht aufregend, das ist gefährlich. Genau das habe ich vorhin gemeint«, sage ich, um sie auf den Boden der Tatsachen zurückzuholen. »Informationen bedeuten Macht und sind gefährlich. Wenn ich dir den Namen sage und du …«

»Denkst du, ich kann keine Geheimnisse für mich behalten?«

»Darum geht es nicht«, herrsche ich sie in einer Tonlage an, die mich selbst erschrecken würde, wenn die

Lage nicht so ernst wäre. Aber verdammt, sie muss es verstehen. »Es geht nicht um Vertrauen. Dort draußen gibt es Menschen ohne Skrupel. Gerade du solltest das wissen!«

Sie weicht vor mir zurück.

Shit! Jetzt bin ich zu weit gegangen.

»Du hast recht. Ich denke, ich …« Sie umfasst ihren Hals mit einer Hand und stolpert zurück. »Ich muss gehen.« Blitzschnell dreht sie sich um und läuft den Flur hinunter.

»Fuck!« Ich laufe ihr hinterher und hole sie an der Eingangstür des Clubs ein. Wie besessen zerrt sie an der Klinke. Sie ist verschlossen, Bill muss das vorhin schon erledigt haben.

»Lass mich raus, Jax!« Ihr Gesicht läuft rot an und sie hämmert auf das Metall ein. »Bitte, bitte, ich …« Die restlichen Worte gehen in einem abgehakten Keuchen unter.

Ich packe sie an den Schultern und zwinge sie, mich anzusehen. »Ganz ruhig. Atme, Ella.« Einige Male mache ich es vor, atme tief ein und langsam wieder aus. Tränen laufen ihr über die Wangen, ihre Nägel bohren sich haltsuchend in meine Unterarme, doch ihre Augen fokussieren sich langsam und richten sich auf meinen Mund. Endlich macht sie es mir nach, atmet ein und wieder aus. Ich atme mit ihr, bis ich mir sicher bin, dass sie nicht in Ohnmacht fällt.

»So ist es gut. Komm, setz dich.« Kurzerhand drücke ich sie hinunter, sodass ihr nichts anderes übrig bleibt, als sich hinzusetzen. Zwar würde ich sie lieber zu einem der Hocker tragen, aber ich will nicht noch einen Anfall riskieren. Ich hocke mich vor sie hin und nehme ihre Hände in meine, sie zittern. Um sie zu beruhigen, streiche ich mit den Daumen über ihre Handrücken. »Ich bringe dich gleich nach Hause, ich will nur sichergehen, dass es dir so weit gut geht.«

Ihr Atem wird regelmäßiger und das Zittern lässt

nach. »Danke. Ich glaube, ich bin so weit.« Sie rappelt sich auf. Augenblicklich springe ich auf und halte sie stützend am Ellenbogen fest. »Nein … nicht. Nicht anfassen.«

Ich komme ihrem Wunsch nach, bleibe aber dicht neben ihr, um gegebenenfalls einzugreifen, sollten ihre Beine sie nicht mehr tragen. »Wir müssen hinten raus. Mein Wagen steht vor der Tür.«

Sie nickt und schlurft in Richtung Notausgang, dabei umschlingt sie ihren Oberkörper mit den Armen, als hätte sie Angst, zu zerbrechen. Auf halbem Weg bleibt sie stehen. »Meine Tasche, sie liegt auf deinem Bett.«

»Ich hole sie dir.« Ich drehe mich um, laufe zur Treppe und nehme immer drei Stufen auf einmal. Auf der Galerie halte ich kurz inne, um einen Blick auf Ella zu werfen. Sie steht mit gesenktem Kopf inmitten der Halle. Sie wirkt verloren. Der Anblick ist wie ein Schlag in die Leber – unerträglich. Ich reiße mich los, stürze ins Schlafzimmer, schnappe mir ihre Tasche und meine Wagenschlüssel vom Couchtisch. Die Treppe hinunter bemerke ich, dass Ella weg ist. Shit!

»Ella?«, rufe ich, bekomme aber keine Antwort. Hastig schaue ich mich um, niemand da. Mein Blick fällt auf das leuchtende Schild *›Notausgang‹* – klar, wo könnte sie sonst schon hin? Ich reiße die Tür auf.

Sie steht gegen die Außenmauer gelehnt da und richtet sich auf, als sie mich sieht. »Ich brauchte frische Luft.«

»Schon okay.« Kurz lasse ich den Blick durch die Seitengasse schweifen. Bis auf eine flackernde Straßenlaterne weiter hinten ist alles ruhig. »Aber das nächste Mal warte drinnen, die Gegend ist nicht sicher.« Gerade jetzt, wenn ständig die verdammten Russen aufkreuzen. Eine mögliche Gefahr, der ich sie aussetze, weil ich sie nicht mehr gehen lassen will. Aber vielleicht hat sich das nach heute Nacht sowieso erledigt, wenn Ella mich nicht mehr sehen will. Verübeln könnte ich es ihr nicht.

Ich schließe den Wagen auf und halte Ella die Tür auf, bevor ich selbst einsteige. Die ganze Fahrt über schweigen wir. Ella starrt aus dem Seitenfenster und ich lasse den Abend Revue passieren. Die Narben, die Panikattacke. Ich packe das Lenkrad fester und unterdrücke ein bitteres Lachen. Jacob hat ganze Arbeit geleistet.

Ich biege in Ellas Straße ein und halte in zweiter Spur vor ihrem Wohnkomplex, da weit und breit keine Parklücke in Sicht ist. In mir breitet sich ein Gefühl aus, das ich schon lange nicht mehr verspürt habe – Unsicherheit. »Soll ich dich noch in deine Wohnung begleiten? Ich kann eine Runde um den Block drehen, vielleicht gibt es hinter dem Haus freie Parkplätze.«

»Ich brauche Zeit für mich. Geht das für dich in Ordnung?« Ihre Stimme ist kaum wahrnehmbar.

Alles in mir spannt sich an. »Natürlich.« Shit, ich habe sie verloren.

»Wegen heute Abend …«

»Nein, du musst nichts erklären. Ich habe dich vor den Kopf gestoßen. Es ist nur … Ich wollte, dass du es verstehst.«

Ihre Finger zupfen am Saum ihres Pullovers. »Mir ist durchaus bewusst, dass deine Welt Gefahren in sich birgt, auch wenn ich es kurz ins Lächerliche gezogen habe. Die Warnung ist schon angekommen, als du mich gefragt hast, Teil deiner Welt zu werden. Die Panikattacke hatte …« Sie verstummt.

»Nicht jetzt«, sage ich sanft. »Sehen wir uns wieder?«

Ein zaghaftes Lächeln zupft an ihren Mundwinkeln. Sie dreht sich ganz zu mir und beginnt bedächtig die verblasste Narbe oberhalb meiner linken Augenbraue nachzuzeichnen. Ich halte den Atem an. »Ich habe mich entschieden, Jax. Was ist mit dir? Hast du deine Meinung geändert?«

»Nein«, sage ich mit fester Stimme und lasse den Atem entweichen. »Ich will dich, Ella.«

»Dann ist ja gut.« Sie beugt sich vor und drückt mir

einen Kuss auf die Lippen. »Der Abend war schön mit dir. Schreiben wir uns morgen?«

»Ja«, garantiere ich ihr.

Sie öffnet die Wagentür und steigt aus. »Gute Nacht.«

»Gute Nacht.« Ich lasse sie nicht aus den Augen, während sie zu ihrem Haus geht. Ihr Gang wirkt nicht mehr ganz so verloren, das beruhigt mich sehr.

Sie schließt auf, winkt noch einmal, was mir ein ungewohnt warmes Gefühl beschert, dann verschwindet sie im Inneren. Ich ziehe mein Handy aus meiner Hosentasche und wähle Bills Nummer.

»Ja, was gibt's, Boss?«, grummelt er in den Hörer.

»Stell zwei der Jungs ab. Sie sollen rund um die Uhr Jacob Harrison Ward beschatten. Jeden Abend will ich einen ausführlichen Bericht auf meinem Schreibtisch liegen haben. Wenn sie Hintergrundinfos brauchen, schicke sie zu Freddy«, ordne ich an. »Außerdem will ich sofort informiert werden, wenn Jacob sich Ella auch nur auf hundert Meter nähert. In meinem Büro liegt ein Foto von ihr. Die Jungs sollen sich ihr Gesicht genau einprägen.«

»Ich kümmere mich darum. Den ersten Bericht bekommst du morgen, dafür sorge ich.«

»Danke.« Ich lege auf und klopfe mit dem Handy gegen das Lenkrad. Jacob wird nicht einmal mehr scheißen gehen können, ohne dass ich davon erfahre.

Ella

Die Räder der Subway quietschen, als sie eine Kurve nimmt. Ich presse mir das Handy fester ans Ohr.

»Ich hätte dich fahren können«, sagt Jax am anderen Ende der Leitung. Er klingt genervt, was mich schmunzeln lässt.

»Sehr fürsorglich von dir, aber mit der U-Bahn zu fahren, schaffe ich gerade noch.«

Er brummt verstimmt.

»Jax?«

»Hm?«

»Ich hätte jetzt gerne eine Umarmung von dir. Du bist nämlich auch ganz gut im Umarmen.« Die Panikattacke steckt mir noch immer tief in den Knochen und allein der Gedanke daran, Jax würde mich in seine Arme ziehen, hellt meine trübe Stimmung auf.

»Geht es dir gut, Ella?« Trotz des Ratterns der Räder entgeht mir nicht die Sorge in seiner Stimme.

In Gedanken an letzte Nacht zupfe ich an einem Faden an meiner Jeans. »Ich weiß nicht. Ich hatte einen Albtraum, danach konnte ich nicht mehr schlafen.«

»Ist Maddy nach Hause gekommen?«

»Nein, erst heute Morgen.«

Er seufzt tief. »Du hättest mich anrufen können. Ich wäre innerhalb von zehn Minuten bei dir gewesen.«

»Das nächste Mal vielleicht.« Weil es immer ein nächstes Mal geben wird. Der nächste Flashback, die nächste Panikattacke, der nächste Albtraum. Was Jacob mir angetan hat, wird mich mein ganzes Leben lang verfolgen.

Das ist mir klar geworden, als ich gestern Nacht mit angezogenen Beinen in meinem Bett gesessen bin und die Tür zu meinem Zimmer im Blick behalten habe, aus Angst, Jacob könnte jeden Moment hindurch kommen.

»Ich habe mich abgelenkt. Besser gesagt habe ich darüber nachgedacht, was ich in den letzten Jahren alles verpasst habe«, verrate ich ihm und presse mir die freie Hand auf die Augen, weil ich spüre, wie mir Tränen kommen. Ich will nicht weinen, nicht in der Öffentlichkeit und schon gar nicht kurz bevor ich mich mit Mom treffe. Ihr würden meine geröteten Augen sofort auffallen und sie würde sich Sorgen machen. »Du weißt schon, Dinge die Frauen in meinem Alter vielleicht schon erlebt haben. Bis jetzt sind es noch nicht allzu viele, aber sie sind mir wichtig.«

»Du könntest eine Liste von diesen Dingen machen.«

»Das wollte ich auch, aber …« … ich war wie erstarrt und habe mich nicht getraut, zu meinem Schreibtisch zu gehen, um Stift und Papier zu holen, denn Jacob ist das Monster, das unter meinem Bett lauert.

Jax schweigt eine ganze Weile, bis ich schon glaube, die Verbindung sei abgebrochen. »Du solltest es tun.«

»Ja, ja das werde ich«, murmle ich mehr zu mir selbst. Nach gefühlt tausend Schritten rückwärts, will ich wenigstens einen vorwärts machen.

»Darf ich die Liste irgendwann sehen?«

Mir entkommt ein Lachen, das genauso gut ein Schluchzen sein könnte. »Wenn du das willst. Für einiges könnte ich gut deine Hilfe gebrauchen.«

»Ich bin jederzeit für dich da, das weißt du, oder?« Er klingt so einfühlsam, dass es mir die Brust zusammenschnürt.

»Ja«, presse ich an dem Kloß in meinem Hals vorbei. »Aber gib mir Zeit, mich daran zu gewöhnen.«

»So viel Zeit, wie du brauchst.« Ich höre ihn schwer ausatmen. »Sehen wir uns heute noch?«

Mein Herz macht einen kleinen Hüpfer, weil, ja, ich

will ihn heute noch sehen. Ich sehne mich definitiv nach seiner Umarmung. »Würdest du mich abholen? In der Regel dauert unser Essen drei Stunden.« Ich checke die Uhrzeit. »So gegen halb vier?«

»Halb vier klingt gut. Ich wollte heute eh noch eine kleine Trainingseinheit unterbringen.«

»Eine Trainingseinheit von drei Stunden nennst du klein?« Schon bei der Vorstellung von der Menge an Sport bekomme ich einen Muskelkater.

»Ja, fünfzehn Meilen durch den Prospect Park, dann Schlagtechnik. Normalerweise hänge ich danach noch eine Stunde Muskelaufbau dran.«

»Du spinnst doch.« Mehr fällt mir dazu nicht ein.

»Was soll ich sagen, mein Smoothie-Körper kommt nicht von allein.«

Ich lache auf. War ja klar, dass er sich das gemerkt hat. »Wenn schon, dann Grünzeug-Smoothie-Körper.« Die Ansage kündigt knisternd meine Station an. »Okay, ich muss aussteigen. Ich schick dir die Adresse.«

»Mach das. Und lass es dir schmecken.«

»Danke.« Ganz die New Yorkerin kämpfe ich mich mit den Ellenbogen durch eine Gruppe Menschen, die den Ausstieg versperrt. Ihre *I love New York*-Shirts sind farblich aufeinander abgestimmt, eindeutig Touristen. »Ach, und Jax?« Ich trete auf den Bahnsteig und wende mich nach rechts zum Aufgang Canal Street. »Danke, dass du mich zum Lachen gebracht hast.«

»Jederzeit wieder.«

Ich laufe die letzten Stufen der Station hinauf und werde von kaltem Wind und dicken Regentropfen empfangen. Graue, tiefhängende Wolken sind aufgezogen. Großartig. Ich halte mir schützend die Handtasche über den Kopf und hetze die Straße entlang. Sollte heute nicht die Sonne scheinen? Danke, liebe Wetterfee, für die überaus verlässliche Prognose.

Als das *Francescos* in Sicht kommt, beginne ich zu rennen. Das Lokal, das meine Mom und ich bei unseren wöchentlichen Treffen als unser Lieblingslokal auserkoren haben, ist an italienischem Charme kaum zu übertreffen. Dunkelbraune massive Tische mit rot-karierten Tischdecken, malerische Bilder der italienischen Adria und üppig wachsende Topfpflanzen verleihen mediterranes Flair.

Außer Atem reiße ich die Eingangstür zum Lokal auf und der Duft von Knoblauch und frischen Gewürzen fährt in meine Nase. Sofort knurrt mein Magen. Eine braunhaarige Kellnerin, die neu sein dürfte, kommt freundlich lächelnd auf mich zu. Ich sehe mich in dem überschaubaren Gastraum um und entdecke gleich Mom, die an unserem Stammtisch Platz genommen hat. Ich bedeute der Kellnerin, dass ich meine *Verabredung* ausfindig gemacht habe, und durchquere den Raum. Mom steht auf, als sie mich entdeckt, ein liebevolles Lächeln auf den Lippen. »Liebling.«

»Hallo, Mom.« Ich umarme sie, darauf bedacht, ihre weiße Bluse nicht mit meiner tropfnassen Jacke zu durchweichen.

»Du bist ja ganz durchnässt«, tadelt sie mich in mütterlichem Tonfall, als sie dann doch etwas abbekommt.

Ich seufze, hänge meine Handtasche über die Stuhllehne und schäle mich aus der Jacke. »Laut Wetterbericht sollte es heute ein sonniger Tag werden.«

»Ach, was wissen die schon. Ein Blick aus dem Fenster hätte genügt.«

Ich verdrehe die Augen. »Klar, Mom, danke für deine Weisheiten. Ich gehe mich kurz frischmachen.«

Ich laufe zu den Toiletten und bringe mich wieder in Ordnung. Wenigstens konnte der Regen der dicken Schicht Concealer unter meinen Augen nichts anhaben.

Beim Zurückkommen ist Mom in die Speisekarte vertieft. Ich lasse mich ihr gegenüber auf den weichen Polsterstuhl sinken und greife nach der Karte. Völlig unnötig, weil wir jede Woche ohnehin dasselbe essen.

»Also, schieß los, wie war deine Woche? Hast du

schon die perfekte Rezeptur für deinen Schokoladenkuchen gefunden?«

Ich lächle selig, aber nicht wegen des Kuchens. »Nein, aber ich hatte Sex.«

Mom rutscht beinahe die Karte aus der Hand.

»Guten Tag. Darf ich schon Ihre Bestellung aufnehmen?«, fragt die wie aus dem Nichts aufgetauchte Kellnerin.

Mom starrt zuerst mich perplex an, dann die Kellnerin.

»Ich hätte gerne eine Coke. Dazu eine Schinkenpizza mit extra viel Käse«, sage ich schmunzelnd zu der Kellnerin und drücke ihr die Speisekarte in die Hand. »Was willst du, Mom?«

Mom blinzelt einige Male. »Spaghetti Carbonara. Bitte.«

»Zu trinken?«

»Pinot Bianco 2017.« Mom wirft mir einen Seitenblick zu. »Gleich die ganze Flasche.«

»Gerne.« Die Kellnerin pflückt ihr die Speisekarte aus den Fingern und begibt sich auf den Weg in die Küche.

Ich runzle die Stirn. »Du musst dich nicht gleich betrinken, nur weil ich Sex hatte.«

»Und du musst nicht gleich mit der Tür ins Haus fallen.«

»Nein, aber deinen Gesichtsausdruck zu sehen, war richtig lustig.« Ich feixe.

Mom schnappt sich die karierte Stoffserviette und schlägt nach mir. »Du freches Ding.« Mit einem Funkeln in den Augen lehnt sie sich zurück. »Nun erzähl, wie kam es dazu?«

Ich hole tief Luft und erzähle ihr die Geschichte. Natürlich lasse ich einige Details geflissentlich unter den Tisch fallen, wie zum Beispiel, dass Jax Besitzer eines Underground-Fight-Clubs ist, oder den Vorschlag einer Sexbeziehung meinerseits. »Ich mag ihn, Mom«, ende ich mit meiner Ausführung. »Ich mag ihn wirklich.«

»Und du denkst, du bist bereit für eine neue Beziehung?« Skeptisch zieht sie die Augenbrauen zusammen.

»Ich weiß es nicht. Aber ich will es versuchen. Er geht auf meine Bedürfnisse ein, drängt mich nicht und bestärkt mich, wann immer sich ihm eine Gelegenheit dazu bietet.«

Mom legt eine Hand auf meinen Unterarm. »Hast du ihm von der Beziehung mit Jacob erzählt?«

»Keine Details, aber er ahnt etwas.«

»Wenn er dir wirklich so viel bedeutet, wie ich vermute, musst du mit ihm offen darüber reden.«

Ich presse die Lippen zusammen und schüttle den Kopf. »Ich kann nicht.« Das würde sie auch so sehen, wenn sie die ganze hässliche Wahrheit kennen würde. Doch das tut sie nicht. Ich habe sie lediglich mitbekommen lassen, dass ich oft mit Jacob gestritten habe und ihm hin und wieder die Hand ausgerutscht ist. So muss es auch bleiben, denn allein die letzten sieben Monate, in denen ich mich von der Beziehung *erholt* habe, haben ihr arg zugesetzt. So arg, dass sie mich bekniet hat, wieder zu Hause einzuziehen. Was ich ihr nicht einmal verübeln kann, denn nach zwei Fehlgeburten war ich ihr kleines Wunder, behütet, beschützt, unendlich geliebt. Und wenn dieses Wunder unter Depressionen leidet, würde ich als seine Mutter auch alles daransetzen, es in meiner Nähe zu wissen. Aber ich konnte nicht zu ihr ziehen. Zum einen hätte sie mitbekommen, dass Depressionen mein kleinstes Problem sind, und zum anderen wollte ich meine Freiheit, die ich gerade erst wiedergewonnen hatte, nicht gleich wieder verlieren. Deshalb habe ich mich überwunden und vorgeschlagen, mich jeden Samstag mit ihr zum Mittagessen zu treffen. Ein guter Kompromiss, wie ich finde.

»Wovor hast du Angst, Liebling?«, fragt sie erstickt.

Dass er mich abstoßend finden würde. Jämmerlich, erbärmlich. Mir Mitleid entgegenbringen würde.

»Er würde mich nicht mehr wollen.« Zitternd atme ich ein. »Ich fühle mich zum ersten Mal wieder gut. Kann ich nicht einfach weitermachen? Nach vorne sehen?«

Sie senkt den Kopf. Ihr ist bewusst, dass ich in meiner ganz persönlichen Zwickmühle stecke. Genauso wie mir bewusst ist, dass ich nicht ewig vor meiner Vergangenheit davonlaufen kann. Aber ich werde es versuchen, ich habe Angst vor der Dunkelheit. »Versprichst du mir, wenigstens darüber nachzudenken? Er sollte wissen, woran er ist.«

»Irgendwann mal, vielleicht. Mehr kannst du von mir nicht verlangen«, speise ich sie ab.

»Okay.« Sie drückt meinen Unterarm. Ich sehe zwar die Besorgnis in ihren Augen, aber das berührt mich nicht wirklich.

Die Kellnerin kommt mit unserer Bestellung an den Tisch und Mom lehnt sich zurück, um ihr Platz für die Teller zu machen.

»Können Sie ein zweites Weinglas bringen?«, frage ich die Kellnerin, weil ich dringend dieses Gespräch mit Alkohol hinunterspülen muss.

Sie stellt den Teller vor mir ab. Die Pizza riecht köstlich, aber mir ist der Appetit vergangen. »Gerne, ich bringe es Ihnen sofort«, sagt sie und huscht davon.

»Wie sieht es bei dir aus?«, lenke ich das Thema wenig subtil in eine andere Richtung. »Was gibt's Neues an der Schule?«

Gedankenverloren streicht sie sich die dunklen, braunen Locken nach hinten. »Harry macht mir Sorgen. Irgendetwas stimmt nicht. Ich habe schon mit einer Psychologin Kontakt aufgenommen, sie wird sich seiner annehmen.«

»Das wird schon, Mom«, sage ich in dem Versuch, sie aufzumuntern und tätschle ihre Hand.

»Ja. Hoffen wir es.« Sie seufzt lang und tief.

Die Kellnerin kehrt mit einem Glas zurück und ich schenke mir großzügig ein.

»Erzählst du mir jetzt, wie es im *Twinkys* war? Wie geht es Lindsay und Carol?«

Die ganze Anspannung fällt mit einem Mal von mir ab und ich lächle. »Es war super.« In den nächsten Stunden reden wir über alles und nichts, schlagen uns die Bäuche voll und vernichten den Wein. Die ausgelassene Stimmung wird unterbrochen, als mein Handy eine eingehende Nachricht ankündigt.

»Sorry«, sage ich und fische es aus der Umhängetasche.

Jax: Ich bin da.

Mist! Ich habe total die Zeit übersehen. »Äh, Mom, Jax wollte mich abholen. Er wartet draußen.«

»Du musst schon gehen? Aber was ist mit dem Kuchen, den wir gerade bestellt haben?«

Der Kuchen!

In ihre Augen tritt ein schalkhaftes Funkeln. »Wieso bittest du ihn nicht, sich zu uns zu gesellen? Ich will den Mann kennenlernen, der offensichtlich meine Tochter glücklich macht.«

»Zu uns gesellen? Kennenlernen?« Mein Magen schlägt einen Purzelbaum. »Was?« Meine Mom kann jetzt unmöglich Jax kennenlernen. Es ist zu früh. Viel zu früh.

»Jaaa, kennenlernen.«

Ich beginne zu schwitzen. Wieso ist es plötzlich so heiß hier? »Aber, aber …«

Mom stützt das Kinn auf die Hände und wartet geduldig darauf, dass ich meine Sprache wiederfinde.

Als ich weiterhin nichts sagen kann, meint sie: »Wenn du Glück hast, sagt er nein und dann bitte ich die Kellnerin, für dich den zweiten Kuchen einzupacken, und entlasse dich.«

»Oh, wie gemein du bist!«

»Dafür sind Mütter da.« Sie klimpert mit den Wimpern.

Mist! Mist! Mist!

»Da komme ich nicht mehr raus, oder?« Mit einem zuckersüßen Lächeln schüttelt sie den Kopf. Zögerlich und mit wild klopfendem Herzen schreibe ich Jax eine Nachricht.

Ella: Ich habe total die Zeit übersehen. Wir haben gerade Kuchen bestellt. Willst du kurz hereinkommen? Du musst natürlich nicht, wenn du nicht willst.

Meine Finger verkrampfen sich um das Handy und mein Bein beginnt unter dem Tisch zu wippen. Die Zeit scheint stillzustehen, während ich auf seine Antwort warte.

Jax: Wie könnte ich zu Kuchen jemals nein sagen!

Fast kippe ich vom Stuhl. Er hat zugestimmt! Oh, das ist gar nicht gut. Meine Finger beginnen vor Aufregung zu kribbeln. Oder weil ich das Handy so fest halte? Hektisch blicke ich zur Tür. Sie schwingt auf, Jax kommt herein, meine Atmung wird immer schneller. Mom pfeift anerkennend, was es nicht besser macht. Wieso tut sie das? Keine Mutter sollte so etwas tun. Er trägt ein langärmliges schwarzes Shirt, Bluejeans und Boots, was ihm unfassbar gut steht. Okay, Moms Pfeifen ist berechtigt. Sie steht auf, ich bleibe unter Schock sitzen. Ein Lächeln erscheint auf seinem Gesicht, während er zielstrebig auf uns zukommt. Falls er nervös ist, lässt er es sich nicht anmerken.

»Hallo, schön Sie kennenzulernen.« Mom streckt die Hand aus.

Jax ergreift und schüttelt sie. »Das kann ich nur zurückgeben, Ma'am.«

Eine leichte Röte überzieht ihr Gesicht. »Ma'am? Bitte sagen Sie doch Laura zu mir. Kommen Sie, setzen Sie sich.« Mom nimmt wieder Platz.

Jax visiert mich an und gibt mir einen Kuss auf die Wange. »Hey«, flüstert er und lässt sich auf den Stuhl neben mir nieder. Ein »Hi« zurückgebend, löse ich mich aus meiner Schockstarre und drehe mich wieder um, dabei berührt sein Oberschenkel meinen, was ein wohliges Kribbeln hinterlässt.

»Wollen Sie auch einen Kuchen?«, fragt Mom und winkt der Kellnerin, die mit einem Tablett vollbeladen mit Kuchen und Kaffee gerade auf dem Weg zu uns ist.

»Gerne. Ich nehme den gleichen.«

»Bringen Sie uns doch noch ein Stück, meine Liebe«, ordert meine Mutter, als die Kellnerin das Tablett auf den Tisch stellt und die Bestellung austeilt.

»Und einen Kaffee, schwarz«, fügt Jax hinzu.

»Sehr gerne.« Die Kellnerin drückt sich das leere Tablett an die Brust und eilt davon.

»Also.« Mom stützt die Unterarme auf den Tisch und lehnt sich vor, sichtlich gespannt. Klasse, das Verhör kann also beginnen. »Ella erwähnte, Sie sind Besitzer eines Kampfkunststudios? Dort habt ihr euch auch kennengelernt, nicht wahr?«

»Das ist richtig. Mein Studio befindet sich unten an den Docks. Hin und wieder veranstalten wir einen offenen Abend, wo jeder kommen kann und sich messen darf. Ella war mit ihrer Freundin Maddy da.« Dafür, dass er bei mir bei der Wahrheit bleibt, flunkert er jetzt ordentlich. Keine Ahnung, ob mir das gefällt.

»Sie beherrschen auch eine Kampfsportart?«

»Mehrere, Ma'am – Verzeihung, Laura. Ich bin MMA-Fighter.«

»Sie meinen wie Mc. Gregor, wo das Blut nur so spritzt?« Höre ich da Neugier in Moms Stimme? Und überhaupt, wieso kennt Mom Mc. Gregor?

»Ja, genau. Es kann schon mal recht heftig werden.«

Sie mustert ihn kurz, dann mich. »Du hast dir das angesehen? Freiwillig?« Die Frage ist berechtigt.

»Maddy hat mich dazu überredet. Ich wollte eigentlich ins *Twinkys* gehen.«

»Hm …«, macht Mom.

»Ich, liebe Laura, bin jedenfalls froh, dass Maddy sich durchsetzen konnte«, ergreift Jax das Wort, während sich seine Hand auf mein Knie legt. »Sonst wäre mir eine Wahnsinnsfrau entgangen.«

Daraufhin lächelt Mom versonnen und ich schmelze dahin. Er darf doch keine so süßen Sachen sagen, während ich ihn unmöglich vor meiner Mom küssen kann. Weil ich nicht ganz widerstehen kann, lasse ich meine Hand unter den Tisch verschwinden, um sie auf seine zu legen. Er verflicht unsere Finger miteinander.

Die Kellnerin kommt zurück und stellt Jax' Bestellung vor ihm ab. »Danke«, sagt er und sie schenkt ihm doch tatsächlich einen koketten Augenaufschlag.

In mir regt sich etwas. Nein, nicht etwas – Eifersucht. Kurzerhand ziehe ich unsere Hände hervor und lege sie für alle sichtbar zwischen uns auf den Tisch. Jax' Augenbrauen wandern belustigt in die Höhe, Mom schmunzelt wissend und die Kellnerin zieht Leine.

Zufrieden, einmal mehr meine Stellung behauptet zu haben, löse ich meine Finger, greife nach der Gabel und steche ein großzügiges Stück von dem Küchlein mit flüssigem Kern ab. Der Teig ist flaumig, wobei ich weniger Zucker reingetan hätte.

»Was arbeiten Sie, wenn ich fragen darf?«, fragt Jax nach seinem ersten Bissen.

Mom fuchtelt mit ihrer Gabel herum. »Ich bin Lehrerin an einer Middleschool in Cobble Hill.«

»Was unterrichten Sie denn?«

»Hauptsächlich Englisch und Biologie. Hin und wieder andere Fächer, wenn mein Lehrplan es zulässt oder einer meiner Kollegen ausfällt.«

Ich entspanne mich vollends, während die beiden

Smalltalk halten. Mom scheint ihn zu mögen, was mich wahnsinnig erleichtert. Die ganze Aufregung war also völlig umsonst.

Nachdem Jax noch ein weiteres Stück Kuchen verputzen musste, beschließen wir, aufzubrechen. Jax wirft genügend Dollarnoten auf den Tisch, um die Rechnung zu begleichen, und greift nach meiner Hand. Als ich an der Kellnerin vorbeigehe, werfe ich ihr natürlich noch einen triumphierenden Blick zu.

Schau du ruhig! Ich bin diejenige, die ihn flachlegt.

Mit bester Laune trete ich auf den Bürgersteig. Es nieselt nur noch.

»Jax, schön Sie kennengelernt zu haben, und danke für das Essen«, sagt Mom und reicht ihm die Hand, doch er ignoriert ihre Hand und gibt ihr stattdessen geradewegs ein Küsschen auf die Wange.

»Ganz meinerseits, Laura. Ich hoffe, wir sehen uns wieder.« Sie nickt ihm lächelnd zu und wendet sich an mich.

Ich umarme sie fest. »Nächste Woche selbe Zeit?«

»Nächste Woche selbe Zeit«, bestätigt sie. »Ich liebe dich.«

»Ich dich auch, Mom.« Ich drücke sie noch einmal.

»Passen Sie gut auf meine Tochter auf.«

Jax nickt. »Darauf können Sie sich verlassen.«

Mom schlendert davon und um die nächste Ecke. Ich drehe mich um und schlinge meine Arme um seine Mitte. Er erwidert die Umarmung sofort. In seinen Armen zu liegen ist Balsam für meine Seele.

»Genau darauf habe ich gewartet«, nuschle ich an seiner Brust.

Als Antwort küsst er mich auf den Scheitel und ich schließe seufzend die Augen. »Schlaf heute Nacht bei mir.« Unter meiner Wange spüre ich, wie er den Atem anhält.

Unbeschreibliche Erleichterung durchflutet mich – eine weitere Horrornacht allein ertrage ich nicht. »Sehr gerne, aber können wir erst bei mir vorbeischauen? Dann kann ich dir auch deine Jacke wieder zurückgeben.«

Jax atmet spürbar auf. »Sicher. Lass uns fahren.«

Bewaffnet mit meinem Lieblingsstift und einem Blatt Papier befestigt an einem Clipboard, das ich unten an der Bar gefunden habe, lasse ich mich im Schneidersitz vor dem Panoramafenster in Jax' Schlafzimmer nieder. Der Regen hat wieder zugenommen, Tropfen sammeln sich und laufen über das Glas. Es hat etwas Meditatives an sich, sie zu beobachten. Als in mir vollkommene Ruhe eingekehrt ist, beginne ich zu schreiben. Viele würden diese Liste als Bucket-Liste bezeichnen, ich sehe sie als eine Chance, mich neu zu entdecken. Jacob hat mir zu viel genommen, als dass ich jemals wieder zu der alten Ella zurückfinden würde, das beginne ich langsam zu verstehen und zu akzeptieren. Genauso wie Jax durch seine Vergangenheit der geworden ist, der er ist, werde ich um eine Ella 2.0 kämpfen müssen – mit Ecken und Kanten und Ängsten.

»Du hättest auch in mein Büro gehen können, dort hättest du es bequemer.« Jax steht im Türrahmen, die Arme vor der Brust verschränkt, die Beine an den Knöcheln überkreuzt.

»Ich liebe diese Aussicht. Sie beruhigt mich.«

»Dann werde ich einen Schreibtisch besorgen, damit du nicht auf dem Boden sitzen musst.«

Einen Schreibtisch besorgen? »Es stört mich nicht.« Ich winke ab, solche Umstände wären zu übertrieben.

Er blickt auf seine Schuhe hinab, seine Miene ist unlesbar. »Hast du öfter Panikattacken?«

Für einen Moment überrumpelt mich die Frage vollkommen. Dann dämmert mir, *wo* ich mich jetzt gerade in diesem Raum befinde. Auf dem Boden, da, wo mich Jax von Anfang an nicht haben wollte. Ein Bild blitzt glasklar in meinem Kopf auf – wie Jax mich während meiner Panikattacke vor dem Eingang des Clubs zu Boden gedrückt hat. Das ist ihm bestimmt schwergefallen.

Ich blicke zum Fenster hinaus und denke an Moms Worte. *Er sollte wissen, woran er ist.* Schuldgefühle überkommen mich und doch überwiegen sie die Angst, ihn zu verlieren, nicht. »Es passiert hin und wieder, wenn mich etwas triggert.«

»Und was hat dich getriggert? Dass ich die Stimme gegen dich erhoben habe?« Ich höre die Vorsicht in seiner Stimme und wende mich ihm wieder zu. Sogar in seinen Augen spiegelt sich diese Vorsicht wider. Denkt er, ich hätte Angst vor ihm gehabt?

»Nein, es war die Erwähnung skrupelloser Menschen.«

Menschen wie Jacob.

In seinem Kiefer zuckt ein Muskel, dann schüttelt er den Kopf, ganz so, als wollte er etwas sagen, bevor er es sich anders überlegt.

»Danke, dass du mich rechtzeitig zurückgeholt hast.« Ich lege all meine Dankbarkeit in diese Worte, denn die Dunkelheit war kurz davor, ihre Fänge nach mir auszustrecken.

»Das ist selbstverständlich, Ella. Du musst dich nicht bedanken.« Er stößt sich ab. »Ich bin eigentlich nur gekommen, um dich zu fragen, ob du mit Coco und mir eine Runde spazieren gehen willst. Er muss dringend raus.«

»Das ist nett, aber wenn es okay ist, bleibe ich lieber hier.« Ich klopfe mit dem Stift auf das Klemmbrett. »Ich bin gerade dabei, meine Liste zu schreiben.«

Ein kleines Lächeln stiehlt sich auf seine Lippen. »Schön, dass du es angehst. Coco und ich werden nicht lange weg sein, okay?«

»Okay.« Er verlässt das Zimmer, ich bleibe zurück und starre in den Regen hinaus. Er hat unrecht, es ist nicht selbstverständlich – weder sein Verständnis, noch seine Zurückhaltung. Gott, jeder andere hätte nachgehakt, wer in meinem Leben dermaßen skrupellos sein konnte, um bei mir Panikattacken auszulösen. Er nicht und das lässt meine Schuldgefühle beinahe überhandnehmen.

Ich liege im Bett und starre an die Decke, unfähig auch nur ein Auge zuzumachen. In meinem Kopf hallen Ellas Worte nach. Eigentlich bin ich ins Schlafzimmer gekommen, um sie zu fragen, ob sie Lust auf einen Fernsehabend hätte. Das hat sich schlagartig geändert, als sie mir nochmal bestätigt hat, was längst klar gewesen war – Jacob. Danach wollte ich nur noch raus und habe Coco als Vorwand genommen. Ehrlich gesagt war ich erleichtert, als sie nicht mitkommen wollte, denn so hatte ich Zeit, um mein Gefühlschaos wieder in den Griff zu bekommen. In mir tobt eine Scheißwut. Allem voran auf Jacob, aber auch auf mich, weil ich anscheinend meine Eier verloren habe, wenn es um Ella geht. Ich war so kurz davor, sie auf ihn anzusprechen, doch das stumme Flehen in ihren Augen, ich solle nicht weiter nachhaken, hat mich meine Frage hinunterschlucken lassen.

Ella regt sich in meinen Armen. Sanft drücke ich einen Kuss auf ihren Kopf. Vielleicht habe ich meine Eier doch nicht verloren. Vielleicht will ich einfach nur mehr als alles andere, dass sie sich gut fühlt. Ein Gespräch über diesen Sadisten wäre daher eine Scheißidee. Ellas Handy auf dem Nachttisch beginnt zu klingeln.

Was zur Hölle?

Ich will danach greifen, um den Lärm auszumachen, da setzt Ella sich auch schon auf.

»Was ist los?«, fragt sie schlaftrunken und reibt sich die Augen.

»Dein Handy.« Ich lehne mich an ihr vorbei und schnappe es mir. Sunnyboy strahlt mir in einer gepunkteten Kochschürze entgegen. Ich knurre voller Widerwillen, reiche ihr das Handy aber. Was will der Typ um diese Uhrzeit von ihr?

»Hallo?«, fragt sie, als sie rangeht. Ich höre ihn zwar, verstehe aber nicht, was er sagt. »Klar, sicher, kein Problem.« Wieder sagt er irgendetwas. »Okay, wir sehen uns später.« Ella legt auf und sieht mich an. »Cody hat eine Panne, jetzt steht er am Straßenrand und wartet auf den Abschleppdienst. Er hat mich gebeten, die Frühschicht zu übernehmen.« Sie schlägt die Decke zurück und steht auf. Ich mache es ihr gleich, während sie schon dabei ist, ihrer Reisetasche zu durchforsten, die sie gestern mitgenommen hat und jetzt vor dem Kleiderschrank liegt.

»Ich fahr dich«, sage ich und steige in meine Jeans.

»Das musst du nicht. Bleib liegen, es ist noch früh.« Mit einem Stapel Klamotten verschwindet sie im Badezimmer.

Ich schlüpfe in ein Shirt und greife nach meinem Wagenschlüssel. »Ich kann sowieso nicht schlafen, ist also kein Ding.« Nicht in hundert Jahren lasse ich sie um vier Uhr morgens allein durch Brooklyn tingeln.

Kapitel 5

Ella

Ich winke Jax zum Abschied und schließe gähnend die Bäckerei auf. Hastig tippe ich den Code in das Bedienfeld der Alarmanlage, bevor der Alarm losschrillen kann. Die Schiebetür sperre ich nicht noch einmal ab, Cody wird bestimmt bald aufkreuzen. Während ich das Licht im Verkaufsraum gedimmt lasse, verschwinde ich im hinteren Teil und stopfe Tasche und Strickjacke in den Spind. Wieder muss ich gähnen. So erholsam der Schlaf in Jax' Bett auch war, die wenigen Stunden haben nicht gereicht.

In der Backstube knipse ich die Deckenbeleuchtung an und verbinde mein Handy mit der kleinen Bluetoothbox auf der oberen Ablage des Einbauschranks. Ich scrolle durch meine Playlists, bis ich die richtige gefunden habe, bevor ich mir gründlich die Hände wasche. Mein Ritual, bevor es ans Backen geht.

Im überdimensionalen Kühlschrank finde ich die vorbereiteten Croissants und nehme sie heraus. Solange der Ofen vorheizt, kümmere ich mich um die Kaffeemaschine. Obwohl ich völlig in meine Arbeit und den Text des Songs *One More Light* von *Linkin Park* versunken bin, höre ich dennoch, wie sich die Schiebetür öffnet.

»Das ging aber schnell«, sage ich verwirrt und drehe mich um.

Erstarre.

»Jacob«, flüstere ich, als mein Exfreund die Bäckerei betritt. Meine Nackenhaare stehen stramm.

»Ellena«, begrüßt er mich, seine sturmgrauen Augen starr auf mich gerichtet.

Alles in mir schreit nach Flucht. »Was … was machst du hier?«

»Ich wollte dir einen Besuch abstatten, was sonst? Ich habe dich vermisst.« Gemächlich öffnet er die Knöpfe seines Mantels.

Er lügt! Er hat mich nicht vermisst. Er will etwas.

»Du solltest gehen. Cody wird gleich hier sein.«

Wieso habe ich Jax weggeschickt?

»Das glaube ich kaum. Er ist …« Er grinst arrogant und legt den Kopf schief. »Nun ja, sagen wir indisponiert.«

Alles in mir gefriert zu Eis. »Die Autopanne. Du warst das.«

»Ein kluger Zug, ich weiß.« Zielstrebig steuert er diesen einen Tisch direkt an der Fensterfront an, an dem ich ihn vor Jahren kennengelernt habe. Jeden Tag hat er dort frühmorgens gesessen, eine Portion Scones und eine Tasse Schwarztee mit Milch vor sich. Anfangs hat er mir nur Blicke oder ein charmantes Lächeln zugeworfen, doch mit der Zeit ist es mehr geworden und wir haben geplaudert und gescherzt. Bis er mich eines Tages um ein Date gebeten hat, danach ist mein Leben zu einem Albtraum geworden.

»Ich wollte alleine mit dir sein. Geselle dich zu mir, mein kleines Mäuschen.«

Der Kosename reißt mich in die Gegenwart zurück. »Nein«, wispere ich kaum hörbar.

Seine Oberlippe zuckt, wie jedes Mal, wenn ich widerspreche.

Reiz ihn nicht!

Langsam setze ich mich in Bewegung. Bei jedem Schritt schlägt mein Herz ein klein wenig schneller, bis ich glaube, dass es mir aus der Brust springt. Meine Knie geben nach, aber irgendwie schaffe ich es zu dem Tisch und sinke zittrig auf den Stuhl ihm gegenüber.

Ohne mich aus den Augen zu lassen, zieht er den Stuhl des benachbarten Tisches heran an die Stirnseite. Die Stuhlbeine kratzen über den gefliesten Boden, sodass ich zusammenzucke.

»Na, na, warum so schüchtern? Komm näher.« Er klopft auf die Sitzfläche.

Ich starre auf seine Hand.

Wo ist der Siegelring?

Obwohl sich jede Faser in meinem Körper sträubt, kralle ich mich an der Tischkante fest, hieve mich hoch und rutsche auf den Stuhl.

»So ist es fein.« Er lächelt diabolisch, lehnt sich vor und tätschelt mir den Kopf, als wäre ich sein Hund.

Oder sein kleines Mäuschen.

Ich senke den Blick, um ihn nicht ansehen zu müssen. Seine Nähe, seine Stimme, sein Akzent, sein Geruch nach Zigarren und Kiefernholz sind schon schlimm genug.

»Es ist an der Zeit, deine Schuld bei mir zu begleichen. Du erinnerst dich?« Wie könnte ich das jemals vergessen, er hat mich bei jeder sich bietenden Gelegenheit daran erinnert. Nachdem Grandma gestorben ist, habe ich mir mit dem Geld, das sie mir hinterlassen hat, meine Ausbildung zur Konditorin finanziert. Grandma sollte stolz auf mich sein. Den Rest des Geldes wollte ich sparen, um irgendwann eine eigene Bäckerei eröffnen zu können. Natürlich war es zu wenig, weshalb ich für Cody zu arbeiten begonnen habe und eisern weiterspare.

Das habe ich Jacob eines Abends erzählt, der prompt

das verbliebene Erbe hergenommen und verdoppelt hat – das zuzulassen, war der größte Fehler, den ich machen konnte. Trotz seiner Einmischung habe ich noch immer zu wenig Geld für meinen Traum. Ich stehe also ganz unnötig in seiner Schuld.

»Ich erinnere mich«, antworte ich tonlos.

»Gut, gut. Sagt dir der Name Jackson Davis etwas?«

»Nein. Wer soll das sein?«

»Du solltest ihn unter dem Namen Jax kennen.« Wie aus dem Nichts schießt seine Hand nach vorne und seine Finger krallen sich in meine Haare. Er reißt meinen Kopf mit solcher Wucht nach hinten, dass mir ein stechender Schmerz durch die Wirbelsäule jagt. »Du warst bei ihm. In seinem Club.«

Blanke Angst schießt durch meine Brust. »Woher …«

»Wer denkst du, hat Madison von dem Fight-Club erzählt?«

»Flynn …« Ich verstumme, als ich ein bösartiges Lächeln auf seinen schönen, wohlgeformten Lippen spielen sehe. »Du bist der Hacker«, krächze ich. Wieder einmal bin ich nur eine Schachfigur in einem seiner Spiele, dessen Regeln allein er kennt. »Aber wieso?«

»Darüber zerbrich dir nicht dein hübsches Köpfchen.« Sein Lächeln wird breiter, noch bösartiger, sein Griff noch fester. Ich spüre, wie sich die Kopfhaut über meinem Schädel spannt. Der Schmerz treibt mir Tränen in die Augen. »Nun ist Jax auf dich aufmerksam geworden – ganz in meinem Sinne. Menschen sind so berechenbar.« Er schüttelt den Kopf, als wäre ich zu dumm, um das zu begreifen.

»Was willst du, Jacob?«, bringe ich irgendwie die Frage heraus und wappne mich innerlich.

Langsam beugt er sich zu mir herüber, seine Nase und seine Zunge streichen über meine Kehle. Galle steigt in mir hoch. »Du wirst mir den Code seines Safes besorgen. Das bringst du doch fertig, Mäuschen, oder?«

»Bitte, verlang das nicht von mir.« Ich schaffe es nicht,

das Flehen aus meiner Stimme herauszuhalten. Aber bei Gott, ich will Jax nicht hintergehen.

Seine Oberlippe zuckt. »Das ist der Preis. Natürlich wirst du unsere kleine Abmachung geheim halten, andernfalls …« Er löst seine Finger aus meinem Haar und streicht mir eine Strähne hinter das Ohr. Die Geste würde liebevoll wirken, aber ich weiß es besser. »… werden wir testen, ob Madison lauter schreien kann als du.«

Maddy!

»Nein, nein, bitte nicht Maddy.« Ich schluchze auf. Nicht sie. Verzweifelt greife ich nach seiner Hand, doch er entzieht sie mir mit einem Ruck und steht auf.

Von oben sieht er auf mich herab. »Ein Scheitern würde ich dir nicht anraten. Oder die ganze Welt erfährt, welch niedere Kreatur du in Wirklichkeit bist.« Er wendet sich zum Gehen und ich blicke ihm durch einen Schleier aus Tränen hinterher. An der Tür bleibt er noch einmal stehen. »Angefangen bei deiner liebreizenden Mutter.«

JAX

Weil an Schlaf nun wirklich nicht mehr zu denken ist, lasse ich mich in meinen Bürostuhl fallen, knipse die Lampe auf meinem Schreibtisch an und greife nach dem Bericht, den Romeo spätabends noch abgeliefert hat. Gestern wollte ich mich nicht weiter mit Jacob auseinandersetzen. Jacob hat den ganzen Tag, bis auf einen Einkauf in einem Feinkostladen, das Haus nicht verlassen. Erst gegen Ende des Berichts werde ich hellhörig. Ich richte mich auf. Romeo beschreibt bis ins kleinste Detail, wie Jacob kurz nach zweiundzwanzig Uhr nach West Village gefahren ist und sich dort an einem Auto zu schaffen gemacht hat. Sunnyboy. Die Autopanne. Ein Adrenalinkick erfasst mich, als ich eins und eins zusammenzähle. Ich springe auf.

Ella!

Mein Herz rast, als ich die Treppe in die Halle hinunter stürme. Wenn er ihr etwas antut, dann …

Fuck! Ich hätte sie nicht allein lassen dürfen.

Mein Handy klingelt. Trevor. »Ja«, knurre ich.

»Boss, wir haben ein Problem.«

»Was ist passiert?«, blaffe ich und reiße die Notausgangstür auf.

»Wir hatten gerade Schichtwechsel. Als ich angekommen bin, hat Jacob gerade die Bäckerei verlassen. Die, in der dein Mädchen arbeitet.«

»Wo war Romeo? Meine Befehle waren eindeutig.« Ich springe auf den Fahrersitz und starte den Motor.

»Das weiß ich nicht. Jedenfalls habe ich Romeo drangesetzt, sich an seine Fersen zu heften. Ich behalte derweilen die Kleine im Auge.«

Mein Herz setzt einen Schlag aus, während ich von der Seitengasse auf die Straße biege. Kurz schlingert der Wagen, dann bekomme ich ihn wieder unter Kontrolle. »Wie geht es ihr?«

»Kann ich nicht sagen, Boss. Seit ich angekommen bin, hockt sie auf dem Boden und rührt sich nicht.«

Meine Wut schäumt über und ich schlage auf das Lenkrad ein. »Ist sie verletzt?«

»Negativ«, antwortet der Ex-Marine vollkommen nüchtern.

»Gut. Lass sie nicht aus den Augen. Ich bin gleich da.« Ich lege auf, werfe das Handy auf den Beifahrersitz und gebe Gas.

Ich komme vor der Bäckerei zum Stehen und springe aus dem Wagen. Trevor kommt auf mich zugelaufen.

»Warst du bei ihr?« Auf den ersten Blick ist von außen nichts von Ella zu sehen.

»Nein, ich habe die Lage beurteilt und beschlossen, mich ihr nicht zu nähern.« Er zeigt an sich hinunter. Er hat recht, er hätte sie mit seiner Statur nur verschreckt.

»Guter Mann.« Ich werfe ihm die Schlüssel zu. »Park den Wagen.«

»Wird erledigt.«

Vor der Schiebetür bleibe ich kurz stehen und atme tief durch. Ella soll von meiner Wut nichts mitbekommen. Als sich mein Puls einigermaßen beruhigt hat, betrete ich die Bäckerei. Wieso verdammt hat sie hinter sich nicht abgeschlossen? Die Beleuchtung ist gedimmt, irgendein Pop-Song dringt aus dem Hinterzimmer. Ich schaue mich um und finde sie zusammengekauert zwischen zwei fahrbaren Metallgestelle in der Backstube. Ihr Blick verliert sich auf dem Boden. Mein Herz zieht sich bei dem Anblick zusammen.

»Ella?« Schritt für Schritt nähere ich mich ihr. Sie antwortet nicht, ihr Kopf bleibt weiterhin gesenkt. »Ella?« Mehr als zwei Armlängen vor ihr gehe ich in die Hocke.

Langsam, als würde sie von einer Trance erwachen, hebt sie den Kopf. »Jax? Was machst du hier?« Sie blickt sich um. »Wo bin ich? Wo ist …« Ihre Augen weiten sich angsterfüllt. Ihre Pupillen wirken riesig, verschlucken beinahe das Braun ihrer Iriden.

»Er ist weg«, sage ich schnell. »Du bist in Sicherheit.«

»In Sicherheit, ja«, wiederholt sie murmelnd und fasst sich an die Kehle.

Zaghaft, weil ich nicht weiß, wie sie reagieren wird, strecke ich die Hand aus. »Ich bring dich jetzt nach Hause, okay?« Meine Stimme ist rau von dem Gefühlschaos, das in mir tobt.

»Nach Hause. Ich muss nach Hause. Ich … ich muss zu Maddy.« Sie rappelt sich auf, wankt. Ich greife nicht nach ihr, denn ich habe aus dem letzten Mal gelernt: Sie will selbst auf die Füße kommen.

Ohne von ihrer Kehle abzulassen, schlurft sie durch den Verkaufsraum und auf die Schiebetür zu. Ich folge ihr, die Fäuste geballt, um den Impuls zu unterdrücken, sie zu stützen. Trevor wartet auf dem Bürgersteig, sein Blick gleitet von mir zu Ella und wieder zurück. Sorge steht in seinen Augen. Ella geht an ihm vorbei, ohne ihn wahrzunehmen.

Kurz bleibe ich stehen. »Ihr Kram muss sich irgendwo im Hinterzimmer befinden. Finde ihn, wir warten so lange im Wagen.« Unter keinen Umständen werde ich Ella allein lassen, solange sie dermaßen neben sich steht. Trevor reicht mir die Autoschlüssel und verschwindet in der Bäckerei.

»Ella«, rufe ich ihr hinterher, weil sie gradewegs an meinem Pick-up vorbeigeht, den Trevor in einer Ladezone abgestellt hat. Sie dreht sich um, ich hole auf und öffne ihr die Beifahrertür. Mit hängenden Schultern klettert sie hinein. Ihre Finger beben, als sie versucht, sich anzuschnallen.

»Lass mich das machen.« Den Blick nicht von ihrem blassen Gesicht nehmend, beuge ich mich über sie und schließe den Gurt.

Ihr Atem streicht über meine Wange, als sie flüstert: »Am Ende wirst du mich hassen.«

Ella

Er wird mich hassen. Er wird mich dafür hassen, dass ich ihn hintergehen muss. Aber die Alternative, ihn einzuweihen, ist nicht tragbar, Jacob würde Maddy an den Ort bringen. An den Ort, an dem dich niemand hört. Schutzlos ausgeliefert, schreiend, bettelnd.

Nein, nein!

»Ich könnte dich nie hassen«, durchdringt Jax' Stimme den dichten Nebel in meinem Kopf.

»Doch, weil ich nicht scheitern darf.« Jacob würde – *nein, das darf nicht geschehen!* Das kann ich Mom nicht antun. Lieber opfere ich die Beziehung zu Jax.

Du hast gewonnen, Jacob.

Eine steile Falte bildet sich zwischen seinen Augenbrauen. »Scheitern?«

»Boss.« Ich zucke zusammen, als ich eine mir unbekannte Männerstimme hinter Jax höre.

Jax wirft einen kurzen, strengen Blick über die Schulter und wendet sich wieder an mich. »Gib mir eine Minute, dann fahren wir.«

Nickend schließe ich die Augen und nehme innerlich Abschied von ihm. Wieso tut mein Herz dabei nur so verdammt weh?

Nachdem ich Trevor mit einigen Anweisungen zurückgelassen habe, betrete ich hinter Ella die Wohnung und schließe die Eingangstür.

Die Sorge um sie wächst mit jeder Sekunde, während sie, wie schon im Wagen, Unzusammenhängendes von sich gibt. Ob Maddy in ihrem Zimmer ist? Sollte ich sie wecken? Sie kennt Ella am besten, sie wird wissen, was zu tun ist. Unschlüssig bleibe ich im Flur stehen und keuche überrascht auf, als Ella mich zur Seite schubst und die zwei zusätzlich angebrachten Schlösser in die Verankerungen rammt. Mehrmals drückt sie die Klinke hinunter, um zu testen, ob die Tür auch wirklich verschlossen ist, bevor sie damit beginnt, jede verdammte Lampe in der Wohnung anzuschalten. Okay, es reicht.

Ich lege Ellas Tasche und Weste auf den kleinen Tisch neben mir und klopfe leise an die Tür, von der ich denke, dass sie zu Maddys Zimmer gehört. »Maddy?« Keine Antwort. Ich klopfe lauter.

»Maddy!« Ella drängt sich an mir vorbei und reißt die Zimmertür auf. Sie schlägt auf den Schalter der Deckenbeleuchtung und schaut sich hektisch um. »Maddy?« Ihre Stimme wird panischer. »Sie ist weg. Er hat sie, er hat sie!«

»Hey, hey, ganz ruhig. Wer hat Maddy?« Ein ungutes Gefühl breitet sich in meiner Magengegend aus. Ich fasse Ella an den Schultern und zwinge sie, mich anzusehen. »Wer hat Maddy, Ella?«

»J-Jacob. Er will ihr wehtun. Dieser Ort, er ist dunkel,

so dunkel«, flüstert sie und eine Gänsehaut breitet sich auf meinen Unterarmen aus.

»Welcher Ort?« Scheiße, das alles hier gefällt mir nicht.

»Schhhh«, macht sie und legt den Zeigefinger an die Lippen. »Niemand darf davon wissen. Er hat es verboten.«

Ich versuche, bei ihren Worten einen kühlen Kopf zu bewahren, mir nicht auszumalen, was das für ein Ort sein könnte, über den sie nicht reden darf, und schaue über sie hinweg in den Raum. Das Bett ist gemacht und alles ordentlich aufgeräumt. Keine Einbruchspuren – und auch sonst nichts, was auf Maddys Verbleib hindeuten könnte.

»Setz dich erst mal«, sage ich und schiebe sie auf das Bett zu. »Ich hole dein Handy und dann finden wir heraus, wo Maddy ist.«

»Ja. Ja.« Sie nickt eifrig, lässt sich auf die Tagesdecke sinken und zieht die Beine an die Brust.

Ich eile in den Flur und krame Ellas Handy aus der Umhängetasche. Wieder zurück, reiche ich es ihr. Sie entsperrt das Gerät und tippt hastig darauf herum.

»Ein spontanes Meeting. Sie ist die nächsten zwei Tage in Seattle.« Sichtlich erleichtert sacken ihre Schultern hinab. »Das ist gut, dort bekommt er sie nicht. Sie ist in Sicherheit.«

»Okay«, sage ich und atme auf. »Erzählst du mir jetzt, was passiert ist?«

Sofort werden ihre Augen groß. »Nein, nein das geht nicht.«

»Ella«, rede ich beschwichtigend auf sie ein und setze mich neben sie auf die Bettkante. »Ich kenne Jacob. Ich weiß, dass er vorhin in der Bäckerei war. Und ich bin mir ziemlich sicher, dass er irgendetwas von dir wollte.«

»Woher … Du weißt von Jacob und mir?« Sie legt sich eine Hand auf den Mund.

»Ja, aber das ist gerade nicht wichtig. Du musst mir sagen, was er von dir wollte.« Mir ist bewusst, dass ich mich auf dünnem Eis bewege und sie jederzeit wieder eine Panikattacke bekommen könnte, aber ich muss es wissen.

»Das geht nicht. Nein, ich darf nicht.«

Darf nicht?

»Weil Maddy sonst in Gefahr ist?«, mutmaße ich.

Als Antwort umfasst sie ihre Knie enger und beginnt vor und zurück zu wippen.

Shit!

Beruhigend lege ich meine Hand auf ihre Finger, die sich in ihre Unterarme bohren. »Schon gut, schon gut. Ich werde dafür sorgen, dass Maddy nichts geschieht«, verspreche ich ihr. »Grey wird sich um sie kümmern.« In ihren Augen sehe ich Misstrauen. Ich kann es ihr nicht verdenken, dass sie weder mir noch Grey ihre beste Freundin in solch einer Situation anvertrauen will. Ich belasse es dabei, werde aber Grey informieren. »Beantworte mir eine andere Frage. Du hast vorhin im Wagen gemeint, du darfst nicht scheitern. Was würde passieren, wenn du es tust?«

Sie presst die Lippen fest zusammen und Tränen treten in ihre Augen.

»Okay, komm her«, flüstere ich, strecke mich auf dem Bett aus und ziehe sie mit mir. Ein tiefer Schluchzer bricht aus ihr hervor und sie klammert sich mit bebenden Schultern an mir fest, birgt ihren Kopf an meiner Halsbeuge. Ich schlinge meine Arme um ihren Körper und halte sie. Küsse sie seitlich am Kopf und verspreche ihr, sie nicht dafür zu hassen, was auch immer er von ihr verlangt.

ELLA

Schmerz – Schmerz überschattet die Angst in mir, durchdringt jede Faser meines Körpers und bringt mich zum Wimmern, obwohl ich keinen Laut von mir geben darf. Ich richte meinen Blick auf die blinkende Straßenlaterne über mir, in der Hoffnung, mich von dem Gefühl ablenken zu können.

»Habe ich dir nicht gesagt, du sollst kein Geräusch von dir geben, blöde Fotze?« Eine groteske Maske schiebt sich über mich und nimmt mir die Sicht. Sturmgraue Augen fressen sich in meine. Hasserfüllt.

»Es tut so weh, Jacob … bitte.«

»Ich werde dir gleich zeigen, was echte Schmerzen sind, wenn du nicht sofort dein Scheißmaul hältst!« Finger schließen sich kräftig um meine Kehle, nehmen mir die Luft zum Atmen. Ich bäume mich auf, wehre mich, aber völlig zwecklos, seine Hände drücken nur noch fester zu.

»Jetzt hast du nichts mehr zu sagen, was?« Sein bösartiges Auflachen lässt mich schaudern. Mit aller Macht kralle ich die Nägel in seinen Handrücken. »Miese kleine Schlampe!« Die Hand, die gerade noch meine Kehle gepackt hat, donnert gegen mein Jochbein. Ich keuche auf und sauge tief Sauerstoff in meine Lunge. Die Luft ist erfüllt von dem Gestank nach Urin und Schmutz. Es stört mich nicht.

Er packt meine Oberschenkel und rammt sich härter in mich. Der Beton unter meinem Rücken reißt mir die Haut vom Leib. Augenblicklich beiße ich mir auf die Zunge und komme ihm mit dem Becken entgegen, um dem harten, rauen Untergrund zu entkommen. »Stehst also doch drauf, von mir gefickt zu werden!«

Wie jedes Mal, wenn mein Körper es nicht mehr erträgt, schottet er sich ab. Es ist wie ein Hebel, der hinunter gedrückt wird – ein Selbstschutz, der mich alles überstehen lässt. Ich schließe meine Seele in die Kiste, die ich eigens dafür geschaffen habe. Trete aus mir selbst heraus und sehe alles in der Vogelperspektive – weit weg und unbeteiligt. Schaue zu, wie eine junge Frau von einem skrupellosen Mann mitten in der Öffentlichkeit vergewaltigt wird und keiner ihr zu Hilfe eilt. Denn sie ist ein Niemand – sie ist es nicht wert, gerettet zu werden.

JAX

Ein angsterfüllter Schrei reißt mich aus dem Schlaf. Ein Knie und Fäuste, die gegen meinen Körper trommeln. Mary! Ich richte mich auf und sehe … auf Ella hinab. Ihre Miene schmerzverzerrt – Tränen treten unter ihren geschlossenen Lidern hervor und fließen über ihre Wangen. Darunter zucken ihre Augen, als würden sie etwas sehen, das ich nicht einmal erahnen kann.

Was zur Hölle?

Ich stolpere aus dem Bett und presse mich mit dem Rücken an die nächste Wand. Mein Herz hämmert gegen meine Rippen.

Ella wirft sich hin und her, bäumt sich wild auf und strampelt mit den Beinen. Dann krümmt sie sich zusammen und beginnt leise zu wimmern. Bei diesen herzzerreißenden, schrecklichen Lauten bin ich plötzlich wieder sechs Jahre alt, in einem Mietshaus in der Bronx.

Ich kann nicht schlafen, Marys leises Wimmern dringt durch die papierdünnen Wände. Ich rolle mich auf die andere Seite und presse das Kissen fester an mein Ohr. Eine Matratzenfeder bohrt sich in meine Rippen, aber das ist mir egal, ich bin tapfer. Als das Wimmern lauter wird, beiße ich die Zähne zusammen. Ich kann ihr nicht helfen, bin viel zu schwach.

Ich luge durch die kleine Lücke zwischen Matratze und Kissen und warte. Durch die dreckverschmierten Fenster sieht man den Himmel, er ist hübsch, orange und violett. Bald wird es vorbei sein und Ray, mein neuer Daddy, wird schlafen gehen.

Eine Tür, die zuknallt, lässt mich zusammenzucken. Auf dem Flur höre ich Schritte und ein Poltern. Ich weiß genau, von was das kommt, Ray torkelt hin und her, genauso wie ich, wenn ich mich zu schnell auf dem Karussell gedreht habe. Aber er fährt nie mit dem Karussell, er trinkt immer nur dieses braune, stinkige Wasser.

Eine zweite Tür fällt zu und ich schließe gähnend die Augen. »Später werde ich dich wieder zum Lachen bringen, Schwesterchen«, murmle ich noch, dann schlafe ich ein.

Ein Schrei, der mir bis in die Knochen fährt, katapultiert mich in die Gegenwart zurück.

»Bitte Jacob, geh runter von mir. Es tut so weh!«

Dieser verdammte Bastard!

»Tu mir nicht weh! Bitte, tu mir nicht weh! Tu mir nicht weh!«

Es hört sich an wie ein Mantra – ein Mantra, das ihr nicht zu helfen scheint, denn sie beginnt wieder zu wimmern.

Ich muss hier weg!

Ich gebe dem Impuls nach, mich zu verpissen und stürze aus der Wohnung.

Seit etlichen Stunden sitze ich in meinem Büro gegen die Backsteinmauer gelehnt und versuche, wieder Herr meiner selbst zu werden. In mir tobt der reinste Tsunami. Gefühle und Gedanken, die ich jahrelang meisterlich hinter dicken Mauern weggesperrt habe, fluten mein Inneres. Zwei Tage später, nachdem ich in meinem Bett wachgelegen habe, hat sich bestätigt, dass mein sechsjähriges Ich zu schwach war, um Mary wirklich zu beschützen. Das Geschehnis läuft vor meinem inneren Auge ab, wie ein kranker Film ohne Pausetaste.

Ich sitze mit Mary auf dem fleckigen, braunen Teppich im Wohnzimmer. Im Hintergrund flimmert ein Cartoon über den Bildschirm des Fernsehers. Ich schaue nicht zu, sondern lasse meinen roten Truck aus Plastik umher sausen. Mary neben mir versucht seit Ewigkeiten, Lucky, ihrer Puppe mit den roten Haaren, eine Puppenwindel anzuziehen. Ich beobachte sie aus dem Augenwinkel und lausche ihr, während sie ein Gutenachtlied summt.

»Soll ich dir helfen?«, frage ich sie und schiebe das Auto bis an den Rand des Teppichs.

»Geht schon.« Sie konzentriert sich wieder, die Zunge dabei zwischen die Lippen geklemmt.

»Gib schon her.« Ich lasse das Auto stehen und schnappe mir Lucky und die Windel. »Ich zeig dir, wie das geht.«

»Teckson! Lass das«, jammert sie und ihre hohe Stimme tut mir im Kopf weh. Sie lehnt sich vor und will mir die Puppe aus der Hand reißen, aber ich schirme sie mit meinem Oberkörper ab. Mary erwischt Luckys Arm und zieht fest daran. Mit einem Ratsch reißt der Arm ab und Mary plumpst auf den Hintern.

»Aua!« Tränen steigen ihr in die Augen und ihre Unterlippe beginnt zu zittern. Sofort bin ich bei ihr und streichle über ihre dunkelbraunen Zöpfe.

»Tut mir leid. Hast du dir wehgetan?« Ich drücke ihr eilig die einarmige Lucky in die Hand und Marys Weinen wird lauter, als sie sieht, was mit Lucky passiert ist. Ich werfe einen Blick über die Schulter. Ray darf sie nicht hören. Ein kribbeliges Gefühl setzt in meinem Bauch ein.

»Schhhh«, versuche ich sie zu beruhigen, »nicht weinen. Ich hole ein paar Pflaster und alles ist wieder gut, okay?«

Sie nickt, wobei ihre Unterlippe immer noch bebt. Ich springe auf und will gerade ins Badezimmer laufen, da kommt Ray ins Wohnzimmer. Ich weiche zurück.

»Was ist hier los?« Sein Blick aus glasigen Augen mit dicken violetten Strichen darunter fällt auf uns.

»Nichts«, beeile ich mich zu sagen, ziehe Mary am Ellenbogen hoch und schiebe sie hinter mich.

»Unsinn, du kleiner Hosenscheißer.« Er kommt wankend auf uns zu, packt mich grob am Oberarm und zerrt mich von Mary weg. Ich verliere das Gleichgewicht und stürze auf die Knie, der Teppich schürft meine Haut auf. Tapfer beiße ich die Zähne zusammen und rapple mich auf, da höre ich es – das unverkennbare Klirren der Gürtelschnalle. Meine Nackenhaare stellen sich auf.

»Undankbare Göre. Kannst du nicht auf dein Spielzeug aufpassen?«, brüllt Ray, gefolgt von einem Surren durch die Luft. Klatsch. Mary schreit auf.

»Nein!«

Klatsch.

Ich stürze auf die beiden zu, dränge mich zwischen sie und werfe mich auf Mary. Wir gehen zu Boden, ich über ihr. Ein weiteres Mal zerreißt das Leder die Luft und ein beißender Schmerz explodiert auf meinem Rücken. Ich stöhne auf und beiße die Zähne zusammen. Ich werde nicht weinen, ich bin ein großer Junge. Unter mir zittert und schluchzt Mary. Ich muss stark sein, für sie. Der nächste Hieb trifft mich. Mir wird schlecht.

»Verpiss dich!« Ray krallt seine Finger in meine Haare, reißt mich daran hoch und schleudert mich in hohem Bogen durch den Raum. Ich knalle auf den Boden, irgendetwas knirscht und ein stechender Schmerz jagt mir durch den Ellenbogen.

Klatsch.

Marys spitzer Schrei geht mir durch und durch. Ich muss zu ihr.

Ich hieve mich auf die Knie, schwarze Punkte tanzen vor meinen Augen. Wankend komme ich auf die Füße.

Klatsch.

Ich warte schon auf den nächsten Schrei, doch da kommt keiner mehr. Mein Blick fliegt zu Mary, die wie zu einer Kugel zusammengerollt auf dem Boden liegt.

Ray zeigt mit dem Gürtel in der Hand auf mich. Sein Gesicht ist rot, Schweiß steht ihm auf der Stirn. »Bleib, wo du bist, Hosenscheißer!« Er dreht sich wieder zu Mary, bückt sich und hebt sie an den Oberarmen gepackt hoch. Er schüttelt sie, ihre Zähne schlagen aufeinander, sonst gibt sie keinen Ton von sich.

Hilfe, ich brauche Hilfe.

Meinen Ellenbogen fest umklammert, flitze ich los, aber anstatt im Hausflur um Hilfe zu rufen, laufe ich in die Küche. Die Nachbarn haben uns noch nie geholfen, wieso sollten sie es jetzt tun? Ich bin der Einzige, der Mary helfen kann.

Ich brauche etwas, das wehtut. Ich reiße eine Schublade nach der nächsten auf. Genau das, ein Messer. Ich schnappe es mir, renne zurück und schlittere um die Ecke ins Wohnzimmer. Mit einem Brüllen hebe ich die Arme über meinen Kopf, das Messer fest umklammert. Ray wirbelt zu mir herum, reißt seinen Unterarm hoch und ich ramme ihm das Messer ins Fleisch. Blut spritzt mir warm ins Gesicht. Ray jault auf. Ich will das Messer wieder herausziehen, aber es bleibt stecken. Aus dem Augenwinkel sehe ich seine Faust auf mich zufliegen, dann ist alles schwarz.

Blinzelnd tauche ich wieder aus der Erinnerung auf. Am nächsten Tag hat mich Ray vor einem Kinderheim in der Bronx abgesetzt und das war's. Bis heute habe ich den Mut nicht aufbringen können, herauszufinden, ob er jemals zur Rechenschaft gezogen wurde. Ich habe Mary in ihrem Albtraum allein gelassen. Genauso wie ich Ella mit ihrem Albtraum im Stich gelassen habe. Eine Welle von Schuldgefühlen trifft mich mit voller Wucht.

»Jax.« Romeo taucht im Türrahmen auf.

Ich springe auf, stürme auf ihn zu und ramme ihm die Faust ins Gesicht. Er geht zu Boden, ich setze mich rittlings auf ihn. »Wo warst du?« Blind schlage ich mit meinen Fäusten auf ihn ein. Ich bin so verdammt wütend, auf mich, auf Romeo, auf Jacob, diesen Hurensohn. Ich muss alles wieder in Ordnung bringen. Vielleicht habe ich bei Mary versagt, aber nun sieht die Sache anders aus – ich bin nicht mehr schwach und hilflos, jetzt bin ich durchaus in der Lage, Ella zu beschützen.

Schützend hebt Romeo seine Hände vors Gesicht. »Er hat mich abgehängt. Er wusste, dass er verfolgt wird. Bis ich ihn wieder aufgespürt habe, war es zu spät.«

»Fuck!« Mein nächster Schlag gilt dem polierten Betonboden. Ich rapple mich auf und ziehe Romeo mit mir in den Stand. Blut tropft aus seiner Nase und sein rechtes Auge schwillt binnen Sekunden zu.

»Scheiße, was ist hier los?« Grey kommt über den Flur auf uns zugelaufen.

»Nichts. Ich habe Mist gebaut.«

Knapp nicke ich Romeo zu, wir sind quitt.

Grey legt eine Hand auf seine Schulter. »Sieht übel aus, Alter. Hol dir ein Kühlpack aus dem Krankenzimmer.«

Mit einem letzten entschuldigenden Blick in meine Richtung macht sich Romeo auf den Weg.

»Was war das gerade eben?«, wendet sich Grey an mich.

Fluchend wische ich mir das Blut an der Jeans ab. Meine Knöchel sind total am Arsch. »Ich hatte noch eine Rechnung mit ihm offen.«

»Geht das auch ein wenig genauer?«

»Erzähl ich dir unterwegs.« Ich schaue auf. »Ich brauche dich.«

»Jederzeit, Bro«, antwortet er prompt, ohne zu fragen, wohin es geht.

Das einzig Gute aus der Zeit im Kinderheim ist Grey. Ein drahtiger Junge mit viel zu langen dunkelblonden Haaren, der mitansehen musste, wie sein Vater zuerst seiner Mutter eine Kugel in den Kopf gejagt hat, bevor er sich selbst hingerichtet hat.

»Jacob hat sie mit irgendwas beauftragt, in dem ich die Hauptrolle spiele. Er erpresst sie.« Was auch immer es ist, ich werde sie in meiner Nähe behalten, damit sie ihren Auftrag erledigen kann. Verdammt, ich würde ihr sogar dabei helfen, wenn sie nur mit der Sprache rausrücken würde.

»Er erpresst sie mit Maddy.« Der Schock in Greys Stimme ist unüberhörbar. Dass Maddy entführt werden könnte, nimmt ihn mit. Ihm liegt etwas an der Kleinen.

»Ja.« Gedankenverloren trommle ich mit dem Daumen gegen das Lenkrad. »Aber nicht nur. Da ist noch etwas. Er hat sie total in der Hand.«

»Eine Ahnung, womit?«

»Nein, aber mit etwas Glück finden wir dort drinnen die Antwort«, erwidere ich und blicke durch die Windschutzscheibe. Wards Haus liegt dunkel vor uns. Trevor hat vor wenigen Minuten geschrieben, dass Jacob sich mit ein paar Männern am anderen Ende der Stadt in einer Flüsterbar getroffen hat. Er wird uns Bescheid sagen, sobald Jacob sich auf den Weg nach Hause macht. So lange haben wir Zeit, uns umzusehen.

»Auf geht's.« Ich steige aus. Grey folgt mir und wir laufen die Treppe zur Veranda hoch.

»Beeil dich«, sage ich zu Grey, der vor der Eingangstür auf die Knie geht und seinen Dietrich aus der Jackentasche kramt. »Der Nachbarshund ist eine verfluchte Nervensäge.«

Konzentriert stochert er im Schloss herum, während ich mich nach allen Seiten umsehe. Scheiße, der Abend ist zu jung, um irgendwo einzusteigen. Die umliegenden Häuser sind ausnahmslos erhellt. Vermutlich sitzen alle beim Abendessen.

»Wird's bald«, dränge ich ihn.

»Ich hab's gleich.«

Klick.

»Geht doch!« Grey steht auf und klopft sich den Staub von der Jeans.

»Früher hättest du keine fünf Sekunden gebraucht«, merke ich an und stoße die Tür auf.

»Das Clubleben hat mich einrosten lassen.« Er zuckt mit den Schultern und bedeutet mir, einzutreten. »Nach dir.«

Ich verdrehe die Augen und gehe voran.

»Wo fangen wir an?«

Ich betätige den Lichtschalter im Flur und lasse den Blick schweifen. Rote Tapeten, hüfthohe Wandvertäfelungen aus dunklem Holz, kunstvoll gemalte Bilder an den Wänden. Insgesamt vier Türen, wobei eine meine Aufmerksamkeit auf sich zieht – sie besitzt einen vorgeschobenen Riegel samt Vorhängeschloss.

Wieso ist sie mir letztens nicht aufgefallen?

»Dort.« Ich deute mit dem Kinn auf die Tür am Ende des Flurs.

»Holy Shit.« Einen anerkennenden Pfiff ausstoßend geht Grey vor und rüttelt an dem Vorhängeschloss. »Jackpot.« Sofort zückt er seinen Dietrich und gleich darauf höre ich es klicken.

»Noch drei Schlösser und ich bin wieder in Topform.« Er lässt das Vorhängeschloss fallen, das mit einem dumpfen Poltern auf den Hartholzboden aufschlägt und entriegelt die Tür. Knarrend schwingt sie auf und kühle, leicht nach Moder riechende Luft schlägt mir entgegen. Der Keller.

Dieser Ort, er ist dunkel, so dunkel …

Ich hole mein Handy heraus, schalte die Taschenlampenfunktion an und leuchte in die Dunkelheit hinein. Bis auf blanke Betonwände und eine Treppe, die nach wenigen Stufen eine Kurve macht, ist nichts zu sehen. Ich atme tief durch und steige die Stufen hinab. Die Luft wird mit jedem Schritt kühler und weitere Gerüche mischen sich unter den typischen Kellergeruch – Chemikalien und Putzmittel.

Am Fuße der Treppe erstreckt sich ein quadratischer, fensterloser Raum. Er muss schalldicht sein, so kommt es mir zumindest vor. Ich suche die Wand nach einem Lichtschalter ab und ertaste einen auf Höhe meiner rechten Schulter. Flackernd und summend springen Neonröhren an der Decke an.

Neben mir bleibt Grey stehen und jegliche Farbe weicht aus seinem Gesicht, als er den Raum mit einem Blick erfasst.

An ein massives Rohr befestigte Handschellen baumeln von der Decke, darunter liegt eine zerknitterte grüne Plastikplane ausgebreitet.

In mir bricht kalter Zorn aus. Aber nicht, weil Jacob auf Fesselspielchen steht, sondern wegen der Fotos, die jeden Quadratzentimeter der Wände füllen. Ella ist überall. Mir entweicht alle Luft aus der Lunge.

»Was für ein kranker Scheiß«, flüstert Grey. Das trifft es nicht mal annähernd.

Ich trete näher und meine Hand zittert, als ich sie ausstrecke, um eines der Fotos von der Wand zu pflücken. Ella kauert auf dem Boden, das Gesicht der Kamera zugewandt. Ihr Körper ist übersät mit Blutergüssen, manche gerade erst zugefügt, manche nur noch gelbe und violette Schatten. Rote, schmale Striemen ziehen sich um ihre Handgelenke. Es ist erschreckend, aber nicht so sehr, wie ihr Blick – er ist leer. Kein Glanz, kein Schalk, keine Wärme. Nichts.

Ich ziehe das nächste Foto von der Wand, diesmal wurde es von oben geschossen. Dicke Tränen laufen ihr über die Wangen, ihre Augen sind fest zugekniffen, das Gesicht rot angelaufen, als würde sie gleich ersticken. *Sie erstickt wirklich.* Jacobs Schwanz steckt bis zum Anschlag in ihrem Mund, eine Hand unnachgiebig gegen ihren Hinterkopf gepresst.

Ich reiße das nächste Foto herunter. Ella, festgebunden auf einem Tisch, ihre Beine gespreizt, Blut läuft ihr in einem dünnen Rinnsal aus der Scham.

Das nächste. Ella, regungslos in den Handschellen hängend, ihre Füße kaum den Boden berührend.

Breite, wulstige Striemen auf ihrem Rücken. Würgemale auf ihrem Hals. Bissspuren auf den Brüsten. Blut. Sperma. Erbrochenes.

Es sind so gottverdammt viele!

Der kalte Zorn wird zu überwältigender Wut, heiß wie das Fegefeuer selbst.

Ich brülle auf und reiße alle Fotos von den Wänden. In meinen Ohren dröhnt es, das Blut kocht in meinen Adern.

»Jax.«

Ich fahre herum.

»Hey, ich bin's nur«, presst Grey hervor und reißt schützend die Arme hoch.

Ich lasse Dolly sinken und löse meine Hand von seiner Kehle.

»Entschuldige.« Ich schüttle meine Benommenheit ab und stecke Dolly weg.

»Schon okay.« Er richtet sich den Kragen seiner Sweatjacke und zeigt mit dem Daumen über seine Schulter. »Dort hinten geht's weiter. Ich habe eine Dunkelkammer gefunden.«

Ich atme tief ein und versuche, mein donnerndes Herz zu beruhigen. Als ich mich wieder halbwegs im Griff habe, nicke ich.

Wo man von der Treppe aus keine Einsicht hat, verbirgt sich hinter der rechten Wand eine Nische. Durch eine halbgeöffnete Tür dringt rotes Licht. Rechts neben der Tür an der Mauer steht ein in die Jahre gekommener Sekretär mit geschnitzten Zierleisten und geschwungenen Tischbeinen. Er wirkt in dieser Hölle völlig fehl am Platz. Darauf ein Laptop. Ich werfe einen Blick auf den Bildschirm und schließe um Beherrschung ringend die Augen.

»Videos?«

»Ja, aber nicht nur. Neben unzähligen Fotoordnern habe ich auch so eine Art Tagebuch gefunden. Obwohl man es bei seinem damaligen Job kaum glauben kann, muss er sich sehr sicher gefühlt haben – hat nicht mal Passwörter verwendet.«

Ich gehe mit steifen Schritten auf den Sekretär zu und lasse mich auf den ledernen Bürostuhl fallen, der davor steht. Die Sitzfläche sinkt ein, die Polsterung der Armlehnen ist abgewetzt. Wie viele Stunden wird er hier wohl schon gesessen und sich an Ellas Leid aufgegeilt haben?

Mein Handy in der Hosentasche vibriert. Eine eingehende Textnachricht. Seufzend ziehe ich das Handy heraus und wische über das Display, erstarre aber, als ich Ellas Namen lese. Dann gebe ich mir einen Ruck und öffne das Chatfenster.

Ella: Wir sollten reden.

Ich blicke hoch auf den Bildschirm des Laptops. Auf dem Standbild ist Ella zu sehen, wie sie zerschunden und misshandelt auf einer dünnen, vergilbten Matratze liegt und schläft. Plötzlich habe ich die vergangenen Stunden wieder deutlich vor Augen. Nie wieder werde ich zulassen, dass Jacob ihr zu nahe kommt. Ich werde sie vor ihm beschützen. Ella ist zu der *einen* Frau für mich geworden. Ihre Nähe lässt mein Herz schneller schlagen. Ihre Berührungen erwecken in mir das Bedürfnis, mehr zu wollen. Der Club wird zu einem Meilenstein in meinem Leben, das zusammen mit Ella erst richtig beginnt.

»Lass uns alles einpacken. Ich muss hier raus.«

Zwei Stunden später parke ich vor Ellas Haus, Grey habe ich zu Hause abgesetzt. Die Fotos samt Laptop sind vorübergehend im Safe gebunkert, bis ich mir darüber im Klaren bin, wie es weitergeht.

Ich sehe zu Ellas Fenster hinauf. Die Wohnung liegt bis auf einen schwachen Schein im Schlafzimmer völlig im Dunkeln. Allmählich beruhigt sich mein Körper, das Adrenalin nimmt ab und das Zittern wird weniger.

Ich hole mein Handy heraus und rufe Ellas letzte Nachricht auf. Wir müssen wirklich reden. Über uns, über Jacob und wie es weitergehen soll.

Jax: Morgen Abendessen bei mir? Ich koche.

Ich hätte jetzt schreiben können, sie sofort sehen zu wollen, aber in Wahrheit fühle ich mich nicht bereit. Die Flashbacks und der Fund haben mir ordentlich zugesetzt und ich muss das alles erst einmal auf die Reihe bekommen.

Ella: Klingt nach einem Date. Verstößt das nicht gegen irgendeinen Bad-Boy-Kodex, oder so?

Ich lache auf.

Jax: Keine Ahnung, ich schreibe meine Regeln selbst. Was hältst du von Truthahn?

Ella: Ende August? Du bist wirklich ein Brecher der Allgemeinregel.

Drei Punkte erscheinen hinter ihrem Namen, bevor ich antworten kann.

Ella: Klingt großartig. Wann soll ich da sein?

Jax: Acht Uhr. Bis morgen.

Wie ein Vollidiot vor mich hingrinsend schiebe ich den Fahrersitz nach hinten und strecke meine Beine aus. Meine Wache hat begonnen.

Kapitel 6

Ella

Bepackt mit Apple-Pie und einer Flasche Weißwein steige ich vor dem Club aus dem Uber. Jax hat die Ereignisse des gestrigen Tages mit keinem Wort erwähnt, jetzt bin ich nicht sicher, wie er zu mir steht. Als ich gestern aus dem schrecklichen Albtraum hochgeschreckt bin, war er weg. Die darauffolgenden Stunden habe ich mir bis ins kleinste Detail ausgemalt, wie es wohl sein wird, wenn Jacob die Fotos veröffentlicht. Die Tränen meiner Mom, ihr Schuldbekenntnis, nicht erkannt zu haben, was zwischen Jacob und mir in Wirklichkeit geschehen ist. Und ja, die mitleidigen Blicke, die sie mir zuwerfen wird, wenn sie glaubt, ich bekäme es nicht mit. Das wäre das Schlimmste: Wenn Mom mich als Opfer sieht. Wenn sie mich fragt, warum ich mir das gefallen lassen habe, warum ich mich nicht eher von ihm getrennt habe. Die Wahrheit ist, dass ich mir das nicht einmal selbst beantworten kann. Gott, ich habe mich kurz nachdem er mich ohne ein weiteres Wort vor die Tür gesetzt hat, dabei erwischt, dass ich ihn vermisst habe. Als hätte er mich nicht in seinem Keller eingesperrt, mich nicht gefoltert und dabei gelacht. Bin ich vielleicht masochistisch? Stehe ich darauf, ohne es zu wissen? Keine Ahnung. Was ich jedenfalls weiß, ist, dass ich erleichtert war, als Jax auf meine Nachricht geantwortet hat. Er hat mich also nicht abgeschrieben. Was hoffentlich auch so bleibt, denn ich bin weiterhin fest entschlossen, ihn trotz allem zu hintergehen.

Die Tortenhaube in einer Hand balancierend, suche ich mit den Augen die Wand ab. Eine Klingel scheint es nicht zu geben, bloß zwei Überwachungskameras direkt über den Eingang. Das dumpfe Klimpern eines Schlüsselbundes ist zu hören, dann schwingt eine Seite der Tür auf und Jax steht vor mir. Sein Blick gleitet über mich, als müsse er sich versichern, dass es mir gut ginge.

»Hi«, flüstere ich, unsicher, wie sich der Abend entwickelt.

»Komm rein«, sagt er und nimmt mir Kuchen und Wein ab. Ich schlucke schwer bei dieser kühlen Begrüßung und folge ihm ins Innere des Clubs. Staunend bleibe ich stehen. Blaue Trainingsmatten liegen auf dem Boden verteilt und überall stehen Trainingsgeräte. Sechs Boxsäcke hängen an Ketten von der Decke, die auf längs durch die Halle führenden Schienen befestigt sind. So sieht die Halle also unter der Woche aus. Mein Blick bleibt an den Traktorreifen hängen, die an einer Wand lehnen.

»Was macht man damit?«, frage ich, um dem unausweichlichen Gespräch noch ein wenig zu entgehen.

»Wheel-Flip's, unter anderem.« Jax zeigt auf den Vorschlaghammer, der zwischen den Reifen lehnt. »Oder du bearbeitest sie mit dem Hammer.«

»Du meinst also, man kann sie anheben und vor sich herbewegen? Allein?« Skeptisch betrachte ich den ersten Reifen in der Reihe. Er ist beinahe so hoch wie ich. »Wie schwer sind die?«

»Zwischen zweihundertvierzig und tausend Pfund.«

Wow!

Jax tritt vor mich. Tiefe Schatten liegen unter seinen Augen und als ich den Blick senke, um seinem zu entgehen, bemerke ich seine aufgeplatzten Fingerknöchel. Hat er sich geprügelt? Oder hat er genauso verbissen trainiert, wie ich verbissen gebacken habe, um den Scheiß, der passiert ist, für kurze Zeit zu vergessen?

»Wir sollten nicht über Reifen sprechen, sondern über uns.« Er klemmt sich den Wein unter den Arm und hebt mit dem Zeigefinger mein Kinn an, zwingt mich so dazu, ihm in die Augen zu sehen. »Was Jacob auch immer von dir verlangt, tu es. Verrate mich. Soll er bekommen, was er will. Nur zweifle nie an uns. Wir halten zusammen, okay?«

Wenn ich schon dachte, in den letzten Tagen von Schuldgefühlen geplagt worden zu sein, weiß ich nicht, wie ich das nennen soll, was ich jetzt empfinde. Ein solch heftiger Schmerz trifft mich in die Brust, dass ich scharf die Luft einziehe. Plötzlich wird mir klar, was ich fühle: tobende Schuld. Sie frisst sich von meinem Herzen ausgehend durch meinen Körper und lässt mich schwindeln.

»Es tut weh, Jax«, flüstere ich und presse eine Hand auf meine Brust. »Allein die Vorstellung, dich zu hintergehen, tut weh.«

Er lächelt, warm und so offen, dass mir die Tränen kommen. »Der Schmerz macht dich stärker.«

»Wieso fühlt es sich dann nicht so an?«

»Das wird es, bis dahin musst du durchhalten.« Zärtlich wischt er mit dem Daumen eine Träne von meiner Wange.

Ich will ihm glauben, so, so sehr, aber es fällt mir schwer. Es ist, als hätte mich Jacob jeglicher Energie beraubt. »Ich will wenigstens, dass du weißt, warum ich es tue.« Das bin ich ihm schuldig. Er erwidert nichts, wartet lediglich darauf, dass ich weiterspreche. »Ich mache es für Mom und für Maddy. Aber auch für mich. Jacob hat mich gerne gequält. Es hat ihn erregt, mich zu verletzen.

Das …« Ich räuspere mich. »Das hat er dann bildlich festgehalten. Und diese Fotos will er veröffentlichen, wenn ich ihm nicht das liefere, was er haben will.« Der Gedanke an diese Fotos, an die Demütigung und meine Hilflosigkeit, schnüren mir die Kehle zu. »Ich schäme mich, Jax. Ich schäme mich dafür, nicht nein gesagt zu haben. Ich schäme mich dafür, mich nicht durchgesetzt zu haben. Und …« Ich nehme seine Hand von meiner Wange, weil ich das Gefühl habe, seine Berührung nicht zu verdienen. »Ich habe Angst vor deiner Reaktion, solltest du die Fotos jemals zu Gesicht bekommen. Du würdest mich mit anderen Augen sehen.«

Er ballt die Hand zur Faust, als müsse er den Impuls unterdrücken, sie nach mir auszustrecken. »Ich würde dich nie anders sehen. Niemals.«

Er sagt die Wahrheit, ich weiß, er sagt die Wahrheit und dennoch kann ich nicht darauf vertrauen. Ihn zu verlieren, wenn ihm klar wird, wie verabscheuungswürdig ich bin, würde mich zerstören. »Das kannst du nicht wissen.«

Coco kommt schwanzwedelnd die Treppe hinuntergelaufen. Jax schaut über seine Schulter.

»Sagte ich nicht, du sollst oben warten?«, grummelt er und ich atme erleichtert auf. Coco ist eine willkommene Ablenkung.

»Hey, Coco.« Sich im Kreis drehend und hechelnd begrüßt er mich. Ich kraule ihn hinter den Ohren und werde dafür mit seiner schlabbernden Zunge entlohnt.

»Reden wir oben weiter. Ich muss nach dem Truthahn sehen.« Jax geht voran und ich folge ihm. Coco scheint es eilig zu haben, denn er läuft voraus und bellt uns von der obersten Stufe aus an. Wir sind ihm wohl nicht schnell genug. Auf der Galerie springt er vergnügt zwischen uns hin und her. Seine unbändige Freude, die er dabei versprüht, ist ansteckend und ein klein wenig lässt meine Anspannung nach. Zwar muss ich noch unbedingt mit ihm über Jacob sprechen, aber zumindest die

Fronten zwischen uns sind erst einmal geklärt. Irgendwie kann ich es nicht fassen, dass Jax mir angeboten hat, ihn zu verraten.

Im Wohnzimmer riecht es herrlich nach Essen. Wie zu Thanksgiving zu Hause bei Mom. Mhmm, Truthahn, Füllung und Kartoffeln. Mit knurrendem Magen betrete ich die Küche. Coco lässt sich in sein XXL-Körbchen aus Plastik fallen und schnappt sich seinen zerkauten Fußball, während ich mich staunend umsehe. Die Küche ist komplett aus Chrom und schwarzem Marmor. Eine lange Frühstückstheke mit einigen Barhockern aus schwarzem Leder bilden das Herzstück. Alle Einbaugeräte befinden sich auf Augenhöhe und Pfannen hängen von einer passenden Leiste über der Theke herunter.

Ich mache es mir auf einem der Hocker gemütlich, während Jax den Kuchen und den Wein abstellt und in Ofenhandschuhe schlüpft. »Du kochst also wirklich«, stelle ich bemüht unbeschwert fest.

»Ja. Das Kochen ist mein Ausgleich zum Kämpfen. Neben dem Trainieren ist es das Einzige, was mich runterholt. Es entspannt mich.« Er holt eine Auflaufform aus dem Ofen und beginnt konzentriert, den Truthahn zu zerteilen.

Mir läuft das Wasser im Mund zusammen, hin und her gerissen, wer köstlicher aussieht – der Mann oder der Vogel. Ich seufze. Eindeutig unentschieden. »Bei mir ist es das Backen. Dabei gibt es keine bösen Überraschungen, nichts, was ich nicht kontrollieren kann. Verstehst du, was ich meine?«

»Ja, das tue ich«, erwidert er und lacht bitter auf. »Deshalb gibt es zwei Dinge, die ich mit dir besprechen muss.«

Ich runzle die Stirn. »Die da wären?«

»Zuerst einmal: Hast du schon mit Maddy gesprochen?«

Seine Frage wirbelt einiges in mir auf. Ich kann mich nicht an alles erinnern, nachdem Jacob die Bäckerei verlassen hat, aber das Gefühl, Jacob hätte sie entführt, hat sich tief in mich gegraben. »Nein. Ich will persönlich mit ihr reden. Sie soll sich keine Sorgen machen, solange sie auf Geschäftsreise ist.«

»Ich verstehe.« Bedächtig legt er das Messer beiseite. »Ich habe mit Grey gesprochen. Wir sind beide der Meinung, dass es das Beste wäre, wenn ihr für eine Zeit in den Club zieht. Es gibt eine Gästewohnung mit allem drum und dran.«

Kurz fehlen mir die Worte. Wir sollen bei ihm einziehen? »Ich … ich weiß nicht, was ich sagen soll.«

»Denkt darüber nach. Hier seid ihr in Sicherheit.«

Sicherheit. Werde ich jemals in Sicherheit sein, solange Jacob dort draußen ist?

»Ich rede mit ihr«, sage ich, weil Jax recht hat. Ich fühle mich trotz der zusätzlich angebrachten Schlösser an meiner Wohnungstür nicht sicher. Vor allem jetzt, wo ich weiß, dass Jacob mich nicht vergessen hat. »Und der zweite Punkt?«

»Ich werde dir meinen fähigsten Mann zur Seite stellen. Er passt auf dich auf, wenn ich gerade keine Zeit habe.«

Wärme breitet sich in meiner Brust aus. Jax will mich wohl auf jede erdenkliche Art beschützen. »Okay«, stimme ich zu und Jax' Augen weiten sich überrascht. »Was? Hast du mit Gegenwehr gerechnet?«

Er nickt langsam.

Ich klettere von dem Hocker, umrunde die Frühstückstheke und bleibe vor ihm stehen. »Ich weiß, wann es nötig ist, in Luftpolsterfolie gewickelt zu werden«, sage ich und schlinge meine Arme um seine Mitte. Sein Duft und seine Wärme hüllen mich augenblicklich ein. »Danke, dass du mich beschützt.«

Er legt die Arme um mich und drückt mich an sich. »Als ich den Anruf bekommen habe, dass Jacob bei dir in der Bäckerei ist …« Er ringt sichtlich um Fassung. »Wenn er dir etwas angetan hätte, dann … dann …«

Obwohl ich ihn nicht loslassen will, tue ich es, um ihn ansehen zu können. »Anruf? Welcher Anruf?«

»Ich lasse Jacob seit Samstag beschatten.«

»Du lässt ihn beschatten?«, frage ich verwirrt, stutze dann aber. »Nein, weißt du was? Zuerst erzählst du mir, woher du ihn kennst.«

Jax' Adamsapfel hüpft, als er schwer schluckt. »Das ist eine längere Geschichte. Wir sollten zuerst essen.«

Nach dem Essen, bei dem wir uns auf Smalltalk beschränkt haben, lassen wir uns auf der Couch im Wohnzimmer nieder. Ich mit einem Glas Weißwein, Jax mit einem Whisky. Coco lässt sich vor meinen Füßen auf den Boden plumpsen und legt seinen Kopf auf meinen Oberschenkel. Der Truthahn, den ich nicht richtig genießen konnte, liegt mir in Aussicht auf das kommende Gespräch schwer im Magen.

»Also?«, frage ich.

Jax schweigt eine Zeit lang, schwenkt bloß das Glas in seiner Hand. »Jacob ist seit Jahren Stammkunde im Club«, offenbart er mir dann.

Ich runzle die Stirn und versuche, seine Worte irgendwie einzuordnen. »Stammkunde? Seit Jahren? Ich verstehe nicht.«

»Er ist Stammkunde bei den Fight-Nights. Er wettet.«

»Er wettet?«, frage ich entsetzt. »Nein, das kann nicht sein. Jacob hält nichts von Glücksspiel.«

Jax sieht von seinem Glas auf. Die Betroffenheit in seinen Augen spricht Bände. »Doch, tut mir leid.«

»Seit wann genau?« In meinem Kopf beginnt sich ein Karussell zu drehen.

»Ich müsste nachsehen, aber ungefähr seit zwei Jahren.«

Das kann nicht sein.

Außer …

»Zu der Zeit hat er begonnen sich zu verändern. Er wurde immer gewalttätiger.«

»Gut möglich, dass er seinen Frust an dir ausgelassen

hat. Kurz nachdem er bei uns aufgekreuzt ist, hat er seinen Job verloren.«

Er hat *was*? Er war doch so erfolgreich in seinem Job als Manager in dieser Cyber-Security Firma. Er hat seinen Job geliebt. In mir kommt alles zum Stillstand.

Er hat mich all die Jahre belogen!

»Alles klar bei dir, Ella?« Jax nimmt mir das Glas aus der Hand und hebt mein Kinn an. »Du bist ganz blass.«

Meine Zeit mit ihm war eine einzige Lüge. Er hat mich nie geliebt, wie er es mir anfangs hat weismachen wollen. Er war die halbe Zeit unserer Beziehung arbeitslos. Er hat unser Leben mit Wettgeldern finanziert. Das Haus. Das Auto.

O Gott! Was war noch gelogen?

»Ella, bitte sag was. Du machst mir langsam Angst«, dringt Jax' Stimme in mein Bewusstsein.

Ich blinzle und konzentriere mich auf ihn. »Entschuldige. Aber das zu hören ist …« … schwer, unfassbar, verdammt beschissen. Ich greife nach dem Glas und genehmige mir einen großen Schluck. »Wie passt jetzt alles zusammen?«

»Dafür müsste ich weiter ausholen.«

»Ich bin ganz Ohr.« Wieder trinke ich einen Schluck.

Jax kratzt sich am Hinterkopf, scheint zu überlegen, wo er anfangen soll, dann räuspert er sich. »An dem Tag, als wir uns kennengelernt haben, hat er es geschafft, einen der Kämpfer zu bestechen. Er schuldet uns seit Monaten Geld. Ich hatte die Schnauze voll und habe ihm einen Besuch abgestattet. In seinem Haus fand ich ein Foto von dir.«

Mir wird kalt. »Foto? Welches Foto?«

»Es war ein Schnappschuss von dir auf der Straße. Es hing mitten im Flur an einer Pinnwand.«

Ich springe auf, sodass Coco ordentlich erschrickt. »Heißt das, du weißt schon länger, dass ich seine Exfreundin bin?«

Jax steht auf. »Ja.«

»Seit wann?«, frage ich und habe gleichzeitig Angst vor der Antwort.

»Letzten Montag.«

»Seit sieben Tagen? Du weißt es seit sieben Tagen?«, frage ich und werde dabei immer lauter. Ich fasse es nicht. All die Andeutungen und die Gespräche. Ich könnte kotzen.

»Ich habe es geahnt, sicher war ich mir erst nach dem wir uns im *Twinkys* getroffen haben. Maddy hat es mir bestätigt.«

»Maddy!« Wie konnte sie nur!

»Sie hat es unwissentlich getan«, erwidert er und hebt beschwichtigend die Hände. »Ich habe bloß die richtigen Fragen gestellt.«

Angewidert wende ich mich von ihm ab. Ich kann ihm nicht in die Augen sehen. »Du hast mich belogen. Ich habe mich dir anvertraut und du hast es die ganze Zeit gewusst und nichts gesagt.« Wie konnte er mir das antun?

»Ich habe dich nicht belogen. Ich habe es verschwiegen.«

»Warum?!«, schreie ich und wirble zu ihm herum. Tränen treten mir in die Augen, die ich wütend wegwische. Ich will nicht vor ihm weinen, nicht jetzt!

»Weil ich mir nicht sicher war, ob du mit ihm unter einer Decke steckst.«

Getroffen stolpere ich nach hinten. »Was?«

Mit zwei Schritten überwindet er die Distanz zwischen uns und fasst mich an den Handgelenken. »Es waren nicht einmal vierundzwanzig Stunden und die ganze Zeit habe ich gehofft, dass ich mich irre.«

»Lass. Mich. Los«, zische ich.

Als hätte er sich an mir verbrannt, zieht er seine Hände zurück. »Es tut mir leid, okay? Ich habe mich geirrt und es tut mir leid.«

Immer mehr Tränen laufen mir über die Wangen. »Wie konntest du das nur für eine Sekunde denken?«

»Weil ich Jacob kenne – sehr gut kenne. Er nutzt die Schwächen anderer Menschen aus und verwendet sie gegen einen. Du weißt, wovon ich spreche, sonst wärst du nicht hier, oder?«

Scheiße! Jacob hat es tatsächlich geschafft, einen Keil zwischen uns zu treiben.

Einmal mehr wünsche ich ihn in die Hölle.

»Du hast recht«, sage ich und schlinge die Arme um meinen Oberkörper. »Wir sollten uns nicht streiten.«

Jax nähert sich langsam und streckt seine Hände nach mir aus. Mit neuer Entschlossenheit lege ich meine in seine. »Ich hätte dir von meiner Vermutung früher erzählen sollen. Ich wollte es. So oft war ich kurz davor, aber ich konnte nicht.« Er verflicht unsere Finger und betrachtet sie. »Weil ich vor deiner Reaktion Angst hatte.«

»Mach das nie wieder, Jax. Keine Geheimnisse, wenn ich dir weiterhin vertrauen soll.«

»Keine Geheimnisse mehr, nie wieder«, wiederholt er und nimmt mich in den Arm. Ich schmiege mich an ihn. Das hier ist viel besser als streiten. Viel, viel besser.

»Ich habe heute Nacht darüber nachgedacht. Jacob hat alles eingefädelt«, sage ich, meine Wange an seine Brust gebettet. »Maddy hat einen Tipp von einer Arbeitskollegin bekommen. Nur deshalb sind wir auf deinen Club gestoßen. Jacob hat es Flynn gesteckt.« Ich seufze. »Er muss sie lange bearbeitet haben, um sie dazu zu bekommen, es Maddy zu erzählen.«

»Fuck!«, stößt Jax aus. »Die Autopanne war auch kein Zufall. Ich habe einen Bericht auf meinem Schreibtisch liegen, der das beweist.«

»Das mit der Panne habe ich auch mitbekommen.« Ich schaue zu Jax auf. »Er hat das alles von langer Hand geplant.«

»Das denke ich auch. Die Bestechung, das Foto, dein Besuch im Club. Er wusste, dass ich bei einer schönen Frau wie dir nicht nein sagen kann.«

Ich stelle mich auf die Zehenspitzen und drücke einen Kuss auf seinen mahlenden Kiefer. Er ist sauer, das kann ich gut nachvollziehen. Ich bin es schon gewohnt, von Jacob manipuliert zu werden. »Aber nicht alles konnte er kontrollieren. Die Idee mit der Sexbeziehung war meine. Ich wollte dich, Jax. Wenn ich ehrlich zu mir selbst bin, von Anfang an.«

Seine angespannten Schultern lockern sich. Er beugt sich vor und seine Lippen legen sich auf die Kuhle unterhalb meines Ohrs. »Bleib heute Nacht bei mir. Wir können einen Film ansehen und Jacob einfach für ein paar Stunden vergessen.«

Die Idee gefällt mir. »Gibt es Popcorn?«

»Klar«, raunt er und sein Bartschatten kitzelt mich. »Du suchst den Film aus.«

»Ich muss aber früh los, meine Schicht beginnt um sieben.« Ich neige meinen Kopf, um ihm den Zugang zu meinem Hals zu erleichtern. »Ach und danke, dass du dafür gesorgt hast, dass sich jemand um die Bäckerei gekümmert hat, bis Cody eingetroffen ist.«

Seine Zunge gleitet mein Schlüsselbein entlang. Ich bekomme eine Gänsehaut. »Nicht jemand. Trevor, der dich in Zukunft nicht mehr aus den Augen lassen wird. Du hast mit Cody also schon telefoniert?«

»Ja«, antworte ich einsilbig, abgelenkt von seinen Lippen auf meiner Haut.

»Was hast du ihm erzählt?«

»Ich bin nicht ins Detail gegangen. Bloß, dass Jacob in der Bäckerei war und ich daraufhin eine Panikattacke hatte.«

»Er weiß von dir und Jacob?«, fragt er, wobei er nicht von mir ablässt.

»Nicht alles. Aber ja, ich habe Jacob kennengelernt, kurz nachdem ich für ihn zu arbeiten begonnen habe. Er hat wohl oder übel einiges mitbekommen. Zumindest bis ich gekündigt habe.«

Jax zieht seinen Kopf zurück und blickt fragend auf mich hinab. »Du hast gekündigt?«

Ganz toll, die gelöste Stimmung ist ruiniert. Seufzend löse ich mich von ihm. »Jacob wollte es so.«

»Jacob wollte es so«, wiederholt Jax und in seinen Augen zieht ein Sturm auf. Ich strecke die Hand aus und streiche über die tiefe Falte zwischen seinen Augenbrauen, in dem Versuch, sie zu vertreiben.

»Lass es gut sein.«

Er nimmt meine Hand von seinem Gesicht und schüttelt vehement den Kopf. »Das kann ich nicht. In meiner Welt wird Gleiches mit Gleichem vergolten.«

»Du willst also Vergeltung?« Bei dem Wort läuft es mir eiskalt den Rücken hinunter. Was hat er vor?

»Ja.«

»Jacob ist aber mein Problem. Ich allein muss mit ihm fertig werden.«

»Ganz falsch.« Jax legt eine Hand auf meine Wange und streicht mit dem Daumen über meinen Wangenknochen. Die zärtliche Geste ist dermaßen widersprüchlich zu seinen bedrohlich leisen Worten, dass ich unwillkürlich die Luft anhalte. »Er hat Hand an meine Frau gelegt. Du gehörst jetzt zu mir, Ella. Ob es dir passt oder nicht, die Vergeltung werden wir uns teilen müssen.«

JAX

Die Zeit, in der ich mit Coco eine Runde um den Block gedreht habe, hat nicht gereicht, um mich abzureagieren. Jacob kann froh sein, dass ich den Abend lieber mit Ella verbringen will, sonst wäre heute Nacht noch verdammt viel Blut geflossen. Ich verharre im Durchgang zum Wohnzimmer und betrachte Ella, wie sie, die Stirn in Falten gelegt, die Fernbedienung ergründet.

Ich habe es schon wieder getan – ich verschweige ihr etwas. Aber wie könnte ich ihr auch gestehen, dass ich die Fotos habe, nach dem, was sie mir anvertraut hat. Sie ist voller Scham und hat regelrecht Panik, ich könne sie anders sehen. In dem Punkt bin ich bei der Wahrheit geblieben: Ich würde sie nie mit anderen Augen sehen. Sie ist so verdammt mutig. So verdammt stark. Eine Kämpferin. Coco läuft vor und begrüßt sie schwanzwedelnd, was mich aus meinen Gedanken reißt.

»Hey ihr zwei, schon zurück?« Sie streichelt Coco über den Kopf, der sie auffordernd mit der Schnauze anstupst und sich vor der Couch auf den Boden nieder lässt.

Ich hänge Cocos Leine an den Haken an der Wand und gehe zu ihr hinüber. »Wir wollten dich nicht lange alleine lassen«, sage ich, beuge mich über die Rückenlehne der Couch und drücke ihr einen Kuss auf den Scheitel. »Ich mache uns gleich Popcorn. Gib mir eine Minute.« Eilig verschwinde ich im Schlafzimmer und raufe mir die Haare. Ich bin ein gottverdammtes Arschloch! Meine Faust erhoben, bin ich drauf und dran ein Loch in die Schranktür zu schlagen, als ich in letzter Sekunde abbremse. Keine gute Idee, wenn Ella nebenan ist.

»Scheiß drauf«, murmle ich, reiße die Schranktür auf und tausche meine Klamotten gegen ein einfaches schwarzes Shirt und Trainingsshorts. »Besser ein Arschloch zu sein, als Schuld daran zu haben, dass sie sich schämt.«

Sie wird mir nie wieder vertrauen, sollte sie es herausfinden.

Auch das nehme ich in Kauf. Notfalls werde ich alles in meiner Macht Stehende tun, um das Vertrauen wieder aufzubauen.

Was ist, wenn sie mich verlässt?

Langsam geht mir die nervige Stimme in meinem Kopf auf den Sack. Ella wird mich nicht verlassen, denn tief in ihrem Inneren wird sie verstehen, dass ich es ihr verschweige, um sie zu beschützen. Hoffe ich zumindest. Ich schiebe meinen aufkommenden Selbsthass beiseite und nehme mir stattdessen vor, ihre schlechten Erinnerungen durch neue, schöne zu ersetzen. Und wer weiß, vielleicht gelingt es mir, die eine oder andere verschorfte Narbe auf ihrer Seele zu heilen.

Keine fünf Minuten später liege ich mit einer Schüssel Popcorn auf dem Sofa und warte auf Ella, die sich ins Schlafzimmer zurückgezogen hat, um sich umzuziehen.

Ich greife nach der Fernbedienung und sehe sie im Augenwinkel näher kommen. In meinem Shirt bleibt sie vor mir stehen, ihr Haar ist zu einem dicken Zopf geflochten, was den Schwung ihres Halses betont. Sie ist verdammt heiß. Ich räuspere mich, stelle die Schüssel auf den Tisch und mache ihr Platz. Sie legt sich neben mich auf den Bauch, ihre nackten Beine verschränkt sie in der Luft.

»Erklärst du mir, wie dieses Ding funktioniert?« Sie entwendet mir die Fernbedienung und wackelt damit vor meiner Nase herum.

Gespielt genervt verdrehe ich die Augen, erkläre ihr aber das kleine technische Highlight, mit dem man jede elektronische Einheit in der Wohnung kontrollieren kann.

»Wieso hast du keine normale Fernbedienung, wie jeder andere auch?« Konzentriert zappt sie durch die Apps des Fernsehers.

»Weil es sonst weniger Spaß machen würde.« Meine Hand schlüpft unter den Saum des Shirts und ich male kleine Kreise auf ihren Rücken.

»Wie wäre es mit *Fight-Club?* Wäre doch passend.«

»Mhm …«, mache ich abgelenkt von ihrer entblößten Schulter.

Sie startet den Film, rollt sich auf den Rücken und schwingt ihre Beine über meine Oberschenkel.

Ich lasse die Hand tiefer gleiten und streichle über die Außenseite ihres Oberschenkels.

Sie greift nach meiner Hand, um sie an die Innenseite zu führen. Ich spüre ihre Narben ganz deutlich unter meinen Fingerspitzen.

»Du darfst sie gerne berühren.« Sie dreht den Kopf und lächelt mich schüchtern an.

Der Selbsthass kommt wieder auf und peitscht plötzlich wie Säure durch meine Adern. Ich lehne mich vor und küsse sie voller Inbrunst, während ich krampfhaft versuche, mich wieder einzukriegen. Aber natürlich merkt sie, dass irgendetwas nicht stimmt. Sie drückt mich an der Schulter von sich.

»Was ist los?«

»Nichts, gar nichts«, lüge ich.

Skeptisch zieht sie die Augenbrauen zusammen. »Geht es um den Streit?«

»Deine Worte … Nein, du überwältigst mich immer wieder«, sage ich diesmal ehrlich.

Ein triumphierendes Lächeln umspielt ihre Lippen.

»Sag nicht, ich bin dazu in der Lage, dich auf die Bretter zu schicken?«

»Das bist du auf jeden Fall.« Spielerisch lasse ich meine Finger über ihren Körper tanzen. Sie kichert und windet sich, als ich bei ihren Hüftknochen vorbeikomme. Der süße Klang reicht, um mich wieder runterkommen zu lassen. »Bist du kitzelig?«, frage ich rein rhetorisch – natürlich – und streiche abermals über ihren Hüftknochen. Sie schlägt meine Hand weg.

»Ja. Und jetzt lass das.«

»Spielverderberin«, murre ich, lehne mich über sie und greife in die Popcornschüssel. »Mund auf.«

Bereitwillig öffnet sie den Mund und ich lasse schmunzelnd mehrere Popcorn in ihren Mund fallen, bis sie ihn kaum noch zubekommt. Sie kaut und verdreht genießerisch die Augen. »Ich liebe Popcorn«, verkündet sie, als sie hinuntergeschluckt hat.

Der Film plätschert dahin, während ich sie füttere. Als Brad Pitt gerade die Regeln des Fight-Clubs erklärt, nuschelt sie mit vollem Mund: »Gibt es im Käfig auch Regeln?«

»Ein paar.«

»Welche?«, fragt sie neugierig.

»Niemand wird getötet.«

Sie schnaubt abfällig. »Eine sehr weise Regel.«

»Finde ich auch, sonst müsste ich jeden Freitag Leichenversenken spielen.« Ich schmunzle, meine es aber todernst. Das wäre wirklich ärgerlich.

»Haha. Welche noch?«

»Nicht in die Augen stechen, keine gezielten Treffer in die Weichteile und wenn man noch in der Lage dazu ist, darf man abklopfen. Damit ist der Kampf sofort vorbei.«

»Sonst ist alles erlaubt?«

Ich nicke und sie schielt zum Fernseher hinüber, wo zwei Männer sich gehörig die Fresse polieren. »Ich verstehe immer noch nicht, warum man sich freiwillig verprügeln lässt.«

»Es geht um den Kick, Ella, wenn dir das Adrenalin nur so durch deinen Körper rast. Es ist das beste Gefühl der Welt.«

»Aber tut das denn nicht furchtbar weh?«, fragt sie und verzieht das Gesicht. »Ich meine, es schmerzt ja schon, wenn man sich den Zeh anstößt. Ich möchte mir gar nicht ausmalen, wie sich so ein gewaltiger Schlag anfühlt.« Sie sagt das so, als hätte sie noch nie mit dieser Art von Gewalt Bekanntschaft gemacht.

»Glaube mir, in diesem Moment spürst du keinen Schmerz. Du bist fokussiert und so high von dem Rausch, dass du gar keine Zeit zum Nachdenken hast«, erkläre ich ihr und halte ihr ein Popcorn an die Lippen.

»Hm …«, brummt sie leise und umschließt es mit ihren Lippen. Meine Augen kleben an der Szene und mein Schwanz wird hart, als ich ihre Zunge an meinen Fingerspitzen spüre.

»Der Schmerz kommt erst nach dem Kampf, wenn das Adrenalin und die Endorphine nachlassen.« Ich lehne mich vor und lecke das Salz von ihren Lippen. Sie seufzt und ich ziehe sie auf mich, sodass sie rittlings auf mir sitzt. Ihre Hüften beginnen sich zu wiegen, ihre Hände verschränken sich in meinem Nacken. Ich presse sie fester an mich und genieße die Reibung ihrer Pussy auf meinem Schwanz.

»Ein … ein Punkt auf meiner Liste …«, kommt es ihr abgehackt über die Lippen. »… ist genau diese Stellung.«

»Zeig mir die Liste. Aber zuerst …« Ich greife nach dem Saum des Shirts und ziehe es ihr über den Kopf. »… will ich dir neue Erinnerungen schenken.«

»O Jax«, flüstert sie und küsst mich stürmisch. Zwischen zwei Küssen ziehe ich mir selbst das Shirt aus und dann spüre ich sie – Haut an Haut.

Mein Verlangen nach ihr nimmt überhand und ich zerreiße ihr spitzenbesetztes Höschen. Überrascht quietscht sie auf.

»Das war im Weg«, keuche ich und ziehe das Stück Stoff unter ihr hervor.

»Du Höschenzerstörer«, neckt sie mich und leckt über meine Unterlippe. Ich spüre, wie sie schmunzelt und muss selbst lachen.

»Bei dir mutiere ich zum Höhlenmenschen.«

»Damit kann ich leben.« Sie greift in meine Hose und holt meinen Schwanz heraus.

»Wir brauchen ein Kondom.«

»Kein Kondom.« Ihre Hand fährt meine Länge entlang. »Ich will dich, ohne dass etwas zwischen uns ist.«

»Bist du dir sicher?«, frage ich und meine Finger graben sich in das nackte Fleisch ihres Hinterns.

»Ja. Ich trage eine Kupferspirale. Jaco…« Sie bricht ab und ihre Hand hält inne.

»Hey, hör auf zu denken«, beeile ich mich zu sagen, weil das hier und jetzt keinen Platz hat. »Ich will es genauso. Mit dir.«

»Okay«, flüstert sie und ihre Hand beginnt wieder auf und ab zu gleiten. Wenn sie so weitermacht, komme ich, bevor ich überhaupt in ihr bin.

»Ich lasse mich regelmäßig testen. Immerhin bekomme ich genügend fremdes Blut ab«, lasse ich sie wissen.

»Ich habe mich auch testen lassen, nachdem …« Der Rest des Satzes geht in ein Stöhnen über, weil ich sie angehoben und sie auf meinen Schwanz habe sinken lassen. Ihr Kopf legt sich in den Nacken und sie stützt sich auf meine Oberschenkel ab.

»Lass dich fallen«, ermutige ich sie und unterstütze sie beim Wiegen ihrer Hüften. Das Wohnzimmer ist, abgesehen von dem indirekten Licht einer Stehlampe, dunkel und das Flackern des Fernsehers wirft Schatten auf ihren Körper. Meine Eier ziehen sich bei ihrem Anblick zusammen. Ihre festen Brüste wippen jedes Mal, wenn sie auf mich sinkt. Ich fahre mit einer Hand ihr Brustbein entlang und nehme ihre rechte Brustwarze zwischen Daumen und Zeigefinger. Sie reagiert mit einem Seufzen, als ich sachte zudrücke. Ihre Bewegungen werden unkontrolliert, ihre Schenkel beginnen zu zittern. Ich packe sie an den Hüften und stoße von unten in sie, immer und immer wieder, bis sich ihre inneren Muskeln eng um mich legen und ihr Körper sich aufbäumt. Ich presse meinen Daumen gegen ihr geschwollenes Knötchen und verlängere damit ihren Orgasmus. Stöhnend und keuchend windet sie sich auf mir. Das Gefühl ihrer zuckenden Muskeln reicht, um ihr über die Klippe zu folgen. Ein Prickeln läuft über mein Rückgrat, während ich meinen Samen in sie pumpe. Ihr Körper macht schlapp und ich ziehe sie hoch. Sie sinkt gegen mich und bettet ihren Kopf an meine Schulter, ihr Atem streicht abgehackt über mein Schlüsselbein. Meine Finger verlieren sich in ihrem Haar und ich spiele mit einer Strähne, die sich aus ihrem Zopf gelöst hat.

»Es hat geklappt«, stelle ich zufrieden fest und bin wahnsinnig stolz auf sie.

Sie setzt sich auf, ihre Wangen sind gerötet und ihre Augen strahlen. »Sieht ganz so aus, ja.« Sie stiehlt sich einen Kuss. »Ich muss kurz ins Bad und hole die Liste.« Sie gleitet von mir hinunter und schnappt sich im Vorbeigehen ihr Schlafshirt. Ich schaue ihr nach, wie sie ins Schlafzimmer geht, gespannt darauf, welche Punkte noch auf der Liste stehen.

Ich ziehe mich gerade an, als sie mit einem Blatt Papier zurückkommt. Sie setzt sich neben mich, ihre Arme in den Schoß gebettet, den Blick auf das Papier gerichtet. Mit den Fingern streicht sie die Kanten glatt.

»Mir ist klar geworden, dass ich nie wieder die Ella sein werde, die ich war, aber ich bin bereit, mich neu zu entdecken.« Sie sieht auf, ihre Miene drückt Entschlossenheit aus, aber auch Verletzlichkeit. Etwas in meiner Brust verkrampft sich und ich schlucke hart. Ihre Finger zittern leicht, als sie mir das gefaltete Papier hinhält.

Ich nehme es, mein Blick fest auf ihr Gesicht gerichtet und sage demütig: »Danke, dass ich dir dabei helfen darf.«

Ein schüchternes Lächeln huscht über ihre Lippen. »Ich würde mir keinen anderen Mann dafür wünschen. Aber jetzt lies endlich.«

Ich entfalte das Blatt und lese.

1. Ein Kuss im Regen

2. Sex in der Dusche

3. Händchenhaltend durch den McCarren Park spazieren

4. Auf Jax reiten (O Mann, klingt das doof)

»Mehr ist es noch nicht«, vernehme ich leise ihre Stimme.

Ich falte die Liste wieder zusammen und strecke sie ihr hin. »Schreib alles auf. Deine tiefsten Sehnsüchte, deine wildesten Fantasien. Halte dich nicht zurück, dir braucht nichts peinlich zu sein.«

Sie nimmt die Liste wieder an sich, birgt sie in ihren Händen wie einen Schatz. »Ernsthaft?« Ihre Frage ist so voller Hoffnung, dass es mir einen Stich in der Brust versetzt.

»Ja. Was immer du möchtest, ich bin dabei.« Kaum habe ich diese Worte ausgesprochen, fällt sie mir um den Hals. Ich ziehe sie an mich und vergrabe meine Nase in ihrem weichen, nach Waldbeeren duftenden Haar.

»Danke, Jax.«

Bevor wir es uns wieder gemütlich machen, hole ich einen Stift aus meinem Büro und lege ihn gleich neben die Liste auf den Tisch. Nur für den Fall. Sie lächelt, während sie mir dabei zusieht und rückt zur Seite, damit ich mich neben sie legen kann. Ich breite eine Decke über uns aus und ziehe Ella eng an mich. Die restliche Nacht über verschwende ich keinen einzigen Gedanken mehr an Jacob und auch bei Ella schafft er es nicht, sich in ihre Träume zu stehlen.

Ella

In weiche Laken gehüllt wache ich auf und finde mich in Jax' Bett wieder. Gähnend setze ich mich auf und sehe mich um. Bodenlange, dunkle Vorhänge verdecken das Panoramafenster, doch die Nachttischlampe spendet genügend Licht, um mich nicht in Panik verfallen zu lassen. Ob Jax sie eingeschaltet hat? Aber woher weiß er, dass ich Angst vor der Dunkelheit habe? Hat Maddy ihm davon erzählt?

Ich greife nach meinem Handy auf dem Nachttisch und checke die Uhrzeit. Halb sechs, genügend Zeit also, bevor meine Schicht beginnt. Ich gönne mir noch einen Moment und sinke wieder in das weiche Kissen. Jax' Duft haftet daran. Tief atme ich ein. Alles riecht nach ihm, das Laken, die Luft – *ich.* Kleine Schmetterlinge tanzen in meinem Bauch und plötzlich vermisse ich ihn.

Ich schwinge meine Beine über die Bettkante und strecke meine müden Glieder. Im Badezimmer greife ich nach dem Kulturbeutel, den ich hier deponiert habe, putze mir die Zähne und wasche mir das Gesicht. Um meine Haare kümmere ich mich erst mal nicht, sondern begebe mich gleich auf die Suche nach Jax.

Im Wohnzimmer und auch in der Küche fehlt jede Spur von ihm. Ich gehe weiter, durch den Durchgang und auf die Galerie, spähe über das Geländer in die Halle. Durch die trüben Fenster in der Decke fällt kaum Licht, doch hinter der Bar mache ich einen Schemen aus. Coco liegt zusammengerollt auf einer Decke und schläft, sein verhaltenes Schnarchen dringt zu mir herauf. Auf Zehenspitzen schleiche ich weiter, um den Hund nicht zu wecken, bis ich bei einem Flur mit vier Türen angekommen bin. Vor der ersten Tür zu meiner Linken bleibe ich stehen. Befindet sich dahinter Jax' Büro? Ist der Safe dort drinnen? Wie soll ich den Code überhaupt herausfinden? Jax wird sich kaum über die Schulter schauen lassen, wenn er ihn eingibt. Wie erstarrt stehe ich da, während mein Gehirn eine Frage nach der anderen abfeuert. Ich will Jax nicht hintergehen. Wenn Maddy dem Umzug in die Gästewohnung zustimmt, sind wir in Sicherheit. Jax würde nicht zulassen, dass Jacob an uns rankommt. Ich könnte Jax einfach nach dem Code fragen. Aber was ist, wenn Jacob herausfindet, dass ich mich nicht an seine Anweisungen gehalten habe? Er könnte Maddy auf dem Weg zur Arbeit abpassen. Im Gegensatz zu mir wird sie keinen Bodyguard zur Verfügung haben. Ich schaudere.

Nein, das Risiko ist zu groß.

Mit einer Last auf der Schulter, die mich beinahe erdrückt, strecke ich schicksalsergeben die Hand nach der Klinke aus und drücke sie hinunter. Nichts tut sich. Erleichtert atme ich auf, die Tür ist abgeschlossen. Das ist gut, oder? Das heißt, ich kann ihn gar nicht hintergehen und muss mich nicht mit den Folgen meines Verrats auseinandersetzen.

Doch, muss ich, weil Mom darunter leiden wird, wenn ich es nicht tue.

Innerlich verfluche ich Jacob und meine verdammte Zwangslage. Hinter mir höre ich ein elektronisches Summen. Meine Härchen im Nacken stellen sich auf. Bitte nicht. Ich drehe mich in Zeitlupe auf den Fersen um und blicke direkt in eine Kamera, die in der Ecke hängt. Sie ist klein, kaum wahrnehmbar, aber sie ist hier. Und sie hat mich gefilmt.

Jax wird mich hassen!

Zwar habe ich seine Beteuerung, er könne mich nie hassen, sehr wohl noch in den Ohren, aber dennoch: der Gedanke daran ist die Hölle.

Scheiß drauf!

Ich verschiebe meine Schnüffelei auf später – Jacob hat mir im Grunde genommen kein Zeitlimit gesetzt – und gehe weiter den Flur entlang zur zweiten Tür. Zu meiner Überraschung lässt sie sich öffnen und gibt den Blick auf einen trainierenden Jax frei. Er steht nicht weit von mir entfernt mitten im Raum und bearbeitet einen schweren Boxsack. Wegen seiner kabellosen In-Ear Kopfhörer bemerkt er mich nicht und ich lehne mich gegen den Türrahmen, um ihn zu beobachten. Kamera und Zwangslage sind augenblicklich vergessen – machen Platz für meine Schmacht-Phase und die hochstiebenden Schmetterlinge.

Sein stählerner Körper glänzt vor Schweiß und seine Muskeln wölben sich bei jeder präzisen Bewegung. Ich komme schon beim Zusehen ins Schwitzen, was garantiert an meinen unanständigen Gedanken liegt.

Anders als im Käfig trägt er eine kurze schwarze Trainingshose, die ihm verboten tief auf den Hüften sitzt. Seine Füße stecken in knöchelhohen Boxschuhen und seine Hände in fingerlosen Boxhandschuhen, mit denen er so gewaltig zuschlägt, dass die Ketten klirren. Die Kraft dahinter ist beeindruckend – *und erschreckend.* Sofort denke ich an Jax' Kampfansage gestern Abend. Er will Vergeltung. Was will er Jacob antun? Ihn verprügeln?

Er ist doch kein Mörder, oder?

Ich verbanne den bizarren Gedanken aus meinem Kopf, stoße mich ab und betrete den Raum. Jax hält augenblicklich in seiner Bewegung inne und sein Blick landet auf mir. Schwer atmend fängt er den nachschwingenden Boxsack ab und zieht sich einen Stöpsel aus dem Ohr. Aus dem kleinen Lautsprecher dringen harte Gitarrenriffs, kein Wunder also, dass er mich nicht gehört hat.

»Guten Morgen, du Frühaufsteher.«

»Na und du?« Er greift nach seinem Handy, das auf einem kleinen Tisch liegt und stoppt die Musik.

Ich zucke mit den Schultern. »Bei mir ist der Wecker schuld. Normalerweise bin ich eine Langschläferin.«

Er legt den Kopf schräg. »Als Bäckerin?«

»Welche Ironie, nicht wahr.« Ich kichere.

Langsam kommt er näher, geschmeidig, ganz ohne Hast. »Guten Morgen. Gut geschlafen?«

Ich nicke nur und lasse meinen Blick über seinen Körper wandern. Die Schmetterlinge flattern fröhlich dahin. Ehe ich mich versehe, schnappt er mich am Handgelenk und zieht mich an sich heran. Sein Körper ist heiß und klebrig. Ich atme den Duft frischen Schweißes ein und muss mich beherrschen, meine Schenkel nicht verräterisch zusammenzupressen. Mit dem Zeigefinger fahre ich über seine feuchte Haut. Wie sie wohl schmeckt? Bestimmt salzig und ganz nach ihm.

»Hunger?«, fragt er und das Timbre seiner Stimme vibriert durch meinen Körper.

»Ja«, murmle ich, ohne meinen Blick von seiner Brust zu nehmen.

»Ich rede von Essen.«

»Ich nicht.« Ich beiße mir auf die Unterlippe.

Jax hebt mein Kinn an, seine Augen sind dunkel. »Du solltest so etwas nicht sagen, wenn du heute noch in der Bäckerei aufkreuzen willst.«

Arbeit, oje. Blinzelnd trete ich einen Schritt zurück.

Er zwinkert mir zu, greift nach dem Handtuch auf dem kleinen Tisch und wischt sich den Schweiß von der Stirn. Sein Bizeps spannt sich bei der Bewegung an. Ob es ihn stört, wenn ich mal reinbeiße?

»Mund zu, Ella.« Mit dem Zeigefinger klappt er meinen Kiefer hoch.

Ich räuspere mich und wende mich schleunigst ab. Er lacht leise hinter mir. Wie peinlich. Um mich auf andere Gedanken zu bringen, inspiziere ich das Inventar des Raumes, das aus einigen Trainingsgeräten, schweren Gewichten, ein paar Matten auf dem Boden und einem Spind an der hinteren Mauer besteht. »Nett hast du es hier.«

»Ist mein persönlicher Trainingsraum. Ich ziehe es vor, ohne Zuschauer zu trainieren.« Er schlingt von hinten seine Arme um mich. »Aber für dich mache ich eine Ausnahme.«

Unwillkürlich schließe ich die Augen. Ja, ihm jeden Tag beim Training zuzusehen, würde mir gefallen. Dafür würde ich sogar freiwillig zum Frühaufsteher mutieren.

»Ich könnte es auf meine Liste setzen.«

»Oder du könntest mit mir trainieren«, raunt er verführerisch und wiegt uns hin und her.

Ha! »Nein danke. Ich kann Sport nicht ausstehen.«

Er brummt verstimmt. »Wenigstens habe ich es versucht.« Mit einem Kuss auf meinen Kopf löst er sich von mir. »Jetzt komm, ich mache uns Frühstück. Danach bringe ich dich zur Arbeit und bleibe, bis du Feierabend hast.«

»Werde ich diesen Trevor also heute nicht kennenlernen?« Jax hat bestimmt besseres zu tun, als den ganzen Tag meinen Babysitter zu spielen.

»Nein. Seine Schicht geht noch eine halbe Stunde. Danach sollte er sich ausruhen. Morgen dann.«

»Seine Schicht?«

»Genau. Er ist einer der Männer, die Jacob im Auge behalten.«

»Das ist alles so surreal«, sage ich und schüttle ungläubig den Kopf. »Wie bist du überhaupt auf die Idee gekommen, ihn zu überwachen?«

Kurz zögert er. »Der Auslöser war deine Panikattacke. Jacob ist unberechenbar und ich hasse böse Überraschungen.«

Fast bin ich geneigt zu fragen, welche Panikattacke er meint, weil ich gefühlt ständig welche habe, lasse es aber. Ich weiß es auch so. »Jacob war der Auslöser meiner Panikattacke«, lasse ich ihn wissen. »Aber das weißt du, nicht wahr?«

Schuldbewusst nickt er und konzentriert sich darauf, seine Handschuhe auszuziehen. »Ja.«

Der Stich in meiner Brust fällt weniger schmerzhaft aus als gestern. Wie könnte ich ihm auch weiterhin böse sein, ich bin ja selbst drauf und dran, zu einer Verräterin zu werden.

Ich bin schon zur Verräterin geworden, in der Sekunde als ich nach der Türklinke gegriffen habe.

»Lass uns vergessen, was vorgefallen ist. Wichtig ist, dass es nicht noch einmal passiert.« Eine weitere Unehrlichkeit stecke ich nicht so leicht weg, da bin ich mir sicher.

In Jax' Kiefer zuckt ein Muskel. »Ich wollte dich beschützen.«

»Das ist mir klar. Aber ich bin in meinem Leben schon zu oft belogen worden. Ich darf mir das nicht mehr gefallen lassen.«

Als Ella und ich in der Bäckerei eintreffen, schlüpft sie hinter die Theke und küsst Sunnyboy auf die Wange – was mir gar nicht gefällt –, bevor sie in den hinteren Räumen verschwindet. Ich setze mich an den letzten freien Tisch direkt an der Glasfront. Von hier aus überblicke ich die gesamte Bäckerei und die Straße – der perfekte Ort, um Ella im Auge zu behalten. Zurückgelehnt beobachte ich das Kommen und Gehen. Männer und Frauen in Anzügen und Business-Kostümen reihen sich in die Schlange vor der Theke ein, ihre Blicke auf ihre Handys gesenkt, um vermutlich ihre E-Mails zu checken, während sie warten.

Ella kommt mit umgebundener Schürze in den Verkaufsraum zurück und schenkt mir ein kleines Lächeln. Sunnyboy beugt sich zu ihr hinunter, um ihr etwas ins Ohr zu flüstern. Ella nickt, woraufhin er zu mir an den Tisch kommt.

»Danke, dass du dich um Ella und die Bäckerei gekümmert hast. Ich schätze, ich habe mich in dir getäuscht.« Seiner verkniffenen Miene nach zu urteilen, scheint ihm diese Entschuldigung eine Menge Überwindung zu kosten.

»Schon okay. Ich habe es für Ella getan.«

Er nickt mir noch einmal zu und kehrt hinter die Theke zurück. Keine Minute später kommt Ella mit einem Tablett auf mich zu.

»Ich habe hier einen Kaffee für dich. Schwarz, ganz

wie du ihn magst.« Sie stellt das Tablett vor mich ab. »Und ein Himbeer-Schoko-Törtchen.«

Ich schaue auf das runde Küchlein mit Puderzucker und ganzen Himbeeren. »Sieht der lecker aus«, kann ich mir nicht verkneifen und das Wasser läuft mir im Mund zusammen.

»Dann lass es dir schmecken.« Lächelnd drückt sie meine Schulter. »Ich kann leider nicht bleiben, ist viel los heute.«

»Geh ruhig, das Törtchen und ich haben jetzt ein Date.« Ich greife nach der kleinen Gabel, während Ella mir einen Kuss auf die Wange drückt und mich meinem Date überlässt.

Gerade will ich mir den ersten Bissen in den Mund stecken, da öffnet sich zum gefühlt tausendsten Mal an diesem Morgen die Schiebetür. Keine Ahnung, was mich den Kopf hat heben lassen, eine simple Eingebung oder der Überlebensinstinkt, den man sich nach Jahren auf der Straße aneignet, jedenfalls war es so und ich sehe mich dem schlimmsten Szenario gegenüber, das ich mir vorstellen kann: Sergej Wolkow betritt mit wehendem Mantel die Bäckerei, gefolgt von seinen stets präsenten Schoßhündchen. Er steuert, ohne sich umzusehen, mit langen Schritten auf die Verkaufstheke zu – auf Ella zu.

Mein erster Impuls ist, aufzuspringen und mich schützend vor sie zu stellen.

Nein!

Mein Körper spannt sich an, jedes Härchen richtet sich auf, während ich mit aller Macht versuche, diesen Drang niederzuringen. Wenn ich ihr jetzt zu Hilfe eile, dann verrate ich nur, dass sie mir etwas bedeutet. Das darf nicht passieren! Ich muss mich im Zaum halten und darauf vertrauen, dass ihr der öffentliche Ort genug Schutz bietet. Also beobachte ich und bete zu allen Göttern, die es gibt oder auch nicht gibt, dass es so ist.

Ella bedient ihn mit einem freundlichen Lächeln,

ohne zu wissen, wen sie da eigentlich vor sich hat. Wie auch, sie kommt aus einer anderen Welt.

Jetzt, beschissener Egoist, sieh zu, wie eure Welten aufeinanderprallen.

Sunnyboy hatte recht, Ella war eine Versuchung, rein und unschuldig und ich war sozusagen die teuflische Schlange, die nicht widerstehen konnte und sie in die Dunkelheit gelockt hatte.

Und warum? Weil du dich nicht mit einer wie Prinzessin Mia Gia begnügen wolltest?

Wolkow lehnt sich vor, die Arme auf die Theke gestützt und plaudert mit Ella, während sie ihm einen Kaffee zubereitet und abkassiert. Als sie ihm einen Pappbecher reicht, verneigt er sich zum Abschied. Ellas Lachen perlt daraufhin durch den Raum und meine Hände ballen sich unter dem Tisch zu Fäusten. Ich atme tief durch, versuche, ruhig zu bleiben, und lehne mich betont gelassen auf meinem Stuhl zurück.

Wolkow dreht sich um und sein Blick durchbohrt mich. Er wusste also die ganze Zeit, dass ich hier bin. Mehr noch, sein Auftritt galt mir. Ich hätte ihn gar nicht täuschen können, er weiß um meine Schwachstelle bestens Bescheid.

KAPITEL 7

ELLA

Der Himmel färbt sich gerade orange, als ich die Bäckerei verlasse.

»Hey Schönheit«, höre ich eine Stimme sagen und entdecke Grey, der mir von seinem dunkelgrauen SUV aus zuwinkt.

»Was ist los?«, frage ich, ohne mich mit Begrüßungsfloskeln aufzuhalten. »Jax war plötzlich verschwunden und hat mir nur eine kryptische Botschaft hinterlassen.« Ich halte die Serviette hoch, auf der nichts weiter steht, als dass er weg müsse und dass jemand mich nach der Schicht abholen würde.

»Steig ein.« Grey lehnt sich über die Mittelkonsole und drückt die Wagentür auf. »Ich bringe dich zu ihm.«

Ich weiche einer Frau mit Kinderwagen aus und klettere in den Wagen. Die Tür ist noch nicht einmal zu, da fädelt sich Grey schon in den abendlichen Verkehr ein.

»Also sagst du mir, was los ist?«

»Jax soll es dir selbst erklären. Ich bin nur der Fahrer.«

»Okay«, sage ich gedehnt und mit wachsender Verwirrung.

Die Fahrt dauert keine zehn Minuten, doch in der kurzen Zeit verwandelt sich meine Verwirrung in ein ungutes Gefühl. Grey neben mir ist seltsam schweigsam. Seine Miene ist ungewöhnlich hart und seine knirschenden Zähne geben mir zu denken. Was stimmt nicht? Ist Jax plötzlich doch sauer, weil ich ihn hintergehen muss?

Das Lagerhaus kommt in Sicht und ich lehne mich in meinem Sitz vor. »Was machen die hier? Wer ist das?« Ein Dutzend Männer stehen vor dem Club, allesamt mit ernstem Gesichtsausdruck und wachsamem Blick.

Ohne mir zu antworten, parkt Grey den Wagen vor dem Club. Ein Schrank von Mann trabt heran und öffnet mir die Tür.

»Danke«, sage ich und steige aus.

»Miss.« Er nickt mir zu.

Grey taucht neben mir auf, legt mir eine Hand auf den Rücken und führt mich zum Eingang. Ein weiterer dieser Schränke öffnet eine Seite der Doppeltür. Als er wieder Position bezieht, blitzt etwas Silbernes unter seiner weiten Jacke hervor.

Ist das …

Weiter komme ich mit meinem Gedanken nicht, denn schon höre ich Jax' Stimme wie Donner durch die Halle grollen. Ich verstehe nicht, was er sagt, aber ich registriere die ungefilterte Wut dahinter. Mein Magen krampft sich zusammen.

»Komm«, fordert mich Grey auf, weil ich vor Schreck erstarrt bin, und schiebt mich die Treppe hoch. Weitere Stimmen mischen sich unter Jax' Brüllen, die aus dem Raum kommen, der letztens abgeschlossen war.

Als ich mit Grey im Türrahmen auftauche, verstummen die Stimmen schlagartig und vier Augenpaare richten sich auf uns.

»Ella«, begrüßt mich Jax sanft. Hä, wieso sanft? Ist er doch nicht sauer? »Komm doch rein.«

Greys Hand legt sich auf mein Kreuz. »Alles wird gut, komm.« Er verstärkt den Druck seiner Hand und ich mache einen zögerlichen Schritt in den Raum hinein, der sich tatsächlich als sein Büro entpuppt.

»Setz dich.« Jax zeigt auf einen Besucherstuhl, der vor einem Schreibtisch aus Glas steht.

Einer der Männer mit im Nacken zusammengebunden blonden Haaren und bunten Tattoos auf den Armen rückt mir den Stuhl zurecht.

Ich atme tief durch, gehe die wenigen Schritte zu dem Stuhl hinüber und setze mich mit gestrafftem Rücken auf die Kante. Meine Schultern sind ganz angespannt.

»Ella, darf ich dir Joe und Brandt vorstellen?« Jax deutet zuerst auf den Mann mit den bunten Tattoos und dann auf den Mann mit Glatze. Ich schlucke, als ich das gruselige Tattoo bemerke, das sich von seinem Hals bis hinauf zu seinem Hinterkopf schlängelt.

»Hallo«, sage ich kleinlaut und winke. Beide nicken mir zu.

»Das hier ist Michael, mein Ziehvater.«

Ich drehe mich zu dem wesentlich älteren Mann um, der vor einem Fenster steht. Er macht keine Anstalten mich zu begrüßen, sondern verschränkt lediglich die Arme vor der Brust, wobei die Goldketten um seinen Hals klimpern. Dennoch begrüße ich ihn aus Respekt.

Ich wende mich wieder nach vorne und begegne Jax' Blick. »Sag mir bitte, was los ist. Wer sind die ganzen Männer dort unten? Und wieso sind sie bewaffnet? Ist es … wegen Jacob?« Mein Magen schlägt Purzelbäume.

Jax setzt sich auf den Bürostuhl und stützt die Ellenbogen auf dem Tisch ab. »Nein, um Jacob geht es nicht«, erwidert er und mein Magen stoppt seine Turneinlage. »Es geht um den Mann, dem du heute einen Kaffee zubereitet hast.«

Ich runzle bei seiner vagen Aussage die Stirn. »Wen meinst du? Ich habe heute viele bedient.«

»Ich rede von Sergej Wolkow. Er ist der Boss der … «

»Jax!«, unterbricht der ältere Mann ihn.

»Was? Sie muss wissen, worin sie verwickelt ist!«,

brüllt Jax, plötzlich völlig außer sich und seine linke Faust donnert auf den Tisch. Das Glas knackt gefährlich.

Worin ich verwickelt bin?

»Weiß du was? Fuck off!« Jax springt auf. »Ich habe lang genug zugesehen, habe mich ablenken lassen – das ist jetzt vorbei!« Er tritt den Bürostuhl weg, der in die Wand hinter ihm kracht. Ich zucke zusammen. So außer sich habe ich ihn noch nie erlebt und das macht mir Angst.

»Was hast du vor, Junge?« Der ältere Mann ist mit zwei großen Schritten bei ihm.

»Ich werde tun, was ich schon längst hätte tun sollen!«

»Du handelst überstürzt, du kannst nicht klar denken.«

Jax wirbelt herum, seine Nasenflügel beben und eine Ader pocht an seiner Schläfe. »Hier geht es um meinen Club, mein Leben.« Jax zeigt auf mich. »Um sie.« Er dreht sich zur Wand und presst eine Hand auf Hüfthöhe dagegen. Was macht er da? Plötzlich leuchtet die Wand rund um seine Hand grün auf, woraufhin lautlos ein Wandpanel zur Seite gleitet und den Blick auf Jax' ganz persönliches Fort Knox freigibt. In meinen Ohren beginnt es zu rauschen. Der ältere Mann brüllt irgendetwas, Grey fährt dazwischen, Jax brüllt zurück, während er eine sehr, sehr, sehr lange Zahlenkombination in ein Bedienfeld hämmert, das genau in der Mitte eines mannshohen und zweimal so breiten Safes angebracht ist.

Ach. Du. Scheiße. Ich bin geliefert!

Ein Piepen ertönt und Fort Knox öffnet seine Pforten. Vor mir präsentieren sich acht Ablagen vollgestopft mit Geld, aufgeschichtet oder in Rollen mit Gummibändern zusammengehalten. Das ist er also, der eigentliche Grund, warum Jacob den Code haben will. Meine Kehle wird trocken und ich schlucke schwer.

Jax fegt einige Bündel von der obersten Ablage und

eine sperrige Sporttasche kommt zum Vorschein. Er schiebt sie zur Seite, greift tiefer in den Safe und zieht eine schwarze Waffe mit silbernen Einlässen und langem Lauf heraus. Das unverkennbare Schaben von Stahl auf Stahl, das ich schon hunderte Male in Filmen gehört habe, erfüllt den Raum. Ich komme wieder zu mir, blinzle, und sehe mich Jax gegenüber.

»Was hast du vor?«, frage ich und meine Stimme wird von dem Gebrüll der Männer hinter mir verschluckt.

Er scheint mich dennoch verstanden zu haben, denn er beugt sich zu mir herunter, greift mir in den Nacken und legt seine Stirn an meine. »Ich muss mich um ein längst überfälliges Problem kümmern. Bleib bitte im Club, hier bist du sicher.«

»Sicher? Vor wem?« Panik flammt auf. »Vor diesem Wolkow?«

»Wenn ich zurück bin, reden wir, okay?«

»Aber …«

»Später, Ella«, würgt er meinen Protest ab, gibt mir einen kurzen, harten Kuss und verlässt entschlossenen Schrittes das Büro.

»Bis später«, flüstere ich und bleibe verwirrt und völlig überfordert mit vier tobenden Männern zurück.

Nach einer Vollbremsung komme ich schlitternd mit meinem Wagen vor dem Stadthaus in Greenwich Connecticut zum Stehen. Durch meine Adern pumpt pures Adrenalin. Ich springe die Stufen zur Veranda hinauf und hämmere gegen die Eingangstür.

Die Tür wird geöffnet und ich drücke sie weiter auf. Eine Frau stolpert durch den Schwung zwei Schritte in die Diele zurück.

»Wo ist er?« Ich packe die Frau an den Schultern und schüttle sie. »Raus damit!«

»Er, er … Arbeitszimmer, am Ende des Flurs«, stottert sie und deutet mit einem zittrigen Finger eine geschwungene Treppe hoch.

Ruckartig lasse ich sie los und stürme treppauf und den Flur entlang.

»Sutter, du Scheißbastard!« kündige ich mich brüllend an, reiße die letzte Tür auf und stürme das Zimmer.

Sutter erhebt sich gerade von seinem Bürostuhl.

»Wolkow.« Ich setze über den Schreibtisch hinweg, stoße ihn auf den Stuhl zurück und presse ihm den Lauf meiner SIG Sauer zwischen die Augen. »Wie finde ich ihn?«

Sutter hebt abwehrend die Hände. »Wolkow findet man nicht einfach, er findet dich.«

Ich packe ihn an der Kehle und drücke ihn nach hinten, bis nur noch die hinteren Stuhlbeine Kontakt zum Boden haben. Er klammert sich an meinem Handgelenk fest. »Du hast eine Sondereinheit auf ihn angesetzt, also sag mir, wo ich ihn finde?«, presse ich zwischen zusammengebissenen Zähnen hervor.

»Dave?«, höre ich eine Frauenstimme.

Ich fahre herum und ziele auf die Frau, die unsicher mit einem Handy im Flur steht. »Raus!«

»Schon gut, Darling«, röchelt Sutter. »Ich kümmere mich um ihn.«

Wieder presse ich Sutter den kalten Stahl zwischen die Augen. Sein Gesicht ist rot angelaufen, Schweiß bildet sich auf seiner Stirn. »Mach's Maul auf, oder deine Wähler werden sich einen anderen Kandidaten suchen müssen!«

»Er besitzt ein Anwesen außerhalb der City.«

»Wo genau?«

»Du kannst dort nicht einfach hineinspazieren. Seit die Russen sich gespalten haben, gleicht es einer Festung. Überall Wachen.« Langsam verfärbt sich sein Gesicht blau.

»Wie kann ich Kontakt zu ihm aufnehmen?«

»Gar nicht«, würgt er hervor. »Geh zurück in den Club, irgendwann wird er dich aufsuchen.«

Ella

Ich sitze mit angezogenen Beinen auf dem Bett, als sich die Schlafzimmertür öffnet.

»Jax.« Ich stolpere aus dem Bett, bleibe aber auf halbem Weg zu ihm stehen, weil ich seine grimmige Miene bemerke.

Er geht wortlos an mir vorbei, zieht seine Pistole aus dem Hosenbund und legt sie auf den Nachttisch. »Fuck«, flüstert er, lässt sich auf der Bettkante nieder, stützt die Ellenbogen auf die Knie und vergräbt sein Gesicht in den Händen. »Fuck, fuck, fuck.«

Langsam nähere ich mich ihm, unsicher, wie er auf mich reagieren wird. »Was ist passiert?«

Er sieht hoch und seine Miene wird sanfter.

Mit neuem Mut probiere ich es wieder. »Sagst du mir jetzt, was los ist? Grey hat nichts weiter gesagt, nachdem du abgehauen bist. Er meinte nur, er würde jetzt Maddy vom Flughafen abholen und heute Nacht bei ihr bleiben.«

»Wo ist Coco?«

»Der ist bei Grey.«

»Fuck«, stößt er wieder aus und fährt sich mit beiden Händen durch die Haare.

Mit jeder Sekunde, die verstreicht, nimmt meine Unruhe zu. »Was läuft hier, Jax? Bitte, ich halte das nicht mehr aus.«

Jax nimmt meine Hände in seine und zieht mich auf seinen Schoß. Eine Zeit lang sagt er nichts, betrachtet nur unsere ineinander verschränkten Finger.

»Wolkow«, setzt er dann nach einer gefühlten Ewigkeit an, »er ist der Boss der russischen Mafia. War er zumindest, bis sie sich in zwei Gruppen aufgeteilt haben. Jetzt herrschen Iwan Orlow und sein Satansbraten über die Russen.«

Mein Herz beginnt schneller zu schlagen. »Die russische Mafia?«

»Ja«, bestätigt Jax und sieht mir fest in die Augen.

»Und was wollen die von dir?«

Jax schüttelt in einer verzweifelten Geste den Kopf. »Das ist das Problem, ich weiß es nicht. Nach der Aufspaltung war es eine Weile ruhig, bis plötzlich Wolkows Männer bei den Fight-Nights aufgetaucht sind. Zuerst hin und wieder, dann regelmäßig. Im Grunde haben sie sich unauffällig verhalten, haben sich nur die Fights angesehen. Aber genau dieses Verhalten hat mich nervös gemacht.«

Die russische Mafia war hier im Club?

Die russische Mafia war …

»In der Bäckerei. Ich habe darüber nachgedacht, was du gesagt hast. Der Mann mit den Leibwächtern, er ist dieser Wolkow, nicht wahr? Er …« Ich springe auf. »Er hat mit mir geredet. Er … er hat sogar einen blöden Witz gerissen.« O Gott, mir wird schlecht.

Jax kommt ebenfalls auf die Beine. »Hey, beruhige dich.«

»Mich beruhigen? Ein verdammter Mafiaboss hat mit mir gesprochen!«

»Ich weiß, ich war dabei!« Jax fängt mich an den Handgelenken ein und fährt leiser fort: »Er weiß von uns. Er war nicht zufällig dort. Das Ganze diente als Warnung.«

»Als Warnung?«, stoße ich schrill aus. »Wenn du mich damit beruhigen willst, hast du es gründlich versaut.«

»Ich will nur, dass du es verstehst. Ich will ehrlich mit dir sein. Er will etwas von mir und jetzt wird er es auch bekommen.«

»Wie? Ich verstehe nicht.«

»Früher oder später wird Wolkow hier auftauchen und Forderungen stellen. Ich werde sie akzeptieren. Ich lasse nicht zu, dass dir etwas zustößt.«

Ich muss mich setzen. Mit einem Ruck befreie ich mich aus seinem Griff und lasse mich auf die Bettkante sinken.

Jax ist sofort bei mir und kniet sich vor mich. »Hörst du? Ich lasse nicht zu, dass dir etwas passiert.«

»Was, wenn seine Forderungen unerfüllbar sind?« Meine Finger beginnen zu zittern.

»Nicht möglich. Ich werde alles tun, was er von mir verlangt.«

Ich schließe die Augen. »Wieso?«

Jax nimmt mein Gesicht in seine Hände. Sie zittern genauso sehr wie meine. »Weil … weil … « Er verstummt und meine Augenlider öffnen sich flatternd.

»Wieso, Jax? Du kennst mich kaum«, flüstere ich. »Warum setzt du dein Leben aufs Spiel? Für mich.«

»Weil du es wert bist«, antwortet er kaum hörbar.

Entschieden schüttle ich den Kopf. »Nein, Jax, nein. Ich bin gar nichts wert. Ich bin ein Niemand.«

In seinem Gesicht spiegeln sich all die Gefühle wider, mit denen auch ich ringe, seit ich ihm begegnet bin. Verwirrung, Schuldgefühle, Vertrauen, Hoffnung. Aber auch noch etwas anderes: Entschlossenheit.

»Da irrst du dich.«

Ich bin es wert …

Die tief sitzende Leere, die Jacob hinterlassen hat, füllt sich mit Wärme. Jax hat Vertrauen in mich, schenkt mir Hoffnung, indem er mir helfen will, meine Vergangenheit hinter mir zu lassen. Und ich? Ich kann ihm nur das eine zurückgeben, bei dem ich mir bis vor ein paar Tagen nicht sicher war, ob ich es noch empfinden kann.

»Ich vertraue dir.«

»Du gehörst jetzt zu mir. Du stehst jetzt unter meinem Schutz.« Sein Griff verstärkt sich. »Verstehst du das? Absolut niemand wird je an dich herankommen.«

Niemand. Auch Jacob nicht.

»Wie geht es jetzt weiter?«

»Wir machen weiter.«

»Wir machen weiter?«

»Genau. Wolkow wird kommen, bis dahin haben wir die Liste, die wir abarbeiten müssen.«

Meine Augen weiten sich. »Du willst jetzt noch an der Liste arbeiten?«

»Klar, was sonst? Oder willst du dich lieber zu Hause einsperren?« Er lässt seinen Blick über mich wandern. »Obwohl ich nichts dagegen einzuwenden hätte. Du. Nackt. In meinem Bett.«

»Jax!« Ich verpasse ihm einen Klaps auf die Brust. »Ich meine es ernst!«

»Ich auch, Ella. Alles bleibt wie gehabt, die Liste ist wichtig für dich«, sagt er und sein Blick wird eindringlich. »Du musst aber dringend mit Maddy reden. Bringe sie dazu, hier einzuziehen.«

»Ich hatte sowieso vor, morgen mit ihr zu reden.« Dieses Gespräch steht ganz oben auf meiner To-do-Liste. Maddy muss mit mir in den Club ziehen, denn es wird Zeit, Jax die Wahrheit zu sagen. Daran führt kein Weg vorbei, nicht, nachdem ich Fort Knox gesehen habe. »Ich muss dir etwas sagen.«

»Okay«, sagt er und ich bemerke, wie er die Luft anhält.

»Aber zuerst versprich mir, dass Maddy nichts geschieht.« Wachsam beobachte ich ihn, wie er augenblicklich nickt.

»Du und Maddy, ihr beide seid in Sicherheit. Grey würde niemals zulassen, dass Jacob sie in die Hände bekommt.«

Ich sammle mich und stoße aus: »Jacob wollte den Code für deinen Safe. Er wollte an dein Geld ran.«

Sein Blick verliert sich kurz auf dem Boden, dann steht er auf. »Komm mit.« Er eilt aus dem Raum und ich ihm hinterher.

»Wohin gehst du?«, frage ich und kann kaum mit ihm Schritt halten. Er antwortet nicht, läuft geradewegs in sein Büro.

Wieder einmal öffnet Fort Knox seine Pforten. Gespannt sehe ich ihm dabei zu, wie er etwas kleines herausholt und hochhält.

»Das ist Jacobs Siegelring«, flüstere ich und halte mir eine Hand vor den Mund. »Woher hast du ihn?«

»Den habe ich als Pfand einkassiert. Jacob hat in den letzten Monaten oft verloren, ständig eigentlich. Irgendwann hat er angefangen, sich von mir Geld zu leihen. Mittlerweile schuldet er mir knapp einhundertsechzigtausend Dollar. Und ich bin mir sicher, der Ring ist der Grund, warum er den Code haben wollte. Er will ihn wiederhaben.«

»Er hat ihn dir überlassen? Einfach so?«, frage ich ungläubig und sinke auf einen der Besucherstühle. Solange ich ihn kenne, hat Jacob den Ring kein einziges Mal abgenommen. *Doch, hat er.* In der Bäckerei hat er ihn nicht getragen und jetzt ist auch klar, warum.

Jax lässt meine Frage unbeantwortet und mustert den Ring mit dem schwarzen Siegelstein in goldener Fassung. Auch ohne hinzusehen weiß ich, was in den Siegelstein geprägt ist, ein dreiköpfiger Adler, umrandet von einer Siegelinschrift in drei Worten, die für das Haus Ward stehen: Macht, Stärke, Weisheit. Der Siegelring ist Jacobs Legitimation – so hat er mir in einem Anfall aristokratischen Verhaltens verkündet – die Führung des Hauses Ward zu übernehmen.

»Ich könnte ihn ihm zurückgeben, aber ich schätze, dass er dich trotzdem nicht in Ruhe lässt. Dafür liebt er seine kranken Spielchen viel zu sehr.«

»Und … und was machen wir jetzt? Du denkst doch nicht an die Vergeltung, von der du gesprochen hast, oder?«, frage ich und denke an das Objekt, das es in meiner Welt nicht gibt, während sie in Jax' Milieu zur Standardausrüstung zu gehören scheint – seine Waffe.

»Hast du eine bessere Idee?«

Ja, aber dazu bin ich nicht bereit.

»Darf ich dir Mr. Moore offiziell vorstellen? Mein Bodyguard.« Ich zeige mit einer ausladenden Geste auf Trevor, den Jax mir heute Morgen zur Seite gestellt hat.

»Trevor, Ma'am.«, verbessert er mich mit Bostoner Akzent.

»Entschuldige, ich meinte Trevor-Ma'am.« Trevors rechter Mundwinkel zuckt. »War das etwa ein Lächeln?« Ich knuffe ihn in den Baumstammoberarm. Wahnsinn, der Typ ist wie Hulk. Ob er genauso grün anläuft, wenn er wütend wird?

Cody mustert Trevor abschätzend, sein von Narben gezeichnetes Gesicht, sein schwarzes, enganliegendes T-Shirt und seine Cargohose bis hin zu den Stahlkappenschuhen. Bei dem Waffenholster um seinen rechten Oberschenkel bleibt sein Blick besonders lange hängen. »Sie passen auch wirklich auf Ella auf?«

»Ja, Sir.«

Codys Blick huscht noch einmal zu dem Waffenholster, dann nickt er. »Gut. Setzen Sie sich an einen der Tische und versuchen Sie, mit der Umgebung zu verschmelzen. Die Kunden sollen keine Angst bekommen.«

»Natürlich, Sir. Wenn es Ihnen lieber ist, beziehe ich vor dem Laden Posten.«

»Nein, ist schon gut.« Damit drückt Cody die Schwingtür auf und verschwindet in den vorderen Teil.

Zur Mittagszeit – der erste Andrang ist vorbei – stöckelt Maddy in die Bäckerei und stellt sich, die Hände in die Hüften gestemmt, vor die Verkaufstheke.

»Hi, Maddy«, begrüße ich sie und komme eilig um die Theke herum. »Was machst du hier? Ich dachte, wir sehen uns später?« Zumindest habe ich ihr geschrieben, dass ich am Abend dringend mit ihr reden muss. Sie war einverstanden, sich um sechs Uhr abends zu Hause zu treffen.

»Ich konnte nicht so lange warten.« Maddy beugt sich vor, sodass unsere Nasenspitzen sich beinahe berühren. »Die Mafia, Ella? Bei allen High Heels der Welt, wie ist das möglich?«

»Psst«, mache ich und schaue mich nach Cody um, der gerade einen der Tische von Tellern und Kaffeetassen befreit. »Er darf von alldem nichts wissen.« Bevor er sie bemerkt, ziehe ich Maddy hinter mir her in den Pausenraum, um meine Umhängetasche zu holen. Auf keinen Fall darf Cody ihr von Jacobs Besuch erzählen, bevor ich es getan habe. »Mittagspause? Wie siehts aus, wir können ins *Shaking Salad* gehen?«, ködere ich sie mit ihrem Lieblingsrestaurant.

»Äh, ja«, antwortet sie irritiert, wohlwissend, dass ich Salat nicht ausstehen kann. Noch weniger als Sport.

»Super. Lass uns gehen.« Ich schiebe sie vor mir her aus dem Pausenraum.

Cody taucht vor uns auf, einen Stapel benutztes Geschirr in den Händen. O Mist! »Hi«, begrüßt er sie und drückt ihr einen Kuss auf die Wange.

»Hi. Wie geht's?«

»Ihm geht's gut«, beantworte ich anstelle von Cody ihre Frage und sehe mich nach Trevor um, der so gar nicht mit der Umgebung verschmilzt. Vielmehr gleicht er einem Grizzly in einem Wald voll Gummibärchen. »Trevor, kommst du?«

»Wer ist das?«, fragt Maddy, als sie ihn erblickt.

»Erzähl ich dir unterwegs. Jetzt komm. Cody, ich mache Mittagspause«, lasse ich ihn wissen und schiebe Maddy hastig aus der Bäckerei, bevor Cody auch auf diese Frage antworten könnte.

»Was soll das?« Maddy dreht sich auf dem Bürgersteig zu mir um. »Was ist los? Und wer ist das?« Sie zeigt auf Trevor, der hinter mir aus der Bäckerei kommt.

»Das ist Trevor, mein Bodyguard.«

»Bodyguard?«, wiederholt sie und ihre Augen werden groß. »Etwa wegen der Mafia?«

»Psst«, machen Trevor und ich gleichzeitig, wobei Trevor sich dabei nach allen Seiten umsieht. Aber nein, niemand hat sie gehört. Wie immer sind die New Yorker mit ihrem eigenen Kram beschäftigt.

»Sie sollten Ihre Unterhaltung woanders weiterführen«, sagt er und geleitet uns zu seinem schicken schwarzen Cadillac, dessen hintere Wagentür er uns öffnet. Ich bedanke mich und steige ein, Maddy rutscht neben mich.

»Wohin darf ich Sie bringen, Ma'am?«, fragt Trevor und startet den Motor.

»Ma'am?«, fragt Maddy. »Wie alt sieht sie Ihrer Meinung nach aus?«

Trevor zuckt gleichmütig mit den Schultern. »Ich bin nur höflich.«

Maddy rollt mit den Augen und wirft ihr langes hellbraunes Haar über die Schulter. »Wie auch immer. Bringen Sie uns zum *Shaking Salad.* Der Laden ist …«

»Ich kenne den Laden, Ma'am«, unterbricht Trevor Maddy wenig höflich und fädelt sich in den Verkehr ein.

»Jetzt mal Klartext, Ella.« Maddy richtet ihre mintgrünen Augen auf mich. »Die Mafia?«, wiederholt sie ihre Frage von vorhin, weil sie es anscheinend nicht begreifen kann. Ich kann es ihr nicht verübeln, die Sache überfordert mich auch total.

Ich atme durch zusammengepresste Zähne aus, lasse mich in die weiche Polsterung zurücksinken und reibe mir über das Gesicht. »Ich bin am Arsch, oder?«

»Nein, Ma'am.« Pause. »Ihr Gesäß, Ma'am, ist nicht in Gefahr.«

»Wenn Sie noch einmal *Ma'am* sagen, kratze ich Ihnen die Augen aus«, fährt Maddy ihn an.

Er zuckt abermals gleichmütig mit den Schultern. »Wenn es Ihnen ein Bedürfnis ist, Ma'am.«

»Argh!«

Das *Shaking Salad* ist ein hipper Laden mitten in Downtown. Als wir eintreten, ziehen wir sofort sämtliche Blicke auf uns, was natürlich an unserem treuen Grizzly liegt.

Die Dame am Empfang begrüßt uns höflich und geleitet uns zu einem Tisch. Trevor bleibt im Eingangsbereich zurück.

Mein Hintern berührt kaum die Sitzfläche, da eilt auch schon eine Kellnerin herbei und nimmt unsere Bestellung auf. Ich entscheide mich für einen gemischten Salat mit gegrillter Hühnerbrust – Salat pur bekomme ich auf keinen Fall hinunter – und Maddy bestellt sich einen Salat ohne Fleisch.

»Also, erzähl mir alles«, platzt Maddy heraus, sobald die Kellnerin außer Hörweite ist.

»Was weißt du schon?«, frage ich und zupfe an einer Ecke der dunkelroten Stoffserviette.

Sie winkt ab. »So gut wie nichts. Grey hat mich vom Flughafen abgeholt. Danach sind wir zu ihm nach Hause gefahren. Als ich gefragt habe, was los sei, hat er gemeint, dass die russische Mafia ziemliches Interesse an Jax hätte. Er sagte, dass gestern ein Mafiaboss in der Bäckerei aufgetaucht ist, stimmt das?«

»Ja, das ist richtig. Ein gewisser Sergej Wolkow.«

Maddy fischt ihr Handy mit der pinken Glitzerhülle aus der Handtasche. »Mal sehen.« Ihre Finger huschen über das Display.

»Sergej Wolkow«, liest sie laut vor, »Oberhaupt des organisierten Verbrechens in New York City, bla-bla-bla.

Sein Vater, Attila Wolkow, wurde am zwölften Juni dieses Jahres tot in Little Italy, Manhattan aufgefunden. Todesursache wurde nicht für die Öffentlichkeit freigegeben. Laut Insiderinformation folgte darauf eine Spaltung der Organisation. Iwan Orlow übernahm die Machtstellung zusammen mit seinem Sohn Dmitri Orlow. Bla-bla-bla.« Sie legt das Handy beiseite.

»Das deckt sich mit Jax' Geschichte. Er hat mir außerdem erzählt, dass dieser Wolkow in letzter Zeit immer wieder seine Männer in seinen Club schickt.« Ich zucke mit den Schultern. »Er meint, sie würden sich nur die Fights anschauen und dann unverrichteter Dinge wieder verschwinden.«

Ich berichte ihr von Wolkow, der in der Bäckerei aufgetaucht ist und von den bewaffneten Männern vor dem Club. »Als ich mit Grey in Jax' Büro gekommen bin, wollte Jax mir erklären, was los ist, ist aber gleich ausgerastet. Keine Ahnung, er hat sich eine Waffe aus seinem Safe geschnappt und ist gegangen – oder viel mehr losgestürmt. Er sagte nur, dass er sich um ein längst überfälliges Problem kümmern müsse.«

Maddy scheint zu überlegen, dann sagt sie: »Was war danach?«

»Jax ist zurückgekommen, völlig fertig. Irgendwann hat er mir alles erklärt. Er meinte, Wolkow will etwas von ihm, er wüsste aber nur nicht, was. Der Besuch in der Bäckerei diente als Warnung.«

Maddy runzelt ihre perfekt in Form gebrachten Augenbrauen. »Als Warnung?«

»Ja, damit Jax seinen Forderungen zustimmt, sobald er an ihn herantritt.«

»Wow«, stößt Maddy aus. »Das ist echt heftiger Mafiascheiß. Was denkst du, wird Wolkow von ihm wollen?«

»Ich weiß es nicht.« Ich sehe meiner besten Freundin fest in die Augen. »Ich weiß nur, egal, was es ist, Jax wird es machen. Er wird mich beschützen.«

»Bist du dir da sicher?«, fragt sie und legt den Kopf schief. Jetzt spricht die Realistin aus ihr.

Ich denke an gestern Nacht zurück, an sein Versprechen, seine Worte, die tief in mein Herz gesickert sind. *Weil du es wert bist.* »Ja.«

Maddy bläst die Wangen auf. »Wie geht es jetzt weiter? Abgesehen von deinem Personenschützer, meine ich?«

»Wir warten. Irgendwann wird Wolkow auftauchen.«

Sie lehnt sich vor und legt ihre Hand auf meine, die dabei ist, die Serviette zu erwürgen. »Wie geht es dir bei der ganzen Sache?«

»Ich habe Angst, Maddy. Ich habe Angst um Jax.« In meiner Kehle bildet sich plötzlich ein Kloß in der Größe eines Felsbrockens. Und alles, was ich in den letzten Stunden erfolgreich verdrängt habe, bricht aus mir heraus. Meine Finger beginnen zu zittern, Tränen verschleiern mir die Sicht. Meine Unterlippe bebt bei dem Versuch, einen Schluchzer zu unterdrücken. Maddy rückt zu mir auf und legt einen Arm um meine Schulter. Ich lehne mich an sie, fühle mich geborgen in ihren Armen und beginne zu weinen. Sie hält mich fest und versichert mir in mein Haar murmelnd, dass alles wieder gut werden würde.

»Ich will ihn nicht verlieren«, schluchze ich. »Ich habe ihn doch gerade erst gefunden. Wenn er in meiner Nähe ist, fühle ich mich unbesiegbar. Keiner kann mir etwas anhaben, nicht mal Jacob.«

»Jacob?«, fragt sie gegen mein Haar. »Wieso Jacob?« Vorsicht mischt sich in ihre Stimme.

»Er ist wieder da.«

Sie packt mich ruckartig an den Schultern und hält mich eine Armlänge von sich weg. »Was heißt, er ist wieder da?«

Ich blinzle und wische mir die Tränen von den Wangen. Maddy ist kreidebleich, ihre Augen sind riesig.

»Er war in der Bäckerei, am Sonntag.«

»Ella.« Sie rüttelt mich. »Warum hast du mir das nicht erzählt?!«

»Weil … weil …« Mir versagt die Stimme.

»Was wollte er?«, fragt sie schrill. Ihre Finger bohren sich tief in meine Schultern. »Sag es mir!«

»Er will den Code.«

»Welchen Code, Ella?!« Ihre Stimme wird immer panischer.

»Jax hat einen Safe im Büro. Er ist groß, richtig groß. Zuerst dachte ich, Jacob will an sein Geld, aber das stimmt nicht. Jax hat seinen Siegelring einkassiert, weil er Schulden bei ihm hat.«

»Jax kennt Jacob? Ach du meine Güte!«

»Ja, das tut er. Ich erzähle es dir später«, beeile ich mich zu sagen, bevor sie komplett ausrastet und mir nicht mehr zuhört. »Aber zuerst solltest du etwas anderes wissen.«

»Was?« Sie schüttelt mich, als könnte sie so die Antwort schneller aus mir herausbekommen.

»Jacob hat mir gedroht, dich ebenfalls einzusperren, wenn ich Jax erzähle, was er von ihm will.«

Maddy springt auf und rempelt einen jungen Mann an. Sie bemerkt es nicht. »Du hast es ihm erzählt, habe ich recht? Sonst könntest du unmöglich von dem Ring wissen.«

Ich halte ihrem anklagenden Blick stand. »Ja. Deshalb müssen wir auch in den Club ziehen.«

JAX

»Du hast Mist gebaut, Jackson«, grollt Michael und schaut mich mit strenger Miene an. Scheiße, das habe ich tatsächlich, wenn Michael mich bei meinem vollen Vornamen anspricht. Das letzte Mal hat er das getan, als die Bullen mich und Grey drangekriegt haben, weil wir aus Langeweile in eine Tankstelle eingebrochen sind. Es war einiges an Schmiergeld nötig, damit die Cops und der Besitzer der Tankstelle vergessen, wer wir waren.

»Ich hatte mich nicht mehr unter Kontrolle.« Ich kneife mir in die Nasenwurzel. »Hast du mit Sutter schon geredet?«

»Er hat mich angerufen. Das Gespräch wurde schnell hitzig. Ich habe mich in deinem Namen entschuldigt. Nachdem er sich über dich ausgelassen hat, hat er sich wieder beruhigt. Er stellt aber Forderungen.«

»Du hast dich entschuldigt? Wofür?«, frage ich ungläubig. »Außerdem, welche Forderungen? Er kann froh sein, dass er noch lebt!«

Michael lehnt sich in dem Besucherstuhl vor und stützt die Ellenbogen auf den Knien ab. »Ich habe mich dafür entschuldigt, weil du seine Frau mit einer Waffe bedroht hast. Er verlangt aber diesen Monat hundert Riesen extra, als Entschädigung sozusagen.«

»Damit ist es getan?«, schaltet sich Grey dazu, der rechts neben ihm sitzt. »Wird er den Club weiterhin decken?«

Michael nickt. »Ja. Aber sollte so etwas noch einmal vorkommen …« Michael beendet den Satz nicht, muss er auch nicht, stattdessen verfinstert sich seine Miene weiter, falls das überhaupt möglich ist. »Was hast du dir dabei gedacht? Du hättest beinahe eine langjährige Geschäftsbeziehung ruiniert!«

»Ich habe gar nicht gedacht, okay? Wolkow hat mein Mädchen benutzt, um mir zu drohen. Scheiße, ich war, *bin* total wütend. Ich bin zu Sutter gefahren, weil er der Einzige ist, der weiß, wo Wolkow sich aufhält.« Ich atme tief durch. »Ich wollte endlich wissen, was er von mir will.«

»Und er hat dich zum Warten verdammt«, seufzt Michael und massiert sich die Schläfen. »Gibt es keinen anderen Weg, mit Wolkow in Kontakt zu treten?«

»Nein. Das Anwesen wird bewacht, Sutter meinte, Wolkow wird mich aufsuchen, wenn es so weit ist.«

»Du könntest zu dem Haus fahren«, schlägt Grey vor.

»Daran habe ich auch schon gedacht«, antworte ich. »Aber das Risiko, erschossen zu werden, ist zu groß, wenn ich dort unangekündigt aufkreuze. Ella braucht mich jetzt.«

Ich stehe auf, öffne meinen Safe und hole die Sporttasche heraus. Grey richtet sich alarmiert auf, während Michael fragend zwischen uns hin und her schaut. Ich stelle die Sporttasche vor Michael auf den Tisch.

»Das hier ist der Grund für meine Vorsicht«, sage ich und ziehe den Reißverschluss auf.

Michael steht auf, um einen Blick ins Innere zu werfen. Schlagartig wird er blass, als er die Fotos darin entdeckt.

»Jacob Harrison Ward ist ihr Ex«, setze ich Michael in Kenntnis. »Er ist ein kranker Psychopath.«

»Woher habt ihr die?«, fragt Michael und kramt hektisch in der Tasche herum.

Grey ergreift das Wort und schildert Michael in wenigen Sätzen, wie wir an die Fotos und den Laptop herangekommen sind.

Als Grey endet, sage ich: »Wir haben ihm alles weggenommen. Er ist irgendwo dort draußen und plant vermutlich schon, wie er die Tasche wiederbekommen kann. Vielleicht versucht er es über Ella, sie ist in großer Gefahr, Michael.«

Michael sinkt benommen auf den Stuhl zurück. »Was hast du jetzt vor?«

»Das weiß ich noch nicht. Ich habe kurz daran gedacht, die Bilder zu verbrennen, habe mich dann aber dagegen entschieden. Vielleicht brauche ich sie noch.«

»Weiß die Kleine davon?« Michael nickt in Richtung Tasche.

»Nein, das wird auch so bleiben. Sie hat schon genug hinter sich. Wird Zeit, dass sie nach vorne schaut.«

Michael kratzt sich am Kinn. »Ihr die Fotos vorzuenthalten, ist ein großes Geheimnis, mein Junge. Du hast gesagt, ihr wollt es miteinander versuchen. Nimmst du in Kauf, eure Beziehung darauf aufzubauen?«

Scheiße, keine Ahnung. Meine Schultern sacken hinab. Michael bemerkt mein Dilemma, in dem ich stecke, steht auf und drückt meine Schulter.

»Du musst ihr die Wahl lassen. Es ist ihre Vergangenheit, die du da vor dir siehst. Sie allein muss entscheiden, was damit passiert.«

Ich lasse mir Michaels Worte durch den Kopf gehen. Wer bin ich, ihr einen Abschluss zu verwehren? Sie könnte mit den Fotos zur Polizei gehen und der Bastard würde nie wieder das Tageslicht außerhalb der Gefängnismauern sehen. Er würde dort verrotten – ein mildes Urteil, wenn man bedenkt, was er ihr angetan hat.

»Ich muss darüber nachdenken«, sage ich und verstaue die Tasche wieder im Safe, bis ich bereit bin, Ella zu verlieren. Denn das wird passieren, weil ich sie wieder belüge.

Ich habe sie nicht belogen, ich habe es ihr verheimlicht. Ich wische mir über das Gesicht. *Klar, rede dir das ruhig weiter ein. In ihren Augen ist es dasselbe.*

»Tu das.« Michael klopft mir aufmunternd auf den Rücken. »Du bist ein guter Junge, du wirst wissen, was schlussendlich das Beste für sie ist. Für euch beide. Hör auf dein Bauchgefühl, das hat dich noch nie im Stich gelassen.«

»Danke, Michael.«

Michael nickt mir zu, verabschiedet sich mit einem Handschlag bei Grey und verlässt das Büro.

ELLA

Maddy und ich steuern Jax' Büro an. Nachdem ich sie im Lokal beruhigen konnte, haben wir uns ausgesprochen und beschlossen, vorerst Urlaub zu nehmen. Cody war verständnisvoll. Bei Mr. Bennett war die Sache schwieriger, aber spätestens als Maddy argumentiert hat, die letzten zwei Jahre keinen Urlaub genommen zu haben, musste er einlenken. Ich spüre ihre Angst und drücke aufmunternd ihre Hand.

Jax' Ziehvater kommt im Flur auf uns zu. Er schenkt mir ein warmes Lächeln, wodurch sich die Krähenfüße an den Augenwinkeln noch vertiefen.

»Ella, richtig?«, fragt er und streckt mir die Hand entgegen. »Ich bin Michael. Entschuldige, wenn ich mich noch nicht offiziell vorgestellt habe.«

»Kein Problem. Der Tag gestern war das reinste Chaos.« Ich ergreife seine Hand und schüttle sie.

»Da hast du recht.« Er wendet sich Maddy zu, um sie ebenfalls zu begrüßen. »Und du bist?«

Maddy reicht ihm die Hand. »Madison. Ich bin eine Freundin von Grey.«

Michaels Augenbrauen heben sich überrascht. »So, so, eine Freundin.« Er mustert sie kurz, dann mich, dabei lächelt er wieder dieses warme Lächeln. »Jetzt will ich euch aber nicht weiter aufhalten. Wir sehen uns bestimmt bald wieder.«

»Klar.« Ich räuspere mich, während Maddy eifrig nickt. »Ich meine, das würde mich freuen.«

Im Weggehen höre ich ihn noch irgendwas von Enkelkindern murmeln und dass Veronika es kaum erwarten könne, dann ist er außer Hör- und Sichtweite.

Mit hochgezogenen Augenbrauen schaue ich zu Maddy hinüber, die lediglich mit den Schultern zuckt.

Wir setzen uns wieder in Bewegung und machen vor dem Büro Halt. Jax und Grey schauen gedankenverloren aus dem Fenster, das in die Halle zeigt.

»Hey ihr zwei«, sage ich und klopfe gegen den Türrahmen. »Habt ihr kurz Zeit?« Coco, der unter dem Schreibtisch liegt, richtet sich auf, stößt sich dabei den Kopf und kommt schwanzwedelnd auf mich zu. Ich kraule ihn hinter dem Ohr.

Die zwei Männer drehen sich zu uns um und sobald Greys Blick auf Maddy fällt, bricht sie in Tränen aus. Sofort springt Grey auf und ist bei ihr. Er nimmt sie in den Arm und redet leise auf sie ein. Dankbar, dass Jax die Hände nach mir ausstreckt, gehe ich zu ihm und setze mich auf seinen Schoß. Ich lege den Kopf auf seine Schulter und lasse mich von ihm halten. Bis auf Maddys Schluchzen ist es still im Büro. Mein Herz verkrampft, während meine beste Freundin zusammenbricht. Sie sollte nicht so leiden. Es lässt mich an Mom denken. Sie wird genauso zusammenbrechen. Aber wie wird es erst sein, wenn Jacob mir zuvorkommt? O Gott, keiner wird da sein, um sie aufzufangen. Mein Herz wird schwer.

Jax streicht mir über den Rücken. »Alles okay?«

Ich schüttle den Kopf, nichts ist okay. »Ich habe Angst, Jax«, flüstere ich. »Um dich. Um Maddy.«

»Brauchst du nicht. Egal, was Wolkow fordern wird, ich pack das schon.« Er gibt mir einen Kuss auf die Stirn. »Was Maddy betrifft: Grey passt auf sie auf.«

Ich blinzle die aufkommenden Tränen weg und beobachte Grey, wie einfühlsam er sich um Maddy kümmert. Er führt sie zu dem Besucherstuhl, kniet sich vor sie hin und streicht ihr immer wieder übers Haar, bis sich ihr Schluchzen in ein gelegentliches Hicksen verwandelt.

»Jacob erpresst mich mit den Fotos, von denen ich dir

erzählt habe«, rede ich mir von der Seele. Es wird keinen besseren Zeitpunkt geben als jetzt.

Maddy hebt ihren tränennassen Blick zu mir und auch Grey wendet seinen Kopf. Jax versteift sich. Ich rede weiter, solange ich den Mut dazu habe.

»Er will sie meiner Mom zeigen, sollte ich nicht das machen, was er sagt.« Ich zupfe am Saum meines Pullovers. »Maddy, verzeih mir. Ich wollte nie, dass du in die Sache mit hineingezogen wirst.«

Maddy wischt sich über die Augen, ihre Unterlippe zittert. »Es ist nicht deine Schuld.«

Darauf gebe ich ihr keine Antwort, denn wenn ich vor Jacob nicht solche Angst gehabt und gleich nein gesagt hätte, wäre das alles nicht passiert. Ich wende mich an Jax. »Jax, ich brauche deine Hilfe. Die Fotos befinden sich in Jacobs Haus. Würdest du mir helfen, sie zu beschaffen? Ich will sie meiner Mom zeigen, bevor er es tut.«

Jax schließt für einen Moment die Augen und als er sie wieder aufschlägt, sagt er: »Sie befinden sich nicht mehr in Jacobs Haus.«

Die Worte krachen zwischen uns wie Ziegelsteine.

»Was? Wie?«, stottere ich, weil sich meine Gedanken überschlagen. Wo sollten sie sonst sein?

»Grey und ich sind am Tag nach Jacobs Besuch in der Bäckerei eingestiegen und haben sie gefunden. Ich brauchte Antworten, Ella.«

Ich springe von seinem Schoß auf und halte mich an der Tischkante fest, weil meine Beine nachzugeben drohen. »Antworten?«

»Ja. Du konntest mir keine geben, also bin ich auf die Suche gegangen. Ich musste wissen, womit er dich in der Hand hat.« Seine Stimme klingt reuevoll, aber es reicht nicht, um meine Enttäuschung zu dämpfen. Schon wieder hat er mir etwas verheimlicht. Mein Herz bricht in zwei Teile und es gibt nichts, womit ich es zusammenhalten könnte.

»Du hast gesagt, keine Geheimnisse mehr«, flüstere ich und schluchze auf. »Wird das jetzt immer so weitergehen?«

»Ich hatte keine andere Wahl.« Jax steht auf und stellt sich mir mit geballten Fäusten gegenüber.

»Doch, die hattest du!« Wut flammt in mir auf. Ich hätte ihm nicht so leicht vertrauen dürfen. Ich dachte, das zwischen uns sei echt. Wie konnte er mich nur so dreist belügen? »Wo sind sie? Gib sie mir.«

Jax zögert kurz, dreht sich dann aber zur Wand und öffnet den Safe. Wortlos holt er die sperrige Sporttasche heraus, die mir schon letztens aufgefallen ist. Das macht mich noch wütender – ich hatte sie vor Augen, nichtsahnend, was sich darin befindet.

Er stellt sie auf den Tisch und tritt einen Schritt zurück. »Es ist alles da. Ich habe jedes einzelne Foto mitgenommen, ebenso den Laptop.«

Jetzt bin ich diejenige, die zögert. Wenn Jax diesmal die Wahrheit sagt, sind es vierhundertsechsunddreißig Fotos. Ich weiß das so genau, weil ich sie von meiner Matratze aus unzählige Male gezählt habe. Jacob hat es genossen, mich dort sitzen zu lassen, umringt von all den Beweisen meiner Demütigung.

Mein schlimmster Albtraum ist wahr geworden – Jax hat die Fotos gesehen.

O Gott, Grey auch!

Bittere, übermächtige Scham breitet sich in mir aus und mischt sich mit meiner Enttäuschung zu einem widerwärtigen Cocktail. Meine Finger zittern, als ich nach den Riemen der Tasche greife und sie mir auf die Schulter wuchte. Ich kann Jax jetzt nicht in die Augen sehen. Während ich die Tür anvisiere, sage ich: »Ich werde mir meinen Kram holen und gehen.«

Maddy atmet scharf ein, doch ich ignoriere es. Ich muss hier raus – sofort. Beinahe habe ich es aus der Tür geschafft, da hält mich Jax' Stimme zurück.

»Ich werde dich nicht aufhalten, aber Trevor soll dich begleiten. Bitte.«

Heiße Tränen laufen mir über das Gesicht und ich atme tief durch. Muss er gerade jetzt so fürsorglich sein? »Von mir aus.« Mehr bringe ich nicht heraus, sondern sehe zu, dass ich wegkomme. Weit habe ich es nicht geschafft, als ich hinter mir eilige Schritte höre.

»Ella, warte.« Maddy holt auf und hält mich am Arm zurück. »Ich glaube nicht, dass Jax es böse gemeint hat. Es ist schwierig, mit der Sache umzugehen.«

»Mit welcher Sache?«, frage ich und wirble zu ihr herum.

»Mit dem, was du durchmachen musstest. Ich weiß, wie schwer es für Jax ist. Es zerreißt einen. Man fühlt sich hilflos, machtlos.« Sie knetet ihre Finger. »Wir wollen dich beschützen.«

Der Gefühlscocktail, der in mir brodelt, bricht aus. »Ich will nicht beschützt werden. Ich will normal behandelt werden.« Wütend wische ich mir die Tränen weg. »Ich habe nicht alles gegeben, um zu überleben – um Jacob zu überleben –, bloß um jetzt so behandelt zu werden. Das ertrage ich nicht!«

Maddy will mich in ihre Arme ziehen, doch ich hebe abwehrend die Hände. »Nein, Maddy. Du kannst ja bei Grey bleiben, ich gehe.«

»Aber, Ella …«

»Nein, Maddy!«, unterbreche ich sie und fliehe ins Schlafzimmer. Maddy hat meinen Zorn nicht verdient, das wird mir in dem Moment klar, als ich die Tür hinter mir zuknalle. Ich werfe die Sporttasche auf das Bett und verbanne jeden Gedanken aus meinem Kopf. »Packen«, murmle ich und beginne alles aufzusammeln, was sich von mir in diesem Raum befindet. Eine Arbeitsbluse,

Jeans, mein Kulturbeutel. Das alles stopfe ich in meine Reisetasche, die ich erst vor einigen Tagen von zu Hause mitgebracht habe. Ich schultere sie und will nach der anderen Tasche greifen, da erstarre ich – der Reißverschluss ist nicht ganz geschlossen, mein Blick bleibt auf dem obersten Foto hängen und plötzlich überfällt mich die Vergangenheit wie ein reißender Strom.

KAPITEL 8

ELLA

Jacobs Hand trifft klatschend auf meine Brust und brennender Schmerz fegt durch meinen Körper. Wimmernd konzentriere ich mich auf meine Hände, die unter meinem Gewicht langsam einschlafen, auf das Gefühl der Kabelbinder, mit der er meine Hand- und Fußgelenke zusammengezurrt hat. Sie schneiden ein, tun weh, aber ich ertrage es, schaffe das. Wieder trifft mich ein Schlag – zu fest. Ich kippe zur Seite, ächze, als ich ungebremst mit der Schulter auf den Boden aufschlage.

»Hoch mit dir!« Jacob packt mich an den Haaren und zerrt an mir. So gut es geht, helfe ich mit dem Ellenbogen mit, damit der reißende Schmerz schneller aufhört. Meine Knie stechen, als er mich wieder dort hat, wo er mich haben will. Er lässt mich los. Ich höre seine Schritte, das Knistern der Plastikplane unter seinen Füßen, zuerst links, dann rechts, dann wieder links. Er umkreist mich. Fest kneife ich die Augen unter der Augenbinde zusammen, lausche, mein Herz hämmert gegen meine Rippen. Seine Schritte verstummen – mein Nacken prickelt. Er ist hinter mir. Ich höre das Knacken seiner Knie, als er in die Hocke geht. Was hat er vor? Wird es sehr wehtun?

Bitte, bitte nicht …

Meine Muskeln spannen sich an, meine Sinne sind auf ihn ausgerichtet. Ein Schauer überläuft mich und jedes Härchen richtet sich auf meiner schweißnassen Haut auf. Er fasst mir zwischen die Beine, seine langen Finger zupfen an meinen Schamlippen. In mir zieht sich alles zusammen, mir wird schlecht. Ich will nicht, dass er mich so nimmt, nicht, wenn er in dieser Stimmung ist. Kann er nicht mit mir Liebe machen wie früher? Ineinander verschlungen, während er mich mit seinen sturmgrauen Augen anschaut, als wäre ich das Kostbarste auf der Welt. Tränen treten mir in die Augen und werden von dem Stoff aufgesogen. Ich schreie auf, als er mich unvermittelt in meine Klitoris zwickt.

»Bitte, Jacob«, wimmere ich, bitte, er soll aufhören. Der Schmerz ist unerträglich, explodiert in meinem Kopf. Er lacht und erhöht den Druck, sein Daumennagel gräbt sich in mein Fleisch. Ich will wegkrabbeln, doch er packt mich an der Hüfte und hält mich fest.

»Hiergeblieben!« Er lässt von meiner Klitoris ab und ich sinke in mich zusammen. Es pocht unangenehm. Ich versuche, zu Atem zu kommen, doch im gleichen Moment spreizt er meine Beine weiter auseinander, so weit, dass ich glaube, meine Leisten zerreißen. Ich stöhne auf vor Schmerz. Seine Finger bohren sich in meine Hüften und er zwängt sich in mich. Ich bin nicht feucht und es fühlt sich an, als würde Sand über mein Gewebe reiben. Ich will meine Beine schließen, doch seine Knie halten mich unbarmherzig offen. Ohne mein Zutun zuckt mein Becken weg, ich kippe nach vorne und knalle mit der Stirn gegen den Boden.

»Was tust du?« Er klingt ungehalten. Angst schnürt mir die Brust zu und treibt meinen Puls in ungeahnte Höhen. Ich versuche, mich aufzurappeln, doch es gelingt mir nicht. Er lehnt sich über mich, seine verschwitzte Brust reibt über meinen Rücken, und im nächsten Moment packt er mich an der Kehle und reißt mich wieder hoch auf die Knie. Mir entfährt ein erstickter Schrei, sein Griff wird fester und ich bekomme keine Luft mehr. Nein, nein, bitte nicht! Ich will nicht ohnmächtig werden, lieber ertrage ich den Schmerz. Ich zerre an meinen Handgelenken, will mich befreien, will ihn anflehen, dass er mich loslassen soll, dass ich alles machen werde, was er sagt, wenn er mich nur nicht in die Dunkelheit

schickt. Sein Schwanz rammt sich in mich. Rein, raus, rein, raus. Er grunzt mir ins Ohr und ich spüre, wie sein Schweiß zwischen meine Schulterblätter tropft und wie Säure über meinen Rücken läuft. Seine Stöße werden schneller, unkontrollierter. Ich muss locker lassen, aber es geht nicht, meine inneren Muskeln verkrampfen sich um ihn. Sandpapier scheuert in mir. Es ist unerträglich, ich halte das nicht aus. Mir wird schwindelig, meine Lunge will sich mit Sauerstoff füllen, brennt. Muss atmen … muss atmen. Wenn er mich nur loslassen würde. Zwar sehe ich nichts, aber ich spüre, wie schwarze Punkte vor meinen Augen zu flimmern beginnen. Meine Finger fangen an zu kribbeln, wie jedes Mal, kurz bevor ich das Bewusstsein verliere. Ein grausamer Biss in meine Schulter reißt mich kurz in die Realität zurück, aber es ist zu spät, meine Muskeln erschlaffen und die Dunkelheit verschluckt mich.

Als ich wieder zu mir komme, bleibe ich nicht liegen, in dem Versuch, wieder zu mir zu finden, sondern setze mich ruckartig auf. Hektisch schaue ich mich um. Nun sehe ich die schwarzen Punkte vor meinen Augen und schwanke. Ich kauere auf meiner Matratze, Jacob thront am anderen Ende des Raums auf seinem Drehstuhl und beobachtet mich. Wie immer, nachdem er sich an mir vergangen hat.

Er zündet sich eine Zigarre an und pafft einige Male. »Willkommen zurück, Mäuschen.« Rauch kringelt sich um sein Gesicht und er sieht aus wie der Teufel, der er ist.

Ich weiche seinem Blick aus und beginne mich abzutasten. Angefangen mit meinem Hals, der sich anfühlt, als hätte ich mit Glasscherben gegurgelt, dann die Schulter, auf die ich geknallt bin, meine Brüste, die von den Schlägen prickeln, meinen Bauch, der immer noch zu einem Knoten verschnürt ist. Obwohl es wehtut, schlucke ich schwer, als ich zwischen meinen Beinen ankomme. Alles brennt und sticht und fühlt sich wund an. Meine Finger ertasten sein Sperma, das aus mir herausläuft und eine Welle des Ekels schwappt über mich. Ich unterdrücke ein Würgen und wische sie verstohlen an der Matratze ab, bevor ich mit zitternden Händen über meine Beine streiche. Bei den aufgeschürften Stellen auf meinen Knien zische ich leise.

Ich bin noch da … ich bin noch ganz …

Eilig greife ich nach dem weißen Kleidchen, das er mir hier unten im Keller erlaubt anzuziehen, und streife es mir über den Körper. Das Stück Stoff bedeckt mich kaum und doch fühle ich mich ihm nicht mehr ganz so ausgeliefert. Die Kamera klickt und ich zucke zusammen. Ich brauche ihn nicht fragen, was er mit mir gemacht hat – spätestens, wenn er die Bilder entwickelt hat, werde ich es wissen.

JAX

»Du musst ihr Zeit geben«, redet Maddy auf mich ein. »Sie wird sich beruhigen.«

Ich höre auf, in meinem Büro auf und ab zu laufen, und lasse mich erschöpft in meinen Bürostuhl sinken. So erstklassig ich körperlich in Form bin, so müde ist mein Geist. »Von mir aus kann Jacob den verdammten Siegelring wiederhaben. Ich würde ihm den Ring mit Freuden überlassen, zusammen mit meiner Kohle als Bonus, wenn ich wüsste, dass dadurch alles zu einem Ende käme.«

Grey seufzt. »Aber das wird es nicht. Er wird zurückschlagen, weil er rachsüchtig und jähzornig ist.«

»Warum? Weil es hier nicht mehr um Statussymbole geht?«, mutmaßt Maddy.

»Ja«, antworte ich. »Es geht um seine Existenz. Ella könnte ihn fertigmachen.« Ich verfalle in Schweigen und auch die beiden haben nichts mehr hinzuzufügen. Meine Finger krallen sich in das Leder der Armlehnen, um mich davon abzuhalten, nach Ella zu sehen. Scheiße, es ist genau so gekommen, wie ich es erwartet habe: Sie hat mich verlassen.

Ein Schrei hallt durch das obere Stockwerk. Augenblicklich springe ich auf und renne hinüber in die Wohnung. Das Wohnzimmer ist verwaist, also gehe ich weiter ins Schlafzimmer.

»Ella?«, rufe ich sie und schaue mich um. Auf dem Bett liegt, halb geöffnet, die Sporttasche, auf dem Boden führt eine Spur Klamotten zum Badezimmer. Ich folge ihr und drücke die Tür auf. Dampfschwaden schlagen mir entgegen, hinter der Trennwand aus Glas nehme ich verschwommen Ellas Silhouette wahr. Ihre Bewegungen sind hektisch, ruckartig.

»Ella?«, rufe ich sie noch einmal.

Keine Antwort.

Mit einem unguten Gefühl gehe ich auf die Trennwand zu, achte aber dabei darauf, genügend Lärm zu machen, damit ich sie nicht erschrecke.

Nur noch einen Schritt entfernt, bewahrheitet sich, was ich insgeheim befürchtet habe – sie weint.

Ohne zu zögern öffne ich die Trennwand. Sie steht mit dem Rücken zu mir und schrubbt sich wie besessen mit einem Schwamm die Haut ab. Mit einem Blick auf ihren Körper wird mir bewusst, dass sie das seit geraumer Zeit tut – überall wo sie hingelangt, ist ihre Haut feuerrot.

Ohne darauf zu achten, dass meine Klamotten durchweicht werden, betrete ich die Dusche und fasse nach ihrem Oberarm. »Was machst du da?«, frage ich und will sie zu mir umdrehen. Sie wirbelt herum und versetzt mir einen heftigen Stoß vor die Brust.

»Fass mich nicht an!« Sie weicht zur hinteren Wand zurück, senkt den Blick auf ihren Körper hinab und klatscht sich den Schwamm auf ihre Brüste. Das Geräusch, wo der Schwamm über ihre Haut schabt, ist eindringlich und widerlich. »Ich muss es abwaschen. Kann ihn spüren, kann ihn riechen. Überall«, murmelt sie und bearbeitet ihren Bauch.

Einen Moment lang bin ich perplex, aber schon im nächsten bei ihr. »Schon gut«, sage ich beschwichtigend und reiße ihr den Schwamm aus den Händen. Sie hat die schnelle Bewegung nicht kommen sehen und ihr entgeisterter Blick fällt auf den Schwamm, der in der Ecke zum Liegen gekommen ist. Sie will sich bücken, doch ich schlinge einen Arm um ihre Mitte.

»Lass mich los.« Ich erkenne ihre Stimme gar nicht wieder, so gehässig klingt sie.

»Nein.« Ich packe sie fester und presse sie mit dem Rücken gegen meinen Körper. Sie windet sich und ich habe Mühe, sie festzuhalten, weil sie glitschig wegen des Duschgels ist.

»Lass mich los, du tust mir weh!« Sie ruckt mit den Schultern hin und her, als könnte sie sich dadurch befreien, während ihre Nägel sich in meinen Unterarm bohren.

»*Du* tust dir weh. Ich lasse nicht los. Keine Chance«, sage ich und hoffe, zu ihr durchzudringen. Wir müssen da jetzt durch, ob wir wollen oder nicht!

Sie schreit auf, zappelt und tritt wild um sich. Am Rande registriere ich Maddy, die mit vor Schreck geweiteten Augen im Türrahmen steht, hinter ihr Grey.

»Ich kümmere mich um sie, geh«, fordere ich Maddy auf, doch sie rührt sich nicht vom Fleck. »Grey, mach was!« Daraufhin legt er ihr die Hände auf die Schultern und zieht sie fort.

Ellas Füße finden Halt und sie stößt sich ab. In letzter Sekunde drehe ich mich und donnere mit dem Rücken gegen die Fliesen. Ich ächze, Wasser läuft mir in Mund und Nase.

Wieder schreit sie, ihr Kopf ruckt nach hinten und ich kann gerade noch ausweichen. Ihre Faust kracht in meine Seite und ihre Fersen hämmern unablässig gegen meine Schienbeine. Ich beiße die Zähne zusammen. Plötzlich krümmt sie sich zu einem Ball zusammen und beginnt wie eine Irre mit den Nägeln über ihre Schläfen zu kratzen.

»Es sind so viele, so viele Bilder. Mach sie weg! Mach sie weg!«, kreischt sie und reißt sich Strähnen ihres Haars aus, die in nassen Bündeln an den Fliesen entlangrutschen. »Ich kann nicht mehr!«

Ich versuche, ihre Hände einzufangen, dabei entgleitet sie mir und stürzt mit den Knien voran zu Boden. Sie schreit auf, doch bevor ich bei ihr sein kann, rappelt sie sich auf die Ellenbogen, holt aus und schlägt ihren Kopf gegen den Boden. Das schmatzende Geräusch, als ihr Schädelknochen mit den nassen Fliesen kollidiert, hallt tief in mir nach.

Sie holt noch einmal aus. Ich stürze auf sie zu, presse meine Hand auf ihre Stirn und ziehe ihren Kopf nach hinten. Meine Beine geben nach. Ich sacke hinter ihr auf die Knie und schlinge beide Arme um sie.

Sie brüllt aus Leibeskräften, ihr Körper ist zum Zerreißen gespannt. Ich drücke meinen Kopf seitlich an ihre Schläfe und wiege sie sachte vor und zurück.

»Lass alles raus, komm schon«, murmle ich. »Ich bin hier, ich fang dich auf.«

Ihr Brüllen wird klagend und mir blutet das Herz. Ich schließe die Augen und erlaube mir, traurig zu sein. Weil sie nie die Frau sein durfte, die sie hätte werden können, weil ihr die Chance dazu entrissen wurde, weil sie nie völlig frei sein wird – arglos, weit weg von all dem Schrecken. Weil ihre Seele großen Schaden erlitten hat und niemand es schaffen wird, ihn jemals vollkommen auszulöschen. Das hat sie alles nicht verdient. Tränen der Verzweiflung und Hilflosigkeit laufen mir über die Wangen, dabei halte ich Ella ganz fest.

Irgendwann – das Wasser prasselt mir mittlerweile eiskalt über den Rücken – verwandelt sich ihr Brüllen in ein herzzerreißendes Schluchzen. Ihr Körper bebt, während sie in sich zusammensackt. Ich riskiere es, einen Arm von ihr zu lösen, und stelle das Wasser ab. Nur das Gluckern des Abflusses und das Tropfen des Wassers aus dem Duschkopf sind noch zu hören. Sie dreht sich in meinen Armen um, klammert sich an mir fest und weint bitterlich – salzige Tränen.

»Ich bin hier«, versichere ich ihr noch einmal und streiche ihr sanft über den Rücken. Ihr Griff um meinen Nacken wird fester und sie fängt an zu zittern, ihre Zähne klappern.

»Wir müssen dich ins Bett schaffen, aber dafür musst du mich loslassen«, sage ich in ruhigem, beschwichtigendem Tonfall.

»Nein.« Sie presst sich enger an mich.

»Nur für einen Moment, ich versprech's dir. Ich muss meine nassen Klamotten loswerden und wir müssen dich abtrocknen.«

Spürbar widerwillig lässt sie die Arme sinken und ich springe auf. In Windeseile ziehe ich mich aus, schnappe mir zwei Handtücher, binde mir eines um die Hüften und lege ihr das andere über die Schultern. Sie hat die Knie angezogen und die Arme um sie geschlungen, ihr Kopf zwischen den Ellenbogen vergraben.

Vorsichtig schiebe ich einen Arm unter ihre Knie, den anderen lege ich auf ihren Rücken und hebe sie hoch. Sie hängt schlaff in meinen Armen und ihr Kopf rollt nach hinten. Ein dünnes Rinnsal frischen Blutes läuft ihr vom Haaransatz die Schläfe hinunter. Scheiße, ich habe ihre Wunde bis jetzt gar nicht bemerkt.

Behutsam bette ich sie auf die Matratze und breite eine Decke über ihr aus. Als ich mich gerade zum Gehen wende, um den Erste-Hilfe-Kasten zu holen, flüstert sie: »Lass mich nicht alleine.«

Ich drehe mich zu ihr um. »Bin sofort wieder da.«

Sie rollt sich unter der Decke zusammen, lässt mich aber nicht aus den Augen.

Im Badezimmer krame ich den Erste-Hilfe-Kasten aus dem schmalen Schrank und bleibe auf halbem Weg zum Bett stehen. Ihre Reisetasche liegt vor dem Kleiderschrank auf dem Boden, daneben meine Sporttasche, deren Reißverschluss jetzt zugezogen ist. Grey oder Maddy müssen das erledigt haben. Ich gehe hinüber und krame in der Reisetasche herum. Ein Kulturbeutel kommt zum Vorschein, diverser Frauenkram und saubere Klamotten, darunter auch ein dunkelblauer Pyjama mit kleinen Teddybären. Ich schnappe ihn mir, zusammen mit frischer Unterwäsche und kehre zu Ella zurück. Auf dem Rand des Bettes lasse ich mich nieder.

»Ich muss mich um deine Wunde kümmern«, sage ich, lege den Erste-Hilfe-Kasten auf meine Knie und lasse ihn aufschnappen. »Außerdem habe ich den hier gefunden.« Ich halte den Pyjama hoch.

Sie greift danach und legt ihn neben sich auf die Matratze. Mit unkoordinierten Bewegungen strampelt sie sich die Decke von den Beinen und zieht sich das Handtuch von den Schultern. Ihre Haut ist immer noch gerötet.

Gerade will ich ihr beim Anziehen helfen, da halte ich stockend inne und beobachte sie. Sie streicht sich mit der flachen Hand über die Arme, über den Hals zu ihren Brüsten, zu ihrem Bauch bis hinunter zu ihren Zehen, dabei wird ihr Gesichtsausdruck milder und als sie fertig ist, wirkt sie richtiggehend erleichtert.

Was war das gerade?

Sie nimmt den Pyjama und beginnt sich anzuziehen.

»Warte«, sage ich, nehme ihr das Oberteil ab und dehne den Halsausschnitt, damit er nicht die Wunde berührt. Dann helfe ich ihr in Höschen und Pyjamahose. Sie kuschelt sich wieder unter die Decke und ich stecke die Ränder unter ihr fest. So abgefuckt es in dieser Situation klingt, aber ich mag das Gefühl, mich um sie zu kümmern.

»Jetzt lass mal sehen.« Ich beuge mich über sie und streiche vorsichtig ihr nasses Haar nach hinten. Die Schramme ist nicht tief.

»Ist nicht schlimm. Muss nicht genäht werden«, sage ich und greife nach dem Desinfektionsmittel und einem Mulltupfer. Ich tupfe das geronnene Blut aus ihrem Gesicht und reinige dann die Wunde. Sie zuckt nicht zusammen – mein Mädchen ist wirklich tapfer.

»Das war's schon«, sage ich und puste leicht über die verletzte Stelle. Aus dem Erste-Hilfe-Kasten suche ich ein passendes Pflaster heraus, und als ich mich wieder zu ihr umdrehe, sind ihre Augen geschlossen.

Liebevoll klebe ich das Pflaster auf die Wunde, streiche es an den Kanten glatt und drücke meine Lippen auf ihre Stirn. »Nacht, Baby. Ich bin hier, wenn du mich brauchst.«

Ella

Die Dunkelheit verschluckt mich, erstickt mich, droht mich mitzureißen. Ich reiße die Augen auf. Ich kann nichts sehen, die Dunkelheit ist überall, dort draußen, in mir.

Oh, bitte, bitte süßes Vergessen, nimm mich in dir auf.

Aus der Ferne zieht ein Grollen heran. Ein Gewitter? Nein, die Fight-Night. Wie eine Naturgewalt tobt sie unter mir, lässt den Boden erzittern und die Wände wackeln.

Ein schmaler Arm schlingt sich um meine Bauchmitte, ein zarter Körper schmiegt sich an meinen Rücken. »Ich bin hier, Ella«, flüstert eine vertraute Stimme. Maddy. Ich schließe wieder die Augen, lasse mich davontreiben und endlich, endlich, nimmt mich das Vergessen in Empfang.

JAX

Die Wut in mir gleicht einer lebendig gewordenen Bestie, die tobend versucht, auszubrechen. Seit achtundvierzig Stunden liegt Ella dort oben und wird in unregelmäßigen Abständen von Albträumen gebeutelt. Hin und wieder wacht sie für einige Minuten auf und murmelt etwas, dabei blickt sie ins Leere. Liza war bei ihr. Ihrer Meinung nach deutet vieles an Ellas Verhalten auf eine posttraumatische Belastungsstörung hin. Gottverdammt! Ich kann ihr nicht helfen, niemand kann das im Moment. Ella muss allein wieder zurückfinden. Eigentlich sollte ich jetzt bei ihr sein, sie fest im Arm halten, aber ich kann nicht, die Bestie in mir macht es mir unmöglich, herumzuliegen und abzuwarten.

Während ich mich aufwärme, habe ich Jacob vor Augen, der als solcher nicht mehr zu erkennen sein wird, wenn ich ihn in die Finger bekomme. Ich habe über Mord noch nie nachgedacht, aber seit Ella in mein Leben getreten ist, hat sich meine Einstellung dazu grundlegend geändert.

Ich würde ihn töten, ohne zu zögern.

Adam, der Moderator, beendet seine Ansage und *Warrior* von *Disturbed* setzt ein. Ich sprinte los, begierig darauf, meinen Frust und die Wut abzubauen.

Nach Ellas drittem Albtraum, aus dem ich sie nicht wecken konnte, habe ich jemanden angerufen, der mich wenigstens für die nächsten Stunden ablenken wird. Mit den Jahren ist er von meinem besten Freund zu meinem erbittertsten Rivalen geworden. Er ist der Einzige – abgesehen von Grey –, der mich besiegen könnte. Mit einem gehässigen Lachen und dem Versprechen, mir alle Knochen zu brechen, hat er in den Kampf eingewilligt.

Im Gehen zerre ich mir den Hoodie über den Kopf, springe die Stufen zum Käfig hinauf und steuere auf dessen Mitte zu. Das Gebrüll der Menge brandet über mich hinweg. Adrenalin packt mich und hält mich in Bewegung, was mich jedoch nicht daran hindert, meine getapten Hände zu prüfen und mir den Mundschutz in den Mund zu stecken. Reine Routine.

Der Song neigt sich dem Ende zu und mein Körper fokussiert sich wie von selbst — all die Jahre des Kampfes haben ihn darauf gedrillt.

Zwei Scheinwerfer richten sich auf den Gang zum Käfig, der Song wechselt und die Menge rastet aus. Nach einer gefühlten Ewigkeit erscheint er im Flur. Maddox, dieses Arschgesicht. Er hat schon immer verstanden, sich in Szene zu setzen. In Gedanken gehe ich sein Profil durch.

Kampfgewicht: einige Pfund mehr als ich.

Reichweite: die gleiche.

Kampfstil: nicht weniger skrupellos.

Schwachstelle: sein linkes Knie, das ich ihm bei unserem letzten Aufeinandertreffen zertrümmert habe.

So wie er den Gang entlang schreitet und mir entgegensieht, ist er auf Rache aus. Ist mir recht, ich bin bereit.

Maddox steigt die Stufen hinauf und stürmt auf mich zu, seine Miene vor Wut verzerrt. Ein Gefühl, mit dem ich umgehen kann. Alles ist besser als diese Hilflosigkeit.

Seine getapte Faust zielt auf mein Gesicht. Ich ducke mich weg, er hat es aber vorhergesehen und nimmt den Schwung mit. Seine Faust prallt hart gegen meinen Kiefer, ein kurzer explodierender Schmerz, der mich aber nicht weiter stört. Ich springe hoch und meine Füße landen punktgenau auf seinem Brustkorb. Mit einem Ausfallschritt nach hinten rettet er sich vor dem Sturz.

Sofort setze ich nach und zerschlage seine Deckung, mein Faustschlag lässt das Blut aus seiner Nase spritzen.

Mit einem Schrei geht er auf mich los und verpasst mir immer wieder gezielte Treffer, die ich unbarmherzig erwidere. Wir umkreisen uns, treten und schlagen aufeinander ein. Es ist ein überwältigendes Gefühl, mich so abzureagieren. Ich wische mir mit der Bandage das Blut aus den Augen. Mein Körper schmerzt, vor allem der rechte Oberschenkel, dank einem seiner Treffer.

Seine Arme legen sich um meinen Brustkorb, in der Absicht, mir die Rippen zu brechen. Ich lasse mich nach hinten fallen und wir kommen donnernd auf dem rauen Beton auf. Er lässt locker, ich rolle rückwärts über seinen Kopf hinweg und springe auf. Da er gerade so schön ohne Deckung vor mir liegt, verpasse ich ihm einen Tritt gegen den Oberkörper. Er ächzt und ich trete nach. Als ich noch einmal aushole, packt er meinen Unterschenkel und zieht mir die Beine weg. Er legt sich auf mich, umklammert mich. Nur mithilfe meiner Beine gelingt es mir, mich aus dieser misslichen Lage zu befreien.

Die Minuten vergehen, während die Oberhand zwischen uns im Kampf wechselt. Seine eiserne Faust gegen meine Milz lässt mich nach Luft schnappen und für eine Sekunde gebe ich mich dem Schmerz hin.

»Du bist dir ganz sicher, dass du das tun willst? Was du dort drinnen zu Gesicht bekommst, wird dir nicht gefallen.«

»Damit werde ich zurechtkommen.« Ich starre das Lagerhaus auf der gegenüberliegenden Straßenseite an. »Ich muss.«

»Vergiss unsere Vereinbarung nicht. Bevor wir nicht wissen, was Sutter und die Russen treiben, darfst du dich nicht zu erkennen geben.« Eine Hand legt sich auf meinen Unterarm und ich reiße den Blick los. »Deine Zeit wird kommen, aber noch nicht jetzt.« Ein unbeugsamer Blick unterstreicht die Worte.

Ich nicke. *Meine Zeit wird kommen, aber noch nicht jetzt.* Ich mache es mir für diese Nacht zu meinem Mantra. Was sind schon Tage, Wochen oder Monate im Vergleich zu Jahrzehnten?

»Schön, und wenn du schon dort drinnen bist, schau dich um, die Wanze wurde entdeckt.«

»Okay. Bis später.« Ich überquere die Straße und bei jedem Schritt, der mich dem Eingang näherbringt, klopft mein Herz schneller in meiner Brust. Auf dem Bürgersteig lungern vorwiegend junge Menschen herum. Rauchwolken steigen in den Nachthimmel auf und der süßliche Duft von Marihuana hängt in der Luft. Der breitschultrige Security in schwarzem Anzug und weißem Hemd zieht eine Braue hoch, als ich auf ihn zuhalte. Sein Blick sagt mir, dass ich nicht hierher gehöre. Ich streiche das Kostüm unter meinem offenstehenden

Mantel glatt und recke das Kinn vor, zwei Gesten, die ihm verdeutlichen sollen, dass mir das durchaus bewusst ist und ich dennoch vorhabe, dort hinein zu gehen. Bevor ich bei ihm ankomme, öffnet er die schwere Metalltür und harte Gitarrenklänge dringen auf die Straße. Ich nicke ihm dankbar zu und trete ins Innere. Die Atmosphäre ist erfüllt von Aggression. Die Menschen drängeln und stoßen einander an, dabei ist ihre ganze Aufmerksamkeit nach vorne gerichtet. Ich hebe den Blick und sehe *ihn.* Er kämpft, in einem Käfig und es wirkt, als wäre er dafür geboren. Welche Art von Leben muss er geführt haben, um hier zu enden? Jemand rempelt mich an und reißt mich aus meiner Schockstarre. Um mich der Menschenmenge zu entziehen, weiche ich nach hinten aus und schiebe mich an der Mauer entlang zum rückwärtigen Teil der Halle. Dort lehne ich mich gegen eine Säule und atme tief durch.

»Wollen Sie eine Wette platzieren? Noch ist der Kampf ausgewogen, aber das kann sich schnell ändern.«

Ich drehe mich um und sehe mich einem Mann mit Hornbrille gegenüber. »Danke, aber nein.«

»Wie Sie wollen.« Er schiebt seine Brille hoch und will sich gerade abwenden, da halte ich ihn auf.

»Erzählen Sie mir etwas über den Kämpfer in der blauen Hose.«

Der Mann wirft einen Blick an mir vorbei zum Käfig. »Sein Name lautet Jackson *The Warrior* Davis. Er ist eine Legende. Der beste Streetfighter New Yorks. Wenn Sie auf ihn setzen, stehen Sie immer auf der Gewinnerseite. Nicht einmal *Sandman,* der andere Kämpfer, hat es jemals geschafft, ihn zu schlagen.«

Streetfight. Eine Legende.

Die Worte machen mich benommen, vereinnahmen mich und ich bekomme kaum ein Nicken zustande, geschweige denn ein »Danke«.

Der Mann wendet sich endgültig ab und ich zwinge mich, aufrecht stehen zu bleiben.

Ich hätte das niemals zulassen dürfen.

Maddox geht auf Abstand und ich sehe durch den roten Schleier aus Blut seine Füße vor meinem Gesicht, die sich von mir abwenden. Ich schiebe den Schmerz beiseite und hieve mich hoch. Er reckt seine Fäuste in die Luft, glaubt, er hat gewonnen. Er müsste es besser wissen: Man sollte mich nie aus den Augen lassen!

Als ich auf den Beinen bin, springe ich ihm in den Rücken. Er stürzt zu Boden, ich schlinge ihm einen Arm um den Hals, verstärke mit der anderen Hand den Druck und nutze mein Körpergewicht, um ihn am Boden zu fixieren – jetzt habe ich ihn.

Da er wie ich niemals die Kontrolle über seinen Körper verlieren möchte, niemals freiwillig in Ohnmacht fallen würde, bemerke ich im Augenwinkel eine kleine Geste – er gibt sich mit einem Klopfen auf den Boden geschlagen.

Ich steige von ihm herunter und sehe heftig atmend auf ihn hinab. Angestrengt dreht er sich um und in seine schmerzverzerrte Miene mischt sich ein Hauch Respekt.

»Du bist nicht weniger zäh als damals, Warrior«, bringt er würgend hervor.

»Und du solltest es besser wissen.« Ich strecke ihm die Hand entgegen und er schlägt sie weg.

»Revanche?«, grunzt er und rappelt sich auf.

Ich wische mir den Schweiß und das Blut aus dem Gesicht. »Heute nicht.«

»Was soll's.« Er rotzt Blut auf den Boden. »Dann lass

ich mir mal den Schwanz befeuchten.« Maddox wendet sich schwerfällig Richtung Ausgang.

»Kannst währenddessen gerne auf meinen Sieg trinken«, rufe ich ihm hinterher.

»Fick dich, Jackson.« Er zeigt mir über die Schulter hinweg den Mittelfinger, verlässt den Käfig und wird von der grölenden Menge verschluckt.

Als ich die kleine Treppe hinunter humple, wo mich Bill schon erwartet, treffen mich die Schmerzen mit voller Wucht.

»Geht's dir jetzt besser?«, fragt er und mustert mich von oben bis unten.

»Besser als vor dem Kampf. Gibt's etwas, das ich wissen sollte?«

»Alles ruhig, Boss.« Bill deutet mit dem Kinn zur Treppe, die ins obere Stockwerk führt. »Geh zu deinem Mädchen, Grey und ich übernehmen.«

Ich nicke ihm zu und schiebe mich durch die Menge, wobei ich jedem ausweiche, der versucht, mich anzuquatschen. Am Fuße der Treppe stehen zwei meiner Männer, die einen Schritt zu Seite machen, um mich durchzulassen.

Ich quäle mich die Stufen hinauf und die Galerie entlang. Im Wohnzimmer stürmt Coco auf mich zu. Ich nehme mir Zeit und streichle ihn ausgiebig. Trevor steht mit verschränkten Armen vor meiner Schlafzimmertür.

»Danke fürs Aufpassen«, sage ich und humple auf ihn zu.

»Ist mein Job, Boss.« Er tritt von der Tür weg.

»Ich schicke dir Maddy raus. Bring sie zu Grey. Danach kannst du Feierabend machen.«

»Ich habe mich heute für die Nachtschicht einteilen lassen. Wenn das kein Problem ist, Boss«, schiebt er noch hinterher.

»Kein Problem, nein. Danke, Mann.« Ich klopfe ihm auf die Schulter und betrete das Schlafzimmer, das sanft von dem Schein der Nachttischlampe erhellt wird. Alles liegt ruhig da, nur ein leises Schnarchen ist zu hören. Ich humple zum Bett und beuge mich über Maddy, die einen Arm um Ella gelegt hat.

»Maddy«, flüstere ich, »wach auf. Ich übernehme.« Sie rührt sich nicht. »Maddy, aufwachen«, versuche ich es noch einmal und rüttle sie sachte an der Schulter.

Sie stöhnt leise und rollt sich auf den Rücken. »Oh! Hallo, Jax.« Sie setzt sich auf und kämmt sich mit den Fingern das Haar nach hinten. »Muss wohl eingeschlafen sein.«

»Albträume?«, erkundige ich mich und spähe zu Ella hinüber, die bis auf einen Schopf dunkler Haare, der unter der Decke hervorlugt, nicht zu sehen ist.

»Nein, alles ruhig.« Sie schwingt die Beine aus dem Bett und ich helfe ihr aufzustehen.

»Trevor wartet draußen auf dich. Er bringt dich zu Grey.«

»Danke.« Sie drückt meinen Unterarm, schnappt sich ihre Handtasche und geht zur Tür.

»Und Jax?«

»Ja?«

»Danke, dass du für sie da bist und sie beschützt.«

»Sie gehört jetzt zu mir, ist also nicht der Rede wert.«

»Ich wollte es trotzdem gesagt haben. Weißt du, Jax, sie ist auch ein Teil von mir und ich habe es schlussendlich nicht geschafft, sie zu beschützen.«

Bevor ich fragen kann, was sie damit meint, ist sie zur Tür hinaus.

Ich seufze schwer, humple zur anderen Seite des Bettes und ziehe vorsichtig die Decke von Ellas Gesicht. Ihre Miene ist entspannt und ich atme zum ersten Mal so richtig durch, seit ich sie unter der Dusche gefunden habe.

»Bin gleich bei dir«, murmle ich, gebe ihr ein Kuss auf die Schläfe und hinke ins Badezimmer. Aus dem schmalen Schrank nehme ich die Dose mit den Schmerzmitteln heraus und werfe mir gleich zwei Pillen ein. Zehn

Minuten, dann ist jeder Schmerz wegrationalisiert. Ein Hoch auf Lizas Wunderpillen.

Ich drehe das warme Wasser in der Dusche auf, schäle mich aus den blutigen Klamotten und schneide mir die Bandagen von den Fingern und Füßen. Langsam füllt sich der Raum mit Dampf. Als ich mich unter den Wasserstrahl stelle, habe ich alles wieder vor Augen. Ich versuche, nicht weiter an vorletzte Nacht zu denken und genieße das warme Wasser, das die Überreste des Kampfes davonspült. Die Wut in mir ist fürs Erste gedämpft, mal sehen, für wie lange.

Aus dem Schlafzimmer dringen Geräusche zu mir. Ich schnappe mir ein Handtuch und schaue nach, was los ist. Ella sitzt an der Bettkante und sieht mir entgegen. Sofort bin ich bei ihr und knie mich vor sie. Sie wirkt müde und abgekämpft, aber das ist egal, sie ist munter, nur das ist wichtig. Ich nehme ihr Gesicht zwischen meine Hände und küsse die tiefvioletten Ringe unter ihren Augen und ihre Stirn, die in all den Stunden stets tief gefurcht war.

»Wie geht's dir?«, frage ich vorsichtig.

Sie fasst sich an den Hals und räuspert sich, dabei verzieht sie schmerzhaft das Gesicht. »Kann ich nicht sagen. Sonst müsste ich darüber nachdenken und das will ich im Moment nicht.« Ihre Stimme ist heiser vom Schreien.

»Okay«, lenke ich ein und umarme sie fest. Ich bin so unfassbar glücklich, sie wiederzuhaben.

»Jax, du erdrückst mich«, nuschelt sie.

»Scheiße, entschuldige.« Eilig lasse ich sie los. »Alles klar?«

Sie schaut an sich hinunter. »Ich denke schon. Bin noch ganz.« Sie lächelt leicht und die ganze Anspannung fällt von mir ab.

»Komm, leg dich wieder hin. Hast du Hunger? Durst? Hast du Kopfweh? Brauchst du Schmerztabletten? Liza hat mir Wahnsinns-Wunderpillen dagelassen«, kommt es in einem Schwall aus mir heraus. »Sag mir, was du brauchst.«

»Ich werde gehen, Jax. Es hat sich nichts geändert.«

Wenn ich nicht schon knien würde, würde ich es spätestens jetzt. »Gehen? Jetzt?«

»Ja, jetzt. Was passiert ist, war nicht das erste Mal. Ich nenne sie die dunkle Front. Sie zieht vorüber.« Sie nimmt meine Hände von ihrem Gesicht und drängt sich an mir vorbei. Völlig erstarrt beobachte ich sie, wie sie mit unsicheren Schritten zu ihrer Reisetasche geht und Klamotten herauskramt. Als sie alles gefunden hat, was sie zu brauchen scheint, dreht sie sich zu mir um. »Vielleicht war eine Beziehung zu führen zu vorschnell. Vielleicht sind wir beide noch nicht bereit dazu.« Sie räuspert sich. »Oder aber, es liegt an mir. Jedenfalls muss ich einige Sachen für mich klären.«

Während ich versuche, zu verarbeiten, was sie da sagt, komme ich langsam auf die Beine. »Was meinst du damit?«

Die Müdigkeit in ihren Augen verschwindet und ihr Blick wird entschlossen. »Ich brauche eine Auszeit.«

Eine Auszeit?

»Du meinst, du machst Schluss mit mir.« Ich kenne mich mit Beziehungen nicht aus, aber eines weiß ich: Auszeit bedeutet das Ende einer Beziehung. Zwar wusste ich schon vor ihrem Zusammenbruch, dass ich sie verloren habe, aber insgeheim habe ich gehofft, sie zurückgewinnen zu können. Das hier fühlt sich endgültig an.

Ohne darauf zu antworten geht sie ins Badezimmer und ich starre ihr wie ein Vollidiot hinterher.

Scheiße, sie hat mich abserviert.

Als sie bekleidet in Jeans und Pullover zurückkehrt, stehe ich immer noch wie versteinert da.

Sie greift nach den zwei Taschen. »Pass auf dich auf, Jax, ja?«

KAPITEL 9

ELLA

Mittlerweile sind zwei Tage vergangen, seit ich von Jax weg bin, doch anstatt die Dinge für mich zu klären, habe ich einen Kuchen nach dem anderen gebacken. Himbeer-Tarte, Zitronenkuchen, Brownies, Kürbiskuchen und im Moment ist ein Schokoladenkuchen mit Kirschen in Arbeit. Nur meinen Schokoladenkuchen habe ich nicht versucht zu backen. Keine Ahnung warum. Vielleicht aus Angst, genauso enttäuscht zu werden wie von Jax.

Maddy kommt im Pyjama in die Küche und reißt den Kühlschrank auf. »Kuchen, Kuchen, Kuchen. Gibt's auch was Anständiges zu essen?«

»Ich kann später einkaufen gehen, Ma'am«, ruft Trevor ihr vom Wohnzimmer aus zu.

Maddy wirft die Kühlschranktür zu und verdreht die Augen. »Ich kann dieses Ma'am-Gequatsche nicht mehr hören«, murmelt sie.

»Das habe ich gehört, *Ma'am.*«

Maddy schnaubt und ich schmunzle. Ich bin froh, dass sie nach unserem Streit, wenn man ihn denn so nennen kann, nicht sauer auf mich ist. Ganz im Gegenteil, sie war die ganze dunkle Front über bei mir und hat mit mir ausgeharrt. Sie war da, so wie Jax. Mist! Schon wieder schweifen meine Gedanken zu ihm ab.

Er hat Scheiße gebaut, sage ich mir und bin erleichtert über die Ablenkung, als der Timer klingelnd verkündet, dass der Kuchen fertig ist. Ich streife mir Ofenhandschuhe über und denke dabei wieder an Jax.

Hat Maddy recht? Kann ich überhaupt verlangen, *normal* behandelt zu werden? Jetzt, wo ich wieder einigermaßen rational denken kann, überkommen mich Zweifel.

Ich bin nicht mehr die alte Ella, ich war sogar schon so weit, mich neu zu erfinden, rufe ich mir in Erinnerung. Wenn mich schon ein paar Worte triggern können, hat Jax dann insgeheim geahnt, *was* die Fotos bei mir auslösen würden? Wenn ja, hat er ins Schwarze getroffen. Mein Zusammenbruch hat noch nie so lange gedauert. Minuten, Stunden, aber keine zwei Tage.

»Kommst du, Ella?«, dringt Maddys Stimme an mein Ohr und reißt mich aus meinen Gedanken.

»Ja, Moment.« Ich hole den Kuchen aus dem Ofen und stelle ihn zum Abkühlen auf die Ablage. Er duftet herrlich und als ich mit einem Holzstäbchen hineinpike, stelle ich zufrieden fest, dass er perfekt ist. Später werde ich ihm einen Zuckerguss verpassen.

Während ich überlege, in welcher Farbe ich den Guss einfärbe, gehe ich ins Wohnzimmer und lasse mich neben Maddy auf die Couch fallen. Blitzschnell schiebt sie ihr Handy zwischen sich und die Rückenlehne. Ich weiß ihre Solidarität wirklich zu schätzen, aber sie übertreibt. Ich hätte nichts dagegen, wenn sie sich mit Grey trifft. Wirklich nicht. Bloß, weil in meinem Leben das reinste Chaos herrscht, muss sie ja nicht darunter leiden. Trevor, der gemütlich im Ohrensessel lehnt, greift nach der Fernbedienung. »Kann es losgehen?«

»Ja«, sagen Maddy und ich zeitgleich und der GoT-Marathon beginnt.

»Wir veranstalten ein Fight-Turnier.« Alle Anwesenden im Raum sehen mich an als wäre ich verrückt.

Freddy fängt sich als Erster. »Ein Turnier, Boss?«

»Rede ich undeutlich? Der Sieger bekommt zwanzig Riesen.«

Hilfesuchend sieht sich Freddy um. Ich nutze den Moment und trinke einen Schluck Whisky direkt aus der Flasche. Wer braucht schon ein verdammtes Glas?

»Von welchem Umfang reden wir hier?«

Will er mich verarschen? »Keine Ahnung. Von einem großen.«

»Ich denke nicht, dass wir das innerhalb von zwei Tagen organisieren können«, meint er und schiebt sich seine Brille die Nase hoch.

»Was ist mit den Sicherheitsmaßnahmen?«, mischt sich Bill ein. »Solange wir nichts von Wolkow gehört haben, wäre es besser, keine Fight-Night auszurichten. Und schon gar kein Turnier.«

Ich lasse die Flasche auf den Tisch krachen und stehe auf. Der Boden wankt. »Ist mir scheißegal!« Galle steigt brennend meine Speiseröhre hoch und ich setze mich wieder hin. »Jetzt raus hier! Macht eure verdammte Arbeit. Für was bezahle ich euch?«

Nacheinander flüchten sie aus meinem Büro. Gerade noch rechtzeitig, bevor mir der ganze verdammte Whisky wieder hochkommt. Würgend kotze ich ihn in einem Schwall in den Mülleimer. Ich schiele auf das Flaschenetikett. Scheiße, achthundert Dollar am Arsch. Stöhnend lehne ich mich zurück und wische mir den Mund ab. Alles dreht sich.

»So sieht also Liebeskummer aus.« Grey lehnt sich zurück und legt die Füße an den Knöcheln überkreuzt auf den Schreibtisch.

»Fick dich.« Ich greife nach der Whiskyflasche und spüle mit dem letzten Rest den ekelhaften Geschmack hinunter.

Er übergeht meine Antwort. »Bill hat recht. Wir sollten den Ball flach halten.«

»Wieso? Der einzige Grund, warum wir den Club abgeriegelt haben, ist nicht hier.«

Weil sie mich verflucht nochmal verlassen hat.

»Was ist mit Sutter?«

»Ich scheiß auf Sutter, die Sondereinheit und Wolkow.« Ich greife nach der zweiten Flasche, die ich mir extra mitgenommen habe, und entkorke sie.

»Trinkst du jetzt, bis sie zurückkommt?«

»Sie wird nicht mehr zurückkommen«, korrigiere ich ihn, setze die Flasche an und lasse den Alkohol meine Kehle hinablaufen.

Grey seufzt tief und hält sein Handy hoch. »Willst du wissen, wie es ihr geht?«

Ja!

»Nein.«

»Dann nicht.« Schulterzuckend tippt er auf dem Display herum. Das macht er mit Absicht.

Ich knicke ein, natürlich knicke ich ein. »Sag schon«, knurre ich übellaunig.

Er hebt den Kopf und wenn ich noch in der Lage wäre, aufzustehen, würde ich ihm dieses süffisante Grinsen aus dem Gesicht wischen. »Sie bäckt. Maddy und Trevor können keinen Kuchen mehr sehen.«

Bei mir ist es das Backen. Dabei gibt es keine bösen Überraschungen, nichts, was ich nicht kontrollieren kann.

Ella braucht Kontrolle. Über ihr Leben und alles, was darin passiert. Scheiße, wäre ich nicht so voreilig gewesen und bei Jacob eingestiegen, hätte ich die Fotos nie zu Gesicht bekommen. Dann wäre das alles nicht passiert. Sie wäre noch hier und ich wäre nicht so verdammt besoffen.

»Ich habe es verbockt« nuschle ich und hebe die Flasche erneut an die Lippen.

»Aber es gibt noch Hoffnung.«

»Was für Hoffnung, Mann?« Hoffnung ist für Menschen, die irgendwo in der Ferne noch einen Regenbogen sehen. Ich sehe keinen Regenbogen. Oder sonst was. Nicht mal ein Fünkchen. Was für ein Scheiß.

»Sie hat heute Morgen Trevor gefragt, ob Wolkow sich schon gemeldet hat.«

»Aha. Und was soll das jetzt heißen?«

»Äh, hallo?« Grey setzt sich auf und fuchtelt mit den Händen vor meinem Gesicht herum. »Sie macht sich Sorgen um dich.«

»Vielleicht ist sie nur höflich«, halte ich dagegen, weil ich dem Ganzen nicht traue.

»Du liegst ihr am Herzen, Bro, verstehst du das nicht?« Er redet langsam, als wäre ich vollkommen beschränkt oder so.

Oder dicht.

Plötzlich ist er da, der Regenbogen. Ob sie mir noch eine Chance gibt? »Hat sie noch etwas gesagt?«

»Nein«, erwidert er und ich sacke in den Stuhl zurück, »aber es ist immerhin ein Anfang.«

Ella

Ich fülle die Sahne in den Spritzbeutel und beginne die zweistöckige Erdbeertorte zu verzieren. Trevor, der mir an der Frühstückstheke gegenüber sitzt, macht ein Foto mit seinem Handy.

»Was machst du da?«

»Ein Foto für meine Frau, Ma'am, wenn es Sie nicht stört. Ana bäckt auch gerne und hat eine ganze Galerie auf Pinterest von schön verzierten Torten.«

Ich schaue auf. »Du bist verheiratet?«

»Seit neunzehn Jahren.« Er zieht sein Portemonnaie aus der hinteren Hosentasche und kramt ein Foto heraus. »Und ich habe zwei Kinder. Josie und Carly.«

Ich wische mir die Finger an einem Geschirrtuch ab und nehme die abgegriffene Aufnahme entgegen. Eine Frau mit langen blonden Haaren steht auf einer Wiese vor einem Baum mit ausladenden Ästen. Sie strahlt in die Kamera, während ein Mädchen, das ihr bis zur Brust reicht, neben ihr steht und ein Junge, der einen Kopf größer als sie ist, einen Arm um ihre Schultern gelegt hat. Mich überkommt ein schlechtes Gewissen.

»Du hast deine Familie seit einer Woche nicht gesehen. Wegen mir«, sage ich und gebe ihm das Foto zurück.

Trevor winkt ab und legt sein Portemonnaie zur Seite. »Machen Sie sich keine Sorgen. Wir telefonieren abends miteinander.« Er nickt zur Couch hinüber, auf der er übernachtet. »Ich habe Ana erzählt, dass Sie meinen Schutz brauchen. Sie versteht das.«

»Das ist aber nett von ihr. Hat sie gar keine Bedenken, dass du … also …« Ich räuspere mich. » … mit zwei Frauen allein bist?«

Er lacht rau auf. »Nein, Ma'am. Sie weiß, dass Sie Jax' Freundin sind.«

Ich will ihn verbessern, dass ich nicht Jax' Freundin bin, lasse es aber, weil es sich viel zu gut anfühlt. Ich vermisse ihn. So sehr, dass jedes Mal, wenn ich an ihn denke, meine Brust schmerzt. Und sie schmerzt ständig.

Habe ich mit meiner Auszeit überreagiert?

»Seit wann arbeitest du schon für ihn?«, frage ich und lege den Spritzbeutel beiseite – nach zwölf identischen Sahnetupfern.

»Seit dem Tag, als der Club eröffnet wurde. Bill hat mich ihm vorgestellt.«

Wieder ein Stich ins Herz. Ich reibe mir übers Brustbein.

»Miss Ella, darf ich Ihnen nach fast zwei Jahrzehnten Ehe einen Rat geben? Ich sehe doch, wie Sie leiden.« Er deutet hinter mich auf die vierstöckige Triple-Chocolate Mousse au Chocolat Torte – Jax' wahr gewordener Traum.

»Welchen denn?«, frage ich und schlucke schwer.

»Liebe tut weh. Man legt alles, was einen ausmacht in die Hände des anderen und vertraut darauf, dass derjenige gut darauf aufpasst. Menschen machen Fehler, aber wissen Sie, was das Gute ist?«

»Was denn?« Mein Herz beginnt schneller zu schlagen.

Liebe?

»Sie können verzeihen. Und sie sind in der Lage, Kompromisse einzugehen.« Er legt eine Hand auf meine Schulter. »Jax mag vielleicht nicht so wirken, vor allem, wenn man ihn nicht kennt, aber er ist ein guter Mensch. Er sorgt sich um seine Leute, will nur das Beste für sie, und versucht, sie vor Unheil zu bewahren.«

Neugierig geworden frage ich: »Wieso bist du dir da so sicher?«

»Jeder, der in dem Club arbeitet, hat eine Vorgeschichte. Ich zum Beispiel war zuerst in Afghanistan, dann im Irak stationiert. Als ich zurückgekommen bin, hat es lange gedauert, bis ich wieder ich selbst war. Nur, dass es da schon beinahe zu spät für mich und meine Familie war. Wir hatten Schulden und standen kurz vor der Zwangsvollstreckung. Jax hat mir das Geld geliehen und mir einen Job angeboten.«

»Wow«, sage ich, wobei es mich eigentlich kaum überrascht. Das klingt ganz nach Jax. Für mich würde er sogar sein Leben riskieren. Was bin ich bereit zu tun? Für ihn? Für eine gemeinsame Zukunft? Jedenfalls sollte ich den nächsten Schritt wagen, den ich seit Tagen hinauszögere.

»Trevor, würdest du mich entschuldigen? Ich muss meine Mom anrufen.«

»Mom«, beginne ich, als sich Maddy, Mom und ich in mein Zimmer zurückgezogen haben, um ungestört reden zu können, »es gibt einen Grund, warum du hier bist.«

»Das dachte ich mir schon.« Sie lässt sich auf die Kante des Bettes sinken und wartet geduldig, bis ich mich so weit gesammelt habe, um weitersprechen zu können.

»Bevor du etwas sagst, lass mich bitte ausreden. Es ist auch so schon schwer genug für mich.«

Sie nickt und presst die Lippen aufeinander.

Ich atme tief ein und setze mich neben sie. »Die Beziehung zu Jacob war viel …« Ich breche um Worte ringend ab. »Jedenfalls gibt es etwas, das du wissen solltest.«

Ich greife nach ihren Händen, weil ich den Kontakt brauche. »Was ich dir jetzt zeige, tue ich nur, weil ich keine andere Wahl habe. Ich wollte dir das eigentlich ersparen, du hast schon genug durchgemacht. Aber ich will, dass du es von mir erfährst.«

Besorgnis huscht über ihr Gesicht und ihr Blick zuckt zu Maddy, die sich jetzt ebenfalls setzt.

Ich drücke noch einmal ihre Hände, keine Ahnung, ob ich mich selbst oder sie damit beruhigen will und ziehe die Tasche auf meinen Schoß. Meine Finger zittern, als ich den Reißverschluss aufziehe und sie aufhalte, damit Mom einen Blick hineinwerfen kann. Sie schnappt nach Luft. »Erinnerst du dich, wie ich eines Abends mit einem blauen Auge und aufgeplatzter Lippe zu dir gekommen bin?« Sie nickt, ohne den Blick von den Bildern zu lösen. »Das war der Abend, an dem er die ersten Fotos gemacht hat. Ich hatte Angst, ich war verwirrt, konnte einfach nicht begreifen, was geschehen war. Vermutlich habe ich dich deshalb aufgesucht.«

»Du hast Schutz gesucht«, flüstert sie.

»Ja, Mom. Und was habe ich stattdessen getan? Ich habe ihn vor dir verteidigt und dich überredet, nicht die Polizei zu rufen.«

»Ich erinnere mich. Nach unserem Streit bist du abgehauen.« Ihre Lippen beben und sie schlägt sich die Hand vor den Mund, um ein Aufschluchzen zurückzuhalten.

»Er hat mich in dieser Nacht angerufen und mich erpresst. Er hat gesagt, wenn ich nicht zurückkomme, würde er die Fotos veröffentlichen. Ich habe Panik bekommen. Zu ihm zurückzukehren, war der größte Fehler meines Lebens, Mom.«

Sie greift zögerlich in die Tasche und schiebt einige Fotos beiseite, unter denen noch weitere zum Vorschein kommen. So viele mehr.

»Es sind insgesamt vierhundertsechsunddreißig Fotos. Jax ist bei Jacob eingebrochen und hat alle mitgenommen. Aber etwas Wichtiges befindet sich noch dort.

Jacob hat einen USB-Stick, eine Sicherheitskopie. Er könnte sie jederzeit veröffentlichen.«

Ich verfalle in Schweigen – mehr gibt es dazu nicht zu sagen – und schaue hinab auf die Fotos. Diesmal denke ich nichts dabei, als ich sie betrachte, fühle nichts, weil das nicht ich bin. Dennoch erkenne ich den Blick des Mädchens wieder, das mir aus den Fotos heraus entgegenstarrt – er ist nicht gebrochen. Es ist lediglich der Blick, der sich immer bei ihr eingestellt hat, wenn sie ihre Seele in die eigens dafür geschaffene Kiste gebettet hat. *Ich pass auf dich auf.* Wie oft habe ich diese Worte im Stillen wiederholt, während ich geschrien, gebettelt und geweint habe, weil ich es vor Schmerzen nicht mehr ausgehalten habe. Jacob hat diesen Blick gehasst, denn insgeheim hat er gewusst, dass er mich nicht brechen kann. Er wurde wütend, so wütend, dass er mich noch härter geschlagen, noch fester meine Kehle gepackt, noch tiefer in mein Fleisch geschnitten hat. Ich habe es ertragen – für meine Seele.

»Das bin nicht ich, weißt du. Also …« Ich atme tief ein. »… bitte verschone mich mit mitleidigen Blicken.«

Mom legt mir eine Hand auf die Schulter. »Ich bin stolz auf dich.«

Stolz?

Ich hätte mit allem gerechnet, nur nicht damit. Ich schaue auf und in ihren Augen spiegelt sich keine Spur von Mitleid, sondern Wärme und Liebe. Und Tränen. Ganz schön viele ungeweinte Tränen.

»Nicht weinen, Mom.« Ich falle ihr um den Hals. »Er hat mich nicht kleingekriegt, ich bin immer noch hier.«

»Mein tapferes, tapferes Mädchen«, weint sie in mein Haar und streicht sanft darüber. Mir kommen selbst die Tränen vor Erleichterung, vor Freude, aber vor allem, weil sie stolz auf mich ist. Maddy schlingt von hinten die Arme um uns, und so weinen wir, bis keine Träne mehr übrig ist.

Später am Abend sitzen wir auf der Couch beisammen. Trevor hat angeboten, das Haus von seinem Wagen aus im Auge zu behalten, damit wir Zeit für uns haben. Ich nehme mir vor, die Erdbeertorte mit den in zartbitter getunkten Erdbeeren fertig zu verzieren, damit er weitere Fotos machen zu kann. Ich könnte ihm auch gleich das Rezept geben. Bestimmt freut sich seine Frau darüber.

Mom zerrupft das Taschentuch in ihrer Hand. »Die Fotos. War das der Grund, warum du Jax nichts von Jacob erzählt hast?«

»Nicht nur«, sage ich und nehme einen Schluck von meinem Lemongrass Tee, den ich immer trinke, wenn meine Nerven blank liegen.

»Wie hat er auf sie reagiert?« Die Frage überrascht mich, wobei sie keinesfalls abwegig ist. Wieso ist mir das bis jetzt nicht gekommen?

»Er … er …« Ich verstumme und lasse die letzten Tage Revue passieren. Das Abendessen, unseren Fernsehabend, die Zeit danach.

Ich würde dich nie anders sehen. Niemals.

Das hat er nicht. Das hat er wirklich nicht. Kein einziges Mal, obwohl er genügend Zeit hatte, sich die Fotos genauestens anzusehen.

Shit, ich bin eine verdammte Idiotin!

Die Angst hat mich geblendet. Der Gedanke, er könnte mich nicht mehr wollen, war zu übermächtig. Wenn ich weiter darüber nachdenke, hat auch Grey mich nicht anders behandelt. Zwar sitzt die Scham noch tief, aber ich werde darüber hinwegkommen.

»Ich habe mich geirrt, Mom«, flüstere ich. Sie zieht mich in ihre Arme und ich lasse mich hineinfallen.

»Das klärt sich schon, Liebling. Ganz bestimmt.«

Ich habe das Saufen an den Nagel gehängt und bin zu dem zurückgekehrt, was ich wirklich gut kann – mich prügeln. Im Moment schlage ich einem Typen die Zähne aus, weil er Cindy, meiner Barkeeperin, unerwünschterweise an die Wäsche wollte.

Grey lehnt irgendwo hinter mir an der Außenmauer des Clubs und pfeift die Melodie von *Eye of the Tiger*.

»Ich will sofort den Geschäftsführer sprechen. Haben Sie mich verstanden? Ich habe Stunden gebraucht, um dieses Studio zu finden. Jetzt lassen Sie mich durch!«

Bei der aufgebrachten weiblichen Stimme halte ich mit erhobener Faust inne. Grey hat es ebenfalls gehört, denn sein Gepfeife verklingt in einem abfallenden Ton. Wir sehen uns an und ich lasse den Typen los. Sofort rappelt er sich auf und stolpert davon.

»Der Geschäftsführer ist im Moment nicht zu sprechen«, höre ich Bill beschwichtigend auf die Frau einreden.

Ich wische mir das Blut des Arschlochs an der Jeans ab und eile zusammen mit Grey um die Ecke. Ellas Mutter steht mit verschränkten Armen vor Bill und funkelt ihn herausfordernd an.

»Schon gut, Bill«, sage ich und gehe auf die beiden zu. »Laura.«

Laura wirbelt zu mir herum. »Da sind Sie ja. Gott sei Dank. Ich muss mit Ihnen reden.«

Sofort beschleicht mich ein ungutes Gefühl. »Ja sicher.« Ich fasse sie am Ellenbogen und führe sie von Bill und der Warteschlange vor dem Club fort. »Was ist los?«, frage ich und bleibe vor den geparkten Autos am Straßenrand stehen. Ich hätte sie auch in meine Wohnung bitten können, aber dafür müssten wir die Halle durchqueren. Es ist besser, sie erfährt vorerst nicht, was sich in meinem Club in Wahrheit abspielt.

Ihr Blick huscht unruhig die Straße auf und ab. »Ich war gestern bei Ella«, beginnt sie und fummelt am Ärmel ihres Oberteils herum, genauso wie Ella es tut, wenn sie nervös ist.

»Ich weiß. Mein Mitarbeiter hat mir davon berichtet.« Stolz erfüllt mich, weil Ella es wirklich durchgezogen und mit Laura geredet hat.

»Trevor, genau. Jedenfalls hat Ella etwas gesagt, das mich beunruhigt.«

Sie beunruhigt? Mehr als die Fotos? »Was?«

Laura setzt zur Antwort an, wird aber vom Klingeln meines Handys unterbrochen.

»Beachten Sie es nicht. Sagen Sie mir, was Sie so beunruhigt.«

Sie scheint den Faden verloren zu haben, denn sie fährt sich durch die dunkelbraunen Locken. Das Handy verstummt, nur um erneut zu klingeln. Shit!

»Entschuldigen Sie«, sage ich und hebe ab. »Was?«, blaffe ich ins Handy.

»Jacob ist hier«, meldet sich Romeo ohne Umschweife. »Vor dem Club. Er hat die Lady verfolgt.«

Ich schaue mich um, scanne die Straße. »Jacob? Wo genau?«

»Auf der anderen Straßenseite. Moment. Er läuft die Straße hinunter. Bin schon an ihm dran.«

Verdammt, ich sehe ihn nicht, zu viel Leute, zu viel Verkehr. »Welche Richtung?«

»Brooklyn Bridge.«

Ich lege auf und sprinte los. »Pass auf Laura auf«, rufe ich Grey noch zu.

Meine Füße fliegen über den Asphalt. Ich wechsle die Straßenseite, ohne viel auf den Verkehr zu achten. Autos hupen, Bremsen quietschen. Da ist er, keine zwanzig Meter vor mir. Romeo dicht hinter ihm. Je näher ich der Brücke komme, desto mehr Passanten muss ich ausweichen. Jacob biegt an der Hauptstraße nach rechts ab, Romeo ebenso. Ich zwinge meine Beine schneller zu laufen. Mein Herz hämmert. Ich schlittere um die Ecke und stoppe. Da steht er.

Er grinst diabolisch und hebt die Hände. »Hilfe! Hilfe! Die Männer bedrohen mich.« Einige Fußgänger schauen sich nach uns um, bleiben stehen.

Meine Augen werden schmal. Dieser verdammte Bastard! Knurrend mache ich einen Schritt auf ihn zu, er einen zurück.

»Rufen Sie die Polizei!«

Immer mehr Schaulustige bleiben stehen. Eine Frau kramt hektisch ihr Handy aus der Handtasche. Meine Hände ballen sich zu Fäusten. Wieder mache ich einen Schritt auf ihn zu, wieder weicht er zurück.

»Hilfe!«, ruft Jacob noch einmal und sagt dann leiser, sodass nur wir ihn verstehen können. »Lust auf ein Spiel? Wenn du mich findest, bekommst du vielleicht, was du willst.« Damit wirbelt er herum und taucht in der Menge unter.

»Bastard!«, brülle ich, was uns noch mehr Blicke einbringt, und halte Romeo zurück, der ihm schon hinterher will. »Lass ihn, diese Runde hat er gewonnen.« Ich bedeute ihm, mit mir zu kommen, und laufe zurück zum Club.

Was ich will? Was ich will?

Ich habe keine Ahnung, was er damit meint.

Unter den Gästen, die alle in den Club wollen, sind Grey und Laura nicht mehr zu sehen. »Wo sind sie?«, will ich von Bill wissen.

»Sie warten in deinem Büro.«

Im Büro. Ganz großartig.

Zähneknirschend betrete ich den Club und bahne mir einen Weg durch die brechend volle Halle. Das Fight-

Turnier ist voll im Gange, die Stimmung aufgeheizt. Romeo folgt mir die Treppe hinauf und in mein Büro. Grey, der an der Kante des Schreibtischs lehnt, richtet sich auf.

Laura wendet sich von dem Fenster ab und mir zu. »War das Jacob? Ist er mir etwa gefolgt?«, fragt sie und ihre Stimme wird bei jedem Wort schriller.

»Ja, aber eines nach dem anderen.« Ich deute auf den leeren Besucherstuhl. »Es wäre besser, wenn Sie sich zuerst setzen.« Zögerlich kommt sie herüber und lässt sich darauf sinken. Ich wende mich an Romeo. »Bericht.«

Romeo tritt vor. »Jacob hat heute Morgen um kurz vor sieben das Haus verlassen. Den ganzen Vormittag hat er in einem Café gegenüber der Middleschool in der Congress Street verbracht.«

Laura schnappt entsetzt nach Luft. »Er war vor der Schule?«

»Ich wusste nicht, dass Sie dort arbeiten, sonst hätte ich es sofort gemeldet«, richtet Romeo das Wort direkt an Laura. »Als Sie sie verlassen haben, hat er sich an Sie drangehängt.«

»Er beobachtet Ellas Haus seit dem Tag, als sie den Club verlassen hat. Er hat mitbekommen, dass Sie Ella besucht haben«, ergänze ich.

»Er beobachtet meine Tochter?« Der Schock ist ihr anzusehen. Sie wird blass.

Ich gehe vor Laura in die Hocke und greife nach ihren Händen, die verkrampft in ihrem Schoß liegen. »Ella wird nichts geschehen. Sie müssen mir vertrauen.« Sanft drücke ich ihre Hände, wobei mein Blick fest auf ihrem Gesicht liegt. »Sagen Sie mir, warum Sie mich aufgesucht haben.«

Sie ringt sichtlich nach Worten. »Ella hat mir … hat mir … die Fotos gezeigt. Sie meinte, es gebe einen USB-Stick, eine Sicherungskopie in seinem Haus, die Sie nicht mitgenommen haben. Er will die Fotos veröffentlichen.«

Lust auf ein Spiel? Wenn du mich findest, bekommst du vielleicht, was du willst.

Ich stehe auf und gehe im Büro auf und ab. In dem Moment, als Ella den Club mit zwei großen Taschen verlassen hat, muss er geahnt haben, dass sie ihn verraten hat. Was sich in der Sporttasche befindet, konnte er sich denken. Jetzt steht er mit dem Rücken zur Wand. Dieser USB-Stick ist sein letzter Trumpf, den er noch hat, um an den Siegelring zu kommen. Jacob verlässt sich darauf, dass ich alles daran setzen werde, damit diese Bilder nicht an die Öffentlichkeit gelangen.

»Er will, dass ich ihn finde«, sage ich mehr zu mir selbst.

»Ihn finden?«, fragt Grey.

»Ja.« Ich bleibe stehen. »Er meinte, wenn ich ihn finde, bekomme ich vielleicht, was ich will. Er muss den USB-Stick gemeint haben.«

»Das gefällt mir nicht, Bro. Das stinkt nach Hinterhalt.«

»Schon klar. Bist du trotzdem dabei? Ich kann nicht zulassen, dass er die Fotos veröffentlicht. Ella hat genug durchgemacht, es reicht.«

Grey nickt. »Sicher. Aber wir brauchen Verstärkung.«

Ich schüttle den Kopf und deute auf die Halle hinab. »Wir müssen ohne auskommen. Wir brauchen jeden Mann hier.«

In Greys anklagendem Blick kann ich die Worte »Da hast du's, wir hätten den Ball flach halten sollen« regelrecht lesen. »Wo sollen wir zu suchen beginnen? Er kann überall sein.«

Ich atme tief durch. »Wir fangen bei ihm zu Hause an.«

KAPITEL 10

JAX

Das Gaspedal voll durchgetreten, navigiere ich meinen Wagen von Brooklyn nach Queens. Meine Hände zittern vor Anspannung, als ich in Jacobs Straße einbiege und den Wagen vor seinem Haus abstelle. Wir steigen aus und verschaffen uns auf gleichem Weg wie letztens Zugang. Auch diesmal ist von dem Wollknäuel weit und breit keine Spur. Besser so.

»Wo fangen wir an?«, fragt Grey, während ich die Tür hinter mir ins Schloss drücke. »Nach was suchen wir eigentlich?«

»Keinen blassen Schimmer. Der USB-Stick wird kaum hier herumliegen. Also nach irgendetwas, das darauf hindeutet, wo sich Jacob versteckt haben könnte.« Ich betrete das Wohnzimmer und ziehe die Vorhänge zu. Langsam lasse ich den Blick durch den Raum schweifen. Altmodische Möbel, eine opulente Couchlandschaft, dicke Teppiche, ein Kamin. Die Luft ist abgestanden, als wäre schon lange keiner mehr hier gewesen. Kein Wunder, wenn er Ella Tag und Nacht nachstellt.

»Ich übernehme das obere Stockwerk.« Grey läuft die Treppe neben dem Kamin hoch.

Ich drehe mich um und mache mich an die Arbeit. Systematisch durchsuche ich eine Schublade des Einbauschranks nach der anderen. Außer teurem Porzellan, einer Zigarrensammlung und unbedeutendem Kram finde ich nichts. Über mir höre ich die Dielen knarzen und Greys schwere Schritte. Ich ziehe die Teppiche weg, untersuche die Unterseite des Esstisches, schüttle die Polster der Couch aus und fahre durch jede Ritze der Polsterung. Absolut gar nichts.

Vor meinem inneren Auge tauchen die Fotos auf, Ellas Zusammenbruch, die vielen Stunden, die ich sie gehalten habe, während sie von Albträumen heimgesucht wurde. Er darf die Fotos nicht veröffentlichen. Niemals.

In der Mitte des Raumes drehe ich mich um die eigene Achse. Der Kamin. Ich gehe auf ihn zu und schaue ihn mir genauer an. Auf dem Sims stehen einige Figuren aus dunklem Holz. Ein Pferd auf seinen Hinterläufen, ein liegender Hirsch, eine Frauenstatue. Ich hebe die Skulpturen hoch, fahre mit der flachen Hand den Sims entlang. Nichts. Verdammt!

»Hast du etwas gefunden?«, rufe ich die Treppe hinauf.

»Nein.« Grey taucht am Absatz der Treppe auf. »Ich durchsuche aber noch das Badezimmer.«

»Okay. Ich übernehme die Küche.« Ich drehe mich um und laufe in den Flur. Auf halber Strecke stoppe ich. Der Keller. Die Tür ist geschlossen, aber das Vorhängeschloss ist verschwunden.

Meine Luftröhre fühlt sich an, als würde sie in einem Schraubstock zerquetscht werden, als ich auf die Tür zugehe und sie öffne. Ich starre in den kahlen Treppenabgang, alles in mir sträubt sich, dort hinunter zu gehen. Aber mir bleibt keine andere Wahl. Also setze ich einen Fuß vor den anderen. Die Luft kühlt mit jeder weiteren

Stufe ab und der chemische Geruch seines Fotolabors ätzt sich in meine Nase. Beschissenes Déjà-vu. Unten angekommen taste ich nach dem Lichtschalter, schalte das Licht an und erstarre. Die grüne Plane, die wie letztens auf dem Boden ausgebreitet liegt, ist blutverschmiert. In der Mitte liegt die kleine wollige Nervensäge mit dem Rücken zu mir. Sein weißes Fell ist verfilzt und dunkelrot verfärbt.

»Grey«, rufe ich die Kellertreppe hinauf und nähere mich langsam dem kleinen Hund. »Hey, kleines Kerlchen«, flüstere ich und gehe neben ihm in die Hocke. Ich streiche ihm über den Kopf und weiter über seinen Rücken. Sein kleiner Körper fühlt sich eiskalt an, die Totenstarre hat schon eingesetzt. Wie lange der Kleine da wohl schon liegt? Wut steigt in mir auf. Jetzt hat er es endgültig übertrieben.

»Hast du was gefunden?« Grey poltert die Treppe hinunter und stoppt abrupt, als er den toten Hund auf der Plane bemerkt. »Ist das der Nachbarshund? Ist er tot?«

Ich nicke und drehe ihn ein Stück auf den Rücken. Seine kleinen Beinchen sind steif von ihm gestreckt. Auf der Suche nach seinen Verletzungen schiebe ich sein dichtes Fell zur Seite, um zu schauen, wo das viele Blut überhaupt herkommt. Am Hals entdecke ich einen Schnitt. »Er hat ihm die Kehle durchgeschnitten.« Ich schlucke schwer.

Grey hockt sich neben mich und krault ihn zwischen den Ohren. »Was hat er da?« Er lehnt sich vor und nimmt ihm etwas aus dem Maul, das ich bisher nicht gesehen habe. Eine Streichholzpackung. Ich nehme sie ihm aus der Hand und lese den Slogan.

Tonys Einlagerung
Sie brauchen Platz? Wir haben Platz!

Adrenalin flutet meinen Körper. Ich schaue hoch und

begegne Greys Blick. »Lass uns hinfahren«, sage ich und stehe auf.

»Was machen wir mit ihm?« Grey nickt zu dem Hund. »Wir können ihn nicht hier lassen.«

Er hat recht, die Besitzer machen sich bestimmt schon Sorgen. Mir würde es bei Coco nicht anders gehen. »Bringen wir ihn zurück.«

Grey springt auf. »Ich hole eine Decke.«

»Okay.« Ich bücke mich und hebe den Kleinen hoch.

Grey läuft vor und ich folge ihm. Im Flur bleibe ich stehen und warte auf ihn, der gleich darauf mit einem schwarzen Handtuch zurückkehrt.

»Eine Decke habe ich nicht gefunden, aber das hier.« Er schüttelt das Handtuch aus und zeigt auf die mit silbernem Garn eingestickten Initialen – *J.H. Ward.*

Ich bringe ein halbherziges Lächeln zustande. »Wenigstens werden die Besitzer wissen, wem sie das zu verdanken haben.«

Grey hält das Handtuch auf, vorsichtig lege ich den Hund hinein und decke ihn zu.

»Ich werde ihn in den Garten bringen. Spätestens morgen früh werden sie ihn hoffentlich finden.« Er drückt sich den kleinen Kerl an die Brust und verlässt das Haus. Draußen atme ich tief durch, während Grey den Gartenzaun nach einer geeigneten Stelle absucht. Als er eine Lücke in der Hecke findet, springt er, den Hund fest im Arm, über den hüfthohen Zaun und verschwindet aus meinem Sichtfeld. Ich drehe die Streichholzpackung in meinen Fingern und ziehe das Handy aus der Hosentasche. »Hallo, Brandt. Wie lange würde Lenny brauchen, um herauszufinden, wer der Mieter eines Lagerabteils oder Containers ist?« Lenny. Brandts Ehefrau, ein scharfes Teil und eine begnadete Hackerin.

»Keine Ahnung. Müsste sie fragen.«

»Was musst du mich fragen?«, höre ich Lenny im Hintergrund sagen.

Es knackt in der Leitung, als würde Brandt den Lautsprecher zu halten.

Dennoch höre ich sie kichern und sagen: »Keine drei Minuten.«

Es knackt wieder. »Keine drei Minuten.«

»Habe ich gehört. Sie soll sich dranmachen. Ist verdammt wichtig. Die Firma heißt *Tonys Einlagerung*. Der Mieter ist Jacob.«

»Ward, Mann? Was willst du denn von dem?«

»Erzähle ich dir später. Ich muss los. Lenny soll sich melden, wenn sie etwas gefunden hat.«

»Geht klar.«

Ich lege auf, als Grey gerade wieder über den Zaun springt.

»Alles klar?«, frage ich und gehe die Stufen von der Veranda in den Vorgarten hinunter.

»Ja, ich habe ihn in seine Hundehütte gelegt.« Grey streicht über seinen Bart und blickt über seine Schulter in den benachbarten Garten. Als er mich wieder ansieht, ist sein Blick voll grimmiger Entschlossenheit. »Wir müssen ihn finden.«

»Das werden wir.«

Tonys Einlagerung entpuppt sich als weitläufiges Gelände mit unzähligen Containern in der Bronx direkt am Hudson. Wir klettern über den mannshohen Maschendrahtzaun, der das Gelände umschließt und laufen die Reihen an Containern ab. Lenny hat sich auf halbem Weg hierher gemeldet: *Container Nummer 220.*

»Hier entlang«, ruft Grey und biegt nach dem letzten Container in der Reihe links ab. Ich beschleunige meine Schritte, und noch bevor ich bei ihm bin, kniet er schon mit der Taschenlampe zwischen den Zähnen vor Nummer 220 und macht sich am Vorhängeschloss zu schaffen.

Ich sehe mich nach links und rechts um und warte ungeduldig.

»Ich hab's«, verkündet er, steht auf, wobei er gleichzeitig das Rolltor mit hochhievt.

Ich lasse das Licht meiner Taschenlampe durch den Innenraum schweifen und stoppe, als der Schein auf einen Klapptisch fällt. Darauf steht ein Laptop, der in dieser Sekunde zum Leben erwacht.

Jacob erscheint auf dem Bildschirm, sein typisches Grinsen im Gesicht.

»Jax«, begrüßt er mich, »du hast meinen Hinweis also gefunden.« Von seiner Stimme und seinem Akzent stellen sich mir die Nackenhaare auf.

»Jacob«, knurre ich und balle die Hände zu Fäusten. »Du hattest recht, ich will etwas von dir.«

Jacob lehnt sich in seinem Stuhl zurück und hält etwas Silbernes hoch. Der USB-Stick. »Den hier?«

Ich trete reflexartig einen Schritt nach vorn, als könnte ich ihm den Stick durch den Bildschirm hindurch aus der Hand reißen. »Ich bin bereit für einen Tausch.« Ich krame den Siegelring aus der Hosentasche und halte ihn gut sichtbar in die Kamera.

»Warum sollte ich mich auf diesen Tausch einlassen?«, fragt er und klingt so gelassen, als würde er ein Schwätzchen beim 5-Uhr-Tee abhalten. Unfassbar, wie dreist dieser Mann ist.

»Weil der Ring alles symbolisiert, was du bist. Also kleiner Lord, sag mir wann und wo.« Ich zwirble den Ring zwischen meinen Fingern. »Oder soll ich den Ring einschmelzen lassen? Er würde sich bestimmt großartig als neues Schwanzpiercing machen.«

Meine Provokation fruchtet, für den Bruchteil einer Sekunde gerät seine aalglatte Fassade ins Wanken. Seine Oberlippe zuckt.

»Industry City. Ein Backsteinhaus, Bogenfenster, ist kaum zu übersehen. In dreißig Minuten.« Der Bildschirm wird schwarz.

Grey neben mir lässt stoßweise die Luft entweichen und beginnt dann zu lachen. »Ein Piercing?«

»Scheiße, nein! Das Ding kommt mir garantiert nicht an den Schwanz.« Ich wende mich zum Gehen. »Lass uns fahren.«

Das Lagerhaus aus Backstein liegt verwaist und düster vor uns, die Fensterscheiben sind teilweise eingeschlagen oder gar nicht mehr vorhanden, hier und da sind Bretter vor die hohen Fenster genagelt. Der Parkplatz ist bis auf einen verrosteten Van mit platten Reifen leer.

»Wir laufen direkt in einen Hinterhalt. Scheiße, Mann. Direkt in einen Hinterhalt«, flüstert Grey, bevor er zuerst das Lagerhaus und dann die Umgebung abscannt, die nur spärlich von Straßenlaternen beleuchtet wird.

»Ich werde trotzdem hineingehen.« Ich taste reflexartig nach Dolly, doch sie steckt nicht wie üblich im Schaft meines Stiefels. Jetzt bereue ich es, sie als Botschaft bei Jacob hinterlassen zu haben.

»Was macht dich da so sicher, dass es die einzige Kopie ist?« Er überprüft das Magazin seiner Glock 17 und rammt es wieder hinein.

»Ich bin mir nicht sicher. Aber ich werde einen Scheiß tun und ihm den USB-Stick einfach überlassen. Ich muss ihn haben. Wie lange haben wir noch Zeit?«

Grey checkt sein Handy. »Noch zehn Minuten.«

»Okay, lass uns reingehen und umsehen.« Ich öffne das Handschuhfach und hole meine SIG Sauer und ein Ersatzmagazin heraus.

Wir steigen aus, laufen quer über die Kreuzung, deren Ampel stetig orange blinkt, und über den Parkplatz. Neben einem Fenster ohne Glasscheibe pressen wir uns an die Hausfassade. Ich lehne mich vor und spähe ins Innere. Alles ist in tiefe Schatten gehüllt.

»Und?«, fragt Grey hinter mir.

»Nichts zu sehen. Er scheint noch nicht hier zu sein.« Ich löse mich von der Mauer, stemme mich am breiten Fenstersims hoch und springe in die Schwärze dahinter. Grey folgt mir, seine Glock augenblicklich im Anschlag. Auch ich ziehe meine Pistole, lade durch und deute mit dem Lauf in die leere Halle hinein. Von draußen dringt ein wenig Licht durch die Fenster und Schlitze, und nach und nach gewöhnen sich meine Augen an die Dunkelheit.

Wir bewegen uns wachsam vorwärts, unter unseren Stiefeln knirscht Bauschutt. Das Geräusch hallt von den mit Graffiti beschmierten Wänden wider. Meine Nackenhaare sträuben sich und ich bleibe stehen. Lausche. Bis auf unsere gepressten Atemzüge und das Tropfen von Wasser ist nichts zu hören. Langsam gehe ich weiter und fahre im nächsten Augenblick herum, als etwas hinter einer Säule hervorhuscht und quiekend davonläuft. Eine Ratte. Ich atme tief durch und versuche, mein wild klopfendes Herz zu beruhigen.

»Scheiß Vieh«, murmelt Grey.

Hinter einer massiven Stahltür am anderen Ende der Halle geht Licht an, der Schein dringt durch den Türspalt am Boden. Jacob. Ich schieße alle Vorsicht in den Wind und laufe auf die Tür zu.

»Jax, nicht«, höre ich Grey noch sagen und plötzlich, wie aus dem Nichts, tauchen acht Männer mit Sturmmasken und in schwarzer Kleidung aus den umliegenden Schatten auf und umzingeln uns, ihre halbautomatischen Waffen auf uns gerichtet.

»Waffen fallenlassen!«, brüllt einer, während die anderen einen drohenden Schritt auf uns zumachen.

Ich reiße meine Pistole hoch und ziele auf den Kopf des Mannes, der gerade gebrüllt hat.

»Vergiss es, Arschloch«, knurre ich und spanne den Hahn. So leicht werde ich es ihnen nicht machen.

Grey, der in meine Richtung gedrängt wurde und jetzt mit mir Rücken an Rücken steht, lädt durch – er scheint meiner Meinung zu sein.

Drei grüne Punkte beginnen auf Höhe meines Herzens zu tanzen.

Tja, die Arschlöcher meinen es offenbar verdammt ernst und tot nütze ich Ella auch nichts.

»Grey«, sage ich mahnend, hebe meine freie Hand und nehme den Finger vom Abzug. Langsam beuge ich mich vor und lege die Pistole auf den Boden.

Grey flucht, als er bemerkt, was vor sich geht, und ergibt sich ebenfalls.

Der Anführer gibt seinen Männern per Handzeichen einen Befehl, woraufhin sie auf uns zustürzen. Ich bekomme einen Tritt in die Kniekehlen, meine Arme werden mir auf den Rücken gedreht und Kabelbinder zurren sich um meine Handgelenke fest, bis sie mir ins Fleisch schneiden. Hasserfüllt starre ich den Anführer an. Ich bekomme ein Knie in den Rücken gerammt und schlage mit der Wange voran auf den Boden auf. Widerstandslos lasse ich es über mich ergehen, während ein Gedanke in mir vorherrscht: Was jetzt auch passiert, früher oder später wird Jacob hier auftauchen. Dieser überhebliche Hurensohn wird sich seine Show bestimmt nicht entgehen lassen.

Ich drehe den Kopf und stelle mit Genugtuung fest, dass sich Grey weniger kooperativ zeigt. Er ruckt mit dem Kopf nach hinten und bricht dem Mann, der gerade versucht, ihm die Arme nach hinten zu drehen, die Nase. Es knackt, ich schmunzle. Der Mann jault auf und zwei weitere Männer kommen ihm zur Hilfe. Grey wird mit dem Gesicht voran in den Dreck gestoßen und als sich unsere Blicke treffen grinst er böse.

Schwarze Stahlkappenschuhe tauchen vor meinem Gesichtsfeld auf und der Anführer geht vor mir in die Hocke. Er drückt meinen Kopf in den Schutt und plötzlich spüre ich einen Stich im Nacken. Ich brülle auf, drehe mich zur Seite, wodurch ich den Mann, der auf mir kniet, abwerfe und verpasse dem Anführer einen Tritt in die Seite. Fick dich, Arschloch, du bist nicht der Einzige mit Stahlkappen! Er taumelt nach hinten und ich will mich gerade über meinen kleinen Sieg freuen, da beginnen schwarze Punkte vor meinen Augen zu tanzen. Ein Dröhnen setzt in meinen Ohren ein und meine Glieder werden schwer.

Ich hebe mühsam den Kopf, Grey liegt mit geschlossenen Augen kurz außerhalb meiner Reichweite. Angepisst knurre ich, dann wird alles schwarz.

Tropf, Tropf, Tropf. Das stetige Geräusch von Wasser, das auf den Boden tropft, ist das Erste, was ich wahrnehme, als ich wieder zu mir komme. Ich versuche, meine Augen zu öffnen, doch meine Lider sind so schwer, als wären Gewichte daran befestigt. Ich lasse es bleiben und mache eine Bestandsaufnahme meines Körpers. Mein Hals ist trocken, die Zunge klebt mir am Gaumen und in meinen Schläfen pocht ein dumpfer Schmerz. Sonst scheine ich in Ordnung zu sein, bis auf …

Ich reiße die Augen auf, ignoriere das Schwindelgefühl und schaue hoch. Schwere Ketten sind um meine Handgelenke gewickelt, die sich irgendwo in der Dunkelheit verlieren, meine Füße berühren kaum den Boden. Sobald ich realisiere, dass ich wie Schlachtvieh von der Decke hänge, setzt ein reißender Schmerz in meinen Schultern ein. Adrenalin schießt durch meinen Körper und vertreibt den restlichen Nebel in meinem Kopf. Ich blicke mich hastig um und entdecke Grey, der in einigen Metern Entfernung genauso da hängt wie ich. Sein Kopf ist nach vorne gerollt.

»Grey«, krächze ich und er stöhnt.

Jetzt, wo ich mir sicher bin, dass er lebt, konzentriere ich mich auf unsere Umgebung. Zwei Flutlichtstrahler mit Standfuß sind auf uns gerichtet. Das grelle Licht sticht mir in den Augen und macht es mir unmöglich, darüber hinaus irgendetwas zu erkennen.

Grey bewegt sich und die Ketten klirren. »Scheiße, was ist passiert?«, fragt er lallend und reißt den Kopf hoch, als er mitbekommt, in welcher Lage wir uns befinden.

»Alles klar bei dir?«

»Ich denke schon.« Seine Augen huschen hektisch umher, während er die Umgebung in sich aufnimmt. »Was zum Teufel?! Macht Jacob jetzt einen auf Mafiaboss wie in *John Wick*?«

Ich stoße ein Lachen aus, als Grey meinen Lieblingsfilm erwähnt. Der Scheißkerl hat stets einen dummen Spruch auf Lager, sogar jetzt, wo wir vermutlich immer noch von einer Söldnertruppe ins Visier genommen werden. *Beschissene Söldner.* Mein Lachen wird irre und ich werfe den Kopf in den Nacken, was den reißenden Schmerz weiter verstärkt. Jacob war sich anscheinend zu fein, um sich selbst die Hände dreckig zu machen.

»Kleiner Lord«, trällere ich, als ich mich halbwegs wieder im Griff habe, »komm raus und zeig dich.«

Irgendetwas bewegt sich hinter der Grenze aus Licht und ich kneife die Augen zusammen. Wieder eine Ratte? Oder Jacob?

»Komm schon«, zische ich, »zeig dich.«

Jacob tritt in den Kreis aus Licht. Sofort fällt mein Blick auf seine rechte Hand, der Siegelring glänzt matt an seinem kleinen Finger.

»Ah, da bist du ja. Ich wusste gar nicht, dass sich Ratten auch ins Licht trauen. Gefällt dir dein Keller nicht mehr, jetzt, wo er leer ist?«

Seine Oberlippe zuckt und ich beginne wieder wie ein Irrer zu lachen. Er kann vielleicht andere mit seinem stets erhabenen Gehabe täuschen, aber nicht mich. Es ist nur eine Fassade, um den Psychopathen dahinter zu verstecken. Wieder einmal bin ich verdammt stolz auf Ella, dass sie den Typen überlebt hat.

Jacob versucht seine ungerührte Miene aufrechtzuerhalten, während er mir dabei zusieht, wie ich ihn mit meinem provokanten Lachen zu einer Reaktion animiere. Klar, vielleicht sollte ich den lauernden Psychopathen nicht reizen, aber genau jetzt will ich, dass er sein wahres Gesicht zeigt.

Von den Söldnern, ob sie nun da sind oder nicht, habe ich nichts zu befürchten: Jacob hat mich genau dort, wo er mich haben wollte. Jetzt geht es nur noch um ihn und mich.

Er kommt einen Schritt auf mich zu und Dolly gleitet aus dem Ärmel seines Mantels.

Ich verstumme und seufze sehnsuchtsvoll bei ihrem Anblick. Ich habe sie wirklich vermisst.

Grey reißt an den Ketten. Seine Anspannung ist unverkennbar, doch ich lasse mich nicht anstecken. Soll Jacob ruhig kommen.

»Ich muss zugeben, für einen elenden Straßenköter, wie du einer bist, hast du mich überrascht. Aber schlussendlich wird es egal sein«, setzt Jacob an und zeigt mit Dolly auf mich, »denn du und dein erbärmlicher Freund dort drüben, werdet diese Nacht nicht überleben.«

Ich spucke vor seinen polierten Schuhen auf den Boden. »Das glaube ich kaum.«

Mit einem Satz ist er bei mir und presst mir Dolly an die Kehle. Ich reiße meine Knie hoch und ramme sie ihm in den Bauch. Er krümmt sich stöhnend zusammen, ich setze nach und verpasse ihm einen Tritt in den Magen, der ihn zurückschleudert. Er landet auf dem Hintern und würgt. Scheiße, fühlt sich das gut an.

Hustend rappelt er sich auf und klopft sich den Staub von der Anzughose. »Was steht ihr hier so herum? Macht etwas!«, schreit er in die Dunkelheit, während sein Gesicht hochrot anläuft.

Sind wir also doch nicht alleine.

Hinter mir höre ich den Schutt knirschen, dann drückt sich der Lauf einer Waffe gegen meinen Hinterkopf.

»Du nennst uns erbärmlich?«, frage ich und lege all die Abscheu, die ich ihm gegenüber empfinde, in jedes Wort. »Ich habe es jedenfalls nicht nötig, mir Hilfe zu holen, weil ich nicht Manns genug bin, es selbst zu Ende zu bringen.«

Er schleudert Dolly in meine Richtung, sie prallt unverrichteter Dinge an meiner Brust ab.

Ich hebe eine Augenbraue. »Wow, so viel dazu«, flüstere ich und sage dann lauter: »Hey Jungs. Ja, ihr da im Schatten. Wisst ihr eigentlich, wer euch bezahlt?« Ich starre Jacob unverwandt in die Augen. »Ihr bekommt euren Sold von einem Vergewaltiger. Von einem Mann, der es nicht schafft, an mich ranzukommen, obwohl ich derjenige bin, der hier in Ketten liegt. Ein Mann, der sich an einer Frau vergreift, sie misshandelt und demütigt, weil sie ihm im Gegensatz zu mir körperlich völlig unterlegen ist. Fühlt sich das gut an, Jacob? Werden deine Eier dick, wenn du eine wehrlose Frau fickst?« Ich reiße an den Ketten, der Schmerz, der mein Rückgrat entlangjagt, befeuert meine Wut.

Jacob steht mit an den Seiten geballten Fäusten vor mir und wirkt dabei dermaßen erbärmlich, dass er einem beinahe leidtun könnte. Aber eben nur beinahe.

»Stellt ihn ruhig«, schnaubt er und sein Blick gleitet über meine Schulter.

Ich mache mich auf den Schmerz gefasst, doch er bleibt aus. Stattdessen taucht hinter Grey ein Söldner auf und bevor ich ihn warnen kann, bekommt er den Schaft der Waffe gegen die Schläfe gedonnert. Augenblicklich sackt er in sich zusammen.

»Du mieser Hurensohn!« Was tut er? Wieso vergreift er sich an ihm? Ich zerre an den Ketten, meine Armmuskulatur spannt sich an, mit den Schuhspitzen versuche ich Halt auf dem Boden zu finden. Fuck, ich bekomme nicht mehr als ein Baumeln hin.

Jacob schüttelt den Kopf und die Maske rutscht wieder an ihren Platz. Er streicht den lächerlichen Schal glatt, fummelt an seinen Manschettenknöpfen herum und stolziert zu Dolly, um sie aufzuheben. Ich hole mit dem Fuß aus, verfehle ihn aber um eine gefühlte Meile.

»Jax, Jax, Jax«, sagt er mit tadelndem Tonfall, geht zu Grey hinüber und schlitzt ihm die Sweatjacke an der Seite auf.

Ich knurre, mein Puls beschleunigt sich.

»Es gibt nichts geileres, als Ellena zu ficken. Ihre Schreie, ihre Tränen, ihr Winseln.« Jacob dreht sich mit süffisantem Grinsen zu mir um. »Aber weißt du, was mich im Moment besonders anmacht? Der Gedanke, sie dir wegzunehmen.« Er wendet sich wieder Grey zu und lässt die Klinge andeutungsweise über seine Seite gleiten. »Ich werde sie mit nach England nehmen und sie zu meiner Frau machen.« Er erhöht den Druck und schneidet Grey ins Fleisch. Ich brülle auf, als ich Blut hinablaufen sehe. »Und ich werde an dich denken, wenn ich sie in den Arsch ficke, bis sie das Bewusstsein verliert.«

»Nein!«, brülle ich, meine Brust hebt und senkt sich unter meinen gehetzten Atemzügen.

»Doch, gewiss.« Jacob schaut mich über die Schulter hinweg an und mir blickt der Psychopath entgegen.

Mit aller Macht reiße ich an den Ketten. Ich schreie vor Schmerz auf und heiße ihn gleichzeitig willkommen.

Jacob leckt über die Klinge und lächelt mich mit blutbedeckten Zähnen an. »Köstlich.« Er greift nach dem zerrissenen Stoff und setzt das Messer von Neuem an, diesmal mit dem Sägezahnschliff voran, genau auf Greys alte Narbe an der Seite. Langsam zieht er das Messer hinunter und die Narbe platzt auf. Blut sickert aus der Wunde, läuft ihm über die Hand und tropft auf den Boden.

In mir ballt sich die Wut zu einem tosenden Inferno zusammen. Mein Körper vibriert vor Hass und blanker Raserei. Ich zerre an den Ketten – es knackt in meinen Handgelenken –, während ich im wahrsten Sinne des Wortes rot sehe.

Blindwütig trete ich um mich, schaukle hin und her und fühle mich so hilflos wie noch nie. »Nein!«, schreie ich, »lass ihn in Ruhe. Ich bin hier, nimm mich. Nimm mich!« Fuck, ich hätte Grey nicht mit hierher nehmen sollen. Ich hätte ihn Schmiere stehen lassen sollen. Irgendwas. Er ist meine Familie!

Jacob lacht höhnisch und treibt das Messer tiefer in die Wunde.

Ich kämpfe weiter, die Haut unter den Ketten reißt auf und Blut läuft warm über meine Unterarme. »Er hat damit nichts zu tun. Hier geht es um dich und mich!«

Grey erwacht schreiend aus der Ohnmacht, seine Miene ist schmerzverzerrt. Der Söldner hinter ihm reißt seinen Kopf zurück und drückt ihm ein Messer an die Kehle. Greys Atem kommt stoßweise und sein panischer Blick gleitet hilfesuchend zu mir.

»Ich lasse dich nicht sterben«, versichere ich ihm. »Du wolltest als runzeliger Wichser sterben, während dich eine Tussi reitet. Genau so wird es passieren, nicht anders.« Das Blut dient als Schmiere und Millimeter für Millimeter rutschen meine Hände aus den Fesseln. »Halte durch. Du hast es schon einmal geschafft. Versprich es mir.« Alte, längst begrabene Schuldgefühle kämpfen sich an die Oberfläche.

Ich habe ihn gerächt.

»Liebreizend«, lässt Jacob verlauten, holt aus und jagt Grey das Messer in die Flanke – kurz unterhalb seiner alten Narbe.

Grey brüllt auf, seine Augen rollen nach hinten und er erschlafft.

»Nein!« Alles in mir kommt zum Stillstand, ich zerre

stärker, mein rechter Daumen renkt sich aus, während die Kettenglieder weiter über meine Hand rutschen.

… dauert zu lange … ich … ich muss zu ihm.

Allein dieser Gedanke treibt mich weiter an, lässt mich die Schmerzen ertragen.

»Wie fühlt es sich an, machtlos zu sein?«, höre ich Jacob wie aus weiter Ferne fragen. Ich achte nicht auf ihn, mein Blick ist fest auf Grey gerichtet – er allein zählt. Sein Gesicht ist aschfahl, seine Lippen blutleer. Mir läuft es eiskalt den Rücken hinunter.

»Antworte mir!« Jacob taucht vor mir auf und versperrt mir die Sicht auf meinen besten Freund, der drauf und dran ist zu verbluten.

Ich spucke Jacob ins Gesicht.

Im nächsten Moment packt er mich im Nacken und Dolly taucht vor meinem rechten Auge auf. Ich sehe ihre rotglänzende Spitze, wenn ich mich auf sie konzentriere.

»Ich könnte dich auch am Leben lassen, dir dein Augenlicht und die Frau nehmen. Wie würde dir das gefallen? Dann wärst du nicht einmal mehr imstande, in deinen geliebten Käfig zu steigen. Ich könnte dir alles nehmen.« Speichelfäden fliegen aus seinem Mund und landen auf meinem Gesicht. »Grey habe ich dir ja schon genommen.«

»Du verdammter Hurensohn«, knurre ich.

»Sir.« Ein Söldner tritt an Jacob heran. »Ein Konvoi ist auf dem Weg hierher. Wir müssen gehen. Sofort.«

Jacobs Augen werden zu schmalen Schlitzen.

»Sofort, Sir«, wiederholt der Söldner, diesmal eindringlicher. »Noch ist der Rückzugsweg frei.«

Jacob bewegt sich nicht, Dolly schwebt weiter vor meinem Auge. Er denkt nach.

Mit einem Mal lässt er mich los. Dolly fällt klappernd zu Boden. »Leider muss ich dich verlassen. Schade, ich hätte gerne noch weitergespielt.« Seine Augen funkeln manisch. »Ein andermal.« Die Söldner umringen ihn und gemeinsam laufen sie quer durch die Halle und auf einen Seitenausgang zu.

»Lauf, Jacob!«, brülle ich ihm hinterher. »Ich finde dich. Du kannst mir nicht entkommen.«

Die Tür fliegt krachend ins Schloss und ich breche zusammen – alles war umsonst, er hat immer noch den USB-Stick.

Die Vordertür schwingt auf. Zwei Dutzend Männer stürmen die Halle und schwärmen aus. Ich richte mich auf und blinzle in das grelle Licht der Flutlichtstrahler. Sergej fucking Wolkow betritt mit langen Schritten die Halle und steuert direkt auf mich zu. »Mr. Davis, es ist so weit.«

Einer seiner Männer bleibt vor Grey stehen, packt ihn an den Haaren und sagt irgendetwas auf Russisch zu Wolkow.

Ich knurre.

Wolkow mustert mehrere Sekunden Greys leblose Gestalt und dann mich. »Ruft einen Krankenwagen. Einen widerspenstigen Kämpfer kann ich nicht gebrauchen.«

Ella

Ich wälze mich im Bett hin und her, schüttle das Kissen auf und lasse mich wieder hineinfallen. Hilft nicht. Frustriert drehe ich mich auf den Rücken und starre den Baldachin über mir an. Die Stoffbahnen bewegen sich sanft im Luftzug, der durch das gekippte Fenster in das Zimmer dringt. Ich greife nach meinem Handy und checke die Uhrzeit. Fünf Uhr vierundfünfzig. Jax ist bestimmt schon wach. Soll ich ihn anrufen? Ich könnte nachfragen, wie es ihm geht. Ganz zwanglos. Gott, ich vermisse seine Stimme. Ach Blödsinn, ich vermisse alles an ihm – Zeit mit ihm verbringen, seine dummen Sprüche, seine Umarmungen. Mein Daumen schwebt über dem Anrufbutton. Ob er mir verzeiht? Im Wohnzimmer klingelt Trevors Handy. Ich schrecke zusammen und lasse meines beinahe fallen.

»Ja? Was ist passiert?«, dringt Trevors Stimme alarmiert durch die Zimmertür.

Auf diese Worte hin stolpere ich hastig aus dem Bett und reiße die Zimmertür auf. Trevor steht im Dunkeln vor der Couch und schaut sich im Wohnzimmer um, als wäre er auf der Suche nach etwas. »Wir sind unterwegs.« Er legt auf und unsere Blicke begegnen sich, mein Magen verkrampft sich. »Das war Michael. Grey wurde gerade ins Krankenhaus gebracht.«

Mein Atem stockt, mein Herz galoppiert. »Wieso? Was ist los? Ist Jax bei ihm?«

»Ich weiß es nicht. Und nein, er ist nicht bei ihm.«

Wir eilen durch den Krankenhausflur direkt auf die Notaufnahme zu und stürmen durch die Schiebetür. Michael dreht sich um und wir laufen auf ihn zu.

»Wie geht es ihm? Ist er schwer verletzt?«, feuert Maddy gleich ab. »Was ist geschehen?«

Michael nimmt Maddy beiseite und ich folge ihnen, während Trevor bei Joe und Brandt bleibt.

»Grey wird gerade notoperiert. Er hat schwere Stichverletzungen.«

Maddy schluchzt auf und hält sich an meinem Unterarm fest. Ich schlinge einen Arm um ihre Mitte und führe sie die wenigen Meter zu den Stuhlreihen im Wartebereich. Ich lasse mich neben sie nieder und schaue zu Michael auf. »Wer war das?«

In Michaels Gesicht bilden sich tiefe Sorgenfalten. »Ich habe vorhin mit Bill gesprochen. Deine Mutter war heute bei Jax im Club. Sie hat ihm von einem USB-Stick erzählt. Er und Grey sind los, um ihn zu beschaffen.«

Mom war im Club?

»Jacob.« Mein Puls dröhnt in meinen Ohren. »Sie waren bei Jacob?«

Michael nickt. »Ja.«

»Und er hat … er hat …« Ich schlage mir die Hand vor den Mund. O mein Gott. »Wo ist Jax?«

Michaels Falten vertiefen sich. »Er ist verschwunden.«

»Er ist was?!« In meinem Kopf dreht sich alles. Jacob hat ihm doch nichts angetan, oder? Er hat ihn doch nicht … doch nicht … getötet, oder? Übelkeit steigt in mir auf. Zutrauen würde ich es ihm. Ich traue ihm alles zu.

»Wer hat den Notruf gewählt? Wo wurde Grey gefunden?«

Michael nickt in Richtung Schwesternpult, wo zwei Polizisten, die mir in dem ganzen Trubel nicht aufgefallen sind, die Köpfe zusammenstecken. »Laut den Beamten in einem Lagerhaus im Industrieviertel. Der Anruf ist anonym eingegangen.« Er lehnt sich vor. »Gut möglich, dass sie mit euch auch noch sprechen wollen. Haltet euch bedeckt. Am besten wir erzählen ihnen nichts, solange Grey nicht aus dem OP raus ist und uns seine Version der Geschichte erzählt hat.«

Ja, ist vermutlich besser so. Eine Frage würde unweigerlich zur nächsten führen. Und auf keine hätten wir eine Antwort, bei der Jax oder Grey nicht in Bedrängnis geraten würden.

Plötzlich trifft mich ein Gedanke wie ein Vorschlaghammer. »Das ist alles meine Schuld«, flüstere ich. »Grey. Was ist, wenn er …« – *es nicht schafft?*

»Wir werden jetzt nicht den Teufel an die Wand malen, ist das klar, Kleine? Grey hat schon einmal überlebt und er wird es wieder tun.«

KAPITEL 11

JAX

Zehn Jahre zuvor …

Ich tigere durch das Wohnzimmer des kleinen Apartments in der Bronx, das Grey und ich gemietet haben. Durch das Fenster flackert der Lichtkegel einer Taschenlampe. In dem Gebäude gegenüber feiern wieder einige Teenies eine Party. Ich bleibe vor dem Fenster stehen und schaue zur Ruine hinüber. Die Sprossenfenster sind teilweise zugenagelt und die wenigen noch vorhandenen grünen Fensterläden hängen schief in den Angeln. Im Gegensatz zu uns hat das Kinderheim nicht überlebt. Grey fand es witzig, sich hier einzuquartieren. Mir ruft der Anblick der Ruine täglich in Erinnerung, dass wir es allen Widrigkeiten zum Trotz geschafft haben. Es erfüllt mich mit Stolz – nichts und niemand ist in der Lage, uns zu besiegen.

Zum x-ten Mal checke ich mein Handy. Grey wollte sich schon vor Stunden melden. Ich hätte ihn nicht allein an dem Fight-Turnier teilnehmen lassen dürfen. Nein, ich hätte ihm diese Idee ausreden müssen. Von Anfang an hatte ich ein schlechtes Gefühl, weswegen ich auch nicht mitgemacht habe. Jetzt bereue ich es – ich hätte ihn begleiten müssen. Das Kinderheim scheint mich plötzlich zu verhöhnen.

Übellaunig wende ich mich von dem Ort ab, in dem ich zwei Jahre meines Lebens gefristet habe, schnappe mir die Wagenschlüssel, meine unangetastete Einladung und verlasse das Apartment. Vor dem Haus steht der alte Pontiac GTO, den wir uns geleistet haben und ich klemme mich hinter das Steuer.

Der *X-Club* befindet sich in den East Hamptons. Ein Anwesen mit schmiedeeisernem Tor, weißer Fassade und Erkerfenstern, das sich nahtlos in die Nachbarschaft einfügt. Niemand würde erahnen, was sich tief unterhalb der Erde abspielt. Im Untergeschoss befindet sich eine Kampfarena und die Besitzer, der Orlow-Clan, veranstalten dort in regelmäßigen Abständen Fight-Turniere. Sie sind berüchtigt, brutal und im Gegensatz zur Straße steht so mancher Mann nach einem Kampf nicht wieder auf.

Fuck, ich hätte ihn wirklich begleiten müssen!

Ich gebe Gas.

Nach über zwei Stunden erreiche ich den *X-Club*. Die Szenarien, was Grey alles zugestoßen sein könnte, spuken mir durch den Kopf und lassen meine Nerven blank liegen.

Das Tor gleitet nach innen auf und ich rolle über die Auffahrt. Nach einer langgezogenen Linkskurve kommt das Anwesen in Sicht. Ich stelle den Wagen vor dem Eingang ab, reiße die Autotür auf und marschiere auf einen breitschultrigen Mann in schwarzem Anzug zu. Aus seinem Hemdkragen lugt ein tätowiertes *X* am Hals hervor, einer von Iwan Orlows Männern. Ich reiche ihm meine Einladung. Er nimmt sie wortlos entgegen, öffnet den Umschlag und nimmt das Schriftstück unter die Lupe. Die goldenen Lettern auf dem hochwertigen

Stück Papier glänzen in dem Licht der schicken Lampe, die über dem Eingang angebracht ist. Der Mann wirft mir einen abschätzigen Seitenblick zu. Innerlich brülle ich ihn an, er solle endlich die Scheißtür öffnen, äußerlich zeige ich keine Gefühlsregung.

Nach einer gefühlten Ewigkeit reicht er mir wieder die Einladung und murmelt etwas in sein Headset. Daraufhin schwingen die Flügel der schwarzlackierten Eingangstür auf und ich werde von einem weiteren von Orlows Lakaien in Empfang genommen, der mich durch einen Nobelstripschuppen zu einem Aufzug am anderen Ende führt. Unter anderen Umständen hätte ich es mir nicht nehmen lassen, einen Blick auf die kaum bekleideten Mädchen zu werfen, die sich an den Stangen räkeln, doch heute war das anders.

Die Aufzugtüren öffnen sich, darin wartet schon der nächste Lakai. Ich steige ein und er drückt den zweiten von insgesamt vier Knöpfen. Die Fahrt dauert keine zehn Sekunden, doch mir kommt es viel länger vor.

Endlich spuckt mich der Aufzug aus und ich finde mich in einem höhlenartigen Raum wieder. Ich verschaffe mir einen Überblick: In der Mitte ist kreisförmig eine Holztribüne aufgebaut, in deren Zentrum ein großflächiger Platz aus Sand aufgeschüttet worden ist. Ein breiter Durchgang führt durch die Tribüne darauf zu. Hinter der Tribüne, wo ich jetzt stehe, verläuft ein breiter Gang, der die Tribüne zu umschließen scheint. Ich wende mich kurzerhand nach links und schiebe mich an Männern in Smokings vorbei, die in kleinen Gruppen beieinanderstehen, Whisky aus breiten Kristallgläsern trinken und sich unterhalten. Einige mustern mich prüfend, ob es sich lohnt, auf mich zu setzen. Tut es, denn nur die besten Kämpfer der Straße bekommen eine Einladung zu einem Turnier.

Vor mir läuft ein Mädchen in Strapsen mit vollbeladenem Tablett vorbei. Ich bekomme sie an der Schulter zu fassen und drehe sie zu mir um. Verwirrt blinzelt sie mich an. »Wo finde ich denjenigen, der für die Kämpfer heute Abend zuständig ist?«

»Der ist nicht mehr hier, die Kämpfe sind vorbei.«

In mir macht sich eine Scheißangst breit. »Wo finde ich die Verwundeten?«

»Die werden dort hinten abgeladen«, antwortet sie emotionslos und deutet mit dem Kinn auf eine unauffällige Tür. »Sollte offen sein. Der letzte wurde eben erst hineingebracht.«

Ich stürme an ihr vorbei. Mein Herz klopft mir bis zum Hals, während ich mir einen Weg zur Tür bahne und jeden, der sich nicht schnell genug in Sicherheit bringt, zur Seite schubse.

Ich reiße die Tür auf, der Raum ist dunkel, bis auf das Licht, das von der Arena hinter mir hereinfällt. Drei Männer liegen am Boden, zwei dunkelhaarige und einer mit hellbraunen Haaren. Grey.

Ich stürze auf ihn zu und falle neben ihm auf die Knie. Grey liegt auf der Seite, das Gesicht zur Wand gedreht. Vorsichtig drehe ich ihn auf den Rücken und mein Herz setzt für einen Schlag aus. Sein weißes Shirt ist blutdurchtränkt.

»Scheiße, Grey«, stoße ich aus, beuge mich zu ihm hinab und drücke mein Ohr an seine Brust. Mit angehaltenem Atem lausche ich. Da! Ein Herzschlag, schwach aber vorhanden. Ich hebe sein Shirt an und Galle steigt in mir hoch. Auf der linken Seite kurz unterhalb seiner Achsel zieht sich ein tiefer Schnitt bis zu seinem Hüftknochen. Ich ziehe mir das Shirt aus und presse es auf die verdammt noch mal viel zu große Wunde.

»Lebt er noch?« Ich wirble herum. Das Mädchen von eben steht in der Tür.

»Ja, aber nicht mehr lange.«

Sie streicht sich mit einer Hand über ihren nackten Oberarm und sieht sich nach allen Seiten um. »Okay, komm mit.«

Ich springe ohne zu zögern auf und wuchte mir Grey

auf eine Schulter, sein Blut läuft warm und klebrig über meinen Rücken.

Halte durch, Mann.

Sie wendet sich nach links, weg von dem Aufzug und ich folge ihr. Die Menge macht mir Platz. Bei jedem Schritt klopfen mir Greys Hände auf die Oberschenkel.

Halte durch, Mann. Halte durch.

Die Kleine bleibt vor einer anderen unscheinbaren Tür stehen, zieht eine Karte aus ihrem BH und hält sie vor einen Scanner.

»Weiter kann ich nicht gehen. Du musst in das erste Untergeschoß, von dort aus gelangst du in die Tiefgarage. Die Tür ist nach außen hin nicht abgeschlossen.«

»Danke«, sage ich und betrete ein in diffuses Licht getauchtes Treppenhaus. »Wo finde ich das nächste Krankenhaus?«

»Southampton. Viel Glück für deinen Freund.« Sie schließt die Tür hinter mir.

Ich umfasse Greys Beine fester und kämpfe mich die Treppen hinauf. Die Kleine hat recht behalten, die Tür lässt sich von innen problemlos öffnen. Ich schaue mich in der Tiefgarage hastig nach einem Ausgang um, ein Notausgangsschild weist mir schlussendlich den Weg. Atemlos laufe ich an Reihen von schicken Sportwagen vorbei, stoße die Tür auf und gelange ins Freie. Ich muss mich an der Seite des Anwesens befinden. Hinter mir verliert sich der schmale Weg in der Dunkelheit, vor mir erkenne ich die beleuchtete Auffahrt. Ich laufe los zu meinem Wagen. Der Lakai vor dem Eingang runzelt die Stirn, kommt aber nicht auf die blöde Idee, mich anzuquatschen. Ich kenne die Regeln der Russen: Kein Wort zu niemandem, sonst werde ich die nächsten vierundzwanzig Stunden nicht überleben. Im Krankenhaus werde ich mir eine glaubhafte Geschichte einfallen lassen müssen.

So vorsichtig wie möglich bugsiere ich Grey auf den Rücksitz, überprüfe nochmal seinen Puls, und springe in den Wagen.

»Ich bringe dich jetzt ins Krankenhaus, okay?« Ich wende den Wagen und rolle die Auffahrt hinunter in Richtung Tor. Wenn man mich nicht rauslässt, wird Grey sterben.

Das Tor gleitet auf. Ich atme erleichtert aus und gebe Gas. Die dreißigminütige Fahrt bis zum Krankenhaus verschwimmt in einem Durcheinander aus vorbeiziehenden Häusern, Licht, Angst und Panik um meinen besten Freund.

Vor der Notaufnahme komme ich mit quietschenden Reifen zum Stehen. Ich springe aus dem Wagen, wuchte mir Grey wieder auf eine Schulter und sprinte durch die Schiebetür ins Krankenhaus.

»Ich brauche Hilfe, sofort!«

ELLA

Gebannt lausche ich Michaels Erzählung.

»Grey war mehr als zwei Wochen im Krankenhaus, davon wurde er drei Tage in künstlichem Tiefschlaf gehalten.« Michael, der mittlerweile neben mir platzgenommen hat, seufzt schwer. »In dieser Nacht wurde Jax schmerzlich bewusst, dass weder er noch Grey unbesiegbar sind.«

Ich atme zittrig die von Desinfektionsmittel geschwängerte Luft ein. »Jax hat ihm also das Leben gerettet.«

»Das hat er. Aber er gibt sich dennoch bis heute die Schuld für alles.«

»Warum?«

»Weil er ihn in seinen Augen alleingelassen hat.«

Irritiert runzle ich die Stirn. »Aber wenn er mitgekommen wäre, wäre Grey trotzdem verletzt worden. Das hätte nichts geändert.«

»Vermutlich, ja. Das Problem ist nur: Jax ist zu stur, um das einzusehen.«

Stur, ja, das ist er allemal.

Wir schweigen eine Zeit lang. Ich denke über Jax und die Russen nach und dabei kommt mir ein Gedanke. Verzweifelt greife ich nach diesem Strohhalm, weil ich nicht glauben will, dass Jax womöglich tot in einer Seitengasse liegt. »Was ist mit Wolkow? Vielleicht ist Jax bei ihm.«

»Gut möglich. Jax hätte Grey niemals in dem Lagerhaus zurückgelassen. Nicht freiwillig.«

Ich lasse Maddy los, die mit starrem Blick zusammengesunken neben mir sitzt, und stehe auf. Rastlos gehe ich auf und ab. »Nehmen wir an, Jax ist wirklich bei Wolkow. Was könnte er von ihm fordern?«

»Alles Mögliche.« Michael überlegt kurz. »Seine Beziehungen. Jax ist immerhin gut vernetzt.«

»Ja, aber wenn Wolkow scharf auf seine Kontakte wäre, warum ist er dann nicht schon früher zu ihm gekommen? Wieso warten?«

Michael gibt ein Brummen von sich, wie auch Jax es hin und wieder tut. »Sein Talent.«

Ich erstarre. »Sein Talent? Du meinst als Fighter?«

»Ja.« Michael wischt sich in einer verzweifelten Geste über das Gesicht. »Die Russen sind berüchtigt dafür, Männer oder auch Jungs von der Straße zu holen, um sie für sich kämpfen zu lassen. Sie nennen es einen Kampf auf Leben und Tod.«

Mir rutscht das Herz in die Hose. »Wie meinst du das ›Ein Kampf auf Leben und Tod‹?« Aus Michaels Mund die Bestätigung zu hören, dass Jax sein Leben für mich riskiert, macht das wahre Ausmaß unserer Situation erst real.

»Damit meine ich, dass Jax für dich sterben würde.«

Aus meiner Brust löst sich ein ersticktes Keuchen. »Aber wieso?«

»Weil er nicht anders kann«, erwidert Michael und sein Blick heftet sich auf einen Fleck auf dem Linoleumboden. »Jax war gerade mal sechs. Ein kleiner Junge. Sein Pflegevater Ray hat sich gerne und ausgiebig an seiner leiblichen Tochter vergriffen. Jax musste das jeden Abend mit anhören. Eines Tages, als Ray seine Tochter mit dem Gürtel verprügelt hat, hat Jax sich schützend auf sie geworfen.« Michael schüttelt den Kopf. »Du kannst dir denken, dass diese noble Geste sich nicht lange bewährt hat. Ray hat ihn kurzerhand von Mary heruntergezerrt und ist weiter auf sie losgegangen, Jax hat ihn daraufhin mit einem Küchenmesser attackiert. Am nächsten Tag ist er wieder ins Heim gekommen.«

»Er konnte ihr nicht helfen«, schlussfolgere ich erstickt.

»Genau, aber seine Schuldgefühle sitzen noch tiefer. Mit sechzehn hat er Mary wiedergesehen, nach einem Streetfight in einer Crackhöhle – eine Nadel in ihrem Arm. Sie war tot.« Michael sammelt sich einen Moment. »Jax gibt sich die Schuld, weil er sie in seinen Augen alleingelassen hat. Er konnte sie nicht retten.«

Mein Herz verkrampft sich. »Er will mich um jeden Preis beschützen.« Deshalb hat er auch verschwiegen, dass er bei Jacob eingebrochen ist und die Fotos längst hat. Jetzt begreife ich sein Verhalten besser – sein Beschützerinstinkt ist tief in ihm verankert.

»Ja. Für ihn ist das eine Möglichkeit, es wiedergutzumachen.«

Tausende Fuß über der sibirischen Hölle …

Es müssen Stunden vergangen sein, seit ich gezwungen wurde, Grey im Lagerhaus zurückzulassen. Man hat mich von den Ketten befreit, meinen Daumen wieder eingerenkt und mich in eine schon bereitgestellte Limousine verfrachtet. Mir ist nicht einmal Zeit geblieben, nach Grey zu sehen.

Jetzt sitze ich in einem breiten, weichen Lederstuhl in einem Privatjet und Wolkow in seiner ganzen elitären Pracht mir gegenüber. Vielleicht wurde er vom Thron gestoßen, aber das ändert nichts daran, was er verkörpert – Geld, Macht und Einfluss. Und ob es mir passt oder nicht, jetzt schulde ich ihm etwas.

»Wo ist Grey jetzt?«, frage ich durch zusammengebissene Zähne.

Wolkow schlägt die Beine übereinander. »Er wurde ins Queens Hospital Center gebracht. Man kümmert sich um ihn.«

Das beruhigt mich, wenigstens ein bisschen. Meine Schultern entspannen sich und der Schmerz der vergangenen Stunden wird zu einem dumpfen Pochen. »Gut.« Ich sinke in die weiche Polsterung zurück. »Verraten Sie mir jetzt endlich, was Sie von mir wollen?«

»Sie werden einen Kampf für mich gewinnen.«

»Ich soll für Sie kämpfen?«

»Genau. Mit der gleichen Gewaltbereitschaft, die Sie bei meinen Mitarbeitern an den Tag gelegt haben. Wie

Sie wissen, Mr. Davis, habe ich Sie beobachtet. Mir gefiel, was ich gesehen habe. Sie sind wie ein Pitbull, einmal in eine Sache verbissen, kämpfen Sie bis zum Ende. Wenn man jetzt noch den kleinen Anreiz dazuzählt und die Tatsache, dass ich zur rechten Zeit am rechten Ort war, werden Sie doch alles für mich tun, was ich verlange. Nicht wahr?«

Ich knurre, wie eben jener Pitbull, denn mit dem *kleinen Anreiz* meint er Ella, eindeutig. »Ein Kampf auf Leben und Tod.«

»Sie haben davon gehört?«

Darauf antworte ich nicht direkt, denn jeder, der auf der Straße großgeworden ist, hat davon gehört. »Okay, ich werde den Kampf gewinnen, im Gegenzug verlange ich, dass Sie mich und meine Leute in Ruhe lassen.«

»Das kann ich Ihnen nicht garantieren. In Ihnen steckt viel kämpferisches Potenzial. Nicht zu vergessen, die Beziehungen, die Sie unterhalten.«

»Sutter«, entkommt es mir übellaunig.

»Seit seiner Kandidatur scheint er mir plötzlich ein Gewissen zu entwickeln, obwohl man meint, dass er gerade jetzt Unterstützung für seine Wahlkampagne benötigen würde.«

»Was wollen Sie wirklich?«, knurre ich.

»Ich will, dass Sie ihn davon überzeugen, eine Geschäftsbeziehung mit mir einzugehen.«

»Was springt für mich dabei heraus?«

Zum ersten Mal sehe ich eine gewisse Gefühlsregung in seinen Augen. Belustigung? Schwer zu sagen. »Sie gefallen mir, Mr. Davis. Ich wusste, ich habe mir den richtigen Mann ausgesucht.« Er wird schlagartig ernst. »Ich versichere Ihnen, dass Sie den morgigen Kampf gewinnen werden, dafür stellen Sie ein Treffen mit Sutter sicher.«

»Einverstanden.« Sutter und seine Machenschaften können mir sowieso gestohlen bleiben!

»Ihr morgiger Gegner ist Armenier. Kaltblütig, ein

Killer. Ich werde dafür sorgen, dass er geschwächt zum Wettkampf erscheint.«

Unter normalen Umständen könnte ich so einem Kampf nicht zustimmen, aber jetzt betrifft es nicht mehr nur meine Zukunft. Wenn ich verliere, wird auch Ella sterben.

Sollte Jacob sie nicht zuerst in die Finger bekommen.

»Ich werde bereit sein. Halten Sie sich an Ihre Versprechungen, ich halte mich an meine.« Daraufhin verfallen wir beide in Schweigen.

Der Druck in meinen Ohren nimmt zu, gesellt sich zu dem permanenten Dröhnen der Turbinen und ich registriere, wie wir langsam aber sicher an Höhe verlieren. Die Männer auf der anderen Seite des Jets bemerken es auch, denn sie beginnen sich angeregt auf Russisch zu unterhalten.

Allzu bald kommen wir mit einem Holpern auf dem Boden auf und Wolkow erhebt sich. »Pawlow wird Sie in Ihre Unterkunft bringen. Lassen Sie Ihren Kontrahenten leiden, Mr. Davis.« Damit lässt er mich allein und Pawlow tritt an mich heran, ein Maschinengewehr im Anschlag.

Ich stehe auf und folge dem schmalen Gang an mehreren sich zugewandten Sitzgruppen vorbei in Richtung Ausgang. Am Absatz der ausgeklappten Treppe bleibe ich stehen. Verdammte Scheiße! Schnee und Eis sind das Einzige, das ich erfassen kann, weil mich die Reflexion des Lichts so dermaßen blendet. Erst als sich meine Augen an die Helligkeit gewöhnt haben, erkenne ich da und dort einen verwaisten Baum, der sich zur Seite neigt, als hätte er den Kampf gegen den eisigen Wind verloren.

Der Schaft des Maschinengewehrs bohrt sich in meinen Rücken zum Zeichen, mich in Bewegung zu setzen. Angepisst drehe ich mich mit einem warnenden Knurren um und stelle mit Genugtuung fest, dass Pawlow einen Schritt zurückweicht. *Feigling,* lache ich in mich hinein und gehe gemächlich die wenigen Stufen der Treppe hinunter.

Der Jet, dessen Turbinen leiser werden, steht am Ende einer langen Piste. Ein kleiner Turm drängt sich an die Außenmauer eines Hangars, von dem ich annehme, dass es sich um die Flugverkehrskontrolle handelt. Der Wind legt sich und somit auch der umherwirbelnde Schnee und gibt mir die Sicht auf einen Bunker aus grauem Beton frei. Bei genauerer Betrachtung gleicht das Gebäude eher einer Anstalt. Vor einem Gittertor bleiben wir stehen. Eine Überwachungskamera richtet sich auf uns und nach einigen Sekunden gleitet das Tor mit einem Summen zur Seite. Wieder bohrt sich der Lauf in meinen Rücken. Ich folge einem schmalen Gang, an dessen Decke dicke Rohre angebracht sind, kaltweiße Neonröhren erhellen den Weg tiefer in das Gebäude hinein. Nach einigen Metern wird der Gang breiter und mündet in einem langgezogenen Korridor, in dem sich links und rechts Zellen befinden. Meine schon üble Laune verschlechtert sich bei diesem Anblick um ein Vielfaches. Pawlow geht voran, öffnet mit einem Wärterschlüssel eine dieser Zellen und gibt mir mit einem Wink zu verstehen, hineinzugehen. Im Schatten liegende Gesichter tauchen hinter den vergitterten Luken der anderen Stahltüren auf. Ich spüre deren neugierige Blicke in meinem Nacken, begleitet von leisem Gemurmel. *Was soll's,* denke ich und betrete die Zelle.

Zuerst steigt mir der ätzende Geruch von Pisse in die Nase, bevor ich mich genauer umsehen kann. Der Raum ist nicht groß, gerade einmal eine schmale Pritsche mit dünner Matratze und eine versiffte Toilette finden darin Platz. Von der Decke hängt eine nackte Glühbirne, ein Fenster gibt es nicht. An den rauen Betonwänden erkennt man bei näherer Betrachtung Namen eingeritzt, manche neu, manche verwittert und kaum lesbar. Hinter mir wird die Zellentür zugestoßen.

Allmählich realisiere ich, in welcher Lage ich mich befinde. Ich muss für Wolkow einen Mann töten. Seufzend setze ich mich auf die Pritsche, lehne mich gegen die kalte Mauer und schließe die Augen. Ich lausche den Geräuschen, während meine Gedanken zu der Frau abdriften, für die ich in die Hölle hinabgestiegen bin.

Ella

Ich sitze bei Grey am Krankenbett und sehe Maddy dabei zu, wie sie sanft seine Augenbraue nachzieht, die nicht von dem dicken Verband um seinen Kopf verdeckt wird.

»Du hast dich in ihn verliebt, stimmt's?«, frage ich sie im Flüsterton und schaue auf einen tief und fest schlafenden Grey hinunter. Seine Haut ist kalkweiß und die Neonröhre über seinem Bett hebt den Farbton seiner Haut auf ein gespenstisches Level. *Er wird wieder,* versichere ich mir nochmal im Stillen. Die Ärzte hätten heute Morgen sonst nie grünes Licht für die Verlegung von der Intensivstation in ein normales Krankenzimmer gegeben. Obwohl hier von *normal* nicht die Rede sein kann. Michael hat auf ein Einzelzimmer beharrt und seinen Willen durchgesetzt. Der Raum ist groß, die Wände in einem angenehmen Gelbton gehalten und an der Wand hängt ein Flachbildfernseher.

»Ja«, gibt sie zu und hebt den Blick von Grey zu mir. Ihre mintgrünen Augen wirken trüb. »Wie könnte ich auch nicht? Er ist witzig und charmant und hoffnungslos romantisch.« Ein kleines Lächeln erhellt ihr übermüdetes Gesicht. »An dem Abend, als du deinen Zusammenbruch hattest, wollte er mich aufheitern. Als wir in sein Loft gekommen sind, war der Tisch für ein Candlelight-Dinner gedeckt. Keine Ahnung, wie er den Caterer so schnell organisieren konnte.« Sie nimmt seine linke Hand, die frei von Infusionsnadeln ist und streicht über seinen Handrücken.

Wieder überkommt mich eine Woge von Schuldgefühlen: Sie war nur meinetwegen so niedergeschlagen. Langsam kommt es mir vor, als wäre ich an jeglichem Leid der Menschen, die ich liebe, schuld. »Ich freue mich für dich. Wirst du ihm sagen, dass du dich verliebt hast?«

Sie seufzt leise. »Nein. Es läuft gerade so gut. Ich möchte das, was wir haben, nicht zerstören.«

»Vielleicht empfindet er genauso.«

»Und wenn nicht?« Entschieden schüttelt sie den Kopf, doch in ihren Augen sehe ich den Kummer. »Er könnte sich in die Ecke gedrängt fühlen und den Kontakt zu mir abbrechen. Nein, es ist besser so.«

»Was ist, wenn er die gleichen Ängste hat wie du und deshalb nichts sagt?«

Jetzt schnaubt sie genervt. »Er ist Fighter, Ella. Schau ihn dir an, er ist verdammt heiß. Er könnte jede haben, also warum sollte er ausgerechnet mich wollen?« Wow, solche Zweifel kenne ich von ihr nicht. Maddy, die immer Selbstbewusste.

»O bitte, Maddy«, lege ich mein Veto ein. »Jax hat den ganzen Scheiß mit Jacob auf sich genommen, für mich. Jetzt ist er verschwunden und ich habe keine Ahnung, ob er jemals zurückkommt. Aber Grey ist hier. Du solltest ihm deine Gefühle gestehen. Wer weiß, vielleicht ist es irgendwann zu spät und du wirst es für immer bereuen.« Eine Träne kullert über meine Wange und ich wische sie hastig weg. Wieso musste ich so verbohrt auf eine Auszeit bestehen? Hätte ich Jax nicht einfach zuhören können? Wäre dann alles anders gekommen? Zumindest hätte ich ihn aufhalten können, den USB-Stick zu holen. Mir ist egal, was andere über mich denken. Soll Jacob doch die Fotos veröffentlichen. Mir ist nur wichtig, wie Mom, Maddy und Jax mich sehen. Und alle drei, da bin ich mir mittlerweile sicher, sehen mich nicht als Opfer, sondern als Frau, die trotz Rückschritten jeden Tag kämpft, das Beste aus ihrem Leben zu machen.

Maddy legt behutsam Greys Hand zurück auf die Matratze, kommt zu mir herüber und umarmt mich. »Er kommt zurück. Es ist Jax, von dem wir hier reden. Er ist unbesiegbar, schon vergessen? Dann könnt ihr euch aussöhnen, ihr heiratet und du schenkst ihm wunderschöne Babys.«

Ich bleibe standhaft und lasse mich nicht in ihre Umarmung fallen. »Nein, Maddy, hör auf, mich aufmuntern zu wollen. Jetzt geht es *einmal* um dich. Was ich vor meinem Zusammenbruch zu dir gesagt habe, habe ich ernst gemeint. Es wird Zeit, meine Schlachten selbst zu schlagen.« Ich löse mich von ihr und greife nach ihren Händen. »Versprich mir wenigstens, darüber nachzudenken, Grey von deinen Gefühlen zu erzählen.« Denn ich würde Jax sagen, dass ich ihn liebe, wenn er in diesem Moment bei mir wäre.

»Okay, das werde ich. Verlange aber nie von mir, dass ich mir keine Sorgen mehr um dich mache. Das wird nicht passieren, dafür habe ich dich zu lieb.«

Ich schenke ihr trotz der Tränen und Sorge um Jax ein Lächeln. »Damit kann ich leben.«

Mein Handy klingelt in meiner Handtasche. Sofort bin ich auf den Beinen und stürze hin.

Es ist nur Cody. »Hey Cody, was gibt's?«, begrüße ich ihn und zwinge mein Herz, langsamer zu schlagen.

»Ella … äh … ich …«, setzt er stockend an.

In mir schrillen alle Alarmglocken. »Alles okay bei dir? Ist etwas in der Bäckerei vorgefallen? Brauchst du meine Hilfe? O nein, ich hätte mir echt nicht Urlaub nehmen sollen.«

»Nein, in der Bäckerei läuft alles. Ich hatte gerade ein paar Minuten Verschnaufpause und … Was sind das für Fotos auf Instagram von dir?«

Mein Herz, das sich gerade erst beruhigt hat, hämmert wieder los. »Welche Fotos? Scheiße!«

Dann wird die ganze Welt erfahren, welch niedere Kreatur du in Wirklichkeit bist.

Jacob hat es getan. Schwankend halte ich mich am Rand der Matratze fest.

»Fotos, die dich … also … Was hat das zu bedeuten?«

»Ich … ich … ruf dich gleich zurück.« Ich lege auf, bevor er noch etwas sagen kann.

Maddy schaut mich desperat an. »Was?«

»Jacob hat die Fotos veröffentlicht.«

Ihre Augen weiten sich vor Schreck. »Ach du Scheiße!« Sie hechtet zu ihrer Tasche, während ich weiter fest das Handy umklammert halte. Wieder beginnt es zu klingeln. Ich drücke Cody weg.

Mit ihrem Handy kommt sie zurück. »Wo?«

»Auf Instagram.«

Energisch wischt sie auf ihrem Display herum und ruft die App auf. Mein Blick klebt auf dem Display ihres Handys. »Was denkst du, wie hat er dich genannt?«

Ich schüttle benommen den Kopf.

»Ella!« Sie rüttelt mich an der Schulter. »Wie hat er dich genannt?«

»Ellena«, krächze ich, mein Mund fühlt sich plötzlich ganz trocken an. Jacob hätte mich nie bei meinem Spitznamen genannt, der war für ihn zu minder, obwohl ich ihm unzählige Male versucht habe klarzumachen, wie sehr ich die Abkürzung meines Namens liebe – weil Grandma mich immer so genannt hat.

Maddy gibt den Namen in der Suchleiste ein und scrollt die Liste der vorgeschlagenen User hinunter. Als der Avatar eines braunhaarigen Mädchens, das auf den Boden blickt, auftaucht, stoppt ihr Daumen. *Ellena.Whore.*

Mir wird schlecht.

Maddy wirft mir einen besorgten Seitenblick zu. Ich nicke und sie klickt darauf. Unzählige Fotos ploppen auf und alle zeigen mich.

Okay, ich stehe doch nicht über den Dingen, es ist schrecklich, meine Demütigung in allen Einzelheiten vor der ganzen Welt ausgebreitet zu sehen.

Wieder klingelt mein Handy. Verdammt, kann er nicht eine Minute warten?

»Was jetzt?«, flüstert Maddy, als befürchte sie, dass ich gleich zusammenklappe, sollte sie lauter sprechen.

Ich schüttle meine Benommenheit ab. »Ich werde mich mit Cody treffen und ihm alles erklären.«

»Ich komme mit.« Maddy greift schon nach ihrer Tasche.

»Nein, du bleibst bei Grey. Ich kümmere mich darum. Aber nicht hier, Cody würde sich fragen, was ich in einem Krankenhaus zu suchen habe.«

»Bist du dir sicher?« Sie sieht mich zweifelnd an.

Ich nicke tapfer. »Meine Schlachten, schon vergessen?«

»Okay.« Sie legt die Tasche wieder zurück. »Aber halte mich auf dem Laufenden. Ich drehe sonst total durch.«

»Mach ich«, sage ich und klinge selbstsicherer, als ich mich tatsächlich fühle. Kurz umarme ich sie. »Ich schaffe das schon«, füge ich noch hinzu.

»Das weiß ich doch.«

Ich winke ihr noch einmal zu, dann trete ich hinaus auf den Flur. Trevor, der bisher auf einem der Stühle gesessen hat, springt auf.

»Geht es Ihnen nicht gut, Ma'am?«

»Doch … doch … alles okay.« Andeutungsweise hebe ich mein Handy. »Ich muss telefonieren, danach müssen wir vielleicht kurz weg.«

»Natürlich, Ma'am.«

Unter Trevors wachsamem Blick gehe ich ein Stück den Gang hinunter und wähle Codys Nummer. Augenblicklich hebt er ab.

»Was ist jetzt? Sagst du mir, was das soll?« Die Besorgnis in seiner Stimme ist deutlich hörbar.

»Nicht am Telefon. Können wir uns treffen?«

»Ich kann die Bäckerei heute etwas früher schließen. Sagen wir, in einer Stunde bei dir? Oder willst du lieber herkommen?«

»Nein, nein, bei mir klingt gut«, sage ich eilig, weil ich dieses Gespräch ganz bestimmt nicht in der Öffentlichkeit führen will.

»Dann bis gleich«, sagt er noch und legt auf.

Ich atme tief durch und gehe zurück zu Trevor. »Wir fahren zu mir.«

Trevor neigt den Kopf und bedeutet mir, voranzugehen. Den ganzen Weg über bis zu seinem Wagen schweigen wir. Er fragt mich nicht, was los ist und dafür bin ich ihm dankbar. Wahrscheinlich könnte ich ihm gar nicht antworten, denn dafür wirbeln meine Gedanken viel zu sehr durcheinander. Wie werden die Leute reagieren? Wie viel Abscheu wird mir entgegengeschleudert werden? Ich lasse mich auf den Rücksitz gleiten und bekomme nur am Rande mit, wie Trevor einsteigt und den Cadillac aus der Garage manövriert. Gedankenverloren schaue ich aus dem Seitenfenster und beobachte die Menschen, die ihrem Tagesgeschäft nachgehen. Mein Handy liegt bleischwer in meiner Hand. Ob die Beiträge schon fleißig kommentiert wurden? Ich beschließe, nicht nachzusehen, die Genugtuung gönne ich Jacob nicht, nein, ich suche die Telefonnummer des Supports heraus. Es wird Zeit, dem ein Ende zu setzen.

Ich lasse dich nicht gewinnen, Jacob.

@shelly.bean Was soll das? Behalt deinen ekelhaften Scheiß für dich. Keiner will das sehen.

@bdsm6969 Bist versaut, was? Wenn du es mal richtig hart brauchst, schreib mir eine DM.

@suzi.su Dir ist schon klar, dass sich auf dieser Plattform auch Jugendliche herumtreiben? Unerhört.

Natürlich bin ich eingeknickt und habe mich bei Instagram registriert. Ein Fehler, denn jeder Kommentar versetzt mir ein Stich ins Herz. Genau das, was Jacob beabsichtigt hat. Ich sitze in meine Kuscheldecke gehüllt im Wohnzimmer, als es an der Tür klingelt.

»Ich gehe schon«, bietet sich Trevor sofort an, bevor ich mich auch nur rühren kann.

Cody stürzt an Trevor vorbei in die Wohnung. Seine eisblauen Augen sind riesig, als sein Blick auf mich fällt. »Was hat das alles zu bedeuten?«, will er sogleich wissen. »Wieso finde ich *solche* Fotos von dir auf Instagram?«

Ich streife die Decke von meinem Schoß und stehe auf. »Du solltest dich vielleicht setzen.« Ich deute auf die Couch.

»Nein.« Cody stapft zu mir herüber und verschränkt die Arme vor der Brust. Seine Miene ist unnachgiebig. Er erinnert mich an Jax – und wenn die beiden sich nicht wie Höhlenmenschen aufführen würden, würden sie sich bestimmt gut verstehen.

»Gut. Dann eben nicht.« Soll er doch stehen bleiben. Ich setze mich wieder hin.

Trevor bietet an, Tee zu machen, und ich bedanke mich.

»Also?«, fordert Cody mich auf.

»An dem Tag als Jacob in der Bäckerei war, hat er mich erpresst.« Ich schlage die Augen nieder. »Ich konnte seine Forderung nicht erfüllen.«

»Womit hat der Penner dich erpresst?« Der Zorn in seiner Stimme ist unüberhörbar. »Etwa mit diesen Fotos? Und wieso?«

Das *wieso* lasse ich unter den Tisch fallen und wenn ich Glück habe, greift er es auch nicht wieder auf, sobald er hört, was ich zu sagen habe. Cody braucht nichts von Jax' Beziehung zu Jacob zu wissen. Die Fights, die illegalen Wetten, der Code für Fort Knox, lauter Fragen, die ich nicht beantworten kann, wenn ich nicht will, dass Cody zu einem Mitwissenden wird.

Ich atme tief ein. »Als ich damals nicht mehr in der Bäckerei aufgetaucht bin, hatte das einen Grund. Jacob hat es mir verboten. Er … er … « Ich räuspere mich. »Er hat mich stundenlang in seinem Keller eingesperrt, dort hat er diese Fotos von mir gemacht, während …« Bilder blitzen vor meinen Augen auf. Kälte. Dunkelheit. Ein grausames Lachen.

Komm schon, kleines Mäuschen, bettele, schrei. Keiner wird dich hören, keiner wird dir zu Hilfe eilen – du bist ein Niemand.

»… während er mich misshandelt hat.« Ich hole tief Luft. »Damit hatte er mich in der Hand.«

Cody sackt neben mich auf die Couch. »Scheiße, Ella. Wie oft war ich vor seinem Haus und habe sturmgeläutet? Wie oft hast du mir die Tür geöffnet und gesagt, dass ich wieder gehen soll –, dass du nicht mehr bei mir arbeiten willst?« Er klingt verletzt und das tut mir in der Seele weh. »Du hättest mir die Wahrheit sagen sollen. Ich wusste, dass irgendetwas nicht stimmt, du hast die Arbeit geliebt. Wieso hast du mich nicht um Hilfe gebeten?«

»I-ich hatte Angst«, stottere ich.

Vorsichtig nimmt er meine Hände in seine. Sie sind weich, ganz anders als die von Jax. »Ich hätte dir geholfen.« Seine Stimme zittert und in seinen Augen erkenne ich ein Flehen, als würde er um unsere Freundschaft bangen. Aber das braucht er nicht, niemals. Er ist mir in all den Jahren ein guter Freund geworden und ich könnte mir ein Leben ohne ihn nicht vorstellen.

»Es tut mir leid«, flüstere ich. »Es tut mir so unendlich leid.« Tränen verschleiern meine Sicht. »Ich wollte etwas sagen, aber dann habe ich mich wieder erinnert, was Jacob gegen mich in der Hand hat. Ich konnte nicht.«

Cody lehnt sich vor und schließt mich fest in die Arme. Ich sinke gegen ihn und atme tief seinen vertrauten Duft nach Minze ein. »Du brauchst dich nicht zu entschuldigen. Es ist alles gut«, flüstert er in mein Haar. »Was ist mit Laura? Weiß sie von den Fotos?«

»Ja.«

Er löst sich ein Stück von mir, um mich ansehen zu können. »Was sagt sie dazu?«

Ich lächle zaghaft. »Sie ist stolz auf mich. Sie meint, ich sei tapfer.«

Jetzt stiehlt sich auch auf sein Gesicht ein Lächeln. Ein Lächeln, das jedes Frauenherz zum Schmelzen bringt. Blöd nur, dass er Männer bevorzugt. »Ich bin auch verdammt stolz auf dich, weißt du?«

Cody sieht mich also auch nicht als Opfer. Gott sei Dank.

»Was sagt Jax dazu?«, fragt Cody und reißt mich aus meinen Gedanken.

Meine Brust wird eng. »Er ist auf der Suche nach Jacob«, lüge ich ihn an. Aber was soll ich auch sonst sagen?

»Das ist gut. Sehr gut.« Cody streicht sich eine Strähne nach hinten. »Was ist mit dem Profil? Kann man es löschen?«

»Ich habe schon mit dem Support telefoniert. Sie sind dran.«

Cody atmet erleichtert auf. »Wie geht es jetzt weiter? Wirst du zur Polizei gehen?«

Ist es nun so weit? Bin ich nach allem, was ich durchgemacht habe, endlich dazu bereit?

Dann gibt es kein Zurück mehr.

Ich schlinge den Fraß hinunter, der mir vor einigen Minuten vorgesetzt wurde und unterdrücke bei jedem Bissen ein Würgen, stets im Hinterkopf, dass ich die Energie in den nächsten Stunden brauchen werde.

Vor meiner Zellentür ist alles in heller Aufruhr. Schritte, Zellen, die geöffnet werden, Flüche, Schreie von Männern, die fortgebracht werden. Mir ist es gleichgültig, was mit ihnen geschieht – ich habe meine eigenen Probleme.

Erleichtert darüber, nichts ausgekotzt zu haben, stelle ich die leere Schüssel neben mir ab und fahre mit dem Aufwärmen fort, weil ich keine Zeit zu verlieren habe. Die Zelle ist dermaßen schmal, dass ich mich auf Sit-ups und Schattenboxen beschränken muss. Der Schmerz in meinen Schultern ist kaum noch wahrnehmbar, was vermutlich am Adrenalin liegt. Ich beschleunige gerade mein Tempo, als die Zelle geöffnet wird. Pawlow taucht auf, ein fieses Grinsen im Gesicht.

»Du bist dran.« Er wirft mir etwas zu, das ich instinktiv fange. »Gegen die Schmerzen.«

Ich öffne meine Hand, ein durchsichtiges Päckchen mit weißem Pulver liegt auf meiner Handfläche.

Ich öffne es und rieche daran. Speed, mein alter Begleiter.

Scheiße ist das lange her.

Sofort klopfe ich mir ein wenig des Pulvers auf den Handrücken, halte mir ein Nasenloch zu und ziehe es durch das andere. Euphorie explodiert in meinem Kopf und es schüttelt mich. Ich ziehe mir gleich noch eine Line rein. Ich fletsche die Zähne, es läuft mir bitter die Kehle hinunter.

Pawlow hat mich wortlos beobachtet. Jetzt, wo ich hochschaue und mir die Nase am Handrücken abwische, dreht er sich um und ich folge ihm. Im Gehen richte ich die Leinenbandage um meine Fingerknöchel und balle sie zu Fäusten, um zu testen, ob sie halten.

Ich habe mich im Lagerhaus geirrt, nicht nur Grey ist meine Familie, auch Ella gehört jetzt dazu, genauso wie Michael und all die anderen. Eine unbändige Kraft durchströmt mich. Ich muss zurück zu ihnen, darf den Kampf nicht verlieren. Ich bin nicht bereit, zu sterben – nicht heute.

Wir gehen einen Korridor entlang, biegen rechts um die Ecke und bleiben stehen. Vor mir führt ein schmaler Flur zu einer Doppeltür, dahinter erstreckt sich ein schneebedeckter Innenhof, beleuchtet von Flutlichtstrahlern. Ich atme tief durch und gehe darauf zu. Es wird Zeit zu kämpfen – zu töten!

Sobald ich einen Fuß auf den gefrorenen Boden setze, bricht kollektives Gebrüll los. Ich sehe hoch. In nicht ganz drei Metern Höhe umschließt ein durchgehender Balkon den Innenhof. Unzählige Männer stehen dort oben, recken die Fäuste und lehnen sich teilweise über das Geländer, um besser sehen zu können.

Ich konzentriere mich auf den Mann, der in der Mitte des schneebedeckten Platzes steht. Mein Gegner.

In Sekundenbruchteilen analysiere ich ihn: gleiche Statur wie ich, die gleiche Größe, somit die gleiche Reichweite. An den Fingern seiner rechten Hand sehe ich drei Ringe aufblitzen, die entweder zu einem Problem für mich oder zu seinem eigenen Verhängnis werden könnten. Ringe führen nicht nur zu brechenden Knochen des Gegners, sondern auch zu eigenen gebrochenen Fingern.

Ich schätze den Abstand zu ihm ein, ungefähr fünfundzwanzig Meter. Machbar. Ich laufe los, Schnee knirscht unter meinen Stiefeln, meine Schritte nehmen an Geschwindigkeit zu, meine Muskeln spannen sich an. Ich kanalisiere die rasende Wut der letzten Tage in mir und lasse mich treiben, bis mein Blick tunnelartig wird. Kochendes Blut pulsiert in mir. In vollem Sprint schätze ich nochmals die Größe des Armeniers ein, der gerade in Kampfstellung geht. Mit einem Schrei reiße ich die Beine hoch und fege über seine Abwehr hinweg. Ich treffe ihn genau im Gesicht. Der Schwung katapultiert ihn von mir und er schlittert über den Boden.

Punkt für mich, Bastard!

Federnd komme ich auf und sehe ihm dabei zu, wie er einen Schwall Blut ausspuckt und sich stöhnend aufrafft. In seinem Gesicht erkenne ich die gleiche Entschlossenheit zu töten, wie sie von mir Besitz ergriffen hat.

Die grölende Menge um mich herum verschwindet. Mittendrin muss Wolkow stehen, der auf uns hinabsieht, als wären wir nichts weiter als Tiere.

Der Armenier stürmt auf mich zu und rammt sein Knie in meinen Brustkorb. Ich spüre das Knacken meiner Rippen, ignoriere den Schmerz, der wie ein Blitz durch meinen Körper schießt und mir den Atem raubt, und gehe gleich zum Gegenangriff über. Mit dem rechten Stiefel trete ich gegen seinen Oberschenkel, sein Körper klappt nach vorne, meine linke Faust kracht gegen seinen Unterkiefer. Der Schnee unter unseren Füßen färbt sich rot. Die Ringe blitzen im hellen Licht auf und ich ducke mich weg. Bis jetzt ist keine Schwäche an ihm zu erkennen.

Scheiß drauf, ich mache ihn auch so fertig.

Bei einem Fight ist Taktik gefragt, spare deine Reserven, teile nur aus, wenn du auch sicher dein Ziel triffst. Timing ist alles!

Ich weiche zurück, drehe mich weg, versetze ihm gezielte Schläge. Gesicht. Oberkörper. Ein kraftvoller Tritt gegen sein Rückgrat und er kracht gegen die Außenmauer des Bunkers. Ich ziehe den Kopf ein und ramme ihn, einem Linebacker gleich, in den Beton. Er ächzt, irgendwas knirscht und ein faustgroßes Stück löst sich aus der Mauer. Ich schnappe es mir, reiße seinen Kopf an den schulterlangen Haaren nach hinten und jage ihm den Betonbrocken frontal ins Gesicht. Einmal, zweimal, dreimal. Blut spritzt und Putz bröselt. Er stößt mir den Ellenbogen in die Seite und ich springe einen Schritt zurück. Mein pfeifender Atem bildet kleine Wolken in der klirrend kalten Luft. Er schüttelt den Kopf und wirbelt zu mir herum. Scheiße, was haben die ihm gegeben? Die Treffer hätten ihn ausknocken müssen.

Ein rechter Haken und meine Wange reißt auf, weil die Ringe mich erwischen. Fuck!

Ich weiche weiter zurück, jemand wirft ein Messer vom Balkon und es bleibt zitternd zwischen uns im gefrorenen Boden stecken. Wir stürzen darauf zu. Er ist schneller. Ich rolle mich aus seiner Reichweite. Das Messer rammt sich neben meinem Ohr in den Schnee und nimmt mir für einen Moment die Sicht.

Steh auf!

Sofort springe ich auf die Beine. Das Messer kommt von links, ich drehe mich weg. Der Armenier setzt nach und die Klinge streift mich am Oberarm. Heißer Schmerz durchzuckt mich und ich stolpere nach hinten. Scheiße, ich bin total am Arsch. Krampfhaft beiße ich die Zähne zusammen und weiche langsam zurück. Ich will nicht sterben. Ich bin nicht bereit. Was ist mit Ella? Wird sie mich vermissen? Wird sie traurig sein, weil ich nicht mehr da bin? Ihr Gesicht taucht vor meinem inneren Auge auf. Ihr Lächeln, das tröstliche Gefühl ihrer Umarmungen. Nein, ich bin noch nicht bereit zu sterben. Ich brauche mehr Zeit. Die wenigen Wochen waren nicht genug. Ich will da sein, wenn sie Angst hat. Ich will da sein und ihr Mut machen, wenn sie glaubt, nicht mehr zu können. Ich will da sein und miterleben, wie sie nach und nach ihr Trauma verarbeitet. Ich … ich liebe sie.

Ein Schub neuer Energie durchfährt mich. Ich erinnere mich wieder an den Betonbrocken. Er liegt in meiner Hand. Ich habe ihn nicht losgelassen. Mit voller Kraft schleudere ich den Brocken und treffe ihn oberhalb der Augenbraue. Die Haut platzt auf und Blut sickert ihm ins Auge. Er wischt es weg. Ich nutze den Moment, stürze auf ihn zu und versetze ihm einen Front-Kick gegen das Handgelenk. Das Messer fliegt davon und schlittert noch einige Meter weiter. Er sieht ihm nach. Ich deute an, dem Messer hinterher zu hechten, ändere in der letzten Sekunde allerdings die Richtung und werfe mich stattdessen auf den Armenier. Donnernd kommen wir auf dem gefrorenen Boden auf. Mit den Unterarmen schützt er sofort seinen Kopf. Ich springe auf. Er dreht sich um und robbt in Richtung des Messers. Ich verpasse ihm einen Tritt in die ungeschützte Flanke, Rippen brechen unter der Wucht meines Stiefels. Ein ekelhaftes Gefühl, aber umso befriedigender für meinen Kampfgeist. Der nächste Tritt gilt seinem Knie. Er brüllt auf und rollt sich außerhalb meiner Reichweite. Es ist erbärmlich, ihm zuzusehen, wie er versucht, auf die Beine zu kommen.

Ich setze nach und springe ihm mit voller Wucht in den Rücken. Weitere Rippen brechen unter meinem Gewicht. Breitbeinig stelle ich mich über ihn und wuchte ihn auf den Rücken. Seine Augen sind weit aufgerissen. Er weiß, dass er keine Chance mehr hat. Die Entschlossenheit, die gerade noch in seinem Antlitz zu sehen war, verschwindet, macht Platz für etwas anderes – Todesangst.

Seine Pupillen sind geweitet, das Dunkelbraun seiner Iriden ist kaum noch zu erkennen. Meine Hände packen seine Kehle, meine Knie fixieren seinen Oberkörper am Boden. Ich drücke fester zu. Die Halsschlagader pulsiert unter meinen Fingern, bis ich den Druck so weit erhöhe, dass sie nicht mehr zu spüren ist. Ich habe sein Leben wortwörtlich in den Händen. Ohne zu zögern, zerquetsche ich ihm den Kehlkopf. Jetzt ist er nicht einmal mehr fähig zu röcheln. Blutgefäße platzen in seinen Augäpfeln, seine Muskeln erschlaffen und die Gegenwehr wird zu einem unkontrollierten Zucken.

Ich schaffe es nicht, die Augen zu schließen, mich dem zu verschließen, was hier gerade passiert, während er qualvoll unter mir erstickt. In diesen Sekunden stürzt alles auf mich ein. Ich beginne zu zittern, Schmerzen drohen mich zu übermannen und ein Gedanke ergreift klar Besitz von mir: *Ich bin ein Mörder!*

Es herrscht Stille, als der Armenier seinen letzten Atemzug macht. Bis ein einzelnes Klatschen die Stille durchbricht. Ich blicke auf. Auf dem Balkon steht ein Geist – Iwan Orlow, ein Schatten für sämtliche Strafverfolgungsbehörden, ein mächtiger Dorn im Auge des Gesetzes – und Oberhaupt der New Yorker Mafia. Links hinter ihm steht Wolkow mit gesenktem Kopf wie der gestürzte König, der er ist.

Zwei russische Soldaten treten an mich heran und zerren mich von dem Leichnam herunter. Mit eisernem Griff werde ich abgeführt, doch meine volle Aufmerksamkeit gilt Iwan Orlow. Ich stolpere durch das geöffnete Tor und verliere ihn aus dem Blick.

Meine Gedanken wirbeln ziellos umher, als ich mit einem kräftigen Stoß in die Zelle verfrachtet werde. Dort breche ich auf dem steinernen Boden zusammen und sehe auf meine blutigen Hände hinab. Ich nehme den letzten Funken Energie in mir zusammen und brülle alles in die Dunkelheit hinaus.

Kraftlos kauere ich mich auf dem Boden zusammen, heiße die Kühle auf meiner Haut willkommen und bete, dass mich Ella noch will, wenn ich als *Monster* zurückkehre.

Minuten oder Stunden später wird die Tür zu meiner Zelle geöffnet. Ich blinzle in den hellen Schein und mache eine schemenhafte Gestalt aus.

»Mr. Davis …« Weiter kommt Wolkow nicht, denn innerhalb einer Sekunde bin ich auf den Beinen und dränge ihn rückwärts gegen die Stahltür auf der gegenüberliegenden Seite des Korridors, meinen Unterarm gegen seine Kehle gepresst.

»Sie verlogenes Arschloch! Sehe ich etwa aus, als hätte ich einen Kampf mit einem geschwächten Gegner hinter mir? Den Deal mit Sutter können Sie vergessen.«

»Deshalb bin ich nicht hier«, röchelt er und sein Gesicht läuft rot an, während er sich hilfesuchend umsieht. Nur, dass ihn keiner retten wird. Er hat einen weiteren Fehler begangen – er ist allein gekommen.

»Warum dann?«

»In einer Stunde könnten Sie im Jet in Richtung New York sitzen. Nur nehmen Sie meine Tochter mit, sie ist hier nicht sicher.«

Ein ungläubiges Lachen dringt unweigerlich aus meiner Kehle. »Wieso sollte ich das tun?«

»Sie ist mein Pfand. Solange sie bei Ihnen ist, werde ich Ihre Familie nicht weiter behelligen.«

Hm … jetzt nimmt die Geschichte aber ganz neue Dimensionen an.

»Sie widerlicher Mistkerl. Was sind Sie nur für ein Vater, der einfach so seine Tochter ausliefert?« Er gibt mir keine Antwort. »Sie haben dafür gesorgt, dass ich zu einem Monster geworden bin. Glauben Sie etwa, ich würde davor zurückschrecken, Ihre Tochter zu töten?«

»Ich vertraue darauf, dass Sie das Richtige tun.«

Er muss wirklich in einer beschissenen Lage sein …

»Gut. Dafür Schulden Sie mir einen Gefallen«, knurre ich.

Er zögert kurz. »Was wollen Sie?«

»Nicht was. Wen.« Ich blecke die Zähne. »Jacob Harrison Ward. Den verdammten Lord von Overford.«

Wolkow hat sich diesmal an die Abmachung gehalten. Ich sitze im Privatjet und sehe durch die Fensterluke in die verschneite Nacht hinaus. Der Pilot hat sich vor einigen Minuten ins Cockpit verzogen, jetzt bin ich allein. Meine Rippen setzen mir immer mehr zu, mein Gesicht hat sich in eine einzige, pochende Masse verwandelt und aus dem Schnitt in meinem Oberarm sickert Blut. Aber all das ist nicht das Schlimmste – Wolkows Tochter lässt sich verdammt lange Zeit! Das Bedürfnis, nach Hause zu kommen, Ella in die Arme zu schließen und nach Grey zu sehen, wird mit jeder Minute übermächtiger.

Weil ich nicht mehr länger herumsitzen kann, stehe ich auf und gehe in den hinteren Teil, wo sich ein kleines Badezimmer befindet. Der über dem Waschbecken angebrachte Spiegel eröffnet mir genau das, was ich befürchtet habe: die Wunde auf meiner Wange leuchtet mir rot entgegen und fühlt sich heiß an. In dem Verbandskasten neben dem Spiegel finde ich Desinfektionsmittel, trage es auf und klebe die Stelle mit einem großen Pflaster ab. Mit dem Schnitt auf meinem Oberarm verfahre ich genauso und verbinde ihn provisorisch. Vorsichtig hebe ich mein Shirt an und begutachte meine Rippen. Doc wird nicht begeistert sein. Aus der Kabine höre ich gedämpfte Schritte. Ich verstaue die Sachen wieder an ihrem Platz und verlasse das Badezimmer.

Großartig, ist der erste Gedanke, der mir durch den Kopf schießt, als ich die junge Frau mir gegenüber mustere. Hochhackige Boots, enge Jeans, Nerzmantel.

»Du bist also der Kämpfer, den mein Vater unbedingt haben wollte.« Sie lehnt sich mit der Hüfte gegen einen der beigen Ledersitze und betrachtet mich eingehend. »Du hast den Kampf gewonnen. Ich hoffe, dir ist bewusst, welche Lawine du damit losgetreten hast.«

Nein, weiß ich nicht, aber du wirst es mir bestimmt bald verraten.

Weil ich ihr nicht antworte, wendet sie sich wieder ihrem prall gefüllten Koffer zu. Ich verschränke die Arme und beobachte, wie sie versucht, ihn in der Ablage über der Sitzreihe zu verstauen. »Du kannst mir ruhig helfen!«

Seufzend nähere ich mich ihr und eine Parfümwolke hüllt mich ein. Unter schmerzendem Protest meiner Rippen hieve ich den Koffer hoch. »Was hast du da drin, Prinzesschen? Eine ganze Nerzfarm?«

»Nenn mich nicht *Prinzesschen*«, keift sie mich an.

Ein Biest also. Das kann ja heiter werden. »Setz dich hin, ich will endlich weg von hier.« Ich kehre auf meinen Platz zurück und sehe wieder aus dem Fenster. Nur, dass ich mich jetzt auf das Spiegelbild einer jungen, blonden Frau konzentriere – Wolkows Tochter.

Das Geräusch startender Turbinen erfüllt die Kabine und ich halte den Atem an. Für meinen Geschmack setzt sich die Maschine viel zu langsam in Bewegung, wird dann aber rasant schneller. Lautlos lasse ich die Luft entweichen. Wir heben ab und der Druck in den Ohren nimmt zu – gerade das geilste Gefühl der Welt!

Jax Davis überlebt die Hölle …

KAPITEL 12

ELLA

Vier Tage ist Jax nun verschwunden und ich kann nichts weiter tun als warten. Es ist eine Qual und von Sekunde zu Sekunde wird meine Brust enger. Nachts kuschle ich mit Coco, um so ein wenig dieser Leere entgegenzuwirken, die sich in mir breitgemacht hat, nur um tagsüber festzustellen, dass sie noch allumfassender geworden ist. Panik breitet sich in mir aus, wenn ich an den Augenblick denke, wo feststeht, dass er nicht mehr zu mir zurückkehren wird. Aber noch habe ich Hoffnung – so schnell gebe ich nicht auf.

Mit hängenden Schultern trotte ich in die Kantine des Krankenhauses, gefolgt vom pflichtbewussten Trevor. Ich stelle mich in die kurze Schlange vor dem Verkaufstresen und schaue durch die Fensterfront auf die Straße hinaus.

Draußen hängen dunkle Wolken, dicke Regentropfen prasseln auf den Boden, sammeln sich zu Pfützen und ergießen sich in Sturzbächen in die Gullys, während der Wind die wenigen Bäume auf dem Parkplatz hin und her peitscht. Der Herbst ist in New York City eingezogen.

»Der nächste«, ruft die rundliche Verkäuferin hinter dem Tresen, sobald der Mann vor mir seine Bestellung entgegengenommen hat. Ich schließe auf.

»Zwei Burritos und zwei Kaffee«, leiere ich herunter.

»Mit Truthahn oder vegetarisch?«

In meinem Nacken prickelt es, als würde mich jemand beobachten.

»Egal.« Trevor ist es nicht, der behält die wenigen Tische in der Kantine im Auge. Ich werfe einen Blick über die Schulter auf den Parkplatz. Zwischen all den Fahrzeugen steht unbewegt ein Mann im strömenden Regen. Groß, breitschultrig, dunkelhaarig.

Jax!

Ich laufe los, stolpere zwischen zwei Tischen hindurch und durch die Glastür hinaus. Mit wild klopfendem Herzen lege ich die letzten Meter zu ihm zurück und werfe mich in seine Arme. Er fängt mich auf und wirbelt mich im Kreis. Seine Wärme hüllt mich augenblicklich ein, das Gefühl ist nicht zu beschreiben.

»Hey, Baby«, raunt er leise.

»Träume ich? Bitte sag mir, dass ich nicht träume …«

Seine Arme legen sich fest um meine Taille. »Nein, ich verspreche es.«

Ich lehne mich ein Stück nach hinten, vergrabe meine Finger in seinem Haar, streiche über seine Schultern, seinen Nacken und küsse ihn. Gott, wie sehr ich ihn vermisst habe.

Regen trommelt auf uns ein, während er die Lippen öffnet und den Kuss erwidert. Leidenschaftlich, gierig. Ich presse mich fester an ihn, muss ihn spüren, muss mich versichern, dass er da ist und es ihm gut geht. Tränen laufen mir ungehemmt über die Wangen und vermischen sich mit dem Regen.

Ich reiße meine Lippen von ihm los. »Ich habe mich geirrt. Mir ist in den letzten Tagen klar geworden, warum du ständig versuchst, mich vor allem zu beschützen. Es tut mir leid.«

Er lässt mich langsam auf die Füße hinunter, sein Daumen streicht hauchzart über mein Gesicht. »Mir tut es leid. Ich habe deine Bedürfnisse nicht respektiert. Ich hätte mich zurückhalten müssen.« Er drückt mich fest an sich, umfasst meinen Hinterkopf, vergräbt seine Nase in meinem regennassen Haar und atmet tief ein, als müsste er sich vergewissern, dass ich es bin. »Gib mir nur etwas Zeit, mich daran zu gewöhnen.«

Ich schmiege mich eng an ihn und fühle unendliche Erleichterung, ihn endlich wiederzuhaben. »Wie wäre es mit einem Kompromiss? Wenn es um emotionale Dinge geht, musst du mich nicht beschützen. Du musst nur da sein, um mich aufzufangen.«

»Das bekomme ich hin«, flüstert er und eine Gänsehaut rieselt über meinen Rücken, als er darüber streicht. »Wie …« Er stockt. »Wie geht es Grey?«

Ich löse mich von ihm und sehe zu ihm hoch. Erst jetzt bemerke ich, in welcher Verfassung er sich befindet. Ein großes Pflaster bedeckt seine linke Wange, rundherum ist die Haut stark gerötet. Sein Hemd ist starr vor Dreck und getrocknetem Blut. »Er wurde operiert. Er hat viel Blut verloren. Die erste Nacht hat er in der Intensivstation verbracht, jetzt liegt er in einem Einzelzimmer.«

»Ich muss zu ihm.« Jax versucht, sich an mir vorbeizuschieben.

Ich lege eine Hand auf seine Brust, dabei zuckt er vor Schmerz zusammen. »Nein, tut mir leid, aber ich kann dich nicht zu ihm lassen. Du musst duschen und dich umziehen. Ich werde unterwegs Liza anrufen, sie soll sich um deine Wunden kümmern. Du bist verletzt.«

»Lass mich durch«, knurrt er und überrennt mich beinahe.

Ich stemme mich gegen ihn. »Nein!«

Hinter Jax räuspert sich jemand. Wir wirbeln beide herum. Eine blonde, schlanke Frau unter einem durchsichtigen Regenschirm schaut abschätzend zwischen Jax und mir hin und her. Sie ist wunderschön, mit großen blauen Augen.

»Wer sind Sie?«

»Tatjana Wolkowa.«

Mir klappt der Mund auf.

Das gibt's doch nicht!

Jax nutzt seine Chance und schiebt sich an mir vorbei.

Ich drehe mich um, Trevor steht ganz in der Nähe. »Trevor, lass ihn nicht durch!« Trevor baut sich vor der Glastür auf und Jax funkelt ihn wütend an.

Ich lasse die Frau stehen und eile zu ihnen hinüber.

»Bitte, Jax«, versuche ich es noch einmal. »Grey ist bis jetzt noch nicht aufgewacht, aber er wird wieder.« Ich berühre ihn sachte am Unterarm, seine Muskeln sind steinhart. »Eine Stunde, Maddy ist bei ihm.«

»Ich denke, Miss Ella hat recht. Sie sehen scheiße aus, Boss, wenn ich das so direkt sagen darf«, steht Trevor mir bei, ohne sich von Jax einschüchtern zu lassen. Sind wir also schon bei *Miss* gelandet?

Meine Zähne beginnen in der Kälte zu klappern und ich schlinge die Arme um meinen Oberkörper. »Bitte, Jax.«

Jax' ganzer Körper sinkt in sich zusammen und er lässt den Kopf hängen. »Okay.«

»Mein Wagen steht dort drüben.« Trevor zeigt auf den Parkplatz.

Ohne ein weiteres Wort wendet sich Jax ab und läuft zu dem Wagen, Trevor und ich folgen ihm, mit einiger Verzögerung auch die blonde Frau.

Tatjana Wolkowa. Das muss ich erst mal verdauen.

Während Trevor ihren gigantischen Koffer in den Kofferraum bugsiert, rutsche ich neben Jax, der schon auf dem Rücksitz Platz genommen hat.

Ich greife nach seiner Hand, er schaut starr aus dem Seitenfenster.

»Jacob hat uns in einen Hinterhalt gelockt«, flüstert er. »Er ist verschwunden, als Wolkow aufgetaucht ist.«

»Wo warst du? Ich habe mir solche Sorgen gemacht.« In meiner Stimme sind mir deutlich die Tränen anzuhören, die ich nur mühsam zurückhalten kann.

Er dreht den Kopf zu mir, sein Gesicht ist eine ausdruckslose Maske. »In der Hölle.«

Drei Worte, die mich bis in die Grundfesten erschüttern und in meiner Seele nachklingen. »Es tut mir so leid.«

Er zieht seine Hand zurück. »Muss es nicht, für dich würde ich es wieder tun.« Damit dreht er den Kopf von mir weg und blickt wieder aus dem Seitenfenster.

Wir betreten die Halle und noch bevor Jax die Metalltür hinter Tatjana und Trevor schließen kann, kommt Coco auf uns zugelaufen.

»Hey, Kumpel«, begrüßt Jax ihn und geht in die Hocke. Coco springt auf und ab, niest, jault und wedelt mit dem Schwanz, sodass ich schon befürchte, er hebt gleich ab.

»Michael und ich haben abwechselnd auf ihn aufgepasst. Ich wollte ihn nicht aus seiner vertrauten Umgebung reißen, deshalb habe ich auch die letzten Tage hier geschlafen. Ich hoffe, das ist okay?« Dass ich mich nachts weinend an ihn geklammert habe, erwähne ich nicht.

Jax hat Mühe, seinen Hund davon abzuhalten, sein Ohr abzulecken. »Natürlich ist es okay. Danke, dass du auf ihn aufgepasst hast.«

Ich lächle, angesteckt von Cocos Freude. »Ist doch nicht der Rede wert. Er ist ein guter Hund.« Mit beiden Händen streichle ich durch sein Fell. »Könnte nur sein, dass er jetzt gewohnt ist, im Bett zu schlafen. Nicht wahr, Coco?« Coco schlabbert als Antwort meine Finger ab, als wäre er auch nicht geflohen, wenn er genug von mir hatte.

Jax stöhnt auf und verdreht die Augen. »Großartig. Da bin ich ein paar Tage nicht da und schon ist meine ganze Erziehung im Eimer.« Mit schmerzverzerrtem Gesicht kommt er hoch.

Ich werfe einen Blick zu Tatjana hinüber, die neben Trevor steht und sich neugierig umsieht. »Wieso gehst du nicht duschen? Trevor und ich werden Tatjana die Gästewohnung zeigen.«

»Sicher?«

»Ja klar.« Ich stelle mich auf die Zehenspitzen und drücke ihm einen flüchtigen Kuss auf den Mund. »Ich beeile mich.«

Jax nickt widerstrebend. Es scheint ihm nicht zu passen, dass ich mich in ihrer Nähe aufhalte.

»Kommen Sie, Ma'am«, sagt Trevor zu ihr und führt Tatjana an uns vorbei und die Treppe hoch.

Jax schaut ihr skeptisch hinterher. »Ich traue ihr nicht«, sagt er, als sie außer Hörweite ist. »Lass dich auf kein Gespräch mit ihr ein.«

Seine Worte beunruhigen mich. »Wieso ist sie hier, Jax?«

»Weil ich keine andere Wahl hatte.« Schuldgefühle blitzen in seinen Augen auf.

Mein Magen zieht sich unangenehm zusammen. »Wie lange wird sie bleiben?«

»Ich weiß es noch nicht.« Seite an Seite gehen wir die Treppe hinauf. »Am besten, du hältst dich von ihr fern.«

Am Treppenabsatz bleibt er stehen, zieht mich zu sich heran und küsst mich auf die Stirn. »Bis gleich, ja?«

»Bis gleich.« Er will mich nicht loslassen und ich winde mich lachend in seinem Griff.

»Ich habe dein Lachen vermisst.« Sein Daumen streicht meinen Wangenknochen entlang. »Ich habe dich vermisst.« Kurz blitzt etwas in seinen Augen auf, das ich nicht recht deuten kann. Als hätte er den Glauben daran verloren, mich jemals wiederzusehen.

»Du bist hier, Jax«, versichere ich ihm. »Du hast überlebt.«

»Ja, das habe ich.« Er lächelt traurig und geht davon. In seinem Gang liegt eine nie da gewesene Schwere, die mich erschaudern lässt. Die Dunkelheit hat nun auch von ihm Besitz ergriffen. Jetzt werde ich es sein, die bei ihm ist, wenn der Sturm tobt.

Ich straffe den Rücken und gehe in die Gästewohnung. Bis jetzt war ich erst einmal hier drinnen, um mich zu versichern, dass die Fenster bei dem Regen gut verschlossen sind. Die Wohnung ist genauso sporadisch eingerichtet wie die von Jax, der Grundriss ähnlich. Zwei große Fenster zum Aufschieben auf der einen Seite, mehrere Kommoden und Vitrinen auf der anderen. Eine Couch, ein Fernseher, ein Bett, ein Esstisch. Die Küchenzeile ist klein, aber es ist alles Notwendige vorhanden.

Tatjanas Koffer steht neben der Couch, sie und Trevor finde ich in der Küche.

»... ist nicht viel Essbares da. Aber wenn Sie mir eine Einkaufsliste schreiben, kann ich gerne für Sie einkaufen gehen«, sagt Trevor gerade.

»Das wird nicht nötig sein«, mische ich mich ein. »Ich gebe Anita, der Haushälterin Bescheid.«

»Wie Sie wollen, Ma'am.« Trevor schließt den Kühlschrank.

»Ich denke, hier findest du alles, was du brauchst«, sage ich zu Tatjana und schaue mich dabei in der Wohnung um. »Bis auf ein Badezimmer. Aber komm mit, ich zeige dir, wo sich eines befindet.«

»Danke.« Sie lächelt freundlich und mit einem Mal kommt sie mir nicht mehr wie eine hochnäsige Zicke vor. Aber egal – nett oder nicht, anfreunden werde ich mich mit ihr bestimmt nicht. Ich gehe voraus und öffne auf dem Flur die nächstgelegene Tür. Jax' private Umkleide ist bis auf einen Spind an der Wand, einen kleinen runden Tisch und einen einzelnen Stuhl in der Mitte des Raumes leer. Ich zeige auf die angelehnte Tür mir gegenüber. »Das Bad ist nicht groß, aber es sollte reichen. Glaube ich zumindest«, schiebe ich hinterher, als mir ihr Koffer einfällt.

Sie wirft einen Blick an mir vorbei. »Ganz bestimmt, danke.«

»Okay, dann wünsche ich dir noch einen schönen Abend. Solltest du noch etwas brauchen, Jax und ich wohnen gleich auf der anderen Seite.«

Wieder bedankt sie sich und wieder habe ich das Gefühl, dass sie ganz okay ist.

Ich lasse Tatjana und Trevor zurück und gehe hinüber in die Wohnung. In der Küche finde ich Jax nicht, also gehe ich weiter zum Schlafzimmer. Coco liegt im Wohnzimmer auf der Couch und hebt nur träge den Kopf, als ich an ihm vorbeikomme.

Im Schlafzimmer vernehme ich das Rauschen von Wasser. Ich durchquere den Raum und werde langsamer, als ich Jax im Badezimmer stehen sehe. Er ist nackt, weil er vermutlich gerade duschen wollte, und starrt mit gesenktem Kopf auf seine Hände. Bei diesem Anblick zieht sich mein Herz zusammen.

Kurzerhand ziehe ich mich aus und gehe bedächtig auf ihn zu. Jax schaut nicht auf, als ich das Badezimmer betrete, doch in seinem Gesicht sehe ich den Unglauben darüber, wozu er fähig ist. Die Schuld.

Ich nehme seine Hände in meine und drücke einen Kuss darauf. »Was die Dunkelheit auch immer für dich bereithält, ich bin da, Jax. Ich werde immer da sein.«

»Ich … ich habe ihn getötet, Ella«, flüstert er kaum hörbar.

Hass keimt in mir auf. Allein Wolkow ist schuld daran, dass Jax zu einem Mörder wurde. »Komm«, sage ich, weil ich einfach nicht weiß, was ich sonst sagen soll, und ziehe ihn unter den Wasserstrahl. Das Wasser prasselt auf uns hinunter und spült Schmutz und Blut von seinem Körper. Ich greife nach seinem Duschgel und wasche ihn, bis jegliches Zeugnis der vergangenen Tage im Abfluss verschwunden ist.

Wortlos umarmt er mich und vergräbt seinen Kopf in meiner Halsbeuge. Ich streiche ihm durch die feuchten Haare und halte ihn. In meinem Herzen tosen die Gefühle. Freude, weil er wieder da ist, Trauer, weil seine Seele Schaden erlitten hat, Angst, weil die Dunkelheit ihn mir wegnehmen könnte.

»Ich liebe dich, Jax«, flüstere ich in sein Ohr.

JAX

Ich liebe dich, Jax. Vier Worte, auf die ich in meinem Leben nie gehofft habe. Vier Worte, die mich aus Russland zu Ella zurückbringen.

»Ich liebe deinen Beschützerinstinkt, dein gigantisches Ego.« Ich höre das Schmunzeln in ihrer Stimme. »Ich liebe deine Stärke und deine Schwäche für Kuchen und *Nikes*.« Sie lacht und mein Herz klopft schneller. »Aber am meisten liebe ich, dass du mich auffängst, wenn ich falle.« Ich hebe den Kopf und blicke sie an. In ihren Augen sehe ich die Zukunft. Kinder, nach denen ich mich insgeheim schon immer sehne. Eine Familie. Leben. »Du bist meine Sonne, Jax.«

Ich küsse sie. Ich küsse sie, weil sie genau die Frau ist, die ich immer wollte. Unsere Münder verschmelzen. Ihr nackter, feuchter Körper reckt sich mir entgegen und ich stöhne, als sich ihre Brüste gegen mich drücken. Ich schnappe mir ihr Bein und lege es um meine Hüfte. Mein Schwanz erwacht augenblicklich zum Leben.

Ich löse mich von ihrem Mund. »Ich liebe dich, Ella.« Langsam dringe ich in sie ein und lasse sie jeden Zentimeter spüren. Ihr Kopf fällt nach hinten gegen die Wand und ihr Mund öffnet sich zu einem stummen Schrei. Ihr Blick ist klar und auf mich gerichtet. »Ich liebe das Gefühl, wenn du in meiner Nähe bist. Ich liebe …« Ich knabbere an ihrer Unterlippe. »… wie du schmeckst. Wie du dich anfühlst.« Als ich ganz in ihr bin, beginne ich mich zu bewegen, langsam, genüsslich koste ich ihre Enge aus. »Ich liebe deine Stärke, deinen Überlebenswillen, deinen Mut. Alles an dir, meine Kämpferin.« Ich umrahme ihr Gesicht mit meinen Händen. »Die Dunkelheit genauso sehr wie dein Licht.«

Tränen laufen ihr über die Wangen und vermischen sich mit dem Wasser, das uns in einen Kokon einhüllt und mich die Welt vergessen lässt.

Sie zieht meinen Kopf zu sich und innerhalb eines Wimpernschlags treffen sich unsere Lippen. Wir legen alles in diesen Kuss hinein – unsere Ängste, Hoffnungen und Träume, aber vor allem unsere neu gewonnene Liebe.

Ella

Zwei Stunden später betreten wir Greys Krankenzimmer. Liza ist nach meinem Anruf im Club aufgetaucht und hat sich um Jax' Verletzungen gekümmert. Er hat zwei angeknackste Rippen, einen tiefen Schnitt am Oberarm, drei lange Kratzer auf der Wange, die sich von seinem linken Ohr bis knapp vor seinen Mundwinkel ziehen. Jetzt ist er dermaßen mit Wunderpillen vollgepumpt, dass er sich vermutlich die nächsten fünf Tage nicht spürt.

Maddy dreht sich zu uns um und steht auf. Als sie an Jax vorbeigeht, küsst sie ihn auf die unverletzte Wange. »Schön, dich in einem Stück wiederzuhaben.« Jax nickt und Maddy kommt zu mir. »Ich gönn euch ein wenig Privatsphäre und hole mir einen Kaffee.« Sie drückt aufmunternd meinen Oberarm und schlüpft aus dem Zimmer.

Jax geht zögerlich auf Grey zu, der bis unters Kinn mit einer hellblauen Decke zugedeckt ist. Er sinkt in den Sessel, in dem gerade noch Maddy gesessen hat und ich bleibe an der Tür stehen, um ihrem Wiedersehen Raum zu geben.

Jax greift nach Greys Hand, legt die Stirn darauf und bricht zusammen. »Es tut mir so leid, Bro. Das hätte alles nicht passieren dürfen. Scheiße, Fuck! Du darfst mir das nicht noch einmal antun, hörst du? Ich brauche dich. Ich brauche dich, Mann.« Seine Schultern beben unter schweren Schluchzern. Mir zerreißt es das Herz.

Langsam gehe ich auf ihn zu und lege tröstend eine Hand auf seine Schulter. Er dreht sich in dem Stuhl um, klammert sich an mich und drückt seinen Kopf an meinen Bauch. Ich beuge mich vor, umfange seinen Kopf und streiche ihm beruhigend durchs Haar. Er weint und seine Tränen durchweichen meinen Pullover. Ich halte ihn noch fester, während mir selbst die Tränen kommen. Minuten vergehen und Jax beruhigt sich allmählich wieder.

»Ich habe ihn gerächt«, flüstert er heiser an meinen Bauch. »Ich habe den Typen, dem Grey die Narbe zu verdanken hat, aufgestöbert und ihm den zweiten und dritten Lendenwirbel gebrochen.«

Vielleicht sollte ich jetzt schockiert sein. Aber wenn ich eines in meinem Leben gelernt habe: Es gibt Taten, die dürfen nicht ungesühnt bleiben.

»Michael hat mir von dem Fight-Turnier erzählt«, verrate ich ihm. »Du hast Grey das Leben gerettet.«

»Ich hätte ihn begleiten müssen.« Er klingt enttäuscht von sich selbst.

Ich drücke ihm einen Kuss auf den Kopf. »Du warst da, als er dich am dringendsten gebraucht hat. Vergiss das nicht.«

Bebend atmet er ein. »Michael hat uns Wochen zuvor seine Visitenkarte bei einem Streetfight gegeben. Als Grey wieder auf den Beinen war, haben wir ihn aufgesucht.« Mit tränennassen Augen schaut er zu mir auf. »Wir waren nicht unbesiegbar. Wir waren einfach nur zwei verlorene Jungs, die für Anerkennung alles getan haben.«

»Und jetzt seid ihr zwei Männer, die alles für ihre Liebsten tun würden.« Ich lehne meine Stirn gegen seine. »Ich würde sagen, Michael hat euch ganz gut hinbekommen.«

»Ja, das hat er.« Er lacht rau und wischt sich mit dem Handrücken die Tränen von den Wangen. »Jacob hat immer noch den USB-Stick.«

»Was das betrifft … also … ich weiß. Er hat die Fotos veröffentlicht. Über Instagram.«

»Ich habe versagt«, wispert er und seine Schultern sacken hinab.

Sofort schüttle ich den Kopf. »Es ist okay.«

Er runzelt die Stirn »Wie okay?«

»Jacob hat die Fotos über ein Profil online gestellt. Der Support hat das Profil schon von der Seite genommen.«

Sein Blick huscht prüfend über mein Gesicht, während er langsam aufsteht. »Wie geht es dir?«

»Erstaunlich gut.« Unwillkürlich lache ich auf. »Maddy und Cody waren für mich da.«

»Und dir geht es ganz sicher gut?«, fragt er noch einmal vorsichtig nach.

»Ja. Du bist nicht der Einzige, der mich als Kämpferin sieht. Mom ist auch stolz auf mich, weißt du?«

Sein Mundwinkel zuckt. »Natürlich ist sie das.« Er legt die Arme um meine Taille und zieht mich ganz nahe an seinen Körper. Sofort schmiege ich mich an ihn und sauge seine Wärme in mich auf. Sein Herz schlägt kräftig – ein schönes Geräusch.

»Ich hatte die letzten Tage viel Zeit zum Nachdenken. Mir ist nur wichtig, wie *ihr* mich seht. Du, Mom, Maddy und Cody. Mir tut es nur im Herzen weh, dass du und Grey losgezogen seid, um den USB-Stick zu holen, obwohl es im Nachhinein betrachtet nicht notwendig gewesen wäre. Jacob hat mich mit der Aktion weniger getroffen, als er vermutlich gehofft hat. Grey würde jetzt nicht hier liegen.«

»Jacob hat es auf uns abgesehen. Wer weiß, wie es sonst gekommen wäre.«

Ich nicke an seiner Brust. »Du sagst, Jacob ist verschwunden?«

»Ja.«

»Wird er wieder auftauchen?«

Er zögert und ich schaue hoch. Seine Miene ist eisern. »Wolkow ist gerade dabei, ihn ausfindig zu machen.«

»Wolkow? Was wird passieren, wenn er ihn gefunden hat?«

»Dann wird er für alles bezahlen.«

»Willst du Jacob töten?«

Jax schaut auf Grey hinunter und ich sehe den Schmerz in seinen Augen. In dem Moment wird mir klar, dass Jax zugrunde gegangen wäre, hätte Grey nicht überlebt. »Mit dem Gedanken habe ich gespielt – spiele ich. Würdest du das wollen?«

Ich denke über seine Frage nach. Ich hasse Jacob mit jeder Faser meines Körpers, aber wünsche ich ihm wirklich den Tod?

Verdient hätte er es.

Der Gedanke erschreckt mich weniger, als er sollte. Was sagt das über mich aus? Bin ich jetzt ein schlechter Mensch? Macht es Jax zu einem schlechten Menschen, weil er Jacob für all seine Taten zur Rechenschaft ziehen will?

»Darf ich dir die Frage beantworten, wenn Jacob gefunden worden ist?«

»Sicher, noch ist Zeit.«

JAX

Die Sache mit der Veröffentlichung lässt mir keine Ruhe. Ich schiele zu Ella hinüber, die neben mir auf dem anderen Besucherstuhl sitzt und durch das Fernsehprogramm zappt. Sie sieht so gut aus wie immer, vielleicht ein bisschen müde, aber das war's auch schon. Versucht sie vielleicht, ihre wahren Gefühle vor mir zu verbergen? Nein, sie ist kein Mensch, der jemandem etwas vorspielen würde. Sie stellt ihre Gefühle immer offen zur Schau, sie kann gar nicht anders.

»Was die Veröffentlichung betrifft, findet man die Fotos noch auf anderen Seiten? Twitter zum Beispiel?«

Sie lässt die Fernbedienung sinken und wendet sich mir zu. »Nein. Maddy und ich haben nachgesehen. Auch auf Facebook und sogar auf TikTok.«

»Was ist mit …« Ich räuspere mich. »… Porno-Seiten?« Scheiße, ich will mir gar nicht ausmalen, dass irgendein Typ sich auf Ella einen runterholen könnte.

Ihre Augenbrauen wandern nach oben. »Denkst du, er hat … o mein Gott! Daran haben wir gar nicht gedacht.« Sie fasst sich an den Hals.

»Wir sollten es zumindest überprüfen.« Ich greife nach Ellas Umhängetasche, die über der Stuhllehne hängt, und lege sie ihr in den Schoß. »Ich brauche kurz dein Handy. Meines ist weg.« Wo ist es eigentlich? Hat Wolkow es einkassiert?

»Hier.« Sie entsperrt ihr Handy und reicht es mir. Ich wähle Brandts Nummer.

»Wer ist da?«, grummelt er in den Hörer. »Wenn das irgendeine Umfrage ist, schwöre ich …«

»Ich bin's, Jax«, unterbreche ich ihn, bevor er noch auflegen kann.

»Mann, Jax. Gut von dir zu hören.« Er klingt erleichtert. »Wo warst du? Was ist passiert? Wir waren alle krank vor Sorge. Warst du schon bei Grey? Er liegt im Krankenhaus.«

Ich werfe einen Blick auf Grey, der mit geschlossenen Augen vor mir liegt. »Bin gerade bei ihm.« In den nächsten Minuten umreiße ich alles, was in den letzten Tagen vorgefallen ist, zumindest das, was ich problemlos am Telefon erzählen kann.

»Könntest du mit Lenny in den Club kommen? Sie soll ihren Laptop mitbringen. Wir, also Ella und ich könnten ihre Hilfe gebrauchen.«

»Sicher. Sie ist noch im Büro, ich werde sie abholen und mich gleich auf den Weg mit ihr machen.«

»Danke, Bro. Hast was gut bei mir.«

»Nicht der Rede wert.«

Ich verabschiede mich und gebe Ella das Handy zurück.

»Wer ist Lenny?«

»Brandts Ehefrau. Sie arbeitet in einem Reisebüro, aber sobald sie Feierabend hat, verwandelt sie sich in eine begnadete Hackerin. Sie kann uns helfen.«

»Meinst du?« Zweifel stehlen sich auf Ellas Gesicht.

Ich umfasse ihr Handgelenk und ziehe sie auf meinen Schoß. »Sie ist verdammt gut in dem, was sie macht. Vertrau mir. Wenn noch irgendwo Fotos im Netz kursieren, kann sie sie aufspüren.«

Ella birgt ihr Gesicht in den Händen. »Ich kann nicht glauben, dass das passiert ist.« Die Sache hat sie also doch härter getroffen. Wie ich es befürchtet habe.

»Möchtest du mir davon erzählen?« Sanft ziehe ich ihre Hände weg.

Sie schüttelt den Kopf und weicht meinem Blick aus.

»Komm schon. Du kannst mir alles sagen, das weißt du doch.«

Schweigen, dann seufzt sie. »Jacob hat mir den Nicknamen *Ellena Whore* gegeben. Die Leute haben fiese Dinge in die Kommentare geschrieben. Sie haben sich über mich lustig gemacht und gefragt, ob ich für SM-Sessions zur Verfügung stehen würde.« Wieder versteckt sie sich hinter ihren Händen.

»Hey Baby, er kann dir nicht nehmen, was du nicht bereit bist, zu geben. Gib ihm nicht die Macht über dich.« Ich streiche ihr eine widerspenstige Strähne hinters Ohr und lasse diesmal ihre Hände auf ihrem Gesicht. »Genau darauf hat er es abgezielt. Lass das nicht zu.«

»Das habe ich mir auch gesagt. Aber das ist nicht so leicht«, nuschelt sie zwischen den Fingern hindurch. »Dich hat bestimmt nie jemand erniedrigt.«

Bitter lache ich auf. »Ich habe dir doch von meiner Jugend erzählt, erinnerst du dich?«

»Ja.« Langsam lässt sie ihre Hände sinken.

»Nicht alle Narben stammen von den Fights im Käfig. Die erste Zeit, nachdem Grey und ich von unseren Pflegeeltern abgehauen sind, war richtig schlimm. Wir haben als Sandsäcke hergehalten, um uns über Wasser zu halten. Wir wurden angespuckt und ausgelacht. Die Streetfight-Szene ist verdammt erbarmungslos.« Bei der Erinnerung verziehe ich das Gesicht. »Die Typen, die uns Geld geboten haben, um uns verprügeln zu dürfen, waren alle älter. Ich habe mehr Knochenbrüche in den ersten Jahren davongetragen, als ich zählen könnte. Sieh mal.« Ich ziehe den rechten Ärmel meines Pullovers hinauf, bis die zehn Zentimeter lange Narbe auf meinem Unterarm sichtbar wird. »Mehrfacher Unterarmbruch. Meine Elle wird von einer Platte und Schrauben zusammengehalten. Mein kleiner Finger ist seither taub und sollte es regnen, spüre ich es schon zwei Tage vorher.«

Zaghaft streicht sie über die Narbe und ihre Augen weiten sich, als sie die Schrauben ertastet. »Wie hast du dir die Operation leisten können? Die war doch bestimmt teuer.«

»Grey hat Extraschichten auf der Straße geschoben. Danach habe ich mir die Behandlung zwar leisten können, aber Grey ist für sechs Wochen ausgefallen. Vierfacher Rippenbruch.«

Ein Lachen blubbert aus ihr heraus, rasch schlägt sie sich die Hand vor den Mund. »Entschuldige, ist eigentlich gar nicht lustig.«

Amüsiert schüttle ich den Kopf. »Was ich dir damit eigentlich sagen will, ist, lass dich nicht unterkriegen, kämpf weiter, wie du es bis jetzt getan hast.« Ich tippe ihr auf den Scheitel. »Richte dir dein Krönchen und zeig der Welt den Mittelfinger. Niemand kann dir etwas anhaben, wenn du es nicht zulässt.«

Sie schlingt die Arme um meinen Nacken und drückt ihre Lippen auf meine. Ich genieße den Kuss, necke sie mit der Zunge und beiße sie sanft in die Unterlippe.

»Danke, Jax. Ich werde versuchen, mir ein dickeres Fell zuzulegen.«

»Das ist mein Mädchen.« Stolz auf sie, zwinkere ich ihr zu.

»Erzählst du mir auch noch den Rest der Geschichte? Wie bist du zu *The Warrior* geworden?«

»Wir sind immer wieder auf die Straße zurückgekehrt. Mit der Zeit wurde der Spott zu Toleranz, dann zu Respekt. Wir haben beobachtet, ausprobiert und dazugelernt. Am Ende hatte jeder, der anfangs eine große Klappe hatte, Angst vor uns.«

»Eine Scheißangst haben die«, krächzt es aus dem Bett. »Die pissen sich in die Hose, wenn sie uns sehen.«

Augenblicklich springe ich auf, Ella quietscht überrascht und ich halte sie an der Taille fest, damit sie nicht auf dem Hintern landet. »Grey, Bro, da bist du ja.«

»Natürlich bin ich da, wo soll ich sonst sein?«, witzelt

er und hebt seine Hand, um den Verband an seinem Kopf zu betasten. Er stöhnt vor Schmerz und lässt den Arm wieder sinken. »Was ist passiert? Scheiße tut das weh.«

»Beweg dich nicht. Du bist im Krankenhaus. Jacob hat dich echt übel zugerichtet.« Ich schiebe mich an Ella vorbei, die mir sofort Platz macht.

Grey blinzelt mich verwirrt an, während ich mich über ihn beuge, damit er nicht gezwungen ist, den Kopf zu bewegen. »Jacob, dieser miese Hurensohn.«

Ich drücke den Rufknopf für die Krankenschwestern. »Ja«, stimme ich ihm zu und muss vor Erleichterung lachen, meinen besten Freund munter zu sehen.

»Du hast ihm hoffentlich den Rest gegeben. Schlitzt mich einfach auf, Scheißpsycho.«

Gequält verziehe ich das Gesicht. »Er ist abgehauen, bevor ich mich befreien konnte. Wolkow ist aufgetaucht, ich musste für ihn in Russland kämpfen. Er hat auch dafür gesorgt, dass du gefunden wurdest.«

»Wolkow?«, fragt er. »Dafür muss ich ihm aber jetzt nicht den Schwanz lutschen, oder?«

»Nein, Bro, nein.« Ich drücke beschwichtigend seine Hand. »Aber genug jetzt. Ruh dich aus, wir reden, wenn du wieder auf den Beinen bist.«

Die Tür geht schwungvoll auf und zwei Krankenschwestern wuseln ins Zimmer. Die eine stämmig und etwas in die Jahre gekommen, die andere jung mit puppenhaftem Gesicht und brünettem Haar. Grey pfeift anerkennend. Ich verdrehe belustigt die Augen und trete einige Schritte zurück, damit sie ihn durchchecken können.

»Mr. Taylor, wie geht es Ihnen?«, fragt die Stämmige und beugt sich zu ihm.

»Blendend, jetzt, wo ich weiß, dass sich gleich zwei schöne Frauen um mich kümmern.« Die Krankenschwestern kichern. Im Nu hat Grey sie um den Finger gewickelt.

Ich gehe zu Ella hinüber, die an der Tür steht und das Geschehen missmutig beobachtet. Ich lege ihr einen Arm um die Schultern. »Bereit, den Kampf aufzunehmen?« Sie nickt und schenkt mir ein tapferes Lächeln. »Sehr gut. Grey, was dagegen, wenn ich dich für ein paar Stunden mit den Schwestern allein lasse?«

»Überhaupt nicht.« Er wackelt mit den Augenbrauen, so gut, wie es mit einem Verband am Kopf eben möglich ist.

Die stämmige Krankenschwester dreht sich zu uns um. »Machen Sie sich keine Sorgen, Mr. …«

»Davis«, ergänze ich.

»Mr. Davis. Mr. Taylor ist in besten Händen. Carol wird ihm etwas gegen die Schmerzen geben, danach wird er bestimmt gleich wieder schlafen.« Sie tätschelt Grey den Arm. »Aber zuerst wird der Arzt noch nach Ihnen sehen.«

»Und Maddy«, ruft Ella dazwischen. »Sie ist auch hier. Sie wartet draußen.«

Grey richtet sich schlagartig auf, er bemerkt seine frische Wunde anscheinend gar nicht. »Maddy ist hier?«

»Ja, sie ist dir keine Sekunde von der Seite gewichen.«

»Schickst du sie herein?«, fragt er und klingt beinahe schüchtern. Meine Kinnlade bewegt sich spontan nach unten. Grey schüchtern?

»Sicher. Wir sehen uns später, ja Grey?« Ella wendet sich mit einem triumphierenden Gesichtsausdruck zur Tür und muss mich mit sich ziehen, so perplex bin ich.

»Dann bis später«, verabschiede ich mich geistesabwesend und will gerade das Zimmer verlassen, als er fragt: »Wie war der Kampf?«

Meine Benommenheit fällt augenblicklich von mir ab und ich drehe mich mit einem vielsagenden Blick nochmal zu ihm um. »Mörderisch, Bro, absolut mörderisch.«

Ella

Lenny zu beschreiben ist schwierig. Sexbombe? Feuchter Traum? Hm … Ich komme nicht recht auf den Begriff. Sie ist auf jeden Fall eine Wucht. Ihr in Candy-Pink gefärbtes Haar ergießt sich in sanften Wellen bis zu ihren Hüften. Sie trägt ein bauchfreies weißes Top und ihre endlos wirkenden Beine stecken in hautengen High-Rise Jeans, dazu trägt sie knöchelhohe Boots. Sie ist wunderschön und ich komme nicht umhin, mich zu fragen, wie sie und Brandt *mit dem gruseligen Tattoo* zusammengekommen sind.

Was ihren Charakter betrifft, der ist ziemlich … speziell. Sie schimpft wie ein Kesselflicker. Ihre Mom hat bestimmt ein Vermögen für Seife ausgegeben. Aber loses Mundwerk hin oder her, sie ist total nett und was am wichtigsten ist: Sie bringt Lösungen für mein Problem mit und jede Menge kreative Ideen, wie ich mich an Jacob rächen könnte. Als sie in den Club gestiefelt gekommen ist und sich die Screenshots auf meinem Handy angesehen hat, hat sie vorgeschlagen, ich solle ihn von der Brooklyn Bridge schubsen. Sie ist super.

Jetzt flitzen ihre Finger über die pink leuchtende Tastatur ihres Laptops. »Dieser kleine Motherfucker. Er ist gut, er ist verdammt gut, aber ich bin besser.« Ihre Finger stoppen. »Da haben wir es ja.« Lenny dreht sich zu mir. »Du bist im Darknet.«

»Ich bin was?« Ich springe vom Barhocker und stelle mich neben sie.

Lenny wedelt mit der Hand in Richtung Bildschirm.

»Du bist im Darknet. Er hat Videos von dir reingestellt. Jetzt findet man dich zwischen Kinderpornos und anderem kranken Scheiß.«

Jax kommt dazu und wirft einen Blick über Lennys Schulter auf den Bildschirm. Die aufgerufene Seite unterscheidet sich kaum von anderen Suchmaschinen. Auch hier hat Jacob mich *Ellena Whore* genannt.

»Lösch den Scheiß«, verlangt Jax und seine Nasenflügel blähen sich vor Zorn. Gleich explodiert er, so viel ist sicher.

Lenny wirkt nicht sonderlich beeindruckt, sie zieht lediglich eine Augenbraue in die Höhe. »Für wen hältst du mich? Für eine Göttin? Was einmal im Netz ist, bleibt dort.«

Ich deute auf die Links, die untereinander aufgereiht stehen. »Was kann man mit den Videos machen? Sie ansehen?«

»Nein.« Lenny schüttelt den Kopf und ihr Haar wippt hin und her. »Nur einen kurzen Ausschnitt. Er verhökert sie.«

Mein Magen rumort.

»Kann man die Links inaktiv setzen, oder so?«, frage ich und komme mir richtig blöd vor, weil ich keinen blassen Schimmer von der Materie habe.

»Nein. Wie schon gesagt, er ist verdammt gut.« Sie tippt sich an die Nasenspitze und scheint zu überlegen. »Ich könnte aber die eingehenden Zahlungen umlenken. Warte mal.« Wieder flitzen ihre Finger über die Tastatur.

Ich wende mich ab und fahre mir mit beiden Händen durch die Haare. Jax bemerkt meinen Frust und legt mir einen Arm um die Schultern. Ich lehne mich gegen ihn, ich bin so müde. »Ich hasse ihn«, flüstere ich und vergrabe mein Gesicht an seiner Brust.

»Nicht nur du.« Jax' Körper ist total angespannt.

Ich hebe den Kopf und schaue in sein Gesicht. Auch seine Züge sind angespannt. »Hast du Schmerzen? Vielleicht solltest du dich setzen.«

»Ich bin okay. Am liebsten würde ich …« Er verstummt und wirft einen sehnsuchtsvollen Blick in Richtung des Käfigs.

»… deinen Frust abbauen?«, beende ich den Satz für ihn.

»Ja.« Er seufzt.

»Scheiße, ja!« Wir drehen uns zu Lenny um, die ihre Wange in Brandts Richtung reckt und darauf tippt. Er lehnt sich hinüber und drückt ihr lautstark einen Kuss darauf.

»Was ist?«, fragt Jax ungeduldig.

»Das Geld wird ab jetzt an ein Tierheim in Rumänien überwiesen. Bin ich gut, oder bin ich gut?« Sie führt im Sitzen ein kleines Freudentänzchen auf. »Sollte Jacob das rückgängig machen wollen, muss er sich erst mal *Friends* reinziehen. Alle 10 Staffeln.«

Ich muss lachen. »Danke, Lenny. Das Tierheim freut sich bestimmt über das Geld. Keine Chance, dass sich Jacob *Friends* anschaut, nicht mal eine Folge.«

Sie verbeugt sich andeutungsweise. »War mir ein fucking Vergnügen. Jetzt werde ich mir den Rest anschauen.« Sie widmet sich wieder dem Laptop.

Meine Erschöpfung nimmt überhand und ich lasse mich wieder auf den Hocker sinken. Mir gehen Jax' Worte durch den Kopf. Auf seine ganz eigene Art hat er mich im Krankenhaus in meiner jüngsten Erkenntnis bestärkt: Scheiß auf die Meinung anderer. Was passiert ist, ist passiert, ich kann es nicht ändern. Das Mindeste, was ich jetzt tun kann, ist, es hinter mir zu lassen – für mich und die Menschen in meinem Leben, die mich bedingungslos lieben.

Jax setzt sich neben mich.

»Du hast eine richtig tolle Familie.« Obwohl mich weder Brandt noch Lenny kennen, haben sie mich sofort in ihrer Mitte aufgenommen und helfen mir – einfach so. Zwei weitere Menschen, die zu mir halten.

Jax schaut zu den beiden hinüber. Brandt streicht ihr liebevoll über den Rücken, während sie die Köpfe zusammenstecken und leise miteinander reden. »Ich hatte Glück, ja. Und du machst die Familie komplett.« Er gibt mir einen Kuss auf die Stirn. »Und Maddy. Was läuft da eigentlich zwischen ihr und Grey?«

Ich kichere. »Warst geschockt, was?«

»Ein wenig. Ich meine, ich wusste, dass ihm etwas an ihr liegt. Aber Grey schüchtern? Das habe ich in den Jahren, in denen ich ihn schon kenne, nicht erlebt.«

Verschwörerisch lehne ich mich vor. »Sie haben sich ineinander verliebt, sie wollen es nur noch nicht wahrhaben.«

»Wir könnten sie verkuppeln. Wie beste Freunde das nun mal tun. Auf richtig peinliche Weise.« Er grinst schelmisch.

Ich lasse mich von seinem Grinsen anstecken. »Da wird uns bestimmt etwas einfallen.«

Lenny lässt einige Flüche vom Stapel. Seufzend rutsche ich vom Hocker, halte dann aber inne und frage: »Wie haben sich die beiden eigentlich kennengelernt?«

»Rate mal. Darauf kommst du nie.« Sein Grinsen wird breiter.

»Jetzt sag schon.«

»Brandt gibt in seiner Freizeit Flötenunterricht. Er hat ihre Tochter unterrichtet.«

Ich breche in Gelächter aus, was mir verwunderte Blicke der beiden einbringt. Tief atme ich durch und winke ab. »Brandt spielt Flöte?«, frage ich leise und muss wieder kichern.

»Ja, er liebt es. Für ihn ist es ein guter Ausgleich zu seinem eigentlichen Beruf.«

»Und der ist?«

Jax grinst verschmitzt. »Er ist Hehler. Eine Koryphäe auf dem Schwarzmarkt.«

»Ihr seid wirklich ein bunter Haufen. Was ist mit

Grey? Dass er für den legalen Teil des Clubs zuständig ist, weiß ich. Aber wo hast du ihn kennengelernt?« Auf die Geschichte bin ich am meisten gespannt.

»Im Heim.« Sein Gesicht verdüstert sich. »Ich bin mit sechs auf meinen Pflegevater losgegangen, danach hat er mich dort wieder abgesetzt.«

Die Geschichte mit Mary also. Ich nicke nur, weil ihm dieser Teil seiner Vergangenheit sichtlich schwer zu schaffen macht.

Er schüttelt den Kopf, als würde er auch gerade an sie denken und setzt dann ein gezwungenes Lächeln auf. »Wollen wir nachsehen, ob Lenny etwas gefunden hat?«

»Klar, klar«, sage ich rasch und gehe zu den beiden hinüber. Irgendwann werde ich ihm erzählen, dass ich von Mary weiß, aber nicht heute.

»Seht euch das an, Leute«, stößt Lenny aus, als wir neben ihr stehen bleiben. »Dieser kleine Wichser hat die Videos so zusammengeschnitten, dass es aussieht, als hättest du Spaß an dem Scheiß.« Sie kreist mit dem Finger vor dem Bildschirm herum, wo gerade ein Video auf einer Pornoseite startet.

Ich wende mich angewidert ab, ich kann mir das nicht anschauen. Kann nicht dabei zusehen, wie ich in die Kamera lache und mit Jacob scherze, der natürlich nur vom Hals abwärts zu sehen ist, während ich auf ihm sitze und ihn reite. Es ist zu viel. Niemals hätte ich dieses Tape drehen dürfen. Ich war so dumm, so verliebt und hätte in dem Moment alles getan, nur um ihm zu gefallen.

Jax neben mir vibriert regelrecht vor Zorn, seine Hand schießt vor und er hämmert auf die Tastatur ein. Das Video stoppt abrupt und mein qualvoller Schrei, der aus den Laptopboxen dringt, klingt in der leeren Halle nach. Dann breitet sich Totenstille aus. Keiner rührt sich. Auf was warten wir? Auf meinen Zusammenbruch? Nein, diesmal nicht. Vielmehr werde ich sauer. Ach was, richtig, richtig wütend.

»Könntest du die Videos von den Plattformen löchen? Oder bleibe ich jetzt für immer ein *Pornosternchen?*«, frage ich und Gift tropft aus jedem Wort.

»Bin schon dran. Die Betreiber der meisten Seiten verwenden nicht gerade die größte Mühe darauf, ihr Zeug ausreichend zu schützen. Die Firewalls sind ein Witz.«

»Gut«, sage ich und marschiere zielstrebig hinter die Bar. Alkohol, genau das brauche ich jetzt. Ich angle mir die erstbeste Wodkaflasche aus dem Regal, schraube sie auf und setze die Öffnung an die Lippen. Der Alkohol ätzt sich meine Speiseröhre hinunter.

»Fick dich, Jacob!«, schreie ich in die Halle hinein. Ich trinke noch einen großen Schluck. »Fick dich dafür, dass du glaubst, du hättest das Recht, mein Leben zu zerstören!« Ich kippe wieder einen Schluck in mich hinein. »Fick dich dafür, dass du Fotos von mir gemacht hast!« Ich lege den Kopf in den Nacken und breite die Arme aus. »Du denkst, damit hast du mich getroffen?« Energisch schüttle ich den Kopf. »Nein. Nein. Du kannst mir damit nichts anhaben, weil ich deine Scheißspielchen nicht mehr mitspiele!«

Nach Atem ringend, lasse ich meinen Kopf nach vorn rollen, dabei fange ich Jax' Blick auf. Seine Augen sind so wunderschön, leuchtend grün und sie senden mir eine Botschaft: Ich bin stolz auf dich! Aber ich sehe in ihnen noch so viel mehr – Liebe und Wärme. Meine Zukunft.

»Fick dich, Jacob, du bösartiges Arschloch!«, schreie ich, während ich wie hypnotisiert von diesem Blick bin. »Du wirst in meiner Zukunft keine Rolle mehr spielen. Du wirst in der Dunkelheit vergessen werden, während ich die Sonne genieße!«

Jax kommt langsam näher. Er sagt mir nicht, ich soll zu trinken aufhören, oder mich zusammenreißen. Er ist einfach für mich da. Meine Sonne. Die Liebe meines Lebens.

Ohne mich aus den Augen zu lassen, greift er nach einer Whiskyflasche, entkorkt sie und führt sie an seine

Lippen. Mit gierigen Schlucken trinkt er, dabei hüpft sein Adamsapfel auf und ab.

»Jax?«, frage ich mit heiserer Stimme. »Du hast einiges an Schmerzmitteln intus.«

Er lässt die Flasche sinken und zuckt mit den Schultern. »Ich habe gestern einen Mann getötet und musste heute dabei zusehen, wie meine Freundin vergewaltigt wurde.«

Ich proste ihm zu.

Eine Woche später …

»Du solltest noch abwarten«, rede ich auf Grey ein, der heute Vormittag die glorreiche Idee hatte, sich selbst zu entlassen.

»Nein, Mann. Ich habe eine Woche lang deiner Bitte nachgegeben, mir reicht's.« Grey schüttelt entschieden den Kopf. »Du verlierst kaum ein Wort über Russland oder über Jacob. Ich habe die Schnauze voll.« Natürlich habe ich mich bedeckt gehalten, Grey sollte sich auf seine Genesung konzentrieren.

»Ich habe dir gesagt, du bekommst deine Rache!« Langsam werde ich ärgerlich.

»Ja, aber dafür muss ich raus aus dem Krankenhaus.«

»Jacob hat sich in irgendeinem Loch verkrochen. Wolkows Leute sind auf der Suche nach ihm und bis dahin kannst du genauso gut hierbleiben.«

»Und weiter auf der faulen Haut liegen, während Wolkows Tochter im Club abhängt? Du kannst sie nicht ewig ignorieren, Jax.« Grey schleicht gebeugt im Krankenhauszimmer herum und sammelt seine Sachen zusammen, während Maddy einer Glucke gleich um ihn herumwuselt.

»Ich kann Tatjana herbringen, wir können sie auch hier verhören«, gebe ich nicht auf.

»Ich sagte nein! Liza bürgt für mich. Wenn ich mich schone, geht die Entlassung klar.«

Scheiße ist er stur.

»Wer hat gesagt, es geht klar? Der Oberarzt?« Misstrauisch verenge ich die Augen.

»*Ich* habe das gesagt und Liza wird einmal am Tag nach mir sehen. Kein großes Ding.«

»Kein großes Ding? Du bist …« Ich breche ab, ich kann die nächsten Worte einfach nicht laut aussprechen.

»Fast gestorben?« Grey schlurft zu mir herüber und klopft mir auf die Schulter. Soll mich das jetzt beruhigen? »Ich bin noch hier, Bro. Du wirst mich nicht so schnell los.«

Grey habe ich dir schon genommen.

Nein, Jacob hat es nicht geschafft. Grey steht vor mir, lebendig, wenngleich ihm die Blutarmut anzusehen ist.

Ich schnaube. »Okay. Aber du wohnst im Club, bis es dir besser geht. Ich lasse dich bestimmt nicht aus den Augen.«

»Ach, und wo soll ich deiner Meinung nach schlafen? In deinem Fitnessraum? Oder zwischen dir und Ella?«

Scheiße!

»Ich kümmere mich um ihn«, schaltet sich Maddy ein. »Ich ziehe für die nächste Zeit zu ihm und sehe zu, dass er auch ja seine Medikamente und Vitamine nimmt.« Sie wirft ihm einen grimmig entschlossenen Blick zu.

»Da hörst du es. Alles cool. Ich habe sogar meine ganz persönliche sexy Krankenschwester.« Er zwinkert Maddy zu, was mit den tiefvioletten Ringen unter den Augen ziemlich gruselig aussieht.

»Okay.« Ich wende mich an Maddy. »Aber sollte es irgendwelche Anzeichen geben, dass es ihm schlechter geht, rufst du mich an, damit ich ihn wieder hierher verfrachten kann. Wo. Er. Hingehört.«

»Aber sicher doch.« Maddy wirft die letzten Klamotten in die Reisetasche und zieht den Reißverschluss zu. »Ich kümmere mich gut um ihn, ich versprech's dir. Das wird schon.«

Grey grinst triumphierend. Ich verdrehe die Augen.

Abgesehen von den Fight-Nights, die ich vorübergehend auf Eis gelegt habe, kehrt langsam wieder Normalität in den Club ein. Bis auf Trevor, der jetzt auch ein Auge auf Tatjana hat, habe ich alle Männer abgezogen. Die Vorsichtsmaßnahme ist nicht mehr nötig – Wolkow hat bekommen, was er wollte.

»Hallo, Grey«, begrüßt Ella ihn von der anderen Seite der Halle aus, während sie Mühe hat, den schwanzwedelnden Coco am Halsband festzuhalten. Auch er hat Grey vermisst.

»Meine Schöne. Alles klar bei dir?« Grey winkt ihr zu.

»Sicher.« Ella lächelt. »Ich bringe Coco in die Wohnung, bin gleich wieder da.« Sie wendet sich ab und zerrt Coco, der am liebsten bei uns bleiben würde, hinter sich her.

Ich schleppe Grey zu einem Hocker an der Bar.

Er lässt stöhnend den Arm von meiner Schulter rutschen. »Schön, zu Hause zu sein.«

Ich kann mir ein glückliches Grinsen nicht verkneifen. »Du hast recht. Es tut gut, dich hier zu sehen.«

Grey nickt mir zu, er weiß, was ich meine: Es war verdammt knapp.

»Ich hole Tatjana«, sage ich, weil ich keine Zeit verlieren will. Grey muss ins Bett, die Fahrt hierher und der kurze Weg durch die Halle haben ihn erschöpft.

Ich laufe die Treppe hinauf in Richtung der Gästewohnung. Auf halbem Weg kommt mir Ella entgegen und bleibt vor mir stehen.

»Unsere Auszeit ist abgelaufen«, sagt sie und in ihrer Stimme schwingt ein trauriger Unterton mit. Ohne es großartig zu thematisieren, haben wir uns darauf geeinigt, weder über Jacob noch über Russland zu reden. Was mir nur recht ist, denn ich versuche alles, was in Russland passiert ist, weitestgehend zu verdrängen.

Ich ziehe sie in meine Arme und drücke ihr einen Kuss auf den Scheitel. »Ja, sieht so aus.«

»Ein paar Tage wären noch schön gewesen. Aber dass es so kommt, war absehbar. Wir können uns nicht ewig verstecken.« Sie lächelt wehmütig zu mir hoch.

»Wenn der ganze Scheiß vorbei ist, sollten wir in den Urlaub fahren. Nur du und ich.«

Ellas Augen leuchten auf. »Strandurlaub«, sagt sie, stellt sich auf die Zehenspitzen und drückt mir einen Kuss auf die Lippen. Sofort vertiefe ich den Kuss und stelle mir Ella in einem Bikini vor, während das Meerwasser auf ihrer sonnengebräunten Haut glitzert. Ja, das könnte mir gefallen.

»Strandurlaub klingt perfekt.« Ich löse mich widerwillig von ihr. »Aber jetzt heißt es erstmal Realität. Warte unten, ich hole Tatjana.«

»Okay.« Sie gibt mir noch einen flüchtigen Kuss. »Bis gleich.«

Ich laufe den Flur entlang und Trevor schaut mir entgegen, der vor Tatjanas Tür Wache steht. Ich traue ihr kein Stück über den Weg.

Er tritt beiseite und ich klopfe an. »Tatjana. Zeit, meine Fragen zu beantworten.«

Schritte sind zu hören, dann öffnet sie die Tür. Ihre blauen Augen funkeln vor Entschlossenheit, sie strafft die Schultern und geht erhobenen Hauptes an mir vorbei. Das Gespräch wird auf jeden Fall interessant.

Grey mustert Tatjana argwöhnisch, als wir die Treppe hinunterkommen. Ich stelle mich neben ihn und verschränke die Arme vor der Brust, während Tatjana auf einem der leeren Hocker Platz nimmt. Sie hält sich weiterhin aufrecht, obwohl wir ihr spürbar Misstrauen entgegenbringen. Eine Frau mit Rückgrat? Wir werden sehen.

»Weißt du, warum du hier bist?«, wende ich mich herausfordernd an sie.

Ihr Blick fokussiert sich auf mich. »Ich kann es mir denken. Ich wurde schon öfter als Versicherung irgendwelcher Deals meines Vaters benutzt.«

Wow, Wolkow ist ein noch größerer Scheißkerl als gedacht.

»Gut. Dann liegt es an dir, wie das hier abläuft. Du wirst eine Zeit lang hierbleiben und wenn du nicht permanent eingesperrt sein willst, verlange ich Ehrlichkeit.«

Sie nickt, wenn auch zögerlich.

»Du hast im Flugzeug von einer Lawine gesprochen, die ich losgetreten habe. Was meinst du damit?«

»Meinem Vater wurde nach dem Tod meines Großvaters von einem Tag auf den nächsten das Stimmrecht entzogen. Es war ein Tiefschlag für ihn, als er feststellen musste, dass er aus der *Bratva,* der Bruderschaft, hinausgedrängt wurde.« Sie lächelt bitter. »Jetzt, wo du den Kampf gewonnen hast, wird es zu einer Allianz mit einigen armenischen Clans kommen.«

»Soll heißen?« Ich habe da schon eine Vermutung, aber ich will es aus ihrem Mund hören.

»Dass er jetzt mit seinen neuen Verbündeten in New York City einmarschieren wird. Dann wird er sich alles wieder zurückerobern, was *Pakhan* Orlow und sein Sohn ihm weggenommen haben. Dank dir.«

Scheiße, wir sind in einen verdammten Mafiakrieg hineingeraten.

Fuck! Fuck! Fuck!

Ich schaue zu Grey hinüber. Er starrt mich entgeistert an.

Tatjana lehnt sich vor. »Ich kann nicht entschuldigen, worin er dich verwickelt hat, aber ich kann dich unterstützen. Der Krieg wird brutal und blutig. Ihr werdet meine Hilfe brauchen.«

»Wieso willst du uns helfen? Ich dachte, du bist *Daddys kleiner Liebling*«, sage ich nicht ganz ohne Sarkasmus.

Ihre blauen Augen verengen sich. »Wieso denkst du das?«

»Wolkow ist nach dem Kampf in meine Zelle gekommen. Er hat mich regelrecht angefleht, dich mitzunehmen.«

Sie schüttelt ungläubig den Kopf. »Das kann nicht sein. Er hasst mich.«

»In dem Moment nicht. Er hatte vielmehr Angst um dich.«

»Angst um mich?«, wiederholt sie. »Nein.«

Ich zucke mit den Schultern. »Wie auch immer. Das ist der eigentliche Grund, warum du jetzt hier bist. Er meinte, du bist in Russland nicht sicher. Irgendeine Idee, warum?«

»Nein«, flüstert sie. »Wir haben Amerika extra deshalb verlassen – um in Sicherheit zu sein. *Pakhan* Orlow …«

»Iwan Orlow war dort, in Russland. Ich habe ihn bei dem Kampf gesehen.«

Sie wird schlagartig kalkweiß. »Er war dort?«

»Ja.«

Sie steht von ihrem Hocker auf und schwankt leicht. »Ich, ich will jetzt wieder auf mein Zimmer.«

»Nicht so schnell«, beeile ich mich zu sagen. »Was hat das alles zu bedeuten?«

»Was, was …« Sie schließt für einen Moment die Augen, dabei stützt sie sich am Tresen ab. »Es gibt nur einen Grund, warum *Pakhan* Orlow nach Russland gekommen ist. Er will mich nach Hause holen.«

»Dich nach Hause holen?« Muss man ihr alles aus der Nase ziehen, verdammt?

»Ja. Ich bin Dmitri Orlows Frau.«

Ach. Du. Scheiße.

Grey flucht lautstark.

Ich atme tief durch. »Okay, wir reden ein andermal weiter.« Ich nicke Trevor, der am Fuß der Treppe steht, zu. »Trevor wird dich hinaufbringen.«

Trevor kommt herüber, fasst Tatjana behutsam am Ellenbogen und geleitet sie, schwer auf ihn gestützt, ins obere Stockwerk. Man merkt, wie sehr sie die Information umgehauen hat.

»Wir müssen sie loswerden«, ist das Erste, was Grey sagt, als sie außer Hörweite ist.

Ich lasse mich auf meinen angestammten Platz sinken. »Das wird nicht möglich sein. Der Deal, den ich mit Wolkow geschlossen habe, lautet: Ich passe auf sie auf, dafür geht er auf die Suche nach Jacob.«

»Scheiß auf Jacob! Dmitri Orlow, Mann.« Er zeigt in Richtung Galerie. »Wir beherbergen die Frau eines Menschenhändlers, des gottverdammten Vollstreckers der russischen Mafia. Wenn er herausfindet, dass sie hier ist … Fuck!«

Neben mir zieht Ella hörbar die Luft ein.

Ich kneife mir in die Nasenwurzel. »Die Sache ist besiegelt, es gibt kein Zurück mehr. Außerdem haben wir noch ein Problem.«

»Noch eins?!« Grey kippt beinahe von seinem Hocker. Fluchend hält er sich die Seite.

Maddy stürzt auf ihn zu und wirft mir einen bitterbösen Blick zu. »Ich denke, das ist genug für heute.«

»Nein.« Grey wischt ihre Hand von seiner Brust. »Ich muss es wissen. Also raus damit!«

»Iwan Orlow hat applaudiert, als ich … gewonnen habe.«

Grey versteift sich. »Orlow hat applaudiert? Ist dir bewusst, was das heißt? Was auf uns zukommen wird, wenn er herausfindet, dass du einen erheblichen Beitrag zu seinem möglichen Untergang geleistet hast?«

»Ich hatte keine andere Wahl. Das weißt du.«

»Wir sind am Arsch«, stößt Grey aus. »Wir werden getötet, zerschnippelt und dann nach Timbuktu verhökert.«

»Womöglich. Aber zuerst muss er es herausfinden. Wolkow wird ihn wohl kaum in seine Deals mit den Armeniern einweihen.«

»Was ist, wenn er es schon weiß? Wenn sich Tatjana geirrt hat und Orlow wegen genau dieser Deals dort war? Schon mal daran gedacht?«

»Der Gedanke ist mir gekommen, ja«, gifte ich zurück.

Ich ziehe mein neues Handy aus der Hosentasche. »Ich werde Bill anrufen. Wir brauchen Schutz.«

»Die paar Männer werden uns nichts bringen. Die Orlows werden uns über den Haufen schießen!«

Ich schlage mit der Faust auf den Tresen. »Ich habe einen Fehler begangen, okay? Aber was hätte ich deiner Meinung nach tun sollen? Ich war gefangen in einer Zelle, in der verfluchten Hölle. Wir sind stundenlang ins Landesinnere geflogen, was weiß ich wohin – Sibirien oder so. Denkst du, Wolkow hätte mich gehen lassen, wenn ich seine Tochter nicht mitgenommen hätte? Sieg hin oder her, sie war mein Rückfahrticket!«

Grey sackt in sich zusammen. »Okay, ruf Bill an, er soll mit der Kavallerie anrücken. Wir ziehen in den gottverdammten Krieg.«

Ich scrolle durch meine Kontakte und halte inne, als ich Sutters Namen lese.

»Es gibt noch etwas, das du wissen solltest.«

»Bitte, nicht«, schnauft Grey gequält.

Ich schaue hoch, Grey ist gespenstisch blass. Scheiße, ich habe ihm zu viel zugemutet. »Wolkow hat mich unter anderem auch wegen meines Kontaktes zu Sutter ausgewählt. Ich soll eine Verbindung zwischen den beiden arrangieren.«

»Macht und Einfluss«, schlussfolgert Grey.

»Genau. Wolkow wird die Unterstützung des zukünftigen Gouverneurs brauchen, wenn er die Position in New York halten will.«

»Ein weiterer Deal?«

»Nein. Die Chance hat Wolkow verschissen, weil er mich belogen hat.«

Grey atmet erleichtert durch. »Wenigstens etwas.«

Ella

»Was für ein Abend«, seufze ich und klettere zu Jax ins Bett. Er breitet die Arme aus und ich kuschle mich an seine Seite. Coco steht am Bettende und winselt herzzerreißend, weil Jax ihn aus dem Bett verbannt hat. Der Arme.

»Alles okay bei dir?«, murmelt er in mein Haar.

»Nein. Der Club ist voll schießwütiger Männer. Die Mafia, Jax … Als ich dich auf dem Parkplatz vor dem Krankenhaus gesehen habe, dachte ich, wir hätten das Schlimmste überstanden.« Ich streiche mit den Fingerspitzen über seine Rippen, die ihm hin und wieder noch Schmerzen bereiten.

»Wenn du zurück in dein Leben willst, verstehe ich das.« Unter meinem Kopf stoppt die gleichmäßige Bewegung seiner Atemzüge.

Er lässt mir die Wahl …

»Ist es dafür nicht schon zu spät?«, frage ich und blicke durch das Panoramafenster nach Manhattan hinüber.

»Nicht, wenn du es wirklich willst.«

Will ich das?

»Müsste ich dafür die Stadt verlassen, meine Freunde, Mom?«

Sein Brustkorb senkt sich, als er hörbar ausatmet. »Vermutlich.«

»Gut, dann ziehe ich in eine andere Stadt, Florida vielleicht, dort ist immer Sommer. Dort suche ich mir dann einen neuen Mann, neue Freunde und meine Mom kann ich anrufen. Für was gibt es Skype?« Er erstarrt unter mir und ich hebe den Kopf. »Du Blödmann! Ich liebe dich, ich werde dich nicht verlassen, egal, was passiert. Hast du mich verstanden?« Ich streiche ihm sanft über die drei langen Narben auf seiner Wange, die unter meinen Fingern deutlich zu spüren sind. Erinnerungen, die ihm aufgezwungen worden sind. »Wir gehören zusammen und wir überstehen es zusammen. Alles klar?«

Er sieht mich lange an, dann nickt er.

»Sehr schön.« Ich lege mich wieder hin. »Jetzt habe ich ein paar Fragen, auf die ich Antworten haben will.«

Er versteift sich unter mir. »Ich werde dir nicht erzählen, wie ich den Mann in Russland getötet habe.«

»Musst du nicht«, beeile ich mich zu sagen, denn die Nächte, in denen er schweißgebadet hochschreckt, machen ihn schon zur Genüge zu schaffen, da braucht er nicht auch noch darüber reden. Zumindest jetzt nicht, solange er dabei ist, alles zu verarbeiten. »Ich meine Sutter – reden wir hier von Dave Sutter? Den Polizeichef von New York?«

»Ja. Er deckt den Club schon seit Jahren. Michael hat mich und Grey mit ihm bekannt gemacht. Er bekommt im Monat fünfundzwanzig Riesen von uns.« Der Polizeichef von New York City. Jetzt verstehe ich, warum Jax mir seinen Namen nicht verraten wollte.

»Dmitri Orlow, ist er wirklich ein Menschenhändler, wie Grey gesagt hat?«

»Auch das stimmt. Ihm gehört mittlerweile der *X-Club.* Du weißt schon, wo …«

»Schon klar. Wo Grey damals verletzt worden ist.«

Jax seufzt und seine Hand streicht unablässig über meinen Arm. »Der Club wurde in die Erde gebaut. Von außen ist es ein ganz normales Stadthaus, als Tarnung dient ein Nobelstripschuppen. Unten befindet sich neben der Kampfarena ein weiterer Stripclub, wo man jede Frau, die man will, mit dem nötigen Kleingeld ersteigern kann. Diese Frauen werden in die ganze Welt verkauft.«

»O Gott«, japse ich fassungslos. »Und keiner tut etwas dagegen?«

»Das FBI ist dran, läuft aber ständig gegen irgendwelche Mauern. Du hast in den Nachrichten bestimmt schon von den Frauen gehört, die überall in der Stadt verschwinden. Der Großteil der Entführungen geht auf Dmitri Orlows Konto.«

Natürlich habe ich das. Jeder hat das. Es handelt sich um attraktive Frauen zwischen achtzehn und fünfundzwanzig Jahren, bevorzugt mit dunklen Haaren. Wie ich. Ich schaudere.

»Hey Ella, sieh mich an.« Jax' Finger legt sich unter mein Kinn und er hebt meinen Kopf an. In seinen Augen spiegelt sich die gleiche Entschlossenheit wider, wie vor Wochen, als er mir versichert hat, alles für mich zu tun, was Wolkow von ihm verlangt. »Du wirst nicht als eine dieser Frauen enden. Das lasse ich nicht zu. Dmitri Orlow muss erst mal an mir vorbei.«

Ich umarme ihn, drücke ihn an mich, überwältigt von den Gefühlen zu ihm. Eine Zeit lang sagt niemand etwas, wir genießen einfach, hier zu liegen, gemeinsam in diesem Bett, während sich dort draußen ein Krieg zusammenbraut. Ein Krieg, von dem wir keine Ahnung haben, wie heftig er wird.

Doch eine Frage brennt mir noch auf der Zunge. »Gibt es sonst noch etwas, das ich wissen sollte?«

Kurz überlegt er. »Gleich nachdem wir uns kennengelernt haben, ist jemand in den Club eingebrochen. Ist durch die Dachluke gestiegen und hat im Büro eine Wanze angebracht. Grey und ich wissen bis heute nicht, wer das gewesen sein könnte.«

»Jemand hat eine Wanze angebracht? Wie in einem bescheuerten Spionagestreifen?«, frage ich ungläubig und hebe den Kopf.

»Ja«, sagt er ganz nüchtern, als könnte ihn nichts mehr überraschen.

Unfassbar. Ich lege meine Stirn an seine Brust und

schüttle ungläubig den Kopf. »Wow, das alles hier nimmt gewaltige Ausmaße an.«

»Was du nicht sagst.«

KAPITEL 13

ELLA

Schmerzensschreie hallen durch den Club, durchdringend, markerschütternd. Sie kommen aus dem Keller.

Jacob ist dort unten.

Vor vierundzwanzig Stunden wurde er von zwei russischen Männern in den Club gebracht, verschnürt wie ein makabres Präsent. *Expresslieferung,* wie sie es nannten, *direkt aus einem Londoner Hotel.*

Ich halte die Schreie nicht aus, obwohl ich mich eigentlich an Jacobs Leid ergötzen sollte.

Alles, was Jax und Grey ihm dort unten antun, hat er verdient.

Wieder ein langgezogener Schrei, der nicht enden will. Ich presse mir die Hände auf die Ohren, während mein Körper von Gänsehaut überzogen ist.

Er hat es verdient.

Das sage ich mir immer und immer wieder.

Er hat es verdient.

Er hat es verdient.

Der Schrei endet abrupt und Schritte ertönen. Jemand kommt die Kellertreppe herauf. Ich reiße den Kopf hoch, gerade, als die Tür nach außen aufschwingt.

Jax steht da, seine Fäuste sind geballt, Blut klebt daran. Überall. Sein hellgraues Muskelshirt ist voll davon, seine Jeans. Sogar sein Gesicht ist mit Jacobs Blut besudelt.

»Komm.« Ein Wort mit einer Intensität ausgesprochen, die mir die Haare zu Berge stehen lässt.

Ich rapple mich vom Boden der Halle auf, in deren Mitte ich sitze, weil es egal war, wo ich mich aufgehalten habe – die Schreie haben mich überallhin verfolgt. Hier habe ich wenigstens die Tür im Blick.

Die Halle um mich herum dreht sich und ich schwanke. Jax bleibt an der Tür stehen, den Blick aus dunklen, grünen Augen auf mich gerichtet. Er wartet.

Ich soll zu ihm kommen …

Zögerlich setze ich einen Fuß vor den anderen. Meine Knie sind weich und drohen nachzugeben. Ich balle die Hände zu Fäusten, meine Nägel bohren sich in meine Handflächen. Der Schmerz hält mich im Hier und Jetzt.

Eine Armeslänge vor ihm bleibe ich stehen und schaue zu ihm hoch.

»Der Deal mit Wolkow beinhaltet auch seine Entsorgung.«

Ich halte die Luft an.

»Nichts von dem, was dort unten passiert, wird je ans Tageslicht gelangen. Weder ich noch Grey werden dich verurteilen, niemals. Hast du mich verstanden, Ella?«

Ich nicke hektisch. Aber habe ich ihn wirklich verstanden? Was will er von mir?

»Grey hatte seine Rache, jetzt bist du dran.«

Rache, natürlich. Die Gelegenheit, Rache an Jacob zu üben.

Ich erstarre. »Ich … ich … was?«

»Bereit?«

Nein, nein, nein, nein. »Ja«, stoße ich panisch aus. Meine Kehle wird eng.

»Dann geh.« Jax tritt beiseite und vor mir tut sich der Schlund zur Hölle auf.

Ich starre in die Finsternis hinab. »I-ich kann doch nicht«, stottere ich. »Ich will das nicht.«

»Das hier ist der nächste Schritt, um mit allem abzuschließen, nutze die Gelegenheit.«

Jax hat recht, ich könnte mehr tun, als nur in eine leere Halle hinein zu schreien. Ich könnte Jacob endlich all das sagen, was ich mich die letzten Jahre aus Angst vor seinem Zorn nicht getraut habe. Von Angesicht zu Angesicht.

Bebend atme ich ein und setze mich langsam in Bewegung. Mein Herz hämmert in meiner Brust, Schweiß läuft mir das Rückgrat hinunter, während ich die Betonstufen hinuntersteige. Es ist das erste Mal seit über einem halben Jahr, dass ich wieder einen Keller betrete, und ich hasse jede einzelne Sekunde davon. Ich unterdrücke die Erinnerungen und zwinge mich weiter, Stufe für Stufe. Der Geruch nach Blut und Schweiß schlägt mir entgegen. Hinter mir höre ich Jax' schwere Schritte.

Ich bin nicht allein.

Die Treppe endet und mein Blick fällt auf Grey, der zusammengesunken auf einem klapprigen Liegestuhl sitzt. Schweiß steht ihm auf der Stirn. Er sieht fertig aus und doch liegt ein seliges Lächeln auf seinen Lippen.

Das ist falsch, alles hier ist falsch.

Ich reiße meinen Blick los und sehe in die Augen des Teufels. Benommen taumle ich zurück und pralle gegen Jax' harte Brust. Er fasst mich an den Schultern und schiebt mich entschieden vorwärts, Jacob entgegen, der nackt in Seilen hängt, die an zwei weit auseinanderliegenden Heizungsrohren befestigt sind.

»Ellena«, krächzt er, wobei seine Unterlippe aufreißt. »Willkommen bei der Party.«

Ich antworte nicht, ich kann nicht, stattdessen schaue ich an seinem Körper hinab. In seiner rechten Schulter steckt ein Messer mit ledergebundenem Schaft. Blut sickert aus der Einstichstelle und läuft seinen Körper hinab. Der linke Oberschenkel ist blutverschmiert und der Knochen ragt daraus hervor. Der kleine Finger seiner rechten Hand, an dem er immer seinen Siegelring getragen hat, fehlt. Ich folge dem Blut, das aus dem Stumpf tropft bis zum Boden, wo sein kleiner Finger inmitten einer Blutlache liegt.

Ich würge.

»Ja Ellena, schau es dir an«, fordert er, »schau, wozu dein Schlägerfreund fähig ist.«

Jax hat das alles getan und trotzdem ist nicht er das Monster in diesem Keller. Wut flammt in mir hoch und verschlingt die Angst in mir.

»Du hast es nicht anders verdient«, zische ich. »Du hast mir alles genommen.« Ich trete einen Schritt nach vorn, dabei stoße ich gegen etwas. Die Sporttasche liegt geöffnet zu meinen Füßen und ich starre mich selbst daraus an. Ich bücke mich und ziehe eines der Fotos heraus. Darauf liege ich zusammengekrümmt in meinem eigenen Erbrochenen und halte mir den Bauch. Ich kann mich lebhaft an diesen Abend erinnern. Ich sollte seinen Urin trinken, konnte es aber nicht. Für meinen Ungehorsam hat er mich so fest in den Bauch getreten, dass ich mich übergeben musste. Ich spüre den Schmerz immer noch, wenn ich mich darauf konzentriere. Er brennt in meinen Eingeweiden.

»Du hast mich erniedrigt, mich zu Dingen gezwungen, die ich nicht wollte.« Ich hebe den Kopf und plötzlich ist dieses Gefühl wieder da, das ich in der Nacht verspürt habe, als Jax aus Russland zurückgekehrt ist. Das Gefühl wurde von Jacobs Anwesenheit im Club nur kurzzeitig überlagert. Jacob hat keine Macht mehr über mich! Explosionsartig kehrt mein geballter Hass diesem Mann gegenüber zurück. »Du hast mir eingeredet, ich wäre ein Nichts – ein Niemand. Du hast mich kleingehalten, mich erpresst.« Ich schlage mit der Faust auf seine Brust ein und er schreit auf. Das Geräusch befeuert mich. »Du hast dich mir aufgezwungen. Es hat so, so wehgetan und du hast einfach weitergemacht. Du hast mich ausgelacht. Du hast mich geschlagen und mir gesagt, dass ich es nicht anders verdiene.« Ich packe das Messer mit beiden Händen und drehe es. Es fühlt sich ekelig an. Er wirft den Kopf in den Nacken, brüllt und windet sich. Es fühlt sich gut an. »Ich habe dich geliebt und du hast mich verraten.«

Unter hektischen Atemzügen beginnt er zu lachen. Immer lauter, immer manischer. Eiskalte Schauer kriechen mir wie Spinnen über den Rücken. »Dummes, dummes Mäuschen.« Sein Kopf rollt nach vorne und seine sturmgrauen, blutunterlaufenen Augen bohren sich in meine. »Du hast es mir zu leicht gemacht. Ein paar nette Worte hier, ein paar Komplimente da und schon bist du mir verfallen.«

Ich beiße die Zähne zusammen. »Ich war jung und du hast meine Naivität schamlos ausgenutzt. Ich habe dir vertraut!«

»Ist nicht mein Problem, wenn du blauäugig durch die Welt läufst.«

Ich kreische auf und trete ihm gegen den verletzten Oberschenkel. Das Brüllen, das folgt, ist so laut, dass ich schon glaube, mein Kopf explodiert. Sein Kopf fällt auf seine Brust, dann ist es still, ohrenbetäubend still.

»Nein!« Ich reiße das Messer heraus und ramme es ihm in die andere Schulter. »Ich bin noch nicht fertig mit dir!«

Schreiend erwacht er aus der Ohnmacht. »Du miese kleine Schlampe«, krächzt er, »warte nur, bis ich hier freikomme. Ich werde dir Schmerzen bereiten, die du so noch nicht erlebt hast.«

Da ist es, das Funkeln in seinen Augen, wenn er die Kontrolle verliert. Damals habe ich stets versucht, es nicht so weit kommen zu lassen – habe mein Bestes getan, um ihn zufriedenzustellen, nur, um diesen Blick zu vermeiden. Jetzt könnte er mir nicht gleichgültiger sein. Ich bin fertig mit ihm!

Innere Ruhe überkommt mich. »Spar dir deinen Atem. Du wirst nicht freikommen. Du wirst nie wieder frei sein.«

»Was hast du vor?!«, brüllt er und Spucke und Blut tropft ihm aufs Kinn. »Hast du vor, mich zu töten?«

Ich trete einen Schritt zurück und schaue über meine Schulter zu Jax. Sein Blick ist unverwandt auf Jacob gerichtet. Mordlust glitzert in seinen Augen. Ja, er würde Jacob töten – *und Spaß daran haben.* Nein, das darf nicht passieren. Wir sind nicht in Russland, hier wird er nicht gezwungen. Der Mord wäre vorsätzlich und früher oder später würde es ihn einholen.

»Nein«, sage ich und drehe mich wieder zu Jacob um. Jetzt ist es so weit, es ist unumgänglich. »Ich werde dafür sorgen, dass du bis ans Ende deiner Tage im Knast verrottest.«

JAX

Eine Woge voll Stolz überkommt mich unvermittelt. Ella hätte es sich leicht machen können. Sie hätte mich auf Jacob hetzen, oder ihm Dolly ins Herz rammen können, aber stattdessen hat sie sich entschieden, ihn auf legalem Weg fertigzumachen. Auf einem Weg, der ihr noch einiges abverlangen wird.

Ich habe mir die richtige Frau ausgesucht. Sie wird nicht zusammenbrechen, weder unter meinem Lebensstil, noch unter dem, was die Zukunft für uns bereithält.

Sie wendet sich von Jacob ab, der zu toben anfängt. Er zerrt an den Seilen.

»Miese Schlampe, du bist ein Niemand! Du kannst mich nicht ins Gefängnis bringen, ich bin Herr eines Hauses. Hörst du? Du kannst mir nichts anhaben!«

Keiner beachtet ihn.

Ella bleibt vor Grey stehen, der fragend zu ihr aufsieht. »Grey«, sagt sie laut genug, um Jacob zu übertönen. »Es tut mir leid, was er dir angetan hat. Es war meine Schuld. Ich hoffe, du kannst mir irgendwann verzeihen.«

Grey lächelt. »Ist schon vergessen. Ich hatte meine Rache.«

Sie nickt und geht mit steifen Schritten an mir vorbei und die Treppe hoch. Die Kellertür fliegt ins Schloss und ich lege den Kopf schief.

»Du hast Glück. Ella ist gnädig mit dir.« Ich nähere mich ihm langsam. »Nur, dass ich dich nicht so leicht davonkommen lassen werde.« Mit einem Ruck reiße ich ihm Dolly aus der Schulter. Ich wende sie hin und her, die blutverschmierte Klinge glänzt im fahlen Licht der Wandleuchten. Als mir gestern einer von Wolkows Männern meine alte Liebe überreicht hat, habe ich mich mehr gefreut, als ein Junge, der zum ersten Mal einen geblasen bekommt.

»Wusstest du, dass Dolly die Kurzform für Dolores ist. Der Ursprung kommt aus dem Lateinischen – *Dolor*. Übersetzt heißt es Schmerz.« Ich lächle. »Du hast Ella *Schmerz* bereitet, du hast meinen besten Freund aufgeschlitzt, du hast mich in einen Hinterhalt gelockt, mir gedroht, und du dachtest, du könntest mich hintergehen, ohne Konsequenzen befürchten zu müssen. Es ist also nur fair, dir etwas zurückzugeben – etwas, womit du im Knast bestimmt deine Freude haben wirst.« Ich packe Dolly fester und setze die Spitze an seiner Brust an. Sein Atem geht schneller. Genüsslich drücke ich ihm die Klinge ins Fleisch, bis mir sein Blut warm über Hand und Ellenbogen läuft. Er schreit und zappelt. Grey taucht hinter ihm auf und hält ihn an Stirn und Schulter gepackt fest.

»Halt still«, flüstert er ihm ins Ohr, »sonst kann es niemand lesen.«

Als ich fertig bin, trete ich einen Schritt zurück und betrachte mein blutiges Werk. Auf Jacobs Brust prangt ein Wort:

RAPIST

Grey lässt ihn los und Jacob bricht in seinen Fesseln zusammen, wimmert erbärmlich. Grey stellt sich neben mich. »Gute Arbeit, Bro. Seine Mitinsassen werden es lieben.«

»Ich weiß nicht …«, sinniere ich, »… ganz zufrieden bin ich noch nicht.« Ich packe Jacob an seinen schrumpeligen Eiern. Seine Lebensgeister erwachen wieder, er versucht, nach hinten auszuweichen, kommt aber wegen den Seilen nicht weit.

Ich lehne mich vor, bis sein hektischer Atem meine Wange streift, und flüstere: »Das ist für jede Frau, die wegen eines Bastards wie dir durch die Hölle geht.« Damit schneide ich ihm seine verfluchten Eier ab.

@daz.gundlach.art

Ella

Ich schleppe mich ins Schlafzimmer und breche mitten im Raum zusammen. Ich zittere am ganzen Leib, an meinen Händen klebt Blut. Jacobs Blut. Die Ereignisse der letzten Stunde drohen auf mich einzustürzen. Ich habe Jacob alles gesagt, was mir auf der Seele gebrannt hat. Jetzt sollte ich mich leichter fühlen, befreit. Stattdessen ringt mich eine neue Last nieder: Ich habe mich dazu entschieden zur Polizei zu gehen, denn die Alternative ist nicht tragbar – weder für mich noch für Jax.

Hinter mir öffnet sich die Tür und Jax tritt in den Raum. Ich rapple mich auf und laufe auf ihn zu. Er fängt mich auf und unsere Lippen prallen aufeinander. Der Kuss ist wild und gierig. Jax drängt mich gegen die Wand und die Wucht dessen treibt mir die Luft aus der Lunge. Genau das brauche ich jetzt, ich muss mich lebendig fühlen, muss wissen, dass er immer noch da ist, während unsere Zukunft im Ungewissen liegt. Er ist mein Fixpunkt, meine Sonne in der Dunkelheit.

Ich zerre an seinem Gürtel, er schiebt mir die Leggings von den Beinen. Das Adrenalin kehrt zurück und peitscht durch meine Adern. Meine Hände zittern, jetzt aber aus purer Vorfreude.

Er befreit seinen Schwanz aus der Jeans, hebt mein Bein an und dringt mit einem gewaltigen Stoß in mich ein. Ich stöhne vor Schmerz und Erleichterung gleichermaßen auf. Seine Finger graben sich in meine Schenkel und er beginnt in mich zu stoßen, hart und unkontrolliert. Sein Schwanz berührt eine Stelle tief in mir, von deren Existenz ich bisher nichts wusste. Ich dränge mich enger an ihn, spanne alle meine Muskeln an und – *es ist nicht genug*.

»Mehr Jax, ich brauche mehr. Alles«, keuche ich an seine Lippen.

Er knurrt, packt mein zweites Bein und schlingt es sich um die Hüfte. Der Winkel ändert sich und bittersüßer Schmerz durchzuckt mich. Um mehr bettelnd, kralle ich meine Finger in seine Haare, reiße seinen Kopf nach hinten und küsse ihn, sauge und knabbere an seiner Unterlippe. Mit jedem unerbittlichen Stoß schiebt er mich ein stückweit die Wand hoch, während seine Zunge in meinen Mund dringt und mir den Atem raubt. In mir baut sich Druck auf und als sein Schaft über meine Klitoris streicht, zerspringe ich in tausend Teile. Jax wirft stöhnend den Kopf in den Nacken und dreht sich mit mir um. Er durchquert das Zimmer und Blitze der Lust jagen bei jeder kleinen Erschütterung durch meinen Unterleib. Ich bohre meine Nägel in seine Schultern und fühle warm sein Blut unter meinen Fingerspitzen. Meine inneren Muskeln schließen sich bei dem Gefühl enger um ihn.

»Bist du bereit für alles, Ella?«

Ich weiß nicht, ob er den Sex meint, unsere ungewisse Zukunft oder das Leben mit ihm im Allgemeinen. Es ist mir aber auch egal.

»Ja«, stöhne ich. »Ja, zu allem.«

»Das ist mein Mädchen.« Er zieht sich aus mir zurück, wirbelt mich herum und drückt meinen Oberkörper gegen das Panoramafenster. Ich keuche überrascht auf, als mein erhitzter Körper auf das kühle Glas trifft. Seine Hand vergräbt sich in meinem Haar und mit einer einzigen fließenden Bewegung dringt er tief von hinten in mich ein. Gefangen in seinem Griff kann ich nichts weiter tun, als mich seinem leidenschaftlichen Ansturm hinzugeben.

»Du gehörst mir, Ella.« Seine Hüften klatschen gegen meinen Hintern. »Ich bin so verdammt stolz auf dich.« Ich stütze mich mit den Händen an der Fensterscheibe ab und drücke den Rücken durch. Mein Atem, der mir abgehackt über die Lippen kommt, beschlägt die Scheibe. Meine Finger, die haltlos tiefer rutschen, hinterlassen rote Schlieren.

»Er hat dich nicht gebrochen. Er hat dich stärker gemacht.« Jax' raue Stimme, seine Worte, die so viel Wahrheit enthalten, jagen mich einen weiteren Gipfel hinauf.

Ich bin hier, ich lebe. Jacob hat mich nicht gebrochen.

»Du hast ihm standgehalten – hast dich nicht unterkriegen lassen.« Sein Schwanz schwillt weiter an, pulsiert in mir, während er seinem eigenen Orgasmus nachjagt. »Fuck Baby, es war so geil, dir dabei zuzusehen, wie du ihm Dolly in die Schulter gerammt hast.«

Er löst die Finger aus meinem Haar und seine Hände gleiten über meine Seiten, bis zu meinem Hintern, sein Daumen streicht meine Falte entlang und legt sich auf meinen hinteren Muskel, ohne einzudringen. Meine Beine beginnen zu zittern, mein Herz hämmert gegen meine Rippen. Fest zieht er mich auf seinen Schaft und dringt gleichzeitig mit seinem Daumen ein Stück weit ein. Ich stürze über die Klippe, stöhne seinen Namen und reiße ihn mit mir. Wir fallen beide und als ich die Augen öffne und ihn über meine Schulter hinweg ansehe, wissen wir, dass wir füreinander Anker sind. Die Dunkelheit bekommt uns nicht – nicht solange wir uns haben.

Den Kopf gegen das Panoramafenster gelehnt schaue ich nach Manhattan hinüber. Stetig blinken die roten Signallichter der Hochhäuser, Autos rauschen in einem nicht endenden Strom über die Brooklyn Bridge, eine Fähre tuckert den East River entlang und hinterlässt schäumend Kielwasser. Die Welt dreht sich unbeirrt weiter, während sich meine komplett verändert.

Hinter mir höre ich Schritte und ich drehe mich um. Jax kommt durch das Schlafzimmer auf mich zu. Er war duschen, seine blutigen Klamotten sind verschwunden, jetzt trägt er wie sonst auch ein schwarzes Shirt, Jeans und Lederjacke.

»Die Russen haben Jacob gerade mitgenommen«, sagt er und bleibt vor mir stehen. »Sie warten auf weitere Anweisungen.«

Ich nicke erleichtert, ich will Jacob so weit weg von mir wissen wie möglich. »Wo ist Grey?«

»Er hat sich ein Taxi genommen. Maddy wartet im Loft auf ihn.« Jax' Augen huschen prüfend über mein Gesicht. »Wie geht es dir?«

»Ich …« In mir wirbeln alle Gefühle durcheinander. »… ich wünschte, ich hätte alles schon hinter mir.«

Jax tritt vor, zieht mich in seine Arme und bettet sein Kinn auf meinen Scheitel. Er hält mich ganz fest, während ich mich fallen lasse. Auch wenn ich gesagt habe, ich wäre bereit für alles, bin ich es nicht. Nicht, was Jacob angeht. Ich habe Angst. Angst vor der Aussage, die unweigerlich auf mich zukommt, Angst vor der Gerichtsverhandlung. Angst davor, Jacob könnte recht haben, dass ich nicht dazu fähig bin, ihn hinter Gitter zu bringen.

»Wir haben keine Eier mehr«, sage ich. »Ich wollte einen Cheesecake backen, aber …« Keine Ahnung, warum mir ausgerechnet das gerade einfällt.

»Wir besorgen morgen welche, okay?« Er streicht mir mit beiden Händen über den Rücken. »Lass uns rausgehen. Wir brauchen beide etwas frische Luft, glaube ich.«

»Ja, okay, klingt gut.« Ich löse mich von ihm und gehe hinüber zu meiner Reisetasche, die seit Ewigkeiten vor dem Kleiderschrank auf dem Boden liegt. Obwohl mir Jax extra zwei Fächer in seinem Schrank freigeräumt hat, lebe ich aus der Tasche. Wieso zögere ich sein Angebot so lange hinaus? Jax wird mich kaum kommentarlos vor die Tür setzen.

Gleich Morgen, sage ich mir und krame ein dunkelblaues Langarmshirt und Jeans heraus. Ich ziehe mir Jax' Shirt über den Kopf, das ich mir nach einer ausgiebigen Dusche von ihm stibitzt habe, und fahre mit den Händen über meine Haut. Zuerst über meine Arme, dann über meinen Hals, über den Spitzenstoff meines BHs zu meinem Bauch …

»Was tust du da?« Jax stellt sich neben mich, sein Blick tastet über mich, als wäre auf der Suche nach etwas. »Das hast du nach deinem Zusammenbruch auch getan.«

Verwirrt runzle ich die Stirn. »Was meinst du?«

Er deutet auf meine Hände, die auf meinem Bauch liegen. »Na du …« Er verstummt und schüttelt den Kopf. »Schon gut.« Er wendet sich ab und öffnet den Schrank. »Du wirst etwas Warmes brauchen, deine Jacke ist viel zu dünn – ist frisch draußen.«

Schulterzuckend fahre ich fort und streiche mir mit gespreizten Fingern über meine Oberschenkel und Waden. Als ich bei meinen Zehen ankomme, verringert sich die Last in mir und das Gefühl, nichts unter Kontrolle zu haben, nimmt ab. Ich ziehe mir Shirt und Jeans an und schlüpfe in meine roséfarbenen *Air Max*.

»Hier.« Jax hält mir einen Hoodie unter die Nase. Er ist schwarz und auf Brusthöhe prangt das rot-schwarze Logo der *Foo Fighters*.

»Danke«, sage ich, nehme den Hoodie entgegen, schlüpfe hinein und binde meine Haare zu einem hohen Zopf. Es ist noch feucht von der Dusche, nachdem ich es mir gleich zweimal gewaschen habe, um sicherzugehen, kein Blut mehr von Jacob an mir zu haben.

Wir verlassen den Club durch die Vordertür. Coco springt bei der Aussicht, eine Runde um den Block zu drehen, aufgeregt zwischen uns hin und her. Die Luft ist kühl und leichter Nieselregen benetzt mein Gesicht, als ich auf den Bürgersteig trete. Ich bleibe stehen und atme tief durch. Jax hat recht, es tut gut, draußen zu sein, tief durchzuatmen und die letzten Stunden einfach von einem abfallen zu lassen.

»Ich will dir meinen Lieblingsort zeigen.«

Ich schaue zu Jax, dem die Ereignisse des letzten Tages deutlich anzusehen sind. Er wirkt abgekämpft, dunkle Ringe haben sich unter seine Augen gegraben und trotzdem strahlt er eine tiefe Ruhe aus. Vermutlich hat auch er seinen Abschluss gefunden.

Ich nehme seine Hand und küsse zärtlich seine geschundenen Fingerknöchel. Wie es wohl war, Jacob zu foltern? »Danke, dass du mir ermöglicht hast, mit Jacob zu sprechen – ihm alles zu sagen.«

»Das war dein Anrecht.« Jax verschränkt unsere Finger und wir schlagen den Weg in Richtung Brooklyn Bridge ein.

»Hier komme ich her, wenn ich nachdenken muss«, sagt Jax und lässt sich auf einen niedrigen Betonpfeiler nieder. Es scheint ihn nicht zu stören, dass er feucht vom Regen ist.

Ich setze mich auf seinen Schoß und lasse den Ort auf mich wirken. Rechts von uns ragt die Brooklyn Bridge auf, der East River liegt ruhig vor uns. Manhattan spiegelt sich mit all seinen Lichtern auf der Wasseroberfläche.

»Die Aussicht ist einmalig«, flüstere ich, weil ich die Stille um uns herum nicht stören will. Ich schließe die Augen, nehme das Plätschern des Wassers gegen die Piermauer wahr und den Lärm der Stadt als leises, stetiges Rauschen.

»Wann hast du vor, zur Polizei zu gehen?« Seine Finger schlüpfen unter den Saum des Hoodies und malen kleine Kreise auf meinen unteren Rücken.

»Morgen«, sage ich und mein Puls beschleunigt sich vor Aufregung. »Ich hoffe, die Fotos und der Laptop reichen aus, um ihn für lange Zeit wegzusperren.«

»Ganz bestimmt.« Seine Hand wandert unter dem Hoodie höher. Die Berührung ist sanft und die Anspannung in mir lässt nach. »Wirst du der Polizei von der Veröffentlichung erzählen?«

»Darum werde ich nicht herumkommen.« Ich schaue ihn über meine Schulter hinweg an. Sein Blick ist unverwandt auf mich gerichtet, die Lichter der Stadt spiegeln sich in seinen smaragdgrünen Augen. »Bis auf das Darknet. Ich glaube kaum, dass die Polizei gut darauf zu sprechen wäre.«

»Was immer du möchtest.« Ich liebe es, wenn er das sagt. Denn damit gibt er mir jedes Mal das Gefühl, eine Frau zu sein, deren Entscheidung Gewicht hat.

Er lehnt sich ein Stück zurück und kramt in der Jackentasche. »Ich habe etwas für dich, das dir gehört«, sagt er und holt etwas heraus. Den Siegelring. Er hält ihn mir auffordernd hin. Ich zögere, nehme ihn aber dann an mich und betrachte ihn. Der Mond blitzt hinter den tiefhängenden Wolken hervor und der schwarze Siegelstein glänzt matt im Mondlicht.

»Das ist er also, der Grund allen Übels.« Ich lächle bitter und schließe die Hand um den Ring zur Faust, seine Fassung fühlt sich kühl an. »Wie in *Herr der Ringe*, nur, dass mir Sauron weitaus lieber gewesen wäre.«

»Wir sind hier, Ella«, erwidert Jax und in seiner Stimme schwingt Triumph mit. »Während Jacob jetzt in irgendeinem Loch darauf wartet, wie du dich entscheidest.« Er legt seine Hand auf meine Faust und drückt sie leicht. »Du hast ihn besiegt.«

»Wieso fühlt es sich nicht so an?«, flüstere ich und die Last in mir drückt meine Schultern hinunter.

»Das wird es noch.« Er lächelt mich aufmunternd an und das Grübchen auf seiner linken Wange wird sichtbar. »In keinem Land der Welt würde sein Verbrechen ungeahndet bleiben.«

Ich nicke stumm und richte meinen Blick auf den Fluss. Das war's dann also. Ich straffe die Schultern, stehe auf und trete an den Rand der Piermauer. Das Wasser unter mir schwappt mir entgegen, geradezu, als würde es meine Entscheidung gutheißen. Ich betrachte ein letztes Mal den Siegelring im fahlen Licht des Mondes und lasse die Vergangenheit mit Jacob los. Vielleicht wird es Momente geben, an denen sie mich wieder einholt, aber ich werde mein Bestes geben, diese Rückschläge so kurz wie möglich zu halten. Ich bin fertig mit ihm. So was von fertig.

Weit ausholend schleudere ich den Siegelring mit ganzer Kraft von mir. Der Ring segelt durch die Luft und trifft mit einem leisen *Plopp* auf der Wasseroberfläche auf, versinkt und mit ihm das dunkelste Kapitel meines bisherigen Lebens. Jacob ist Vergangenheit. Jax und mir gehört die Zukunft.

KAPITEL 14

ELLA

Jax und ich sitzen in einem kleinen Büro im ersten Revier und warten auf eine gewisse Sergeant Amy McAdams. Als wir mit der Sporttasche in einem Polizeirevier keine drei Blocks vom Club entfernt aufgeschlagen sind, wurde uns mitgeteilt, dass sich die Polizistin unserer annehmen wird. Daraufhin sind wir mit einem Polizeiwagen hierher kutschiert worden. Mir ist es gleich, wer meine Aussage aufnimmt, solange ich sie schnell hinter mich bringen kann. So gut es sich gestern noch angefühlt hat, den Siegelring im Fluss zu versenken, bin ich jetzt ein einziges Nervenbündel.

Ich knete den Träger der Tasche auf meinem Schoß und zähle zum x-ten Mal die kleinen Kätzchen aus Porzellan, die feinsäuberlich auf dem penibel zusammengeräumten Schreibtisch aufgereiht stehen. Es sind siebenundzwanzig.

»Das wird schon. Ich bin bei dir«, flüstert Jax, löst meine Finger von dem Träger und verflicht unsere Hände. Auf seinen Fingerknöcheln hat sich mittlerweile Schorf gebildet.

»Entschuldigen Sie die Unannehmlichkeiten, aber ich

wollte Sie persönlich kennenlernen«, sagt eine weibliche Stimme hinter uns und wir stehen auf. Sergeant Amy McAdams ist groß gewachsen, ihre erdbeerblonden Haare sind zu einem hohen Pferdeschwanz gebunden, sie trägt eine hellgrüne Bluse und ihre langen Beine stecken in einer cremefarbenen Stoffhose mit Bügelfalten. Die Dienstmarke hängt an ihrem Gürtel, die Dienstwaffe gleich daneben. Sie ist jung, vielleicht zu jung für so einen ranghohen Posten?

Sie schließt die Tür hinter sich und das permanente Klingeln der Telefone reißt ab. Sie reicht mir die Hand. »Miss Jones.«

»Ja«, bestätige ich unsicher. »Und das ist Jackson Davis, mein Lebensgefährte.« Auch ihm gibt sie die Hand, wobei ihr Blick für eine Sekunde auf seinen Fingerknöcheln hängen bleibt.

»Setzen Sie sich.« Sie zeigt auf die Besucherstühle und umrundet den Schreibtisch, um selbst Platz zu nehmen. Ich atme erleichtert aus, weil sie Jax' Knöchel unkommentiert lässt. »Sie wollten eine Aussage machen?«

»Genau.« Ich stelle die Tasche vor ihr auf den Schreibtisch und bedeute ihr, sie zu öffnen.

Sie öffnet den Reißverschluss und blinzelt einige Male, als könnte sie nicht glauben, was sie da sieht. Damit hat sie offensichtlich nicht gerechnet, als sie den Fall übernommen hat. Ich halte den Atem an, während sie einige Fotos herausnimmt, um sie sich genauer anzusehen. Eine steile Falte bildet sich auf ihrer Stirn. Sie legt die Fotos zurück und ihre grau-grünen Augen richten sich auf mich. »Wer war das?« Ihr Blick huscht kurz zu Jax hinüber, der sich augenblicklich verspannt.

»Jacob Harrison Ward, mein Exfreund. Sie werden dort drinnen einige Fotos von ihm finden. Außerdem einen Laptop mit Videos und einem Tagebuch, das er geführt hat.« Ich antworte wie auf Autopilot. Meine Taktik, damit mir mein Herz nicht gleich aus der Brust springt.

McAdams kramt aus einer Schublade ein Aufnahmegerät und legt es vor mich hin. »Ich werde die Aussage aufnehmen. Geht das in Ordnung für Sie?« Ich nicke knapp. Sie drückt auf den roten Knopf. »Freitag, 21.09.2018, elf Uhr zweiundfünfzig. Aufnahme der Aussage von Ellena Jones gegen Jacob Harrison Ward. Anwesende Personen: Sergeant Amy McAdams, Dienstnummer *2903*, Ellena Jones, und ihr Liierter Jackson Davis. Miss Jones hat sich bereit erklärt, dass diese Aussage aufgezeichnet und zu Protokoll gebracht wird.« Sie bedeutet mir, anzufangen.

Ich atme tief durch, greife nach Jax' Hand und fange an, zu erzählen. Ich beginne bei Jacob und unserem Kennenlernen, berichte von unserem ersten Date. Wie ihm Wochen später zum ersten Mal die Hand ausgerutscht ist, nachdem ich mich geweigert habe, meinen Job in *Cody's Bakery* aufzugeben. Erzähle von den Veranstaltungen und offiziellen Abendessen seiner Firma, auf denen er mich präsentiert hat, als wäre ich ein schönes Schmuckstück. Dann schildere ich ihr die Vergewaltigung in der Gasse nach eben so einer Party bis ins kleinste Detail. Ich lasse nichts aus, während ich unablässig auf die siebenundzwanzig Kätzchen starre. Jax ist näher an mich herangerückt und streichelt meinen Rücken auf und ab. Gelegentlich knurrt er wie ein eingesperrtes Tier.

»Er hat mich nach gut einem Jahr zum ersten Mal in den Keller gebracht«, sage ich. »Zu dieser Zeit war meine Angst vor ihm schon sehr groß, also bin ich mit ihm mitgegangen. Er meinte, es wäre unsere neue Spielwiese. Er meinte, ich wäre dazu bereit.«

»Denken Sie, er hat noch mehr Frauen das gleiche angetan?«, unterbricht mich die Polizistin zum ersten Mal.

Ich zucke mit den Schultern. »Ich weiß es nicht.« Ehrlich gesagt will ich es auch gar nicht wissen. Allein der Gedanke, dass es noch eine Frau außer mir geben könnte, die das Gleiche durchmachen musste, ist zu verstörend.

»Erzählen Sie weiter, Miss Jones«, bittet sie mich. Ihre Stimme ist jetzt sanft, jegliche Distanziertheit daraus verschwunden. Sie steht auf und gießt Wasser aus einer Karaffe in ein hohes Trinkglas, das auf einem Sideboard an der Längsseite des Büros steht.

»An diesem Abend hat er zum ersten Mal Fotos von mir gemacht. Von da an hatte er mich in der Hand, denn er hat mir damit gedroht, die Fotos zu veröffentlichen, wenn ich nicht das mache, was er wollte.« Ich blicke auf meine Hände hinunter. »Ich habe in der Bäckerei gekündigt, habe meine Freunde aufgegeben, meine Hobbys. Unter der Woche hat er mich hin und wieder in den Keller gebracht. Die Wochenenden über war ich ständig dort unten eingesperrt. Ich habe auf einer Matratze geschlafen und wenn ich … wenn ich mich erleichtern musste, hat er mir einen Eimer gebracht. Was er mit mir dort unten gemacht hat, sehen Sie ja.« Ich wische wütend eine Träne fort, die mir über die Wange rollt. Die Polizistin hält mir das Glas hin, das ich dankend entgegennehme. Ich trinke gierig, das Gespräch dauert jetzt schon eine gefühlte Ewigkeit.

»Wie kam es, dass er Sie hat gehen lassen?«, fragt sie und setzt sich wieder.

»Er hat mich von einem Tag auf den nächsten vor die Tür gesetzt«, antworte ich knapp. »Wieso, weiß ich nicht.«

»Was ist mit den Fotos? Ich nehme nicht an, dass er sie Ihnen mitgegeben hat.«

Ich wechsle einen Blick mit Jax, der daraufhin überraschend auf den roten Knopf des Diktiergeräts drückt.

»Nachdem Ella mir davon erzählt hat, bin ich bei ihm eingebrochen und habe alles geholt«, sagt er trocken.

Was macht er da? Das war so nicht abgemacht, wir haben uns auf die Version eines Zweitschlüssels geeinigt. Wir hätten uns zwar trotzdem unbefugten Zutritt verschafft, aber das Vergehen wäre vertretbar gewesen. Einigermaßen zumindest.

Unruhig rutsche ich hin und her. Der Kerl macht mich fertig!

Die Polizistin zieht die Augenbrauen hoch. »Einbruch ist eine Straftat. Ich könnte Sie auf der Stelle verhaften.«

»Werden Sie aber nicht. Sie wissen, dass ich das Richtige getan habe.«

Wow, er klingt ganz schön von sich überzeugt. So ein Blödmann!

Sie richtet ihren Blick auf mich, ohne ihm zu antworten. »Kennen Sie den genauen Aufenthaltsort von Mr. Ward?«

Ich räuspere mich. »Nein.« Das ist jedenfalls die Wahrheit, wir wissen beide nicht, wo die Russen ihn zur Verwahrung hingebracht haben.

Ihre wachsamen Augen gleiten zu Jax. »Was ist mit Ihnen, Mr. Davis? Wissen Sie, wo sich Mr. Ward derzeit aufhält?«

»Derzeit? Nein. Ich kann ihn aber jederzeit ausliefern lassen.«

Die Polizistin spitzt die Lippen. »In welchem Zustand wird er sich befinden?« Nun bleibt ihr Blick absichtlich auf seinen Fingerknöcheln hängen.

»In keinem guten. Ein paar gebrochene Knochen, der kleine Finger seiner rechten Hand fehlt …« Jax winkt lässig ab. »… und seine Eier. Ich habe ihn kastriert.«

Ich schnappe hörbar nach Luft.

Er hat ihn – O.M.G!

»Die Liste Ihrer Straftaten wird länger, Mr. Davis. Für schwere Körperverletzung können schnell einige Jahre zusammenkommen.«

Jax zuckt mit den Schultern. »Mr. Ward wird mich nicht anzeigen.«

Ihre Augen werden schmal. »Wieso sind Sie sich da so sicher?«

»Weil der Knast ein tödliches Pflaster sein kann.« Jax lächelt wölfisch.

Die Polizistin schüttelt seufzend den Kopf und ihr Blick senkt sich auf die Fotos. Sie scheint nachzudenken. Dann, nach einer gefühlten Ewigkeit – mir geht langsam die Luft aus – sagt sie: »Nun gut. Ich gebe Ihnen vierundzwanzig Stunden Zeit, dann will ich ihn haben. Lebend. Sollte dies nicht der Fall sein, wird es kein gutes Ende für Sie nehmen, Mr. Davis. Bis dahin werde ich eine landesweite Fahndung rausgeben, um den routinemäßigen Ablauf zu wahren.«

Jax setzt zu einer spitzen Bemerkung an, ich stoße ihn mit dem Knie an. Er muss es wirklich nicht übertreiben.

»Danke, Mrs. McAdams, Sie sind sehr großzügig«, beeile ich mich zu sagen und schenke ihr ein aufrichtiges Lächeln. »Das müssten Sie für uns nicht tun. Danke.«

Sie schaut mich mit ehrlich betroffenem Blick an. Mitleid ist darin nicht zu erkennen, aber Mitgefühl. »Es tut mir leid, was Ihnen widerfahren ist. Es ist das Mindeste. Was Sie angeht, Mr. Davis …« Ihr Blick wandert zu Jax. »Ich kann Ihre Arroganz zwar nicht ausstehen und trotzdem … er hat ihre *Methoden* verdient. Nur so unter uns.«

»Wie geht es jetzt weiter?«, frage ich neugierig und die Hoffnung, dass doch alles gut geht und ich mir völlig umsonst Sorgen gemacht habe, keimt in mir auf.

»Sobald Mr. Ward *auftaucht*, wird Anklage erhoben. Sie sollten sich dringend einen Anwalt suchen, sollten Sie noch keinen haben, Ms. Jones.« Sie steht auf und wir machen es ihr gleich. »Wir hören voneinander. Die Beweise bleiben vorläufig bei mir.«

»Was die Beweise betrifft: Jacob hat einige Fotos auf Instagram veröffentlicht, ich denke, das sollten Sie wissen. Das Profil wurde mittlerweile gelöscht, aber ich habe Screenshots gemacht.«

Sie kneift sich in den Nasenrücken und seufzt. Auch ihr dürfte klar sein, was das für mich bedeutet. »Es wird weitere Befragungen geben. Übermitteln Sie die Fotos am besten Ihrem Anwalt.«

»Mache ich.« Ich schüttle ihr die Hand, bedanke mich noch einmal und verlasse mit Jax das Büro. Den Fotos schenke ich keine Beachtung mehr, am liebsten würde ich sie nie wieder sehen.

Auf dem Weg zum Aufzug zische ich: »Wieso hast du ihr die Wahrheit gesagt? Sie hat recht, du könntest jetzt im Knast sitzen.«

»Draußen«, raunt Jax mir zu und nickt einem Officer, der an uns vorbeieilt, übertrieben höflich zu.

Wir steigen in den Aufzug und ich tippe ungeduldig mit dem Fuß auf den Boden. Als wir das Police Department hinter uns lassen, wirble ich zu ihm herum.

Jax verdreht die Augen und bevor ich etwas sagen kann, packt er mich am Ellenbogen und führt mich den Ericsson Place hinunter. Bei seinem Wagen in der Franklin Street angekommen, bleibe ich jedoch stur stehen.

»Also?«

»Ich habe sie wiedererkannt. Sie ist Dave Sutters Tochter. An dem Tag, als Wolkow in der Bäckerei war, habe ich am Abend Sutter in seinem Stadthaus besucht – er war der Einzige, der wusste, wo sich Wolkow aufhält. Als ich sein Haus wieder verlassen habe, habe ich ein Porträt von ihr im Flur hängen sehen. Ich wusste gleich, wer sie war, als sie in das Büro gekommen ist.«

»Sie hätte dich trotzdem festnehmen können«, beharre ich. »Das war leichtsinnig von dir.«

»Es war ein kalkuliertes Risiko.« Er lächelt amüsiert. »Jetzt sei nicht sauer.«

»Natürlich bin ich sauer, du kannst nicht einfach unsere Abmachung aushebeln. Mir ist beinahe das Herz stehen geblieben!«

»Ja, als du fast vom Stuhl gekippt wärst, musste ich schon sehr aufpassen, nicht laut loszulachen.«

Unwillkürlich lache ich auf. Wieder einmal hat er es

geschafft, mich zum Lachen zu bringen und das an einem solch beschissenen Tag.

»Blödmann.« Ich verpasse ihm einen Klaps gegen den Bauch.

»Aua«, klagt er gespielt, »nicht schlagen.«

»Ja ja, Mr. Cagefighter.« Ich deute auf den Wagen und versuche mein Bestes, ihn böse anzufunkeln. »Jetzt lass uns nach Hause fahren, wir haben noch etwas zu klären.«

»Was denn?« Er öffnet mir die Wagentür und ich klettere auf den Beifahrersitz. »Ich war doch nicht unartig, oder?« Er zwinkert mir zu.

»Doch, warst du. Du hast Jacob kastriert. Jetzt steig ein!«

JAX

Es ist jetzt genau vierundzwanzig Stunden her, seit wir auf der Polizeiwache waren. Vor einer Stunde hat Sergeant Amy McAdams einen anonymen Tipp von den Russen bekommen. Vermutlich sammelt sie Jacob gerade ein, oder besser gesagt das, was ich von ihm übrig gelassen habe. Wenigstens lebt er noch, das wurde mir versichert. Ella würde durchdrehen, wenn ich wirklich im Knast landen würde. Sie ist jetzt noch sauer auf mich, weil ich ihn kastriert habe. Hat gemeint, ich solle mir überlegen, wo meine Grenzen liegen, und hat vorerst Regeln aufgestellt: Jemanden töten, weil dir keine andere Wahl bleibt – geht klar. Jemanden kastrieren, nur weil er ein mieser Bastard ist – geht gar nicht klar. Na ja, irgendwie hat sie schon recht, in meinem Leben hat sich viel verändert. Die Zeiten, in denen ich gehandelt habe, ohne viel über die Konsequenzen nachzudenken, sind vorbei. Ella braucht mich, außerdem sitzt Tatjana weiterhin in meiner Gästewohnung und … ach genau: Krieg steht vor der Tür.

Ich schaue zu Ella hinüber, die ihr Gesicht der Sonne zugewandt hat. Der Regen der letzten Tage hat sich endlich verzogen. »Darf ich einem Kerl die Augen ausstechen, wenn er dir auf den Arsch glotzt?«, necke ich sie.

»Nein.« Sie zieht die Nase kraus. Sie ist wirklich süß, wenn sie sauer ist.

»Spielverderberin«, murmle ich und ziehe sie von der Sitzfläche der Parkbank auf meinen Schoß. »Nicht mal, wenn er dich blöd anmacht?«

Sie schlingt ihre Arme um meinen Nacken. »Nicht mal dann. Jetzt hör auf, mich aufzuziehen.«

»Hast mich also durchschaut.«

»Für mich ist das alles nicht leicht, ich bin neu in deiner Welt. Ich muss meine Grenzen auch erst abstecken. Es gibt Dinge, die ich für dich bereit bin zu akzeptieren. Aber es wird auch Situationen geben, die ich nicht gutheißen kann. Die über meine Moralvorstellungen gehen. Wir werden beide an uns arbeiten müssen.«

»Was immer du möchtest, Baby.« Ich will sie von meinem Schoß scheuchen, aber sie bleibt demonstrativ sitzen.

»Was immer *wir* wollen. Du musst es genauso wollen, Jax.« Eindringlich schaut sie mir in die Augen.

»Das tue ich. Ich tue alles, um dich haben zu können«, sage ich ehrlich und drücke ihr einen Kuss auf die Lippen.

»Gut.« Sie steht auf und ich rufe Coco, der schnüffelnd über die Wiese tollt. Er macht augenblicklich kehrt und galoppiert auf uns zu. Ich greife nach Ellas Hand und zu dritt folgen wir dem geschotterten Pfad tiefer in den McCarren Park hinein. In einigem Abstand folgt uns Trevor.

»Der nächste Punkt auf unserer Liste ist abgehakt.« Ella schaut auf unsere ineinander geschlungenen Finger und dann hoch zu mir. Sie strahlt und ich bin ein unfassbarer Glückspilz, sie so unbeschwert erleben zu dürfen.

Ella

»Warum ausgerechnet der McCarren Park?«, fragt Jax beim Verlassen des Parks.

Ich schlucke schwer. Ich rede nicht gerne über meinen Vater, der Schmerz sitzt einfach zu tief.

»Ich bin hier in Greenpoint aufgewachsen, drüben an der Ostseite des Parks. Ich bin mit meinem Vater oft zum Spielen hierher gekommen und als er uns dann sitzen gelassen hat, hat Grandma diesen Part übernommen. Mom hatte keine Zeit, sie musste viel arbeiten, damit wir die Wohnung behalten konnten.«

Jax bleibt stehen. »Dein Dad hat euch sitzen gelassen? Wieso?«

»Weil ich ihm nicht wichtig genug war. Er war Stamm-Drummer in einer Band in SoHo. Als ich acht war, hat er ein Angebot in Philadelphia bekommen. Grandma wollte New York nicht verlassen und für Mom war es ausgeschlossen, sie alleine zu lassen.« Ich schaue auf meine Schuhe. »Grandma hatte einen Herzfehler und mit ständigen Schwindelanfällen zu kämpfen. Dad ist allein gegangen, seitdem habe ich ihn weder gesehen noch jemals wieder etwas von ihm gehört.«

Jax greift nach meinem Handgelenk und zieht mich zu sich heran. »Das ist echt scheiße, Baby. So ein Arschloch.« Er drückt mir einen Kuss auf den Scheitel.

»Ja, ist es wohl – ist *er* wohl.« Ich lache freudlos auf.

»Sei froh, dass du ihn los bist. Er hat dich nicht verdient.«

»Tut trotzdem weh«, erwidere ich erstickt, mein Hals ist plötzlich ganz eng.

»Ich könnte ihm die Hände abhacken, dann kann er seine Sticks mit dem Mund schwingen – oder mit den Arschbacken.«

Ich schluchze und lache gleichzeitig auf. »Jax!« Ich knuffe ihn in die Seite.

»Ist kein Problem. Mach ich gerne.« Er nimmt mein Gesicht zwischen seine Hände und drückt mir einen sanften Kuss auf die Lippen. »Nein im Ernst, sein Pech, wenn er sich verpisst hat. Jetzt wird er nie erfahren, welch tolle Frau du geworden bist.«

Beschämt von Jax' liebevollen Worten zucke ich mit den Schultern, ich will nicht weiter über meinen Vater reden. »Können wir weitergehen?«

»Klar.« Er küsst mich noch einmal und nimmt dann meine Hand. »Ich wollte dir sowieso noch etwas zeigen.«

»Mir zeigen? Was denn?«, frage ich neugierig.

»Lass dich überraschen. Ist nicht weit.« Jax lotst mich zu seinem Wagen, öffnet die Heckklappe der Ladefläche und Coco springt sofort hinauf.

»Jetzt weiß ich wenigstens, warum du einen Pick-up fährst und das in einer Stadt, in der es so gut wie keine Parkplätze gibt«, sage ich und sehe dabei zu, wie sich Coco hinlegt.

Jax krault ihn kurz und schließt die Klappe wieder. »Ja, ich musste wegen ihm meinen alten Wagen verkaufen.«

»Was für einen hattest du denn vorher?«

»Dodge Challenger.«

»Letztes Jahr ist der *Demon* erschienen – mit über 800 PS«, erinnere ich mich.

Anerkennend nickt er und öffnet mir die Beifahrertür. »Eine Frau, die sich auskennt.«

»Ja, schnelle Autos sind eine Vorliebe von mir.« Grinsend steige ich ein. »Auf was stehst du so?«, frage ich, als er neben mir auf dem Fahrersitz Platz nimmt.

»Ich stehe auf teure Autos, teuren Whisky, gutes Essen und einen guten Kampf«, zählt er auf und sein Blick wandert meinen Körper auf und ab. »Und auf dich, bevorzugt nackt.«

Ich verdrehe die Augen. »Fahr los.«

Er startet leise lachend den Motor und als sich das Soundsystem mit seinem Handy verbindet und irgendein Rocksong aus den Boxen dringt, sage ich: »Anscheinend stehst du auch auf Rock.«

»Was dagegen?« Er fährt aus der Parklücke und steuert den Wagen in Richtung des Clubs. Was er mir wohl zeigen will?

»Nein. Aber ein bisschen Abwechslung schadet nicht.« Damit schalte ich auf das Radio um und suche einen Popsender.

Als die ersten Töne von *Baby One More Time* von *Britney Spears* das Wageninnere erfüllen, verzieht er gequält das Gesicht.

Ich lache in mich hinein und drehe lauter. Ich liebe es, ihn zu nerven und könnte mir vorstellen, dass das mein neues Lieblingshobby wird.

Lauthals singe ich mit und weil ich wirklich neugierig bin, wo es hingeht, werfe ich immer wieder ein geträllertes »Ist es noch weit?« mit ein. Zehn Minuten krächze ich noch mit, bis Jax schließlich einparkt.

Er dreht das Radio leiser und legt eine Hand auf meinen Oberschenkel. »Du bist genauso nervig, wie du süß bist.«

»Das fasse ich mal als Kompliment auf.«

»Aussteigen«, fordert er mich auf.

Ich lasse mich herumkommandieren und springe auf den Bürgersteig. Trevor, der darauf bestanden hat, uns zu begleiten und jetzt einige Autolängen weiter hinten parkt, kommt zu uns herüber.

Jax bittet ihn, kurz bei Coco zu warten und ich nutze den Moment, um mich auf der mit Alleebäumen gesäumten Straße umzusehen. Abgesehen von Wohnhäusern gibt es nichts Interessantes zu entdecken.

Hm …

»Wir müssen noch ein Stück laufen«, flüstert mir Jax ins Ohr und ich fahre zusammen. Er lacht leise, verschränkt seine Finger mit meinen und führt mich um eine Häuserecke und die Straße entlang. Am Ende des Blocks bleibt er stehen. »Ta-taa!«, ruft er aus und breitet die Arme aus.

»Ta-taa?« Ich sehe mich auf der stark befahrenen Kreuzung um. »Ich weiß nicht ganz, was du meinst.«

Er zieht einen Schlüsselbund aus der Hosentasche, dabei gleicht sein Grinsen dem eines Kindes am Weihnachtsmorgen. »Ich habe dir eine Bäckerei gekauft. Du musst nur noch die Papiere unterschreiben.«

Seine Worte dringen nur langsam zu mir durch, oder auch nicht. »Du hast *was*?«

»Ich habe dir eine Bäckerei gekauft.« Er klimpert mit dem Schlüsselbund. »Coco und ich haben sie letztens entdeckt.«

»Coco und du haben …« Ich drehe mich langsam zu dem geschlossenen Ecklokal mit den abgeklebten Scheiben um, das ich bloß am Rande wahrgenommen habe. »Ach du meine Güte.« Mir klappt der Mund auf. »Du, du hast …«

»Was sagst du dazu?«, fragt er hinter mir.

»Ich, ich …« … bin sprachlos.

»Ich habe deinen neuen Punkt auf der Liste gesehen, dann bin ich mit Coco spazieren gegangen und Ta-taa!«

Ta-taa schon wieder. Langsam realisiere ich den Inhalt seiner Worte. Ich wirble zu ihm herum. »Du hast mir eine Bäckerei gekauft, weil du den Punkt auf der Liste gesehen hast? Das, das …« Ich schließe für einen Moment die Augen, um mich zu sammeln. »Das ist Wahnsinn. Den Punkt habe ich hinzugefügt, weil ich irgendwann eine eigene Bäckerei eröffnen will. Später. Viel später.« Ich fuchtle mit den Händen herum. »Wenn ich sie mir leisten kann.«

»Tja, jetzt kannst du sie dir leisten. Du hast einen

stinkreichen Freund.« Er beugt sich vor und flüstert verschwörerisch: »Er ist sogar Millionär.«

Ich schüttle den Kopf und mein Mund klappt auf und zu und gleich wieder auf. »Das kann ich nicht annehmen«, bekomme ich dann doch irgendwie heraus.

Er zuckt zurück. »Wieso nicht?«

»Weil, weil ...« Ich wedle Richtung Bäckerei. »Wie viel hast du dafür bezahlt?«

»Noch gar nichts.«

Meine Augen werden schmal. »Wie viel kostet sie?«

»1,5 Millionen.« Er winkt ab. »Aber darum geht es nicht. Ich will für dich sorgen, dir dabei helfen, deine Wünsche zu erfüllen.«

Abermals schüttle ich den Kopf. »Nein, Jax, tut mir leid. Du musst die Sache abblasen.«

»Was? Warum?«

»Darum!«, fahre ich ihn an. »Sie ist viel zu teuer!«

»Geld spielt keine Rolle. Wenn ich wollte, könnte ich jede Nacht eine Fight-Night veranstalten. Die Leute stehen Schlange, die Liste meiner Kämpfer ist endlos.«

»Natürlich spielt es eine Rolle«, fahre ich ihn an. »Ich will dein Geld nicht!«

Seine Nasenflügel blähen sich. Er ist also auf Streit aus. Den kann er haben. »Warum?«, knurrt er bedrohlich leise.

»Weil ich keine Almosen brauche. Weder von dir, noch von ...«

»Von wem, Ella? Spuck's aus!«

»Von Jacob, zufrieden?« Mein Herz klopft immer schneller und ich atme heftig. »Er hat das Erbe von Grandma verdoppelt – hat es so hingestellt, als würde er es gerne tun. Und dann? Dann hat er jedes Mal darauf herumgeritten und behauptet, ich würde deshalb in seiner Schuld stehen. Nein danke, nochmal brauche ich das nicht.«

Jax macht einen Schritt auf mich zu, sein Kiefer mahlt. »Ich bin aber nicht Jacob«, presst er zwischen zusammengebissenen Zähnen hervor. »Ich wollte dich damit einfach nur glücklich machen, mehr nicht. Ich liebe dich, verdammt.«

»Das hat er auch gesagt!«

Jax stolpert sichtlich getroffen zurück und ich schnappe nach Luft, als ich realisiere, *was* ich gesagt habe.

Shit, Shit, Shit!

Ich fahre mir durchs Haar und atme tief durch, um mich zu beruhigen. »Entschuldige«, flüstere ich und strecke meine Hand nach ihm aus. »So war das nicht gemeint.« Wollte ich mit Jacob nicht abschließen? Ist das jetzt so ein Moment, in dem ich in meine alten Verhaltensmuster zurückfalle?

Jax schließt mich in seine Arme und drückt mich fest an sich. »Schon okay.« Er drückt mir einen Kuss auf den Scheitel. »Ich möchte mir mit dir ein Leben aufbauen, eine Zukunft – lass mich dir die Welt zu Füßen legen.«

Mein Herz zieht sich voller Liebe zusammen. »Ich liebe dich Jax, so, so sehr, aber die Bäckerei ist zu viel. Wenn du glaubst, mir unbedingt etwas schenken zu müssen, dann lieber ein Glätteisen, meines hat vor zwei Tagen den Geist aufgegeben.«

Jax beginnt zu lachen, laut und dröhnend, mit bebenden Schultern. Ich werde durchgeschüttelt. »Du bist witzig, Baby. Aber im Gegensatz zu einem Glätteisen, von dem ich nun wirklich nichts habe, ist der Kauf der Bäckerei nicht ganz uneigennützig. Immerhin habe ich dann eine Frau an meiner Seite, die im angesagtesten Viertel einen Laden besitzt. Und ich kann jederzeit Kuchen essen.«

Mit dem *angesagten Viertel* hat er schon recht, mit seinen ganzen Hipstern ist es ein aufstrebender Stadtteil. An Kunden würde es mir auch nicht mangeln. Gleich über der Straße befindet sich eine Anlegestelle diverser Fähren nach Manhattan. Die Lage ist verdammt gut.

»Kuchen bekommst du auch, ohne dass du mir gleich eine Bäckerei kaufst. Meine Gefriertruhe ist voll davon«, murre ich und denke an die vielen Torten und Kuchen, die ich in letzter Zeit gebacken habe.

»Gut zu wissen, aber ernsthaft: Warum zweifelst du noch?«, fragt er, als könnte er erahnen, dass noch mehr hinter meinem Zögern steckt. »Die Sache mit dem Geld ist geklärt, also was ist es noch?«

»Der Punkt auf meiner Liste«, gestehe ich leise. »Die Bäckerei ist mein Ziel im Leben. Nur für mich … und jetzt, wo du … Ich will wirklich niemandes Frauchen mehr sein.« Vielleicht reite ich darauf herum, aber er muss wissen, wie wichtig mir meine neugewonnene Unabhängigkeit ist.

»Das bist du nicht«, sagt er nachdrücklich und zieht sich ein Stück zurück, um mir fest in die Augen sehen zu können. »Mit so einer Art Frau könnte ich gar nichts anfangen. Ich habe es ernst gemeint, ich wollte dir wirklich nur eine Freude machen. Sie gehört ganz dir, du kannst sie leiten, wie immer du es willst. Ich werde mich nicht einmischen.« Er fasst mich an den Schultern und dreht mich zu dem Ecklokal um. »Jetzt stell sie dir vor. Wie wird sie aussehen?«

Die Frage ist leicht zu beantworten, immerhin träume ich von meiner eigenen Bäckerei, seit ich mit fünf Jahren zum ersten Mal mit Grandma einen Kuchen gebacken habe. »Sie hätte gemütliche Sitznischen und eine Glocke direkt über dem Eingang. Hinter dem Verkaufstresen würde ein Neonschild hängen, alles wäre in pink und hellblau gehalten.«

»Das trifft sich, sind zufällig meine Lieblingsfarben.«

»Blödmann!« Ich verpasse ihm einen Klaps auf den Oberschenkel.

Er lacht leise und seine Hände wandern über meine Seiten nach vorn zu meinem Bauch. »Wie wird sie heißen?«

Versonnen lächle ich. »Sweetcake.« Ich betrachte die in der Mitte des Ecklokals eingelassene Holztür, über der noch die Befestigung für ein Schild erkennbar ist, und male mir aus, wie meines dort oben prangt. Plötzlich ist all das Papier an den Fensterfronten verschwunden und warmes Licht dringt zu mir nach draußen auf die Straße. Drinnen sitzen Kunden in ebenjenen Sitznischen, unterhalten sich, trinken Kaffee und verschlingen verzückt meine Leckereien.

Jax will mir eine Bäckerei kaufen und sie gehört mir!

»Können wir hineingehen?«, frage ich ehrfürchtig und in mir beginnt alles vor Freude und Aufregung zu kribbeln. Mit einem Mal kann ich das Geschäftslokal gar nicht schnell genug von innen sehen.

»Darauf warte ich schon die ganze Zeit.« Jax drängt mich, ohne mich loszulassen, nach vorn und drückt mir den Schlüsselbund in die Hand.

»Woher hast du den Schlüssel eigentlich?« Meine Finger zittern, als ich den Schlüssel ins Schloss stecke und ihn umdrehe.

»Ich habe die Verkäuferin bezirzt.«

»Bezirzt? Nicht eher bedroht?« Bei ihm kann man wirklich nicht sicher sein.

Er brummt amüsiert und stößt die Tür auf. Jeglicher Gedanke an mögliche Bedrohungsversuche ist wie weggeblasen, als wir das Innere betreten. Gespannt halte ich den Atem an, während Jax einen Lichtschalter betätigt. Eine nackte Glühbirne taucht alles in diffuses Licht. Die Wände des Verkaufsraumes sind vergilbt, die Abdrücke der früheren Einrichtung deutlich sichtbar, der abgetretene Boden ist voll dunkler Flecken. Die abgeklebte Fensterfront rechts von mir ist nur kurz, die an der linken Seite dafür dreimal so lang.

»O wow!« Auf meinem Gesicht breitet sich ein dümmliches Grinsen aus. Und wieso sind auf einmal meine Augen ganz feucht?

»Ich weiß, ist noch renovierungsbedürftig, aber das wird schon. Ich kenne eine Innenarchitektin, die mir bei meinem Club geholfen hat.« Er stutzt kurz. »Natürlich nur, wenn du das willst. Du kannst auch gerne alles selbst renovieren. Ich kann dir dabei helfen.«

»Etwa Oben-ohne?«

»Äh, klar.« Verlegen kratzt er sich am Hinterkopf.

Ich pruste los. »Der Oben-ohne Teil klingt wirklich verlockend, aber nein, ich lasse mir gerne von der Innenarchitektin helfen. Danke sehr.«

»Witzbold.« Die Augen verdrehend, schnappt er sich meine Hand. »Komm, ich zeig dir alles.«

Ich tapse überwältigt hinter ihm her, als er mich durch den Verkaufsraum und in den anschließenden Raum führt. Inmitten des Raumes mache ich mich von ihm los und drehe mich im Kreis. *Meine Backstube.* Ich fasse mir ans Herz.

»Wie groß ist das hier?« An der gegenüberliegenden Wand entdecke ich zwei Türen, auf die ich zugehe. Hinter der einen Tür verbirgt sich ein großzügiger Raum, der nur eine alte Toilette beherbergt.

»Zweihundertfünfzig Quadratmeter, den ausgebauten Keller nicht mitgerechnet.«

»Zweihundertfünfzig Quadratmeter.« O mein Gott, ich könnte daraus so viel machen. Ich könnte den Raum hier unterteilen und einen Pausenraum schaffen. Ich könnte, ich könnte … Ich brauche die Mappe, in der ich all meine Ideen gesammelt habe.

Dann dämmert es mir. »Du sagtest *ausgebauten Keller*?« Mein Herz beginnt zu klopfen. »Ich muss ihn sehen!«

Mit einem jungenhaften Grinsen, das ich so bei ihm noch nie gesehen habe, deutet er auf die zweite Tür.

Ich reiße sie auf, eine in Dunkelheit liegende Betontreppe führt hinunter. Diesmal habe ich keine Angst und laufe sie ohne zu zögern herab.

»Warte«, ruft mir Jax hinterher.

Am Fuß der Treppe bleibe ich wie angewurzelt stehen und blinzle, weil ich meinen Augen kaum traue. Der Keller ist frisch renoviert und die weißen Wände werden von schweren Regalen aus Metall gesäumt, der Boden ist mit dunkelgrauen Fliesen ausgelegt. Doch das Herzstück bildet der angrenzende Kühlraum. Ich halte auf die Tür zu und ziehe an dem Hebel. Sie schwingt auf und ich schlage die Hand vor den Mund. *Wow!* Der Raum ist groß und mit den gleichen Regalen bestückt wie der übrige Keller.

»Bitte sag mir, dass das hier alles echt ist«, flüstere ich und Tränen treten mir in die Augen. Jax hat mir meinen größten Traum erfüllt, das kann nicht real sein, oder?

Er schlingt von hinten seine Arme um meinen Oberkörper und wiegt uns verspielt hin und her. »Alles echt. Die Bäckerei gehört dir, wenn du das willst.«

In mir steigt ein Quietschen hoch, ich drehe mich um und werfe mich in seine Arme.

»Keine Bedenken mehr?«

Ich schüttle den Kopf, zu glücklich, zu überwältigt, zu alles.

Erleichtert atmet er aus. »Gut. Ich würde nämlich nie im Leben etwas gegen dich verwenden oder dich von mir abhängig machen. Verstanden?«

Ich nicke, ich glaube ihm, ich glaube ihm so sehr. Er ist nicht Jacob. Wie konnte ich jemals an ihm zweifeln? Ich sollte mich schämen, er hat mir noch nie einen Anlass dazu gegeben. Bei Jax gibt es nur Liebe, Leidenschaft und Vertrauen. *Verständnis.*

Jax lehnt sich nach hinten und nimmt mein Gesicht in seine Hände. Er küsst meine Tränen weg, küsst meine Nasenspitze, meine Stirn. »Ich liebe dich, Ella.«

»Ich liebe dich«, heule ich los und schniefe.

»O Baby, nicht weinen, sonst bekommst du das nächste Mal wirklich nur irgendeinen Mädchenkram geschenkt.«

»Ich kann nicht aufhören, du Blödmann.« Immer mehr Tränen verschleiern mir die Sicht.

Geduldig wartet Jax ab, bis ich mich einigermaßen wieder gefangen habe. »Fertig?«, fragt er und ein sanftes Lächeln liegt auf seinen Lippen. Lippen, die ich jetzt dringend brauche.

Ich stelle mich auf die Zehenspitzen, kralle meine Finger in seine Lederjacke und presse meinen Mund auf seinen. Sofort reißt er den Kuss an sich, hebt mich hoch und drückt mich neben der geöffneten Stahltür gegen die Außenwand des Kühlraumes.

»Ich habe einen neuen Punkt für unsere Liste.«

»Ach ja?«, raunt er und saugt an meinem Hals. Hitze durchströmt mich. Ich presse mich enger an ihn, an seine stahlharten Bauchmuskeln, um so ein klein wenig den aufkommenden Druck zwischen meinen Beinen zu lindern.

»Ich will, dass du mich allein mit deinem Schwanz zum Orgasmus bringst, während du mir zeigst, wie viel Geld du wirklich besitzt.«

»Schmutzig. Deine Fantasie gefällt mir.« Er küsst sich mein Schlüsselbein entlang. Ich recke mich ihm entgegen. »Aber wie kommt's? Ich dachte, du willst mein Geld nicht?«

»Will ich auch nicht. Aber wieso nicht alle Vorzüge eines Millionärs genießen?«

»Du willst also mich. Mich und meinen Zauberschwanz.«

Ich kichere. »Zauberschwanz? Wie alt bist du, fünf?«

»Nenne es freie Interpretation deiner eigenen Worte.« Er packt mich an der Taille und ehe ich mich versehe, hänge ich über seiner Schulter.

»Jax, was machst du da?«, kreische ich und schlage ihm lachend auf den Rücken.

»Ich werde dich jetzt in Dagoberts Höhle verschleppen, was sonst?« Er verpasst mir einen Klaps auf den Hintern.

»Du was?«, frage ich keuchend und quietsche auf, als er mit mir viel zu schnell die Kellertreppe hinaufläuft. Ich kralle mich hinten an seinem Gürtel fest. »Lass mich ja nicht fallen!«

»Nie im Leben, Baby, nie im Leben.«

Fortsetzung folgt …

DANKSAGUNG

Alles begann mit dem Satz »Ich schreibe einen Roman.« Nun, fünf Jahre später, sitze ich hier, schreibe meine erste Danksagung, und kann es immer noch nicht glauben. Aber genug jetzt, bevor ich noch zu weinen beginne. Zu allererst will ich meinem Schatz danken: Du hast mir den Freiraum gegeben, um meinen Traum zu verwirklichen. Ich weiß, meine Launen waren zeitweise unerträglich, trotzdem hast du mir immer den Rücken freigehalten. Ich liebe dich so sehr.

Diane, du hast mich immer wieder aufgebaut und mir Mut gemacht. Danke für die vielen Zoom-Meetings, die endlosen Textnachrichten und die unzähligen witzigen Kommentare im Manuskript. Ohne dich wären Jax und Ella nicht die, die sie geworden sind.

Nun zu dir, liebe Ulli: Du bist die beste Alphaleserin, die man sich wünschen kann. Mich wundert es, dass du mir immer noch zurückschreibst, obwohl ich dich bestimmt schon total nerve. Danke für deine Ehrlichkeit und Unermüdlichkeit. Du hast mir geholfen das Beste aus der Geschichte heraus zu holen. Ich wüsste nicht, was ich ohne dich gemacht hätte.

Danke an meine Nichte, die Jax und Grey genauso sehr liebt wie ich – du warst die Erste, die von Anfang an an mich geglaubt hat. Ich hab dich lieb. Oje, jetzt fange ich wirklich an zu weinen ...

Aber bevor alles vor meinen Augen verschwimmt, will ich mich auch bei meinem Coverdesigner und meiner Illustratorin bedanken – für eure Geduld und dass ich mir jeden Wunsch erfüllt habt. Ich freue mich auf viele weitere Projekte mit euch.

Jetzt zu meinen Bloggermädels: Ich bin unendlich dankbar, dass ihr in mein Leben getreten seid. Wir sehen uns in der Hölle wieder. Go Hell-Girls Bookclub! Und zum Schluss kommt bekanntlich das Beste: Ich danke DIR! Danke für dein Vertrauen. Ich hoffe, dir hat die Geschichte gefallen.

Dieses Bild widme ich meinen Bloggermädels.

Nun könnt ihr Jax jederzeit ablecken, sobald es euch überkommt.
Nika, bitte fang jetzt nicht an, die Seite mit einem Messer zu bearbeiten.

ÜBER DIE AUTORIN

Sabrina Hira wurde 1989 in Wien geboren. Gemeinsam mit ihrem Lebensgefährten und ihrer Tochter wohnt sie heute einen Steinwurf entfernt von der schönen Alten Donau.
Die Liebe zum Lesen hatte sie bereits in jungen Jahren entdeckt und seitdem ein Buch nach dem anderen verschlungen. Heute ist sie selbst Autorin mit Emotion und Leidenschaft. Ihren Debüt-Roman „We are all Fighters“ widmet sie allen selbstbestimmten Frauen da draußen, die genauso gerne träumen wie sie.

Du willst dich mit mir in Kontakt setzen oder Jax Fanpost zukommen lassen? Dann schreib uns gern.
Wir freuen uns auf dich!

Printed in Poland
by Amazon Fulfillment
Poland Sp. z o.o., Wrocław

35109611R00249